J.A. Henderson

COLONY

J. A. Henderson lebt in Edinburgh, Schottland. Dort leitet er die »City of the Dead Ghost Tours«, also ist er immer etwas melancholisch und trägt nur Schwarz. Nachdem er zunächst Sachbücher über seine Heimatstadt verfasst hat, schreibt er seit einigen Jahren auch Kinder- und Jugendbücher. Seine Stärke sind düstere und verwickelte Geschichten, in denen nie das geschieht, was der Leser erwartet – es sei denn, er erwartet das Schlimmste.

J.A. Henderson

COLONY

Aus dem Englischen
von Uwe Hausmann

Klopp · Hamburg

Die Originalausgabe erschien 2009 unter dem Titel »Colony«
in Großbritannien bei Oxford University Press, Oxford

Aus dem Englischen von Uwe Hausmann
Einband von HAUPTMANN & KOMPANIE Werbeagentur,
München-Zürich, Hanna Hörl
Reproduktion: Grafik & Print GmbH, Hamburg
Druck und Bindung: GGP Media GmbH, Pößneck
Printed in Germany 2010
ISBN 978-3-7817-0813-6

www.erika-klopp.de

*Dank an Alison, Emily, Jorden, Jill Finlayson,
Katherine, Mo, Polly, Rachel, Sarah, Siobhan,
und Alex für all ihre Hilfe*

Für Charlotte

Dienstagnacht

Prolog

Schätzungen zufolge gibt es ungefähr
6.600.000.000 Menschen auf der Erde.
Und 100.000.000.000.000.000 Ameisen.

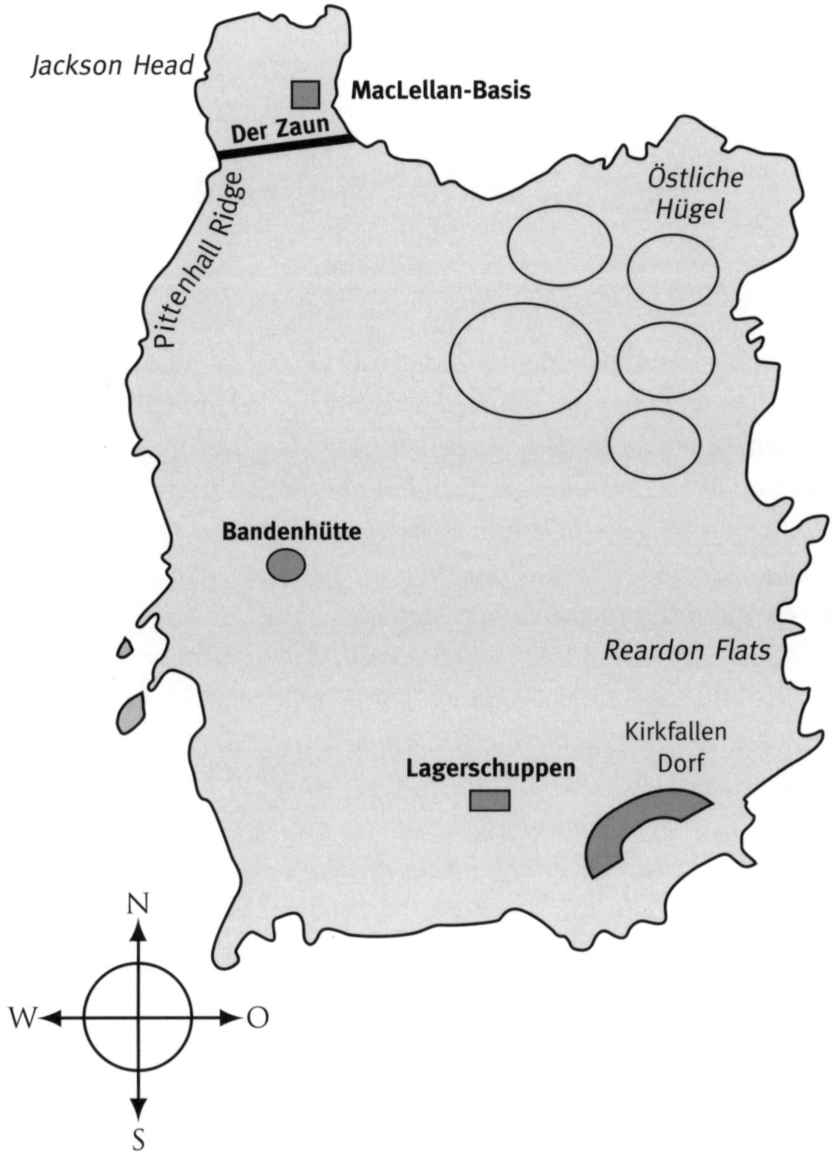
Jackson Head
MacLellan-Basis
Der Zaun
Pittenhall Ridge
Östliche
Hügel
Bandenhütte
Reardon Flats
Kirkfallen
Dorf
Lagerschuppen
N
W
O
S

Die Mojave-Wüste: Kalifornien, USA
1980

Der Teenager erwachte auf der Ladefläche eines dahinrasenden Jeeps. Der Vollmond tanzte am tintenschwarzen Himmel hin und her, während das Fahrzeug in dem unebenen Gelände ruckartig auf und ab und von links nach rechts geschleudert wurde. Der Junge spürte, wie sich ihm der Magen umdrehte. Er hatte die Kiefer fest zusammengepresst und seine Muskeln schmerzten vor Kälte. Alles, was er anhatte, war ein dünnes Nachthemd aus Papier.

Er rollte sich herum und lag mit einem Mal von Angesicht zu Angesicht mit einem toten Soldaten. Die Pupillen des Mannes waren nach oben verdreht, und seine Unterlippe zitterte durch die Vibrationen des Fahrzeugs, sodass es aussah, als würde er beten. Als er zurückzuckte, stieß der Junge gegen ein Paar schlaffer Beine. Ein weiterer Soldat lag wie ein achtlos hingeworfenes Bündel auf einem Haufen Benzinkanister – die Rückseite seiner Jacke war von Blut durchtränkt. Der Teenager presste einen heiseren Schrei des Entsetzens hervor.

Der Jeep kam schlingernd zum Stehen. Der Junge krabbelte hastig zur Ladeklappe zurück und streckte seine mageren weißen Arme vor, um den Fahrer abzuwehren.

»Ist schon gut, Kleiner. Ich tu dir nichts.« Es war zu dunkel, um das Gesicht des Fahrers zu erkennen, aber die Stimme war weiblich, etwas

barsch, doch hörbar darum bemüht, beruhigend zu klingen. »Du heißt Dan, nicht wahr?«

»Dan Salty«, antwortete der Junge mit zitternder Stimme. »Da liegen zwei tote Männer neben mir.«

»Stimmt. Tut mir leid.« Die Frau schaltete die Zündung aus und kletterte schwerfällig zu ihm nach hinten. »Aber wir brauchen die beiden Jungs noch.«

Jetzt, wo sie näher bei ihm war, konnte Dan sehen, dass die Frau ein breites, hübsches Gesicht hatte, mit dichten schwarzen Augenbrauen, leuchtend blauen Augen und einer kleinen Lücke zwischen den Schneidezähnen. Ihr Kinn und ihre Haare waren von der pelzbesetzten Kapuze ihres Parkas verdeckt.

»Hier sind ein paar Kleider für dich.« Sie zog ein Bündel unter einem der Sitze auf der Ladefläche hervor und schubste mit dem Ellbogen einen der Soldaten beiseite, um es frei zu bekommen. »Zieh das an, bevor du vollkommen unterkühlt bist.«

»Was ist passiert?«, krächzte der Teenager. »Ich weiß nur noch, dass alle tot waren!«

»Wir müssen das Gebirge erreichen, bevor die Sonne aufgeht.« Die Frau stieß das Bündel gegen seine Knie. »Zieh dich an. Ich erklär's dir, wenn wir wieder unterwegs sind.«

Dan Salty blickte auf das dünne Nachthemd, das seinen Körper nur notdürftig bedeckte.

»Könnten Sie sich umdrehen? Bitte?«

»Sicher, Schatz.« Die Frau wälzte sich herum und schob sich wieder auf den Fahrersitz. »Nur dass du mir nicht mit dem Wagenheber eins überziehst, wenn ich dir den Rücken zudrehe. Ich bin nämlich auf deiner Seite.« Krachend legte sie den Gang ein und der Jeep setzte sich holpernd wieder in Bewegung.

»Warum fahren Sie eigentlich ohne Licht?« Dan zog sich mühsam eine viel zu große Camouflagehose und einen Rollkragenpullover über und schlüpfte dann in ein Paar Stiefel. Nichts davon ließ sich einfach bewerkstelligen, wenn man mit Höchstgeschwindigkeit in einem Jeep durch die Dunkelheit rumpelte und zwei tote Männer ständig gegen einen fielen.

»Hier draußen kann ein Aufklärungsflugzeug Autoscheinwerfer aus meilenweiter Entfernung erkennen.« Die Frau war über das Lenkrad gebeugt und starrte angestrengt in die Finsternis. »Ich traue mich ja nicht einmal, mir eine verdammte Zigarette anzuzünden. Komm vor zu mir, wenn du fertig bist, und schrei, wenn du ein Hindernis siehst. So wie diesen Felsen da.« Sie riss das Lenkrad herum, und der Jeep sprang in die Luft, um einen Moment später so heftig auf den Boden zu krachen, dass es Dan schmerzhaft die Zähne zusammenschlug. Der Arm eines der Soldaten schwang ruckartig hoch, so als wollte er ganz lässig vor ihm salutieren.

Dan stöhnte auf und kletterte rasch auf den Beifahrersitz. Die Frau zwinkerte ihm zu. »Louise Martin heiße ich.« Sie scherte aus, um einer flachen Bodenspalte auszuweichen, die plötzlich aus der Schwärze auftauchte. »Wenn wir die Ausläufer des Gebirges erreicht haben, verstecken wir den Jeep in einer Schlucht. Und dann laufen wir, bis wir umfallen. Wir müssen versuchen, möglichst weit zu kommen, bevor die Sonne zu hoch steht. Es kann hier draußen tagsüber ganz hübsch heiß werden.« Sie lachte leise. »Ich will mich nicht zu lange in der Hitze aufhalten. Nicht in meinem Zustand.«

»Ihr Zustand?«

»Ich bin schwanger, Kleiner. Und ich habe schon eine zehn Jahre alte Tochter. Ich muss die junge Dame schleunigst irgendwo verstecken, bevor die Army mitkriegt, dass ich noch am Leben bin.«

Eine Weile sprachen sie nichts mehr. Irgendwo in der Finsternis hörte der Junge ein Tier heulen.

»Ein Kojote.« Die Frau legte den Kopf schief. »Das bedeutet, wir sind schon nahe der Hügel.«

»Ich erkenne Sie wieder«, sagte Dan. »Sie haben denen geholfen, Tests an den Sträflingen durchzuführen.«

»Stimmt, habe ich.«

»Arbeiten Sie immer noch für die?«

Louise drehte den Kopf und warf einen Blick auf die toten Männer hinter ihr, dann wandte sie sich wieder ihrem angespannten Begleiter zu.

»Ich denke, ich habe gerade gekündigt.«

Westmoreland Drive 31, Aberdeen, Schottland
2009

Mr Gacy nippte an einem Becher lauwarmem Tee. Ein blaues Klemmbrett lag auf seinen Knien und eine ausgebeulte, altmodische Arzttasche stand zwischen seinen Füßen. Familie Phipps – Mutter, Vater und Tochter – hockte ihm gegenüber auf der Kante ihres Sofas und blickte ihm mit einer Mischung aus Verlegenheit und Nervosität entgegen. Mr Gacy stellte seinen Becher auf den Wohnzimmertisch und zog einen Kugelschreiber aus der Jackentasche.

»Also«, sagte er freundlich, »was veranlasst Sie denn zu der Annahme, dass es in Ihrem Haus spukt?«

»Meine Frau hat gewollt, dass wir Sie einladen.« Mr Phipps wirkte eindeutig verärgert über diesen Fremden, der da in seinem Wohnzimmer saß. »Ich verstehe nicht, wie Sie überhaupt von den Sachen gewusst haben, die in unserem Haus vor sich gehen.«

»Ich bin ein Medium.« Mr Gacy schenkte ihm sein schönstes falsches Lächeln. »Ich weiß, das klingt vielleicht idiotisch …«

»Genau. Und ich bin die Zahnfee.«

»Wenn es Ihnen unangenehm ist, dass ich hier bin, kann ich gerne wieder gehen. Mir ist klar, dass es Ihnen nicht ganz geheuer vorkommen muss, wenn ich einfach so aus heiterem Himmel bei Ihnen anrufe.«

»Nein.« Mrs Phipps hob zitternd ihre Hand. »Ich möchte, dass Sie bleiben. Wir müssen mit jemandem reden.«

Ihr Mann verfiel in mürrisches Schweigen.

»Also gut.« Mr Gacy drückte auf seinen Kugelschreiber. »Was genau macht Ihnen denn zu schaffen?«

Mrs Phipps räusperte sich.

»Na ja, es klingt wahrscheinlich dumm, aber vor einiger Zeit haben wir alle angefangen, uns ein bisschen ... seltsam zu verhalten.«

»Wann genau setzte dieser Zustand ein?«

»Vor ungefähr sechs Monaten.«

»Und spuken ist auch das falsche Wort«, mischte sich die Tochter ein.

»Kannst du mir ein besseres nennen ... ähm?« Mr Gacy sah auf sein Klemmbrett.

»Caitlin.«

»Welches Wort würdest du gebrauchen, Caitlin?«

»Es war, als hätten wir einen Schutzengel. Wenigstens am Anfang«, fügte sie düster hinzu.

»Würden Sie ihr da zustimmen?« Mr Gacy wandte sich wieder an Mr Phipps, der ihn immer noch grimmig anfunkelte. »Ein Schutzengel?«

Mr Phipps seufzte tief. »Ich hatte lange ein Alkoholproblem«, sagte er schließlich. Hinter dem Mann war der Kaminsims mit Familienfotos zugestellt. »Ein richtig schlimmes. Vor sechs Monaten habe ich aufgehört. Einfach so.«

»Viele Menschen geben das Trinken auf, Mr Phipps.«

»Ich hab das vorher nie geschafft.«

»Ich habe zur gleichen Zeit mit dem Rauchen aufgehört«, fügte Mrs Phipps hinzu.

»Und außerdem … Wissen Sie … Wir haben uns sonst immer über das Fernsehprogramm gestritten.«

»Nicht wirklich gestritten. Eher lebhaft diskutiert.«

»Norman mag Sport. Ich mag meine Soaps. Caitlin wollte immer nur MTV schauen.«

»Und?« Mr Gacy fiel es zunehmend schwer, seine Ungeduld zu verbergen.

»Dann wollten wir plötzlich alle immer denselben Sender sehen.«

Mr Gacys Lächeln wurde immer angestrengter.

»Und wenn wir uns zum Frühstück zusammensetzten«, erzählte Mrs Phipps zögerlich weiter, »merkten wir, dass wir alle dasselbe anhatten.«

»Das muss für mindestens einen von Ihnen etwas peinlich gewesen sein.« Mr Gacy zwinkerte Mr Phipps mitfühlend zu.

»Sie meint doch dieselben Farben«, sagte Caitlin vorwurfsvoll. »Sogar Gelb. Und ich *hasse* Gelb.«

»Aber das ist jetzt nicht mehr so?« Soweit Mr Gacy sehen konnte, waren sie alle unterschiedlich gekleidet.

»Nein, jetzt nicht mehr.«

Mr Gacy machte einen schnellen Eintrag auf seinem Klemmbrett, eigentlich nur um des guten Eindrucks willen. Er hatte nicht die leiseste Absicht, irgendwelche Aufzeichnungen von diesem Gespräch aufzubewahren.

»Gibt es denn greifbare Beweise für diese, ähm … Manifestation, von der Sie sprachen?«

Die ganze Familie nickte.

»Caitlin und ich haben beide eine Digitalkamera.« Mrs Phipps stand auf und ging zur Kommode am anderen Ende des Raums. »Aber Norman ist da etwas altmodisch. Er verwendet immer noch eine Polaroid

Instamatic.« Sie zog eine Schublade auf und kramte einen klobigen Fotoapparat hervor. Sie reichte den Apparat Mr Gacy.

»Ach, so eine alte Sofortbildkamera«, sagte er und suchte nach dem Einschalter.

»Machen Sie ein Foto von uns.«

»Jetzt sofort?«

Die Familie nickte.

»Okay.« Gacy richtete das unhandliche Gerät auf die Couch. »Bitte lächeln, gleich kommt der schwarze Mann.«

Niemand fand das lustig. Mr Gacy schaute durch den Sucher, drückte auf den Auslöser und ein kleines, quadratisches Stück Plastik schob sich aus dem unteren Ende der Kamera. Er zupfte es ganz heraus und wedelte das Foto in der Luft trocken.

»Auf Digitalbildern erkennt man gar nichts«, sagte Mrs Phipps. »Aber schauen Sie sich nur an, was Sie gerade aufgenommen haben.«

Mr Gacy sah zu, wie sich das Foto entwickelte, als die Chemikalien auf dem Papier mit der Luft reagierten. Langsam begann sich ein Bild herauszuschälen und die Phipps auf ihrem Sofa gewannen immer mehr an Schärfe.

»Ich sehe auf Fotos immer ganz schrecklich aus«, warnte Caitlin.

»Aber nein. Das ist eine ganz hübsche Aufnahme geworden.« Mr Gacy sah weiter auf das Foto. Dann riss er die Augen auf.

»Was zur Hölle ist das?«

»Das ist unser Schutzengel.«

Auf dem Foto ragte hinter der Familie eine verschwommene Gestalt auf. Die Phipps traten nun klar hervor, doch die Person hinter ihnen wirkte wie ein Wesen, das aus Nebel geschaffen war. Die Gesichtszüge waren nicht auszumachen, aber die Figur war eindeutig weiblich. Ihre

Haltung war geduckt und drohend, als würde sie gleich auf die Familie vor ihr einschlagen.

Mr Gacy blickte auf. Es stand niemand hinter der Couch.

Und es war auch niemand hinter der Couch gewesen, als er das Foto gemacht hatte.

»Darf ich das behalten?«, fragte er ruhig.

»Sicher. Wir haben Dutzende davon.« Mrs Phipps sah sich nervös um. »Am Anfang schien es, als ob dieses … Mädchen … uns nur zuschaute. Jetzt sieht es aus, als ob sie uns etwas antun will.«

»Sonst noch etwas?« Mr Gacy befestigte das Foto an seinem Klemmbrett.

»Insekten.«

»Insekten?«

»Wir finden ständig Ameisen im Haus.«

Mr Gacy konnte ein Schaudern nicht unterdrücken.

»Ich verabscheue Ungeziefer«, sagte er, um seine Reaktion zu erklären.

»Ach, ich glaube nicht, dass das etwas damit zu tun hat«, mischte sich Mr Phipps schroff ein. Seine schlechte Laune schien zurückgekehrt. »Vielleicht sollten wir einfach das schmutzige Geschirr nicht so lange stehen lassen.«

»Ich spüle oft genug«, schnauzte Mrs Phipp ihn an. Ihre Stimme war heiser vor Wut.

»Können wir wieder auf Ihren Schutzengel zurückkommen?« Mr Gacy klappte den Deckel seines Klemmbretts zu.

»Sehen Sie? Wir streiten uns schon wieder. Aber jetzt geht es um die kleinsten Kleinigkeiten, nicht nur ums Fernsehen.« Caitlin blickte unbehaglich zu ihrem Vater. »Wer mit dem Abwasch dran ist und wer abtrocknen muss und solche Dinge.«

»Ich kann verstehen, wie problematisch das sein kann.«

»Letzte Woche habe ich meine Frau geschlagen.« Mr Phipps gab sich keine Mühe, die Scham zu verbergen, die er bei diesem Geständnis empfand. »Ich habe weiß Gott meine Fehler, wie jeder andere auch. Aber noch nie im Leben habe ich die Hand gegen jemanden erhoben. Schon gar nicht gegen die Frau, die ich liebe.«

»Wir haben Angst.« Mrs Phipps griff nach der Hand ihres Mannes. »Zuerst dachten wir, dass die Dinge, die uns da passierten, einfach ein bisschen komisch waren. Nun machen sie uns Angst.«

»Was ist mit Ihren Nachbarn?« Mr Gacy tat wieder so, als mache er sich Notizen. »Haben die etwas Ähnliches erlebt?«

»Die Leute links von uns, die Warbecks, sind erst vor ein paar Monaten eingezogen«, sagte Caitlin. »Am Anfang sahen sie aus, als wären sie total glücklich – aber jetzt glaube ich, die haben dieselben Probleme. Ich habe durch die Wand gehört, wie sie sich angebrüllt haben.«

»Haben Sie mit ihnen über Ihr … Gespenst gesprochen?«

»Selbstverständlich nicht. Wir wollen doch nicht, dass sie uns für verrückt halten.«

»Gut, gut, gut.« Mr Gacy erhob sich und nahm seine Tasche. »Nun, ich habe im Moment ein ziemliches Arbeitspensum, aber Ihr Fall ist sicherlich einer der … ähm … interessanteren.« Er trat auf Mr Phipps zu und schüttelte ihm die Hand. »Ich denke nicht, dass Sie in Gefahr sind, und für gewöhnlich verschwinden solche Manifestationen meiner Erfahrung nach von selbst wieder. Warten wir erst einmal einen Monat oder so ab, dann sehe ich wieder nach Ihnen.«

»Und das war's?« Mrs Phipps wirkte etwas ungehalten.

»Noch nicht ganz.« Mr Gacy drückte auf seinen Stift und steckte ihn zurück in die Jackentasche. »Ich würde mit dieser Geschichte unter keinen Umständen zu den Medien gehen. Die Zeitungen machen nur zu gern eine Lachnummer aus Leuten, die glauben, dass sie von übernatürlichen Erscheinungen heimgesucht werden.« Er breitete die Arme aus und lächelte entwaffnend. »Selbstverständlich glaube ich Ihnen, aber die meisten Familien bereuen ihre Medienpräsenz bitterlich.« Er blickte Mr Phipps an. »Oft verliert der Vater seinen Job, weil sein Arbeitgeber keinen Spinner bei sich beschäftigen will.«

»Ich hab dir gleich gesagt, das bringt nichts.« Mr Phipps sah seine Frau vorwurfsvoll an.

»Ach, halt die Klappe, Norman«, fauchte seine Gattin zurück. Mr Phipps biss die Zähne zusammen.

»Wenn ich fortfahren darf.« Mr Gacy hob die Hand. »Caitlin wird in der Schule gehänselt werden, und man wird Sie, Mrs Phipps, womöglich beschuldigen, dass es Ihnen nur um die Aufmerksamkeit geht.«

Die Frauen nickten.

»Wie ich schon sagte: Warten Sie ein paar Wochen ab, und wenn der Zustand anhält, rufen Sie mich wieder an.« Mr Gacy verstaute sein Klemmbrett in der Arzttasche. »Bleiben Sie ruhig sitzen, ich finde schon hinaus.«

Als die Haustür ins Schloss fiel, schaute Caitlin ihre Eltern an.

»Mama?« Sie blickte wachsam auf den leeren Raum hinter der Couch.

»Wenn dieser Mann wirklich ein Medium ist, warum hat er dann nicht gewusst, dass das Mädchen hier war?«

Mr Gacy überquerte den ordentlich gemähten Rasen und stieg in einen weißen Lieferwagen ohne Aufschrift. Er warf seine Tasche nach hinten und fischte den Zündschlüssel aus der Hosentasche, aber seine

Hände zitterten zu sehr, um das Fahrzeug zu starten. Er lehnte sich im Sitz zurück und sog in langen, fahrigen Atemzügen die Luft ein, wobei seine Hände sich so fest um das Lenkrad krallten, dass die Fingernägel sich in die Handflächen gruben.

»Oh, mein Gott«, sagte er und starrte durch die Windschutzscheibe hinaus in die sternenlose Vorstadtnacht. »Das hätte nicht passieren dürfen.«

Mittwoch

Das Sheridan-Desaster

Die Welt wird nicht bedroht von den Menschen,
die böse sind, sondern von denen,
die das Böse zulassen.

ALBERT EINSTEIN

Sheridan-Forschungsstation: Mojave-Wüste

1980

Drei Chinook-Hubschrauber stießen mit einem dumpfen Wummern aus dem Dunst hervor und senkten sich in Spiralen auf die offene Anlage nieder, wobei sie den Sand zu wirbelnden Vorhängen aufpeitschten. Ein Dutzend Gestalten in Schutzanzügen kletterte heraus. Einige von ihnen hielten Schnellfeuergewehre im Anschlag. Sobald die Passagiere ausgestiegen waren, erhoben sich die Helikopter wieder in die Luft und flogen weiter in die Wüste hinein. Die Piloten hatten Befehl, in zwanzig Meilen Entfernung zu landen und erst wieder zur Basis zurückzukehren, wenn Entwarnung gegeben worden war.

Der Anführer der Abteilung schritt durch die aufgewirbelte Sandwolke und ging auf eine Gruppe niedriger quadratischer Gebäude zu. Schemenhaft trat die Forschungsbasis aus den Rauchschwaden hervor, die aus den zerbrochenen, drahtverstärkten Fenstern herausquollen.

Eine weitere Gestalt von etwas kleinerer Statur schloss zu ihm auf und deutete nach unten. Der Wüstenboden war schwarz gefleckt, und er bewegte sich, so als triebe der Wind eine Rußschicht über ihn hinweg. Beide knieten nieder, gruben ihre behandschuhten Hände in den Sand und siebten ihn zwischen den Fingern, bis nur noch eine zuckende Masse übrig war, die an ihren Handflächen klebte.

Die kleinere Gestalt sprach in ihr Kehlkopfmikrofon.

»Ameisen«, sagte sie. »Das müssen Tausende sein.«

»Hunderttausende.« Ihr Begleiter drehte den Kopf hin und her, um die Ausmaße des schwarzen Teppichs abschätzen zu können, aber das Sichtfenster seines Helms war von innen beschlagen. Mit einem gereizten Knurren mühte er sich wieder auf die Beine und zog seinen Helm herunter.

»Doktor Kelty!« Seine Assistentin blickte voller Panik zu ihm auf. »Bei allem schuldigen Respekt. Sind Sie wahnsinnig?«

Kelty zog eine Grimasse und wischte sich den Schweiß von der Stirn. Ein paar vereinzelte Ameisen blieben unterhalb seines Haaransatzes kleben, wie ein Ausschlag aus öligen Tröpfchen.

»Alle hier sind tot, Naish«, erwiderte er nüchtern. »Wenn das, was sie umgebracht hat, hier immer noch in der Luft liegt, dann nützen uns Schutzanzüge nicht das Geringste.« Er holte tief Luft und atmete langsam aus. Nichts geschah. Er nickte befriedigt.

»Ziehen Sie den Anzug aus, Naish. Wir haben zu arbeiten.«

»Es macht mir nichts aus, ihn anzubehalten. Wirklich nicht.«

»Sie haben darin einen Hintern wie ein Pferd.«

»Ich ziehe ihn ja schon aus.«

Kelty nahm einen weiteren tiefen Atemzug und öffnete den Reißverschluss seines Anzugs. »Wir scheinen hier nicht in Gefahr zu sein, und ich kann keine Proben entnehmen, wenn ich diese unförmigen Küchenhandschuhe anhabe.«

Unter ihrer Schutzbekleidung trugen der Doktor und seine Assistentin olivfarbene Overalls mit militärischen Rangabzeichen. Die von Kelty wiesen ihn als Colonel aus. Jetzt, wo sie die Helme abgenommen hatten, konnten sie das Heulen der Alarmsirenen hören, das von den Wänden des verlassenen Komplexes widerhallte. Kelty gab den anderen Angehörigen seiner Abteilung ein Zeichen, es ihm nachzumachen, und widerstrebend schälten sie sich aus ihren biologischen Schutzanzügen.

Ohne die Helme und Kapuzen konnte der Doktor wieder erkennen, wer wer war. Die Gewehrträger hatten amerikanische Armeeuniformen an. Die Mitglieder seiner Forschungsgruppe waren unbewaffnet und steckten in ähnlichen Overalls wie er selbst.

Ein hochgewachsener Lieutenant mit kurz geschorenem blondem Haar marschierte auf ihn zu und salutierte knapp.

»Anweisungen, Doktor? Ich meine, Colonel.«

Kelty nickte in Richtung der bauklotzartigen Gebäude vor ihnen.

»Der Brand muss örtlich beschränkt sein, sonst wäre der ganze Laden schon über Nacht niedergebrannt. Auf den unteren Ebenen höchstwahrscheinlich. Schicken Sie ein paar Männer mit Atemschutzgeräten runter, und stellen Sie sicher, dass das Feuer gelöscht ist.«

Die Sheridan-Forschungsstation war immer noch hell erleuchtet. Der Komplex besaß seine eigene Stromversorgung, und die Lichtleisten strahlten schwach durch den Rauch, der an den Decken entlangtrieb. Doktor Kelty hatte recht gehabt. Vom Personal der Basis waren alle tot.

Forscher in weißen Laborkitteln lagen seltsam gekrümmt in den antiseptischen Korridoren. Soldaten in Uniform hingen über Bedienungskonsolen. Beine ragten unter Tischen hervor, sie lagen in Blutpfützen, die schon halb geronnen waren. Und jeder der Toten war über und über bedeckt mit wimmelnden schwarzen Punkten.

»Um Gottes willen, Doktor, was hat das hier verursacht?« Der Lieutenant schob sich neben ihn. Es war deutlich zu sehen, wie übel ihm war. »War es das Feuer? Waren das die Ameisen?«

Kelty drehte einen der toten Forscher mit dem Fuß um. Aus der Brust des Mannes ragte ein Küchenmesser.

»Ich glaube nicht, Lieutenant.« Ohne jede sichtbare Regung wandte er sich an Naish. »Ich will Blutproben von diesen Leichen.«

Aber Naish starrte nur stumm auf den toten Forscher.

Kelty spürte, wie sich die Härchen in seinem Nacken aufrichteten.

Die Augen des Mannes waren weit aufgerissen, ebenso wie sein Mund. Um seine Lippen hatte sich eine weiße Kruste aus getrockneter Spucke gebildet.

In seinem Gesicht spiegelte sich der Ausdruck absoluten Entsetzens.

»Er hat ein Messer in der Brust.« Kelty rang nun doch um Fassung. »Erwarten Sie etwa, dass er erfreut aussieht?«

»Es ist nicht nur der eine.« Der Lieutenant untersuchte gerade ein anderes Opfer. »Der hier hat denselben Gesichtsausdruck.« Er ging schnell weiter zur nächsten Leiche und drehte sie um. »Der auch.«

Er richtete sich auf und wischte sich die Hände an der Jacke ab.

»Doktor, wenn ich es nicht besser wüsste, würde ich sagen, diese Männer sind vor Angst gestorben.«

»Die Diagnose überlassen Sie lieber mir«, fuhr Kelty ihn an. »Worauf warten Sie, Naish? Dass der arme Tropf Ihnen seinen Organspendeausweis zeigt?«

Naish kniete sich gekränkt neben den nächstbesten Toten und öffnete einen Sanitätskasten. Ihre langen dunklen Haare fielen ihr vors Gesicht und verbargen eine Grimasse, während sie eine Spritze in den schon steif werdenden Arm des Mannes rammte.

»Fällt Ihnen etwas Ungewöhnliches an diesen Ameisen auf, Naish?« Kelty beugte sich vor und musterte die herumwuselnden Insekten.

»Dass unter ihnen tote Menschen liegen?«

»Das sind ein halbes Dutzend verschiedene Arten. Arten, die man normalerweise nicht zusammen vorfindet.«

»Autsch!« Naishs Hand zuckte zurück. Das Blut aus der Spritze beschrieb einen roten Bogen. »Ihr kleinen …«

»Richtig erkannt. Einige davon sind Feuerameisen. Vor denen sollten Sie sich in Acht nehmen.«

Das Walkie-Talkie des Lieutenants knackte. Er hielt es ans Ohr und hörte einige Sekunden zu.

»Der Brand ist in den Forschungslabors unter uns ausgebrochen, Doktor Kelty. Sie hatten recht. Er hat eine größere Fläche erfasst, aber das meiste ist inzwischen ausgebrannt.«

»Überprüfen Sie, ob Ihre Einheit noch etwas bergen kann. Die Computer hier oben wurden lediglich für Verwaltungszwecke eingesetzt und die unten sind wahrscheinlich nur noch Aschehäufchen. Also sagen Sie Ihren Leuten, sie sollen nach den Aktenschränken für die Verschlusssachen suchen, oder nach irgendwelchen ausgedruckten Dokumenten, die das Feuer überstanden haben – nicht, dass das sehr wahrscheinlich ist.« Er nahm Naish beim Arm und zog sie mit sich den Korridor entlang in eines der Büros. »Sie. Fahren Sie einen der PCs hoch. Ich will eine Liste des gesamten Personals in dieser Anlage, einschließlich der Sträflinge auf den unteren Ebenen.«

Er streckte den Kopf wieder auf den Flur hinaus.

»Lieutenant, ich brauche die Zahl der Toten. Und sie sollte verdammt genau sein.«

»Meine Männer sagen, dass die Leute auf den unteren Ebenen zu sehr verkohlt sind, um sie schnell zu identifizieren.«

»Um das Problem kümmern wir uns später. Im Augenblick muss ich einfach nur wissen, ob jemand diese Basis verlassen hat.«

»Wird erledigt, Doktor.« Der Lieutenant machte zackig kehrt und

schritt davon. Naish setzte sich vor einen Computer und ließ ihre Spritzen in den Sanitätskasten fallen.

»Nun, es sieht so aus, als sei das Projekt Wächter *ein vollständiger Fehlschlag«, knurrte sie und schaltete das Gerät ein.*

»Oh, ich weiß nicht so recht.« Doktor Kelty fuhr sich nachdenklich übers Kinn. »Ich würde sagen, wir haben genau *das bekommen, wonach wir gesucht haben.«*

Kirkfallen Island
Ostatlantik
2009

Gene Stapleton saß am Rand seiner Welt, ließ die Beine von der Klippe baumeln und sah zu, wie die Sonne aufging. Vor seinen Augen hob und senkte sich der Atlantische Ozean in kraftvollen grünen Wogen, die sich unter ihm an den Felsen brachen und ihn mit feinen Tröpfchen eiskalten Wassers überschütteten. Die Lummen über ihm kreischten in ohnmächtiger Wut, weil der Junge sich so nah an ihren Nistplätzen aufhielt, und zogen wild flatternd zornige Kreise über seinem Kopf.

Kirkfallen Island, oder *Fallen*, wie die Einwohner die Insel nannten, war die einzige Heimat, die Gene je gekannt hatte, und seine Abgeschnittenheit vom Rest der Welt war fast absolut. Fünf Meilen in der Länge und zwei in der Breite lag das Eiland mehrere Bootsstunden entfernt von den Äußeren Hebriden, einer Gruppe von größeren Inseln vor der Westküste Schottlands. Und die Hebriden an sich waren auch schon nicht gerade übervölkert – die wenigen Bewohner waren über ein paar wenige kleine Dörfer verstreut oder es handelte sich um die Besatzung der US-Marinebasis Radcliffe.

Gene hatte die Abgeschiedenheit seiner Heimat nie wirklich etwas ausgemacht. Sicher, manchmal konnte es schon ein wenig langweilig werden. Die Landschaft zeigte durchgehend ein eintöniges bräunliches Grün, als ob die Insel Tarnfarben angelegt hätte, und die Eigentümlichkeit seiner Lage führte dazu, dass Kirkfallen fast ununterbrochen von tief hängenden Wolken eingehüllt war. So weit draußen im Atlantik gab es auch keinen Fernsehempfang mehr, und die Generatoren auf der Insel waren ausschließlich dazu da, den lebensnotwendigen Bedarf an Strom zu decken – Gene hatte keinen Computer, geschweige denn einen Internetzugang. Aber die Menschen von Kirkfallen waren eine kleine, sich selbst genügende Gemeinschaft, und er hatte Freunde, die er schon von Kindesbeinen an kannte. Gene konnte mit bloßen Händen einen Fisch fangen, ihn ausnehmen und zubereiten. Und obwohl er erst vierzehn war, konnte er schießen wie ein Scharfschütze und mit einem der gemeinschaftlichen Geländebuggys Dreißig-Meter-Wheelies auf den Hinterrädern vollführen – obwohl er die Fahrzeuge eigentlich gar nicht anrühren durfte.

Hätte er Kirkfallen einem Fremden beschreiben müssen, dann hätte Gene Stapleton wohl *unwirtlich*, aber *idyllisch* gesagt – Wörter, die er in dem großen Wörterbuch in der Informationshütte gefunden hatte.

Jedenfalls bis vor wenigen Tagen.

Vor drei Tagen hatte ein junges Ehepaar namens Orbison, die letzten Neuzugänge der Inselgemeinde, Selbstmord begangen. Man hatte sie auf den Felsen unterhalb des Höhenkamms von Pittenhall Ridge gefunden, von dem aus sie, wie es den Anschein hatte, in den Tod gesprungen waren.

Die Orbisons waren vorigen Monat angekommen, auf Probe, um zu sehen, ob sie den Härten des Insellebens gewachsen waren. Zuerst waren sie ganz für sich geblieben. Doch in letzter Zeit hatten sie sich in das Leben auf Kirkfallen eingefügt, den unkomplizierten Umgang der Bewohner untereinander gelobt und an gemeinsamen Unternehmungen teilgenommen. Tatsächlich schienen sie es zu genießen, hier zu sein.

Nun sah es so aus, als sei ihre Freude nur vorgetäuscht gewesen.

Aber auf Kirkfallen hatte man nicht viel Zeit zum Trauern. Das Leben hier war ein fortwährender Kampf, dem Land das Nötigste abzuringen, und es musste weitergehen, was für Katastrophen den Einwohnern auch immer widerfahren mochten. Einige Bewohner brummten sogar, dass die Orbisons sich ihr Schicksal selbst zuzuschreiben hatten, weil sie überhaupt auf Pittenhall Ridge herumgeklettert waren. Der steile Felsgrat war zwar nicht unbedingt tabu, aber nur wenige Erwachsene wagten sich jemals dorthin, und den Kindern war es strikt verboten, sich auf ihren Streifzügen auch nur in seine Nähe zu begeben.

Denn am Ende von Pittenhall Ridge stand *der Zaun.*

Der Zaun war schon da gewesen, als die ersten Siedler auf der Insel eintrafen. Nach den verwitterten Warnschildern zu urteilen, hatte er einst unter Strom gestanden, und noch immer stellte er eine Respekt einflößende Barriere dar – vier Meter hoch und mit zerbrochenen, rostigen Stacheldrahtrollen gekrönt. Der Zaun trennte den Hauptteil der Insel von einer kleinen, aber steil aufragenden Landzunge, die Jackson Head hieß. Und das einzige Tor im Zaun war durch Vorhängeschlösser gesichert. Auf einem viereckigen, vom Wetter ausgebleichten Schild stand:

Eigentum der Marine der Vereinigten Staaten
Betreten
bei Höchststrafe verboten

Ein paar Hundert Meter weiter konnte man die Überreste eines niedrigen Betonbunkers sehen, schon stark zerfallen und von Unkraut überwuchert. Einige auf der Insel behaupteten, dass die Marine dort geheime Experimente durchgeführt hatte, bis das Gebäude durch eine gewaltige Explosion zerstört worden war. Andere schworen, dass es auf der Landzunge spukte.

Doch auch ohne diese Gerüchte war Jackson Head aus verständlichen Gründen eine verbotene Zone. Die Klippen unmittelbar hinter der verlassenen Anlage fielen kerzengerade in die Tiefe, und der Boden an ihrem Rand, der an vielen Stellen über die tobenden Wellen des Atlantiks hinaussprang, war gefährlich brüchig. Das gesamte Gebiet war als lebensgefährlich eingestuft, denn es war auf Schritt und Tritt von Höhlen und Löchern durchzogen, von denen einige zu tödlichen Schächten wurden, durch die man bis auf Felsen stürzen konnte, die wie scharfe Zähne aus dem Meer ragten.

Einen Tag nachdem die Orbisons umgekommen waren, hatte ein Hubschrauber von der Marinebasis Radcliffe ihre Leichen auf dem Luftweg abtransportiert. Dann hatte das Leben auf der Insel wieder seinen üblichen Lauf genommen. Niemand wollte dem Unglücksfall zu viel Beachtung schenken.

Aber Gene Stapleton konnte nicht aufhören, darüber nachzudenken. Denn er glaubte nicht, dass die Orbisons Selbstmord begangen hatten.

Er war sicher, sie waren ermordet worden.

Nördliche Mojave-Wüste
1980

Die Sonne begann gerade, die Luft zu einer flirrenden Hitzewand zusammenzupressen, als der Jeep die Hügelkette erreichte, die den nördlichen Rand der Mojave-Wüste markierte. Louise holperte eine Schlucht hinunter und brachte das Fahrzeug zum Stehen, indem sie es einfach in eine Felswand mit einem vorspringenden Überhang krachen ließ.

»Die Bremse ist das Pedal in der Mitte«, kommentierte Dan trocken.

»Die letzten paar Minuten im Schatten.« Die Frau zog surrend den Reißverschluss ihres Parkas auf. »Mach das Beste draus. Zeit, den Pullover und die Hose loszuwerden. Unter dem Beifahrersitz liegen ein Hemd und ein Paar Shorts.«

Dan Salty sprang aus dem Jeep und ging hinter einen Felsen, um sich umzuziehen. Als er wieder hervortrat, trug Louise ebenfalls Shorts und ein Top in hellem Lila, und zum ersten Mal bemerkte er, dass sie lockige schwarze Haare hatte. Mit einer Mischung aus Faszination und Grauen sah er zu, wie sie die schon steif werdenden Körper der Soldaten auf den Fahrer- und den Beifahrersitz zerrte.

»Die Army wird hoffentlich eine Weile brauchen, bis sie diese Burschen findet«, ächzte sie, und drehte die Männer so, dass sie einander

die Gesichter zuwandten. »Wenn wir ganz großes Glück haben, denken sie, die beiden haben sich gegenseitig umgebracht.«

»Obwohl ich zugeben muss«, fügte sie hinzu, »dass wir in unserer Familie nicht gerade vom Glück verfolgt sind.«

»Sind da, wo wir herkommen, alle tot?«

»Soweit ich das sagen kann, ja.«

»Wer ist schuld daran?«

»Sie selbst, Schatz.« Die Frau hob einen kleinen Rucksack auf ihren Schoß. »Komm her.«

Der Teenager stellte sich vor sie und Louise zog eine Tube Sonnencreme hervor.

»Besser, du reibst dich damit ein.« Sie drückte etwas von der Lotion aus der Tube und fing an, sie ihm auf Arme, Beine und ins Gesicht zu schmieren. Dan erinnerte sich daran, wie seine Mutter das auch immer getan hatte. Er warf einen Blick in den Rucksack. Er war voller Wasserflaschen.

»Sie haben ja an alles gedacht.«

»Ich war schon immer gern im Freien, Kleiner.« Die Frau cremte sich selbst das Gesicht und die Arme ein. »Das ist einfach die notwendigste Überlebensausrüstung. Die hat man schnell beisammen.«

Dan steckte die Hände in die Taschen und blinzelte in die Sonne.

»Louise, woran liegt es, dass Sie und ich noch am Leben sind?«

»Das ist etwas, das ich auch noch nicht kapiert habe.« Louise schob die leere Tube in ihre Hosentasche. Mit einem Lappen wischte sie das Innere des Jeeps ab, um alle Fingerabdrücke zu entfernen, dann stopfte sie die überflüssigen Kleidungsstücke in ihren Rucksack und nahm ihn auf die Schultern.

»Hier entlang. Bleib vom Sand weg und geh auf den Felsen, bis wir ein ordentliches Stück von hier weg sind, damit du keine Fußspuren

hinterlässt. Wir wollen denen ja nicht auf die Nase binden, dass es uns noch gibt, geschweige denn, in welcher Richtung wir unterwegs sind.«

Sie schlugen ein gleichmäßiges Tempo an und achteten darauf, immer in der Nähe der Felsformationen zu bleiben, die ihnen Schutz bieten konnten. Zweimal hörten sie einen Helikopter und versteckten sich hastig, bis der Rotorenlärm nicht mehr zu hören war. Nach einiger Zeit versuchte Dan, ein Gespräch anzufangen, aber Louise schnitt ihm mit einer Handbewegung das Wort ab.

»Spar dir deinen Atem, Kleiner. Wir sind noch lange nicht am Ziel.«

Bald schon war der Junge nur allzu froh, ihren Rat zu beherzigen. Öliger Schweiß rann ihm über den ganzen Körper und sein Atem ging in sengenden Stößen. Aber er hielt Schritt mit seiner langbeinigen Begleiterin, die von der Hitze oder ihrer Schwangerschaft, von der man übrigens noch gar nichts sehen konnte, unbeeinträchtigt schien. Zum Teil hielt Dan aus purem Stolz mit ihr mit. Und teilweise auch, weil er den Verdacht hatte, dass Louise ihn einfach zurücklassen würde, wenn er schlappmachte.

Langsam liefen die Hügel in eine Ebene aus und der nackte Fels wurde durch Buschgras ersetzt. Einzelne Sequoiabäume waren über die Landschaft verstreut. Vierzig Minuten später kamen sie an eine Straße. Louise sank auf die Knie und Dan ließ sich neben sie fallen. Er konnte nur noch hecheln vor Erschöpfung.

»Highway 58. Von hier aus kommen wir per Anhalter weiter. Falls der Fahrer Fragen stellt – du bist mein Sohn und wir haben einen

Campingausflug gemacht. Dann ist das Auto nicht angesprungen. Ach, am besten sagst du gar nichts. Überlass das Reden mir.«

»Kann sowieso nicht sprechen«, krächzte Dan. »Fühlt sich an, als hätte mir jemand ein Paar Unterhosen in den Hals gestopft.«

Louise kicherte leise. In der Ferne sahen sie eine Staubwolke, die sich langsam durch die menschenleere Landschaft bewegte.

»Da kommt ein Auto.« Sie stand mühsam wieder auf. »Könnte sein, dass du mir wirklich Glück bringst, Schatz.«

Der Lieutenant kam in eine der spärlich möblierten Unterkünfte der Sheridan-Basis marschiert und salutierte. Naish lag schlafend in einem der Stockbetten, aber Kelty war wie immer hellwach. Er saß an einem Tisch und studierte Akten.

»Wir haben die Station gründlich durchsucht, Sir.«

»Und?«

»Soweit wir feststellen können, fehlen vier Personen.«

Kelty schlug mit der flachen Hand auf den Tisch. Naish riss abrupt die Augen auf. Sie setzte sich rasch auf und wischte sich etwas Speichel aus dem Mundwinkel.

»Wissen wir, wer sie sind?«

»Nein, Sir.« Der Lieutenant roch nach Rauch und seine Wangen waren rußverschmiert. »Auf der unteren Ebene liegen etwa dreißig Leichen, die zu stark verbrannt sind, als dass man sie identifizieren könnte. Einige davon sind Sträflinge – sie konnten nicht aus ihren Zellen heraus –, aber das sind nur zwölf, also muss der Rest Personal sein.«

»Suchen Sie schon die Umgebung ab?«

»Die Hubschrauber fliegen in einem Fünfzigmeilenradius Aufklärungsschleifen um die Basis, aber bis jetzt sind sie auf kein Lebenszeichen gestoßen.«

»Was bedeutet, dass sie irgendein Fahrzeug hatten. Kann man da draußen im Sand Reifenspuren sehen?«

»Hunderte«, antwortete der Lieutenant. »Der Sicherheitsdienst fährt dreimal am Tag in Jeeps Patrouille, um sicherzugehen, dass sich niemand unerlaubt in dieser Gegend aufhält.«

Der Doktor schloss die Augen. »Dann weisen Sie die Piloten an, nach den einzigen Spuren Ausschau zu halten, die sich in einer geraden Linie von hier fortbewegen«, seufzte er.

»Jawohl, Sir.« Der Lieutenant salutierte und machte auf dem Absatz kehrt.

Dann hielt er inne. »Verzeihung, Sir. Was tun wir, wenn wir die Flüchtigen finden?«

»Unter keinen Umständen landen oder sich ihnen nähern. Sie schießen sie da, wo sie sind, nieder.«

»Sir?«

»Sie haben gehört, was ich sagte.«

Der Lieutenant schluckte hart. Dann salutierte er abermals und stürmte aus dem Raum. Dr. Kelty ließ seinen Kopf in die Hände sinken.

»Soll ich uns Kaffee holen, Sir?« Naish lehnte sich über seine Schulter und gähnte. Ihre Augen waren trübe und vom Schlaf verklebt. »Die Automaten auf dieser Ebene funktionieren noch.«

»Sie machen, dass Sie wieder an den Computer kommen«, bellte Kelty und hielt ihr ein Klemmbrett hin. »Gleichen Sie jeden identifizierbaren Toten auf der Basis mit dieser Liste des Personals und der Sträflinge ab.«

»Und dann?«

»Finden Sie die Namen aller Personen heraus, die Sie noch nicht auf der Liste abgehakt haben. Dann überprüfen Sie, ob Sie hier einquartiert waren oder nicht – ich weiß, dass einige der Mitarbeiter täglich mit Bussen aus den Ortschaften am Rand der Wüste hierher gebracht wurden. Falls sich herausstellt, dass irgendwelche dieser Heimschläfer fehlen, schicken Sie die wenigen Leute los, die wir nach diesem Fiasko noch zur Verfügung haben, um nachzufragen, ob sie zu Hause aufgetaucht sind. Wenn nicht, überprüfen Sie die Häuser von Verwandten, Freunden, Liebhabern, Arbeitskollegen … den Laden, wo sie am liebsten Eis essen – alles.« Kelty stieß Naish das Klemmbrett vor die Brust. »Ich will, dass man die Überlebenden, die die Basis verlassen konnten, aufspürt.«

»Das könnte Wochen dauern.«

»Dann ist es ja gut, dass Sie gerade ein erholsames kleines Nickerchen gemacht haben.« Keltys Stimme triefte vor Sarkasmus. »Denn Sie werden nicht eher ruhen, bis das geklärt ist.«

»Ich weiß gar nicht mehr, wann ich zum letzten Mal ein Eis gegessen habe«, sagte Naish wehmütig. Dann huschte sie aus dem Zimmer, bevor Kelty etwas fand, was er nach ihr werfen konnte.

Kirkfallen Island
2009

Gene Stapleton aß mit seinen Eltern in ihrem steinernen Bauernhaus zu Mittag, so wie immer. Wie gewöhnlich gab es einfache Kost – Kartoffelsalat und Räucherfisch. Und wie gewöhnlich gewann Genes Neugier die Oberhand und er stellte seine tägliche *Nervige Frage*.

»Sollten wir nicht vor dem Essen ein Tischgebet sprechen?«

»Ein *was*?«

»Na ja, um für den Kartoffelsalat zu danken, und so.«

»Also, *gut* ist der Salat ja.« Sein Vater schaufelte sich eine mächtige Portion von der hellen Masse auf den Teller und bot seiner Frau die Schüssel an.

»Möchtest du das Tischgebet sprechen, Annie?«

»Eigentlich nicht.« Genes Mutter strahlte die beiden mit einem heiteren Lächeln an. »Ich habe noch nie gern vor Publikum gesprochen.«

»Ich auch nicht. Du bist überstimmt, mein Sohn.« Sein Vater zuckte mitfühlend mit den Schultern. »Gott segne die Demokratie.«

Genes Mutter kicherte, dann setzte sie rasch wieder ein ernstes Gesicht auf.

»Mach dich nicht über ihn lustig, Eddie«, schalt sie. »Der Junge hat ein Recht auf seine eigenen Ansichten.«

»Du hast natürlich recht.« Edward Stapleton nahm einen kräftigen Schluck Wasser und streckte sich. »Bleib nur bei deinem Tischgebet, wenn du möchtest, Gene. Aber sprich es am besten nur für dich im Kopf. Einige von uns wollen einfach nur in Ruhe essen.«

Gene Stapleton, Poppy Ainsworth und Millar Watt saßen in ihrer Bandenhütte, dem Ort, der für sie den Mittelpunkt der Insel ausmachte. Mit den Klubhäusern verglichen, die sich Kinder auf dem Festland bastelten, war ihre ziemlich eindrucksvoll – dafür konstruiert, dem schneidenden Wind und dem Regen des Atlantiks standzuhalten. Sie war ungefähr sechseckig im Grundriss, schmiegte sich in eine schützende Mulde und bestand aus zusammengenageltem Treibholz, das mit ausrangierten Seilen gesichert war. Stützpfeiler aus Treibholz verliehen dem Gebäude zusätzliche Stabilität. Risse in den Wänden hatten sie mit getrocknetem Lehm gefüllt und das Dach ihrer Behausung mit getrocknetem Seegras gedeckt. Jedermann auf Kirkfallen, auch die Kinder, kannte sich mit dem Zimmermannshandwerk aus. Sie alle wussten, wie man Dinge baute, die ihren Zweck erfüllten.

Gene, Poppy und Millar waren die ältesten Kinder auf der Insel. Bei seltenen Gelegenheiten ließen sie es zu, dass Marcie Gold und Bob McCombie sich ihnen anschlossen, aber die beiden waren erst zwölf und noch zu unreif, um vollwertige Bandenmitglieder zu sein.

»Was ist eigentlich los mit dir?« Millar wedelte mit der Hand vor dem Gesicht seines Freundes herum. »Du kommst mir vor, als wärst du mit den Gedanken in deiner eigenen Welt.«

Millar Watt war ein klein gewachsener, selbstbewusster Junge, der tagein, tagaus in denselben Klamotten herumlief: ein Filzhut, viel zu große Armeestiefel, eine Camouflagejacke und eine dazu passende

Uniformhose. Gene war sich nicht sicher, ob das die einzigen Kleidungsstücke waren, die sein Freund besaß, oder ob er die gleiche Kombination ein Dutzend Mal im Schrank hängen hatte. Und Millar weigerte sich standhaft, die eine oder die andere der beiden Vermutungen zu bestätigen oder einer davon zu widersprechen.

»Ich habe nachgedacht.«

»Dann hör bitte damit auf«, maulte Poppy. »Wenn du dich hier ausklinkst, bin ich gezwungen, mich mit Millar zu unterhalten.«

»Und ich gebrauche zu viele schwierige Wörter, als dass sie verstehen könnte, was ich sage.«

Poppy war ein großes Mädchen, nicht dick, aber breitschultrig und so kräftig wie jeder beliebige Mann auf der Insel. Ihre stämmige Figur wurde von ihrem Rugbytrikot und den weiten, ausgebeulten Jeans noch betont. Und mit den dichten schwarzen Augenbrauen, dem kantigen Gesicht und dem Topfschnitt ihrer schwarzen Haare sah Poppy, deren Name ja Mohnblume bedeutete, so wenig blumenhaft aus, wie Gene es sich nur vorstellen konnte.

»Magst du uns nicht erzählen, welche Laus dir über die Leber gelaufen ist?«, fragte sie. »Du machst ein Gesicht, als hättest du eine Brennnessel verschluckt.«

Gene lächelte seine Freunde verlegen an.

»Ich war am Sonntag draußen auf Pittenhall Ridge …«

»Da darfst du doch nicht hin«, keuchte Poppy erschrocken und sah sich um – obwohl ihnen hier unmöglich jemand zuhören konnte.

»Ich wollte einfach nur ein paar Skizzen von den Vögeln an ihren Nistplätzen machen.«

Seine Freunde verstanden das. Zeichnen war Genes Hobby, er hatte Talent und war ziemlich gut. Pittenhalls abschreckender Ruf als gefährlicher Ort bedeutete, dass ihr Freund dort draußen unter Garantie ungestört war, und Vögel ließen sich nun einmal wesentlich leichter zeichnen, wenn sie am Boden blieben.

»Ich habe die Orbisons gesehen, als ich meine Skizzen gemacht habe. Es muss unmittelbar vor ihrem Tod gewesen sein.«

»Fantastisch!«, rief Millar atemlos. »Hast du sie springen sehen?«

Poppy versetzte ihm einen wuchtigen Schlag gegen die Schulter, der ihn fast ans andere Ende des Raums schleuderte.

»Sei nicht so unsensibel, du Schwachkopf.« Sie blickte tröstend zu Gene. »Und? Hast du?«

»Nein, hab ich nicht.« Gene nagte an seiner Unterlippe. »Tatsächlich habe ich genau das Gegenteil gesehen.«

»Wie meinst du das?«

»Ich lag im hohen Gras und habe gerade eine nistende Seeschwalbe gezeichnet, da sah ich die Orbisons Pittenhall Ridge entlanggehen. Und sie wirkten ganz und gar nicht lebensmüde. Sie haben sich unterhalten und viel gelacht.«

»Haben sie dich bemerkt?«

»Ich wollte nicht gestört werden, also habe ich mich weiter nach unten zurückgezogen, wo ich sie nicht sehen konnte und sie mich auch nicht. Dann muss ich wohl eingedöst sein, und als ich mich wieder nach ihnen umgesehen habe, gingen sie gerade.« Er rieb sich nervös die Schläfe. »Das Komische ist, dass sie bester Laune waren. Und sie gingen von Pittenhall Ridge *weg* – zurück ins Dorf.«

»Also worauf willst du hinaus?« Poppy kratzte sich mit einem ihrer Wurstfinger am Hals. »Willst du etwa sagen, sie haben gar nicht Selbstmord begangen?«

»Nach allem, was ich gesehen habe, kommt mir das unwahrscheinlich vor.«

»Du glaubst, jemand hat sie über den Rand *gestoßen*?«

»Mir fällt kein guter Grund ein, warum zwei glückliche Menschen, die sich vom Rand einer Klippe entfernen, plötzlich umkehren und hinunterspringen sollten.«

Millars Augen waren groß und rund wie Untertassen. »Wenn du glaubst, sie sind ermordet worden, dann musst du das jemandem erzählen.«

»Wem denn? Man braucht mehr als eine Person, um zwei gesunde, kräftige Menschen an den Rand einer Klippe zu zerren und sie hinunterzuwerfen. Vielleicht sogar drei oder vier.«

»Womöglich kam ein Boot vorbei und die Mannschaft ist an Land gegangen und …« Millar verstummte, als er merkte, wie dämlich sich das anhörte.

»Und dann ist die Besatzung eine senkrechte Klippe hochgeflogen – mit Raketenrucksäcken, ja?«

»Auf der Insel ist doch niemand außer den Menschen in unserem Dorf«, meinte Poppy ungläubig. »Leute, die wir schon ewig kennen.«

»Genau. Aber ich werde das Gefühl nicht los, dass die Orbisons ermordet wurden.« Gene schüttelte niedergeschlagen den Kopf. »Und wenn das stimmt, dann kommen ihre Mörder aus unserer Gemeinde.«

Kirkfallen Island
2009

Gene, Poppy und Millar kauerten dicht zusammengedrängt in ihrer Hütte und überdachten ihre komplizierte Lage. Draußen schrien die kreisenden Möwen, wie sie es immer taten, und der Wind fegte wütend über das Grasdach. Zum ersten Mal waren sich die drei Teenager schmerzlich ihrer eigenen Isolation bewusst.

»Ich meine, wir sollten es unseren Eltern sagen«, begann Poppy. »Wir können das nicht einfach für uns behalten.«

»Das würde ich nicht tun«, widersprach Millar. Trotz seines lässigen Auftretens und seines seltsamen Aufzugs verfügte er über einen messerscharfen Verstand. Er hatte fast jedes Buch aus der Informationshütte der Insel gelesen und das war eine beträchtliche Menge. Und er erinnerte sich an nahezu alle Daten, die er dabei in sich aufgesaugt hatte.

»Warum nicht?«

»Schaut uns doch an.« Millar streckte seinen Freunden die Hände entgegen. »Wir vertrauen einander, oder?«

Poppy zog eine ihrer buschigen Augenbrauen hoch.

»Du hast mir mal ein Schild auf den Rücken geklebt, auf dem stand: *Ich bin ein LKW.*«

»Das ist jetzt zwei Jahre her!«

»Natürlich trauen wir einander«, unterbrach Gene sie. »Wir sind schließlich zusammen aufgewachsen.«

»Und das gilt für alle auf Fallen«, sagte Millar. »Wir leben zusammen. Arbeiten zusammen. Wir haben niemand anderen.«

Das war die Wahrheit. Die Bewohner von Kirkfallen waren vollständig isoliert. Und obwohl sie aus allen Teilen der Welt stammten, schienen sie ihre verschiedenen Herkunftsorte und Kulturen hinter sich gelassen zu haben. Die Erwachsenen sprachen niemals davon, woher sie gekommen waren, selbst wenn ihre Kinder direkt danach fragten. Sie waren, wie durch eine stillschweigende Übereinkunft, Menschen ohne Vergangenheit.

»Es käme gar nicht gut an, wenn wir anfingen, Gerüchte zu verbreiten, dass sich Mörder unter uns befinden«, stimmte Gene zu. »Das könnte Fallen auseinanderreißen.«

»Sag nicht dauernd *wir*«, schnaubte Millar. »Du bist schließlich der Einzige, der die Orbisons gesehen hat.«

»Aber du glaubst mir doch, oder?«

»Natürlich glaube ich dir.«

»Genau das meine ich ja. Alle auf der Insel vertrauen einander. Wir können das nicht kaputt machen, solange wir keine handfesten Beweise haben.«

»Also was machen wir jetzt? Eine Geisterbeschwörung?«

»Wir suchen selbst nach Beweisen«, sagte Gene entschlossen. »Wir finden heraus, wer es war.«

Am Rand der Mojave-Wüste
1980

Dan und Louise fuhren auf der Ladefläche eines alten Pick-up-Lasters mit, bis sie die Stelle erreichten, wo der Highway 58 den Highway 14 kreuzte. Nachdem sie fünfzehn Minuten an der flachen, staubigen Kreuzung gestanden hatten, erwischten sie eine weitere Mitfahrgelegenheit nach Norden in Richtung El Paso. Ein paar Meilen später kamen sie an ein Schild, das verkündete:

Willkommen in Rattray. Bevölkerung 769.
Bitte fahren Sie langsam.

Irgendein Witzbold hatte über »fahren« ein neues Wort in das Schild gekratzt. Jetzt stand dort zu lesen:

Bitte sterben Sie langsam.

»Tja. So ist das hier eben. Viel mehr kann man in diesem Einödkaff auch nicht mit sich anfangen.« Louise tippte dem Fahrer auf die Schulter. »Hier können Sie uns rauslassen, bitte. Und vielen Dank fürs Mitnehmen.«

Rattray war das Musterbild eines verschlafenen Wüstenstädtchens.

Zwei Reihen sonnengebleichter Ladengeschäfte säumten die Hauptstraße, und hinter ihnen schlängelte sich eine Handvoll schmaler Wege einen sandigen Hügel hoch, bevor sie im Nichts endeten, wo die Steigung zu steil wurde. Zwei der Läden hatten Schilder in den Fenstern, auf denen Zu Verkaufen stand. Menschen waren weit und breit nicht zu sehen.

Dan pfiff leise durch die Zähne.

»Was macht ihr hier, wenn ihr Spaß haben wollt, Louise? Kaktusse züchten?«

»Der Plural lautet *Kakteen*.« Die Frau ließ den Rucksack von ihren Schultern gleiten und warf ihn in eine Abfalltonne. Ihr schweißnasses T-Shirt klebte ihr am Körper und brachte so ihre üppigen Rundungen zur Geltung. »Und wenn du mir noch weiter frech kommst, schiebe ich dir einen in den Hintern.«

Der Junge zog an ihrem Arm.

»Louise, warum sind wir zwei als Einzige noch am Leben? Warum sind wir nicht tot, wie alle anderen auf der Basis? Und wo sind all die *Ameisen* hergekommen?«

»Ich weiß es nicht, Dan. Aber du kannst verdammt sicher sein, dass ich es irgendwann herauskriege.«

Sie zeigte auf eine Reihe unscheinbarer einstöckiger Häuschen auf halber Höhe des Hügels.

»Da wohne ich mit meiner Tochter. Ihr Name ist Emily.«

»Was ist mit deinem Mann?«

»Ich habe gesagt, ich bin schwanger, Schatz. Von einem Mann habe ich nichts gesagt.« Louise grinste zynisch. »Du hattest schon recht. Hier gibt's wenig Auswahl, wenn man ein bisschen Spaß haben will.«

Dan räusperte sich höflich und sah zu Boden.

»Mach dir keine Gedanken, Kleiner. Ich mag zwar Kinder, aber keine festen Bindungen.«

Als der Teenager wieder zu ihr aufsah, glitzerten Tränen in seinen Augen.

»Was wird jetzt aus mir?«

Louise holte tief Luft. »Ich fürchte, wir beide wissen zu viel, als dass die Army uns einfach so aus dieser Sache rauslässt.«

Sie streichelte mit einer beschützenden Geste ihren Bauch. »Ich, Emily und der kleine Unglückswurm hier drin müssen schleunigst verschwinden.«

»Du nimmst mich nicht mit, oder?« Dan brachte die Worte kaum heraus.

»Das kann ich nicht, Schatz. Ich weiß ja, was du getan hast.«

»Aber ich muss das erklären. Ich …«

»Nein.« Die Frau legte den Finger an die Lippen. »Ich will keine Erklärungen. Du bist ein Kind. Alles, was du brauchst, ist Vergebung.« Sie zog den Teenager an den Straßenrand und drückte ihn auf eine Bank. »Aber ich muss klarstellen, warum ich *getan habe, was ich getan habe.«*

Dan ließ wieder den Kopf hängen.

»Nein. Nein. Das geht nur, wenn wir uns in die Augen sehen.« Sie hob sein Kinn. »Auf der Sheridan-Basis haben sie mich eingestellt, weil ich ausgebildete Krankenschwester bin und sie knapp mit Personal waren. Und als ich dann gemerkt habe, was da vor sich ging, habe ich trotzdem mitgemacht. Ich stand daneben und ließ sie ihre Experimente an den Sträflingen durchführen. Mir ging es um das Geld.« Sie starrte Dan in die Augen. »Als Frau mit einem kleinen Kind, in dieser Gegend? Da findest du nur schwer Arbeit und dieser Job war richtig gut bezahlt.«

Der Junge nickte, was ihm schwerfiel, denn Louise hielt immer noch sein Kinn fest.

»Das war übrigens eine mächtig lange Rede für meine Verhältnisse.«

»Ich verstehe«, flüsterte Dan.

Louise ließ sein Kinn los und deutete den Hügel hinauf. Ihr Tonfall wurde härter.

»Meine zehn Jahre alte Tochter ist dort oben. Sie ist meine ganze Welt, und ich kann nicht zulassen, dass ihr etwas passiert. Ich habe dich da herausgeholt. Ich schätze, damit sind wir quitt. Mehr kann ich nicht tun.«

Sie griff in ihre Tasche und zog ein Bündel Geldscheine hervor.

»Das sind ungefähr hundert Dollar. In einer halben Stunde kommt hier ein Greyhound-Bus in Richtung El Paso vorbei, den kannst du nehmen. Danach musst du sehen, wie du zurechtkommst.«

»Ich habe Angst, Louise.«

»Ich auch, Kleiner. Aber zur Polizei kann keiner von uns gehen. Wir haben beide zu viel Dreck am Stecken.«

Sie streckte ihm die Hand hin und Dan schlug zaghaft ein.

»Viel Glück, Schatz.«

»Viel Glück, Louise.« Der Teenager unterdrückte ein Schluchzen.

Die Frau drehte sich um und stapfte entschlossen den Hügel hoch. Ihr Gesicht war rot vor Scham. Dan blieb allein an der menschenleeren Straße sitzen.

Naish kam mit müden Schritten in die Unterkunft zurückgeschlichen. Dunkle Ringe zeichneten sich unter ihren Augen ab. Dr. Kelty war am Schreibtisch eingeschlafen, den Kopf hatte er auf die Hände gestützt. Seine Assistentin betrachtete ihn einen Moment lang. Dann streckte sie die Hand aus und zog einen der Ellenbogen weg. Keltys Kopf fiel nach unten und sein Kinn krachte auf die harte Holzplatte.

»Ey? Was? Ich habe nicht geschlafen!«

»Selbstverständlich nicht, Sir«, sagte Naish scheinheilig. »Die Hubschrauber haben gerade am Rand der Wüste einen Jeep gefunden, etwa fünfzig Meilen nördlich. Mit zwei toten Soldaten. Sieht aus, als hätten sie sich gegenseitig umgebracht.«

»Sicher.« Kelty richtete sich auf, stemmte die Hände in den Rücken und streckte sich durch. Eine Serie knackender und knirschender Geräusche ertönte. »Sie schaffen es, dem Gemetzel hier zu entkommen, fahren fünfzig Meilen weit durch die Dunkelheit, und dann beschließen sie mit einem Mal, sich gegenseitig zu töten.«

»Vielleicht haben sie sich verkracht, weil keiner den Sprit zahlen wollte.«

»Sparen Sie sich Ihre billigen Witzchen, Naish.« Kelty warf den Kopf von einer Seite auf die andere, was weitere knirschende Geräusche hervorrief. Die Frau zuckte zusammen.

»Ich möchte wetten, auf dem gesamten Gelände fehlt nur dieser eine Jeep.«

»Korrekt.«

»Dann waren vier *Menschen darin.« Kelty drehte einen Kugelschreiber zwischen seinen dünnen Fingern und starrte ins Leere. »Komisch allerdings, dass jemand auf die Idee kommt, nach Norden zu fliehen, meinen Sie nicht auch?«*

»Es gibt viel mehr Ortschaften im Westen«, stimmte seine Assistentin zu. »Es wäre einfacher gewesen unterzutauchen, wenn sie diese Richtung eingeschlagen hätten.«

»Grenzen Sie die Suche ein, Naish. Konzentrieren Sie sich auf noch nicht identifiziertes Personal, das aus nördlicher Richtung mit Bussen

zur Basis gebracht wurde. Und wenn wir diese Leute finden, will ich sie lebend.«

»Das ist äußerst human von Ihnen, Sir.«

»Die beiden, die entkommen sind, können keine Bedrohung mehr darstellen, sonst hätten wir das inzwischen schon am eigenen Leib erfahren.« Kelty klopfte sich mit dem Stift gegen die Zähne. »Mein Gott. Diese Überlebenden sind vielleicht die wichtigsten Menschen auf der Erde und sie wissen es nicht einmal.«

»Ohne Ihnen einen Strich durch die Rechnung machen zu wollen, Sir, es besteht durchaus die Möglichkeit, dass wir sie nicht aufspüren. Sie haben einen großen Vorsprung, und es ist ziemlich sicher, dass unsere Finanzierung eingestellt wird, wenn die hohen Tiere da oben mitkriegen, dass Ihr Experiment eine komplette Forschungseinrichtung ausgelöscht hat.«

»Da werde ich mir sicherlich eine gute Erklärung einfallen lassen müssen.« Zu Naishs Entsetzen zeigte Kelty ein breites Grinsen. »Aber wir finden sie schon.«

Er nahm seiner Assistentin das Klemmbrett ab und klappte die Abdeckung zu.

»Früher oder später. Wir werden sie finden.«

Kirkfallen Island
2009

»Wir müssen unsere individuellen Fähigkeiten effizient einsetzen.« Millar Watt fuhr sich mit einer theatralischen Geste übers Kinn. »Ich finde heraus, wer die Orbisons umgebracht hat, und dann kann Poppy sich auf die Täter setzen, bis Hilfe kommt.«

Poppy war an Bemerkungen wie diese gewöhnt und zuckte nicht einmal mit der Wimper.

»Und was tue *ich*?«, fragte Gene sarkastisch. »Besorge ich dir eine Pfeife und einen Hut wie bei Sherlock Holmes?«

»Der sieht bestimmt nicht schlimmer aus als der, den er schon aufhat.«

»Nichts gegen Sherlock Holmes, mein lieber Popson.« Millar nahm seine zerbeulte Kopfbedeckung ab und streichelte sie liebevoll. »Wie oft habe ich es dir schon gesagt: Hat man das Unmögliche eliminiert, so muss, was übrig bleibt – mag es auch noch so unwahrscheinlich erscheinen –, die Wahrheit sein?«

»Ähm … noch nie?«

»Das ist ein Zitat«, seufzte Millar. »Aus *Das Zeichen der Vier*, von Arthur Conan Doyle.«

»Gibt es eigentlich ein Buch in der Informationshütte, das du noch nicht gelesen hast?«

»Ja, diese mehrbändige Geschichte des englischen Bürgerkriegs, zu der bin ich noch nicht gekommen. Poppy hat sie ausgeliehen und stapelt die Bände jeden Abend vor den Spalt unter ihrer Schlafzimmertür, damit es nicht so zieht.«

Poppy zuckte nur die Achseln. Sie machte sich wirklich nichts aus Büchern. In der Informationshütte stand ein schon etwas mitgenommenes Fernsehgerät mit einem Videorekorder, und obwohl es dazu nur alte Filme in Schwarz-Weiß gab, hatte Poppy sie alle schon Dutzende Male gesehen. Ihr ganzer Ehrgeiz war darauf gerichtet, eines Tages nach Amerika zu gehen und ein Filmstar zu werden – eine fixe Idee, über die Millar sich bei jeder sich bietenden Gelegenheit lustig machte. Aber sosehr er sie auch wegen ihres Aussehens und ihrer Figur aufzog, hielt Poppy doch unerschütterlich an ihrem Glauben fest, dass sie irgendwann ein Star sein würde.

»Wir sollten mit den Fakten anfangen, die wir schon kennen.« Gene kramte in der großen Teekiste herum, in der sie ihre Habseligkeiten aufbewahrten, und brachte einen Block und Bleistifte zum Vorschein. »Würdest du mitschreiben, Poppy?«

»Sehe ich aus wie eure Sekretärin?«

»Ist ganz leicht«, feixte Millar. »Du drückst einfach das spitze Ende des Bleistifts auf das Papier und bewegst deine Hand.«

»Ich habe die Orbisons am Sonntag gesehen, gegen elf Uhr morgens.« Gene wusste, der sich anbahnende Austausch von Beleidigungen würde endlos weitergehen, wenn er ihn nicht im Keim erstickte. »Sie müssen unmittelbar darauf gestorben sein.« Auf dem Block notierte er:

Zeitpunkt des Todes: etwa 11 Uhr, Sonntagmorgen.

»Wann hat man die Leichen gefunden?«

»Zwei Stunden später. Fred Wolper hat sie entdeckt.«

»Was hatte der denn unten bei den Pittenhall-Felsen zu suchen?«, wunderte sich Poppy.

»Sehr gut, Watson.« Millar strich sich wieder über das Kinn. »Sonderbar, dass sich jemand da herumtreibt.«

»Er war doch oben auf den Klippen, ihr Halbidioten«, unterbrach Gene. »Er hatte seine Schafe gerade zu einem neuen Weideplatz geführt und zwei fehlten. Er hat über den Klippenrand geschaut, um zu sehen, ob sie vielleicht hinuntergefallen waren, und da hat er die beiden entdeckt.«

»Nimm ihn als Verdächtigen auf die Liste.«

»Würde Sherlock Holmes das auch so machen?«

Millar zuckte mit den Schultern. »Er ist der einzige Verdächtige, den wir haben.«

Gene schrieb also gehorsam den Namen auf.

Verdächtiger Nr. 1: Fred Wolper, Schäfer.

»Er kann sie nicht allein hinuntergeworfen haben«, wandte Poppy ein. »Er ist viel zu schmächtig.«

»Stimmt«, gab Millar ihr recht. »Wo warst du denn Sonntag um elf?«

»Ich habe die Kühe gemolken.«

»Ausgezeichnet. Dann trifft *die* schon mal kein Verdacht.«

»Ich weiß noch, dass ich die McCombies vorbeigehen gesehen habe.« Poppy überlegte einen Augenblick. »Und ich habe mich mit Marcie Gold unterhalten und die war mit ihren Eltern unterwegs.«

»Das ist immerhin ein Anfang.« Millar rieb sich die Hände. »Gene, kannst du uns eine Liste von allen auf der Insel zusammenstellen? Dann streichen wir jeden durch, der ein Alibi hat.«

»Wir sind doch mindestens fünfzig Menschen auf Fallen«, stöhnte Gene. Aber er begann sofort, sie alle fein säuberlich aufzulisten. Als er fertig war, zählte er siebzig Einwohner, einschließlich der Kinder.

»So. Wer scheidet sonst noch als Täter aus?«

»Meine Eltern«, sagte Poppy mit unübersehbarer Erleichterung. »Sie waren die ganze Zeit auf unserem Hof.«

»Was ist mit deinen, Millar?«

»Die waren zum Brunch beim Kaiser von China, soviel ich weiß«, gab der eingeschnappt zurück. »Mal ernsthaft, die haben sich bestimmt nicht die Zeit damit vertrieben, jemanden *umzubringen*.«

»Ich streiche deine Mutter und deinen Vater von der Liste, Poppy.« Gene zog einen Strich durch den Namen der Ainsworths. »Und alle Kinder auch. Die sind zu klein, um so etwas getan zu haben.«

»Bleiben immer noch vierundvierzig Erwachsene.« Millar legte das Gesicht in Falten. »Einschließlich meiner Eltern. Und deiner.«

»Hey. Wir sollten langsam aufbrechen.« Poppy zog ein angenageltes Bettlaken zur Seite und sah durch den schmalen Schlitz, der als Fenster diente. »Es ist schon ziemlich dunkel draußen.«

Sie nahm die Petroleumlampe, die sie zur Beleuchtung verwendeten, und die drei machten sich auf den Weg zurück ins Dorf. Die Nacht war finster, aber die Teenager kannten das Gelände so gut, dass sie auch mit geschlossenen Augen nach Hause gefunden hätten.

»Bis morgen dann, Leute.« Millar bog ab und ging auf das Gehöft seiner Eltern zu. »Die Jagd hat begonnen.«

»Na, dann schleich dich mal an deine Beute heran in deinen blöden Camouflagehosen.« Poppy wandte sich in die entgegengesetzte Richtung. »Nacht, Gene.«

»Nacht, Poppy. Ich bin froh, dass deine Eltern keine Mörder sind.«

Er schob seinen Notizblock unter den Pullover und betrat sein eigenes Zuhause.

Edward Stapleton saß am prasselnden Kaminfeuer und las tatsächlich ein Buch. Er sah kurz auf, als sein Sohn hereinkam.

»Du bist spät dran heute Abend.«

»Tut mir leid, Dad.«

»Solange du morgen rechtzeitig für die Schule tatsächlich aus dem Bett kommst …«

»Geht klar.« Gene zögerte, bevor er in sein Zimmer ging.

»Dad?«

»Ja?«

»Gefällt es dir hier?«

Sein Vater wartete viel länger mit der Antwort, als Gene es gedacht hätte.

»Es ist meine Heimat.«

»Vermisst du denn nicht die ganzen Sachen da draußen in der Welt?«

»Ich wollte nie so einen Bürojob und einen Anzug mit Krawatte tragen müssen. Und was nach der Arbeit? Den ganzen Abend auf meinem Hintern hocken und fernsehen?«

»Noch niemand hat je die Insel verlassen, oder?«, hakte Gene nach. »Denken alle so wie du?«

»Ich glaube schon. Auf dieser Insel können wir unser eigenes Schicksal bestimmen. Das ist etwas Großartiges. Viele Leute wissen das nicht zu schätzen, wenn du mich fragst.« Er knallte das Buch zu, faltete seine Pranken darauf und musterte seinen Sohn.

»Aber mach dir keine Sorgen. Du kriegst schon noch Gelegenheit zum Reisen, wenn du alt genug bist. Ich erwarte nicht von dir, dass du für immer hierbleibst.«

»Ich weiß. Nacht, Dad.«

»Nacht, mein Sohn.« Edward deutete einen militärischen Gruß an, bevor er die Hand wieder auf das Buch fallen ließ. »Ich hab dich lieb.«

Gene blieb auf dem Weg zu seinem Zimmer stehen. Sein Vater war zwar ein guter Mensch, aber solche spontanen Gefühlsbekundungen waren sonst gar nicht seine Art.

»Ich dich auch, Dad.«

Als Gene die Tür seines Zimmers hinter sich geschlossen hatte, öffnete Edward Stapleton langsam sein Buch und blickte grimmig hinein.

Zwischen den Seiten lag ein halbes Dutzend zerquetschter Ameisen.

In dieser Nacht lag Gene in seinem Bett und konnte keinen Schlaf finden. Stattdessen dachte er unablässig an die Liste mit den Namen der Familien auf der Insel.

Irgendetwas daran stimmte nicht. Nichts, was mit einem Mordverdacht zu tun hatte. Da war er sich sicher.

Nein.

Irgendetwas war seltsam an der Liste an sich.

Donnerstag

Der Houdini-Killer

Der Mensch, biologisch gesehen,
ist das furchtbarste aller Raubtiere,
und das einzige,
das seine eigene Gattung anfällt.

WILLIAM JAMES

Kirkfallen Island
2009

Der Himmel war schiefergrau, als Gene zur Schule aufbrach. Es war schwer zu sagen, ob die Insel sich heute wie gewöhnlich unter ihrer niemals aufreißenden Wolkendecke verkroch oder ob das Firmament heute einfach den ganzen Tag lang auf weitere Farben verzichten wollte.

Genes Vater grub den frostigen Boden auf dem Hügel über ihrem Hof um. Trotz der Kälte hatte er die Hemdsärmel hochgekrempelt und man konnte seine massigen Arme sehen. Es war ein Anblick, der Gene schon oft morgens begrüßt hatte, doch heute erschien ihm zum ersten Mal die einsame Silhouette zwergenhaft klein vor der majestätischen Eintönigkeit der Insel.

Gene war schon immer sehr neugierig gewesen, aber seine Neugier hatte sich immer auf das Unbekannte in weiter Ferne gerichtet – auf die Welt außerhalb Kirkfallens. Nun fiel ihm auf, dass er nur selten Fragen über die Insel selbst stellte.

Doch jetzt, wo er einmal angefangen hatte, merkte er, wie schwer es ihm fiel, damit aufzuhören.

In der Schule, einer Baracke aus vorgefertigten Bauteilen, träumte er sich durch die Vormittagsstunden. Die Kinder von Kirkfallen wurden alle zusammen unterrichtet, wobei die älteren den jüngeren mit dem Stoff halfen. Dieses System hatte für die älteren Schüler den Vorteil, dass sie nur am Vormittag Unterricht hatten. An den Nachmittagen sollten sie selbstständig lernen, indem sie die beträchtlichen Bestände der Informationshütte nutzten. Manchmal taten sie das – besonders Millar. Manchmal wurden sie gebraucht, um ihren Eltern beim Bestellen der Felder oder bei Reparaturen zu helfen. Und gelegentlich schwänzten sie.

Heute jedoch schleifte Gene Poppy und Millar förmlich mit Gewalt zur Informationshütte. Er schloss die Tür hinter ihnen und schaltete den elektrischen Heizstrahler ein.

»Das wird jetzt eine völlig andere Art von Projektarbeit«, sagte er geheimnisvoll. »Was machen wir normalerweise, wenn wir hier lernen?«

»Alles Mögliche«, sagte Poppy. »Mathe. Rechtschreibung. Was unser Arbeitsplan eben so vorschreibt.«

»Was ist mit Büchern?« Gene drehte sich instinktiv zu Millar hin. »Was liest du so?«

»Eine Menge Romane. Naturwissenschaften. Geschichte.«

»Und was ist mit der Geschichte von Fallen? Wann lernen wir etwas darüber?«

»Fallen hat keine Geschichte.« Poppy zuckte geringschätzig mit den Schultern. »Früher gab es mal so eine Art Marinebasis hier, aber die hat man schon vor Jahren aufgegeben. Die Insel war unbewohnt, als unsere Eltern hier ankamen.« Sie klang so, als hätte sie das irgendwann einmal für die Schule auswendig lernen müssen – und tatsächlich war es ja auch fast so.

»Also, wo sind dann unsere Verwandten?«, fragte Gene unbeirrt weiter. »Unsere Onkel und Tanten?«

Wieder leierte Poppy die Antwort herunter, die sie immer auf diese Fragen bekommen hatte.

»Die Familien, die sich hier ansiedeln, sind sorgfältig ausgewählt. Wir haben keine enge Verwandtschaft. Sonst wäre es zu schwer für alle Betroffenen, sich auf ein Leben an solch einem isolierten Ort einzulassen.«

»Aber wir haben doch wohl Großeltern.« Gene hatte den größten Teil der Nacht damit verbracht, das Leben auf der Insel zu überdenken, und nun brachen seine ganzen beunruhigenden Erkenntnisse aus ihm heraus. »Meine sind beide tot, aber ein paar von den Erwachsenen haben doch sicher noch Eltern, die gerne einmal zu Besuch kommen würden?«

»Meine Großeltern sind auch tot«, sagte Poppy.

»Meine auch«, schloss sich Millar an, dessen Gesichtsausdruck immer zweifelnder wurde.

»Ich sage euch noch etwas.« Gene entfaltete ein Stück Papier. »Ich habe eine neue Liste von allen, die hier wohnen, gemacht, und diesmal habe ich nicht nur die Kinder, sondern auch ihr Alter mit aufgenommen.«

Er breitete das Blatt auf dem geräumigen Tisch aus, an dem sie sonst ihre Aufgaben machten.

EINWOHNER VON KIRKFALLEN

Die Stapletons plus Gene (14)
Die Watts plus Millar (14)
Die Ainsworths plus Poppy (14)
Die Golds plus Marcie (12)
Die Ngs plus Mona (12)

Die McCombies plus Bob (12)
Die Hayashidas plus Kyoko (12)
Die Nhols plus Talasa (10)
Die Abrahms plus Ben (10)
Die Cutters plus Liam (10)
Die Wolpers plus Gemma (10)
Die De Guglielmos plus Megan (8)
Die Hamdallahs plus Faisal (8)
Die Henrys plus Sarah (8)
Die Luptiks plus Jakub (8)
Die Nevilles plus Kyle (6)
Die McMillans plus Ruairidh (6)
Die Kitts plus Jordan (6)
Die Von Speers plus Beth (6)
Die Jodes plus Marius (4)
Die Khadums plus Michael (4)
Die Olsens plus Erin (4)
Die Singhs plus Sagar (4)
Die Orbisons (verstorben)

»Das liest sich wie eine Diskussionsrunde bei den Vereinten Nationen.« Millar war allzeit bereit, mit seinem Wissen über eine Welt anzugeben, die er noch nie gesehen hatte.

»Dreiundzwanzig Familien, jede mit einem Kind.« Gene tippte auf das Papier vor ihnen. »Und immer vier dieser Kinder sind gleich alt und zwischen den Vierergruppen gibt es immer eine Unterbrechung von zwei Jahren. Was noch hinzukommt, ist, dass die Geburtstage in jeder Altersgruppe nur etwa vier Monate auseinanderliegen, ohne jede Ausnahme.«

Er sah noch einmal auf die Tabelle, um sicherzugehen, dass seine Berechnungen korrekt waren, obwohl er sie schon ein Dutzend Mal überprüft hatte.

»Meint ihr nicht auch, dass das ein ganz schöner Haufen an komischen Zufällen ist?«

»Sicher. Aber das ist wahrscheinlich auch schon alles. Schließlich hatten die Orbisons keine Kinder.«

»Ich glaube, da sie tot sind, kann man die Orbisons nicht mehr so recht zu den Einwohnern zählen.« Gene ließ sich nicht abbringen. »Aber immer nur ein Kind? Wieso hat niemand ein zweites Kind bekommen, sobald sie auf der Insel waren?«

»Du solltest das nicht überinterpretieren«, sagte Millar. »Man braucht einfach eine vernünftig gegliederte Altersstruktur und klare Regeln, wenn eine neu gegründete Gemeinschaft gedeihen soll. Deswegen nehmen unsere Eltern nur Familien mit einem Kind auf der Insel auf und bekommen selbst auch keine mehr. Denk nur einmal daran, was für eine zusätzliche Belastung das wäre!«

»Wenn ich mir vorstelle, dass es zwei von deiner Sorte gibt, dann überzeugt mich das vollkommen«, mischte sich Poppy ein.

»Und *wessen* Regeln befolgen sie?«, sagte Gene. »Die von deinen Eltern? Von meinen? Dir fällt doch sicher auf, dass wir in dieser Gemeinde kein wirkliches Oberhaupt haben. Keinerlei Regierung oder Verwaltung. Ich meine, wer *führt* denn diesen Laden hier?«

»In einem der Regale da drüben steht ein Buch über Verschwörungstheorien und die Freaks, die darauf reinfallen.« Millar wies mit der Hand auf die eindrucksvolle Büchersammlung. »Da solltest du mal reinlesen, du Armleuchter.«

Mit einem Mal schoss Gene eine Frage durch den Kopf. Eine ganz einfache, logische Frage.

»Warum gibt es auf einer Insel in der Mitte von Nirgendwo, die in ihrer Bibliothek nur eine begrenzte Regalfläche zur Verfügung hat, überhaupt ein Buch, das sich über Verschwörungstheorien lustig macht?«

Millar öffnete schon den Mund, um eine neunmalkluge Antwort zu geben. Dann schüttelte er den Kopf.

»Keine Ahnung.«

»Ich schlage hiermit eine neue Art von Hausaufgabe vor.« Gene blickte auf die Bücher, die die Regale füllten, und wünschte, er hätte sich auch so eifrig um den Erwerb von Wissen bemüht wie Millar. Ihm wurde plötzlich klar, dass er eigentlich über nichts so richtig Bescheid wusste. »Ich möchte, dass ihr euch einmal ernsthaft Gedanken darüber macht, was wir eigentlich direkt vor unserer Nase haben. Diese Insel und die Menschen, die auf ihr leben.«

»Na ja, immer noch besser als Mathe.«

»Nachdenken worüber?« Poppy klang, als sei sie sich immer noch nicht sicher, was er meinte.

»Alles, was einem hier sonderbar vorkommen könnte. Alles, was euch jemals irritiert hat.«

»Ich dachte, wir wollten einen Mordfall aufklären?« Millar kippte seinen Stuhl zurück und verschränkte die Hände hinter dem Kopf. »Es sei denn, du glaubst, es war eine Geheimaktion des CIA, damit niemand merkt, dass auf Jackson Head ein UFO versteckt ist.«

»Kannst du in den nächsten Satz vielleicht noch ein paar Abkürzungen mehr packen, du Klugscheißer?«

»Ich habe nur so ein Gefühl«, wehrte Gene sich. »Ein Gefühl, dass das der richtige Weg ist, die Sache anzugehen.«

»Sicher.« Millar legte den Kopf zurück und grinste. »Und das Ganze hat natürlich Agatha Christie ausgeheckt.«

»Wer ist Agatha Christie?«, fragte Poppy treuherzig.

»Die Erfinderin der Atombombe.«

»Cool! Und da gibt's immer noch Leute, die meinen, Frauen sind doof.« Das Mädchen vollführte eine graziöse Handbewegung in Richtung von Genes Liste. »Und ich bin auch so schlau, dass mir etwas aufgefallen ist, was *ihr* übersehen habt. Unsere Geburtstage liegen viel näher beieinander als die der anderen Gruppen von Kindern.« Sie überlegte einen Moment. »Oh! Und wir sind auch nur *drei*.«

»Vielleicht ist eine Familie ja weggezogen.«

»Glaube ich nicht.« Millar hatte sich in dieser Diskussion offensichtlich die Rolle des Anwalts der Gegenseite ausgesucht. »Mein Dad sagt, dass noch *niemals* jemand die Insel verlassen hat.«

»Meiner auch.« Gene faltete die Liste zusammen und steckte sie ein.

»Bis auf die Orbisons. Die sind ganz sicher weg.«

Kirkfallen Island
2009

Beim Abendessen brachte Gene seine *Nervige Frage* an, ohne lange Zeit zu verschwenden. Im Lauf der Jahre war sie zu einem festen Ritual im Haushalt der Stapletons geworden und seine Eltern erwarteten mindestens eine bei jeder Mahlzeit.

»Dad, was würde passieren, wenn Mom und du euch scheiden lasst?«

Die Gabel, mit der sein Vater gerade einen Teil seines Spiegeleis zum Mund führte, blieb auf halbem Weg stehen. Annie Stapleton hustete leise.

»Wie kommst du darauf? Sehen wir so aus, als wollten wir uns trennen?«

»Das nicht. Aber was würde passieren? Würdet ihr von der Insel weggehen?«

»Auf keinen Fall«, antwortete sein Vater ruhig. »Ich würde mir gleich nebenan ein neues Häuschen bauen und du könntest mich an den Wochenenden besuchen.«

»Aber eigentlich ist das nicht lustig.« Gene biss in seinen Toast und plante den nächsten Schachzug. »Lassen sich da draußen in der großen, weiten Welt nicht dauernd Leute scheiden?«

»Das zeigt doch nur, dass wir alle hier besser aufgehoben sind.«

»Und warum gibt es keine Boote?« Der Junge änderte seinen Kurs mit der Geschwindigkeit eines erfahrenen Seemanns. »Fisch ist doch unser Grundnahrungsmittel, warum fangen wir ihn immer nur vom Ufer aus? Wäre das draußen auf See nicht einfacher?«

»Wahrscheinlich.« Edward schnitt seinen Toast in ordentliche, gleich breite Streifen. »Aber wir sind lausige Fischer, Gene. Man muss das von Kindesbeinen an lernen und der Atlantische Ozean ist ein heimtückischer Ort.« In der Stimme seines Vaters schwang ein feierlicher Ton mit, den Gene nur selten von ihm hörte. Seine Mutter blickte auf ihren Teller und Genes Vater ordnete seine Toaststreifen sorgfältig im Kreis an.

»Wir hatten früher einmal Boote«, sagte Annie Stapleton leise.

»Wirklich?«

Edward warf seiner Frau einen vorwurfsvollen Blick zu, dann seufzte er und legte seine Gabel auf den Teller.

»Ja, hatten wir. Die Gemeinde hier auf Kirkfallen wurde mit Regierungsgeldern aufgebaut, wie du weißt. Es war so eine Art … anthropologisches Experiment. Man wollte herausfinden, ob eine kleine Gruppe Menschen am Ende der Welt eine Dorfgemeinschaft am Leben erhalten könnte, indem sie alternative Anbau- und Fischfangmethoden anwendet. Experimentelle Düngemittel. Neue Sorten von Pestiziden. Netze aus Polymerfasern.«

Gene nickte, obwohl er diese Geschichte schon ein Dutzend Mal gehört hatte.

»Die Finanzierung wurde eingestellt, als die Regierung wechselte, aber wir sind immer noch hier«, fuhr sein Vater mit einem Anflug von Stolz fort. »Ich denke also, man könnte sagen, das Experiment hat funktioniert.«

»Wir waren nur ein paar Familien, als wir anfingen.« Genes Mutter nahm den Faden des ursprünglichen Gesprächs wieder auf. »Wir zwei, die Ainsworths, die Watts und die Waltons.«

»Die Waltons? Wer sind *die* denn?« Das war ein Teil der Geschichte von Kirkfallen, von dem Gene noch *nie* gehört hatte. »Hier auf der Insel gibt es doch gar keine Waltons.«

»Nicht mehr.« Sein Vater schob seinen Teller weg, als wäre ihm der Appetit vergangen. »Damals wurden wir mit den Dingen ausgestattet, die man für das Überleben auf einer abgelegenen Insel für unverzichtbar hielt. Darunter waren auch drei kleine Boote.«

»Zum Fischen«, erklärte seine Mutter überflüssigerweise.

»Im Sommer dann, an einem wunderbar sonnigen Tag, fuhren die Waltons aufs Meer hinaus. Einfach, um einmal eine Abwechslung von der ewigen Schinderei zu haben. Niemand hat sich etwas Böses dabei gedacht ...« Sein Vater stockte mitten im Satz, und mit einer hilflosen Geste bat er seine Frau, die Geschichte weiterzuerzählen.

»Die See war an diesem Tag vollkommen ruhig.« Genes Mutter faltete die Hände im Schoß. »Nicht der leiseste Verdacht auf einen Sturm. Deshalb haben sie auch ihre kleine Tochter mit hinausgenommen.«

»Wieso habt ihr das noch nie erwähnt?«

»Nicht jetzt, mein Sohn«, mahnte sein Vater.

»Die Strömung vor der Westküste ist tödlich.« Annies Stimme versagte und sie nahm einen Schluck Tee. »Niemand konnte damit rechnen.«

»Wir fanden die Trümmer des Boots auf der anderen Seite von Pittenhall Ridge. Über die Felsen verstreut. Sämtliche heimtückische Strömungen laufen dorthin.«

Und die Orbisons sind dort gestorben, dachte Gene sofort. Aber er verkniff sich die Bemerkung.

Sein Vater stand vom Tisch auf und zog seine Jacke an.

»Sie waren unsere Freunde, Gene.«

Er klopfte seine Taschen ab, mehr, weil es ihm etwas zu tun gab, und nicht, weil er ihren Inhalt überprüfen musste. Auf Kirkfallen brauchte er nichts bei sich zu haben. Keine Schlüssel. Kein Geld. Keinen Ausweis.

»Wir sind keine Seeleute«, sagte er knapp. »Wir fahren nicht hinaus aufs Meer.«

Er strich dem Jungen übers Haar und eilte aus der Tür.

»Danach wurden die Boote abgeholt. Zu viele Kinder hier. Man wollte sie nicht in Versuchung führen.« Seine Mutter erhob sich ebenfalls und räumte das Geschirr ab, trotz der Tatsache, dass auch sie ihre Mahlzeit nur zur Hälfte aufgegessen hatte.

»Das ist das Problem, wenn man so isoliert lebt.« Sie schien plötzlich aufgewühlt und sah sich fahrig nach etwas um, was sie sonst noch wegräumen konnte. »Wenn ein Sturm aufkommt, bleibt dir nichts anderes übrig, als ihn über dich ergehen zu lassen.«

Annie Stapleton ließ das Geschirr klirrend ins Spülbecken fallen. Sie hatte dem Jungen den Rücken zugedreht und schrubbte energisch auf den fettigen Tellern herum.

»Aber du weißt nie, wen er sich holen wird.«

Ein Schauer rann Gene den Rücken hinunter.

Etwas an der Art, wie sie sprach, ließ den Satz eher wie eine Vorahnung als wie eine Warnung klingen.

Edinburgh, Schottland
2009

Apathy Amazon Walton lehnte mit den Ellenbogen auf der Fensterbank des Wohnzimmerfensters und schrieb ihren merkwürdigen Namen mit dem Zeigefinger auf die ungeputzte Scheibe. Apathy. *Die Teilnahmslose.* Amazon. *Die Amazone.* Sie wohnte im siebten Stock eines Mietshauses in einem Randbezirk von Edinburgh, und vor ihr glänzten die Dächer der Stadt wie große dreckige Pflastersteine, die sich in der Düsternis verloren.

Auf dem Wohnzimmertisch lag eine Ausgabe von *The Scotsman,* der örtlichen Tageszeitung. Im Fernsehen gab es nichts Interessantes, deswegen hatte sie es eine Weile mit Lesen versucht, während sie darauf wartete, dass ihre Mutter nach Hause kam. Aber es schien ihr, als würden die Nachrichten mit jeder Seite, die sie umblätterte, deprimierender.

Familie stirbt an Gasvergiftung

In Aberdeen kam in den frühen Morgenstunden des vergangenen Mittwochs eine Familie im Schlaf ums Leben. Andrew Warbeck (36), Catriona Warbeck (30) und ihre Tochter Kimberley (14) fielen den Dämpfen zum Opfer, die aus einer leck gewordenen Gasleitung in ihrer Doppelhaushälfte austraten.
Ein anonymer Passant, der vor dem Anwesen Westmoreland Drive 33 Gas gerochen hatte, hatte die Feuerwehr alarmiert, für die Familie kam jedoch jede Hilfe zu spät.
»Wir sind dabei, die Todesursache zu untersuchen«, sagte ein Sprecher der Polizei von Aberdeenshire, »aber die ersten Anzeichen deuten alle darauf hin, dass es sich um einen tragischen Unfall handelt.«

Sie hörte, wie die Wohnungstür aufflog, und Sekunden später wankte ihre Mutter in den Raum, mit einer prall gefüllten Einkaufstasche in jeder Hand. Eine Haarsträhne hatte sich aus ihrem strengen Dutt gelöst und hing ihr ins Gesicht.

Emily Walton sah müde aus. Aber eigentlich wirkte sie immer übermüdet. Sie stieß ihrer Tochter zur Begrüßung leicht gegen den Fuß und schnupperte übertrieben.

»Hast du etwa geraucht?«

»Ich rauche doch gar nicht, Mama.«

»Na gut, aber schließlich wirst du morgen fünfzehn. In dem Alter habe ich auch angefangen.«

»Hast du schon ein Geschenk für mich?« Apathy überprüfte die Tüten auf verheißungsvolle Ausbeulungen.

»Zwei Päckchen Marlboro Light. Sonderangebot. Zwei zum Preis von einem.« Emily schleppte die Lebensmittel in die Küche und wuchtete sie auf den Tisch. Apathy konnte hören, wie sie ihre Einkäufe aufräumte, dann das Plopp!, mit dem ein Korken aus einer Flasche gezogen wurde. Als Emily wiederauftauchte, hatte sie ein großes Glas Wein in der Hand. Sie ließ sich neben ihrer Tochter auf das Sofa fallen und stieß einen tiefen Seufzer aus.

»Harter Tag, Mam?«

»Ach, nein. Mir macht es doch Spaß, den Papierstau am Fotokopierer zu beheben, nachdem der Chef ein paar Hundert Bilder von seinem Allerwertesten damit gemacht hat.«

Emily setzte das Glas an die Lippen und leerte es in einem Zug. Apathy war jetzt doch etwas erstaunt. Ihre Mutter raffte sich wieder auf und stapfte zurück in die Küche. Als sie wiederkam, hielt sie zwei volle Gläser in den Händen und hatte eine halb leere Flasche unter den Arm geklemmt.

»Wollen wir uns das teilen?«

Dieses Mal konnte ihre Tochter ihre Verblüffung nicht verbergen.

»Willst du mich schon so früh ans Trinken gewöhnen?«

»Sag das nicht.« Emily reichte ihr trotzdem ein Glas. Apathy nippte versuchsweise daran und verzog das Gesicht.

»Bäh. Hast du mal 'ne Zigarette?«

»Was?«

»Ich mach doch nur Spaß, Mam.«

»Oh. Klar.« Emily lachte humorlos. »Kinder.«

Apathy rutschte unbehaglich hin und her. Ihre Mutter war zwar ein melancholischer Typ, aber so bedrückt wie heute wirkte sie doch nur selten.

Emily nahm wieder einen großen Schluck Wein und zog eine Marlboro aus dem Päckchen auf dem Wohnzimmertisch. Sie zündete sie an und schnippte das Streichholz Richtung Aschenbecher. Es flog vorbei und landete auf dem Boden, wo es immer noch qualmend liegen blieb. Emily beachtete es nicht weiter. Sie schlug sich mit den Händen auf die Knie und holte tief Luft.

»Wir müssen miteinander reden.«

»Egal, worum es geht, ich war's nicht. Und meine Hausaufgabe hat der Hund gefressen.«

Apathys Mutter drehte den Stiel ihres Weinglases nervös zwischen den Fingern.

»Was ist denn los, Mam?«

»Hast du dich eigentlich nie gefragt, warum ich dich Apathy genannt habe?«, sagte Emily plötzlich.

»Hm? Ich weiß doch, warum«, antwortete der Teenager verwirrt. »Du hast gedacht, es klingt hübsch, und wusstest damals nicht, was es bedeutet.«

»Glaubst du *wirklich*, dass ich so doof bin?«

»Das hast du mir immer erzählt. Und Amazon ist wegen meiner Großmutter, weil sie dir immer so Angst gemacht hat.«

Emily Walton trank noch einen Schluck und kniff die Augen zusammen. Sie rieb sich die Schläfen. Steckte die lose Strähne hinter das Ohr. Ihre Tochter wartete.

»Ich weiß nicht, was ich sagen soll, außer ... nichts davon ist wahr. Ich habe dich Apathy Amazon genannt, weil dein Vater damals einen Witz gemacht hat.«

»Was?« Wo kam denn auf einmal *diese* neue Enthüllung her? Emily Walton sprach doch sonst nie über Apathys Vater. Außer seinem Namen wusste sie praktisch nichts über ihren Dad. Ein Dutzend Fragen gingen dem Mädchen durch den Kopf, aber natürlich platzte sie mit der dämlichsten als erste heraus.

»Was sagst du? Du hast mich nach einem *Witz* benannt? Weißt du eigentlich, wie viel Müll ich mir in der Schule über meinen Namen anhören muss?«

»Nicht sehr lustig, hm?« Emily setzte das Weinglas erneut an. Es war schon fast wieder leer. »Damals dachte ich, ich hätte gute Gründe dafür. Und dann hatte ich jahrelang Zeit, über diesen ganz besonderen Fehler nachzudenken.«

»Ähm ... du sprichst in Rätseln.«

»Ich habe dich Apathy genannt, um es für deinen Dad leichter zu machen, dich zu finden.« Emilys Stimme senkte sich zu einem Flüstern. »Unmöglich, dass auf dieser Welt noch ein armes Mädchen herumläuft, das so heißt.«

»Mam, er ist abgehauen, als du schwanger warst, und seitdem hat er sich nicht mehr blicken lassen.« Obwohl sie den Geschmack nicht mochte, nahm Apathy den zweiten Schluck Wein ihres Lebens. »Wenn er bis jetzt noch nicht aufgekreuzt ist, dann wird er das wohl auch nicht mehr tun.«

»Früher habe ich *gebetet,* dass er wiederkommt.« Emily drückte ihre Zigarette mit einem kurzen, wütenden Stoß aus. »Aber jetzt bin ich schon beim bloßen Gedanken daran wie gelähmt vor Angst.«

Edinburgh, Schottland
2009

Ein weißer Transporter hielt vor dem Hochhaus, in dem Apathy wohnte. Auf beiden Seiten des Wagens prangte ein Schriftzug in leuchtendem Orange, der den Namen der Firma verkündete:

B & G: Die Kammerjäger

Der Fahrer stieg aus und schaute an dem Wohnturm hoch. Der Abend senkte sich langsam über das Viertel, und in der Betonfassade schienen vereinzelt leuchtende Rechtecke auf, als die Mieter nach und nach von der Arbeit heimkamen.

Ein kleinerer Mann kletterte aus dem Laderaum des Transporters und setzte eine Baseballkappe auf, als er auf der Straße stand. Auf dem Rücken trug er einen Behälter mit einem kurzen Schlauch, an dem vorne eine Düse angebracht war. Er zündete sich eine Zigarette an, und das Licht des brennenden Streichholzes beleuchtete ein rundes, gutmütiges Gesicht, das zu seiner Figur passte. Er blickte ebenfalls an dem Häuserturm empor.

»Ziemliche Strafe, in so einem miesen Schuppen leben zu müssen, Mr Bundy.«

Der Fahrer des Lieferwagens drehte sich überrascht um.

»Nehmen Sie den falschen Bart ab, Mr Gacy«, seufzte er.

»Haben Sie gesehen, wie viele Überwachungskameras auf diesem Grundstück angebracht sind?«

»Die Mützen verdecken unsere Gesichter.«

»Es sind eine Menge Leute unterwegs.«

»Wir haben Overalls an und einen Transporter dabei.« Mr Bundy zog sich die Kappe tiefer über die Augen. »Da schaut niemand genauer hin.« Er hatte recht. Die Menschen wollten einzig und allein nach Hause und hasteten die Straße entlang, ohne nach links und rechts zu schauen. Sie trugen schwere Einkaufstüten oder waren weit vornübergebeugt, um gegen den eisigen Wind anzukämpfen. Trotzdem begann Mr Gacy nun mit übertriebener Deutlichkeit zu hinken, um etwaige Beobachter in die Irre zu führen.

»Jetzt achtet zwar keiner mehr auf dein Gesicht, aber du kannst deinen Hintern darauf verwetten, dass sie sich jemanden merken, der herumstakst wie Long John Silver«, sagte Mr Bundy spitz, als sie auf das Hochhaus zugingen.

»Na klar. Und dass wir uns die Namen von zwei berühmten Serienkillern zugelegt haben, ist wohl unauffällig, nicht wahr?«

»Ich fand's lustig.«

Mr Bundy schaltete eine Taschenlampe ein und ließ den Lichtstrahl über den Boden tanzen. Sie gingen im Kreis um das Gebäude herum. Während Mr Bundy ihnen leuchtete, besprühte Mr Gacy den Rasen mit einer übel riechenden Flüssigkeit aus dem Behälter auf seinem Rücken.

»Übrigens, wie lief's denn in Aberdeen?«, erkundigte sich Mr Bundy.

»Gut«, antwortete Mr Gacy kurz angebunden. »Ich hab dir ja gesagt, ich brauche keine Hilfe.«

»Für gewöhnlich erledigst du Aufgaben aber etwas schneller.«

»Ich mag die Seeluft.« Mr Gacy sprühte wieder eine Ladung stinkender Brühe auf den Boden und schüttelte sich vor Abscheu. »Scheiße! Hier sind überall Ameisen, Mr Bundy. Ich *hasse* Ameisen.«

»Dieses Zeug macht kurzen Prozess mit ihnen.« Mr Bundy wischte sich die Hände an seinem Arbeitsanzug ab und schnüffelte angewidert an seinen Fingern. »Aber der Tank leckt. Jede Wette, dass der Wagen hinten schon komplett eingesaut ist.«

»Keine Sorge.« Mr Gacy schaltete das Insektenspray ab. »Ich hab's mit deiner Zeitung weggewischt.«

»Klasse. Die hatte ich noch nicht gelesen.«

»Was *machen* Sie beide denn hier?«

Die zwei Männer fuhren herum. Eine Frau in einer Daunenjacke stand vor ihnen. Unter der Jacke trug sie eine Trainingshose und Pantoffeln.

»Hallo, meine Liebe«, antwortete Mr Bundy fröhlich. »Sind Sie die Hausmeisterin?«

»Die Frau vom Hausmeister. Mein Mann ist nicht da.«

»Sie genügen uns vollkommen, Verehrteste.« Mr Bundy schwenkte ein blaues Formular. »Die Kammerjäger. Die Stadtverwaltung schickt uns. Ein paar Mieter haben sich über Ameisenbefall beschwert.« Er deutete auf den Boden. »Ganz zu Recht, das wimmelt ja nur so bei Ihnen.«

»Das ging aber schnell.« Die Frau klang etwas misstrauisch. »Die sind doch erst vor zwei, drei Tagen aufgetaucht.«

Mr Gacy und Mr Bundy warfen sich einen raschen Blick zu.

»Und ich wusste auch nicht, dass die Stadtverwaltung nachts arbeitet.« Die Augen der Frau verengten sich.

»Wir sind eine Privatfirma. Die haben den Auftrag an uns vergeben.« Mr Bundy klopfte gegen den Behälter auf dem Rücken seines Kollegen. »Wir wollen doch dieses giftige Zeug nicht versprühen, wenn Kinder hier spielen.«

»Könnten Sie sich auch um die Waschküche kümmern?« Die Frau zog ihre Jacke fester um sich und zitterte vor Kälte. »Die ist voll von den kleinen Drecksviechern.«

»Aber sicher doch.« Bundy streckte ihr das Formular entgegen. »Unterschreiben Sie bitte? Damit die sehen, dass wir hier waren?«

Die Frau des Hausmeisters kritzelte ihre Unterschrift unten auf das Papier und eilte zurück ins Warme.

»Ameisen *überall.*« Mr Gacy schüttelte bewundernd den Kopf. »Du hattest recht.«

»Habe ich das nicht immer?« Mr Bundy zerknüllte das Formular und warf es weg.

»Nur würde ich viel drum geben, wenn ich mich dieses Mal geirrt hätte.«

Edinburgh
2009

Emily Walton stand auf und ging ans Fenster. Draußen war es nun vollkommen finster. Regen trommelte gegen die Scheibe und das Wasser lief in Schlangenlinien an der dunklen Oberfläche herunter.

»Wir führen dieses Gespräch, weil ich mir selbst etwas versprochen habe«, sagte sie, ohne sich umzusehen. »Ich habe mir geschworen, dir von deinem Vater zu erzählen, wenn du fünfzehn bist. Gegen mein besseres Wissen, muss ich zugeben.« Sie starrte wieder in die Dunkelheit. »Aber das ist so eine Art Tradition in meiner Familie, dem eigenen Nachwuchs zum fünfzehnten Geburtstag einen richtigen Hammer zu verpassen.«

Apathy hielt den Atem an. Ihre Mutter hatte sich immer geweigert, über ihren Dad zu sprechen, und schließlich hatte das Mädchen es aufgegeben, Fragen zu stellen. Doch das hieß nicht, dass sie nicht wissen wollte, wie er war. Das hätte sie nur zu gern gewusst.

»Ich schlage dir ein Abkommen vor.« Emily hielt den Blick immer noch in die Regennacht gerichtet. »Ich erzähle dir alles, was ich weiß, und ich beantworte deine Fragen, so gut ich kann. Aber du musst dich darauf einstellen, dass dir nicht gefallen wird, was du hörst.« Sie klammerte sich ans Fensterbrett und hielt den Kopf gesenkt. »Dazu gehört auch, was ich dir gleich über mich selbst erzählen werde.«

»Oh, ich bin sicher, ich habe dich danach noch genauso lieb.« Apathy streckte sich über die Lehne der Couch. »Es sei denn, du hast mir die Nikes nicht gekauft, die ich mir zum Geburtstag gewünscht habe.«

Emily zog den Vorhang zu und kam zurück zum Sofa. Sie nahm das emporgewandte Gesicht ihrer Tochter in ihre abgearbeiteten Hände.

»Aber denk daran: Dein Dad ist ein Teil meiner Vergangenheit. Und wenn es nach mir geht, dann bleibt er auch dort.«

Apathy legte ihre Hände sanft auf die ihrer Mutter.

»Weißt du, du musst mir nichts erzählen, wenn es dir zu sehr wehtut.«

Aber sie meinte es nicht so, wie sie es sagte, und Emily wusste es.

»Oh Gott, ich brauche mehr Wein.« Die Frau zog ihre Hände zurück und lief in die Küche. Sekunden später stand sie mit einer neuen offenen Flasche in der Tür. Apathy betrachtete sie mit Sorge.

»Du trinkst furchtbar schnell.«

»Ich weiß. Und ich hatte schon ein paar Wodkas, bevor ich nach Hause kam.« Emily versuchte ein schiefes Lächeln, das sich in ein nervöses Zucken verwandelte. »Ich wollte … ich wollte einfach …«

»Hasst du meinen Dad, weil er dich mit mir belastet hat?«

»Nein, Schatz!« Apathys Mutter klang schockiert. »Niemals könnte ich ihm *das* vorwerfen.«

»Nein. Du würdest ihn aber am liebsten vergessen.«

Emily stellte die Flasche entschlossen auf den Wohnzimmertisch und platzte mit dem nächsten Satz heraus, bevor sie Zeit hatte, es sich anders zu überlegen.

»Ich habe dir immer gesagt, der Name deines Vaters sei Alan Parker und dass er ein Computerprogrammierer war, den ich kennengelernt habe, als ich in Manchester lebte.« Die Worte überstürzten sich fast.

»Das weiß ich alles. Ihr wart verliebt. Du wurdest schwanger. Er hat dich sitzen gelassen. Du bist nach Schottland gegangen und hast ihn nie wiedergesehen.«

Emily goss sich Wein nach. Ihre Hände zitterten jetzt so sehr, dass das meiste davon auf den Tisch schwappte.

»Mam, das ist peinlich.« Apathy erhob sich, um einen Lappen aus der Küche zu holen. Emily packte sie am T-Shirt und zog sie zurück auf die Couch.

»Lass mich die Wahrheit sagen. Solange ich noch den Mut dazu habe.«

Apathy nickte stumm und wagte nicht mehr, sich zu rühren.

»Die Geschichte mit Alan Parker habe ich erfunden.« Ihre Mutter fuhr sich unsicher mit der Zunge über die Lippen. »Der richtige Name deines Vaters war Daniel Boone Salty.«

»Und ich dachte immer, *ich* hätte einen bescheuerten Namen.« Das war ein ziemlich dämlicher Kommentar, aber Apathy war zu schockiert, als dass ihr etwas Geistreicheres eingefallen wäre.

»Wir sind zusammen aufgewachsen. Als ich ihn kennenlernte, wohnte ich in einem Städtchen namens Rattray. In New Mexico.«

»New Mexico? Aber das ist in den Vereinigten Staaten.«

»Ja, genau.«

»Ich wusste nicht, dass du überhaupt jemals in Amerika warst.«

»Ich habe mein ganzes Leben dort verbracht … bis kurz vor deiner Geburt jedenfalls.«

»Aber … du bist doch keine Amerikanerin.« Apathy gab sich Mühe, diese dramatische Offenbarung zu verarbeiten. »Du sprichst wie eine Schottin.«

»Der Akzent ist nicht echt, nur eingeübt.« Emily streckte die Hand aus und streichelte zärtlich das Gesicht ihrer Tochter. »Baby, alles, was du über mich weißt, ist nicht echt.«

»Mam, was *erzählst* du mir da?«

»Oh Gott, das war wirklich ein Fehler.« Zu Apathys Entsetzen fing ihre Mutter an zu weinen. »Ich kann es nicht, Schatz. Ich dachte, ich schaffe es, aber ich kann nicht.« Sie stand mühsam vom Sofa auf. Wein lief über den Rand ihres Glases und tropfte von ihrer Hand.

»Du machst mir Angst!«, schrie ihre Tochter auf. »Was willst du mir denn eigentlich sagen?«

»Ich hätte nüchtern bleiben sollen.« Emily wollte das Weinglas auf das Bücherregal neben ein Babyfoto ihrer Tochter stellen, schätzte aber die Entfernung falsch ein und kippte es um. »Was für eine verfluchte Scheiße! Verflucht! Verflucht!«

»*Sprich* doch einfach mit mir.«

»Muss duschen. Einen klaren Kopf kriegen.« Ihre Mutter lief mit schwankenden Schritten im Wohnzimmer auf und ab. Ihr Gesichtsausdruck wirkte vollkommen verloren. Tränen rannen ihr über die Wangen und verschmierten ihre Wimperntusche. »Gib mir nur ein paar Minuten Zeit. Okay? Bitte!«

»Okay. Okay. In Ordnung, Mam.« Apathy war jetzt wirklich verängstigt.

»Zehn Minuten.« Emily Walton rannte fast ins Bad. »Und geh nicht an die Tür, wenn jemand klopft.«

Apathy saß stocksteif auf dem Sofa und versuchte, in dem, was sie da gerade gehört hatte, irgendeinen Sinn zu finden. Das war doch alles sicher nur ein grausamer Scherz. Nur kannte sie ihre Mutter – und die würde so etwas niemals tun. Nicht am Abend vor ihrem Geburtstag.

Und, trotz des Aufruhrs in ihrem Herzen, irgendetwas ließ sie an dem Namen Daniel Salty nicht los.

Sie hatte ihn schon einmal gehört.

Apathy wartete, bis sie das Prasseln der Dusche hörte, dann stand sie auf, schlich auf Zehenspitzen in ihr Zimmer und schaltete den Computer an. Sie ging ins Internet und gab bei Google den Namen *Daniel Salty* ein. Der ganze Bildschirm füllte sich mit Treffern.

Sie klickte auf den ersten und begann zu lesen.

Alle Farbe wich aus ihrem Gesicht und ihr Hals schnürte sich zu.

Der Houdini-Killer

Daniel Boone Salty, oder auch D.B. Salty, ist einer der berüchtigtsten Massenmörder Amerikas, der 1978 im Alter von 13 Jahren seine Mutter und seinen Vater, Wilma und Alex Salty, regelrecht abschlachtete. Seine Mutter brachte er in der Küche ihres Vororthauses in Granby, Colorado, mit einem Tranchiermesser um. Zeugen sahen dann, wie er seinem Vater auf der Straße hinterherjagte und dem Mann eine volle Ladung Schrot in den Rücken schoss. Obwohl die Polizei innerhalb von Minuten vor Ort war, konnte der Teenager entkommen.

1994, D.B. war jetzt 30, wurde er als der Gewaltverbrecher identifiziert, der für das sogenannte »Diamondback-Massaker« verantwortlich war. Mit einem halbautomatischen Gewehr tötete er alle dreizehn Bewohner des Diamondback-Wohnwagenparks im Adirondack-Gebirge im Staat New York – einschließlich der Familie, bei der er gelebt hatte. Trotz einer groß angelegten Fahndung verschwand er, wie schon Jahre zuvor, ohne jede Spur.

Die Presse verlieh ihm wegen dieses wundersamen Entkommens den Spitznamen »Houdini-Killer«, nach dem berühmten Entfesselungskünstler aus den Anfangsjahren des 20. Jahrhunderts.

Bis zum heutigen Tag befindet sich D.B. Salty auf freiem Fuß.

Edinburgh
2009

Apathy saß vor dem Computer und wusste kaum, wie ihr geschah. Herauszufinden, dass ihre Mutter sie über ihre Vergangenheit angelogen hatte, war schon ein harter Schlag. Zu entdecken, dass ihr Vater ein Massenmörder war – nun, das war eindeutig etwas zu viel auf einmal. Sie sah noch einige andere Webseiten durch, bevor sie hörte, wie Emily das Wasser abdrehte und in ihr Schlafzimmer tappte. Alle Einträge hatten mehr oder weniger dasselbe zu berichten. Sie huschte zurück ins Wohnzimmer, bevor ihre Mutter bemerken konnte, was sie in der Zwischenzeit getan hatte.

Emily Walton trat wie verwandelt aus ihrem Zimmer. Sie hatte ein einfaches schwarzes Kleid angezogen, ihr Make-up erneuert und ihr Haar nach hinten gebunden. Unter dem Arm trug sie eine kleines Holzkistchen. Sie war wunderschön.

Apathy wollte sie gerade mit einer Flut von Beschimpfungen und Beschuldigungen empfangen, doch der Ausdruck im Gesicht ihrer Mutter ließ sie innehalten. Emily sah so kummervoll und so resigniert aus, dass ihre Tochter nur noch Bestürzung und Rührung empfand.

Das Mädchen beherrschte seinen Zorn und seine Verwirrung. Ihre Mutter hatte dieses Gespräch auf ihre Art begonnen. Sie würde ihr die Chance geben, es auch so zu beenden.

»Ich muss dir eine Geschichte erzählen.« Emily setzte sich neben ihre Tochter und schlug ihre nackten Beine unter. »Es ist eine schreckliche Geschichte.«

Sie öffnete die Kiste und nahm ein kleines, viereckiges Polaroidfoto heraus. »Das ist *meine* Mutter. Ihr Name war Louise Martin.«

Das Bild zeigte eine hübsche Frau mit breitem Gesicht, dichten schwarzen Haaren, die von grauen Strähnen durchzogen waren, und einer schmalen Lücke zwischen den Schneidezähnen. Sie stand vor einem Wohnwagen und stützte sich locker mit einem Arm an der Tür ab. Neben ihr auf dem Boden lag ein Gewehr.

»Das ist das einzige Bild, das ich jemals von ihr machen durfte. Sie hat dafür sogar das Gewehr aus der Hand gelegt.«

»Das war nett von ihr.« Apathy wusste nicht, was sie sonst sagen sollte. Sie hatte ihre Oma noch nie gesehen. Louise war gestorben, bevor Apathy geboren wurde, und ihre Mutter hatte stets behauptet, sie habe keine Fotos von ihr.

Emily reichte ihr widerstrebend das Bild, als könnte sie es nach all der Zeit, in der sie es versteckt hatte, nicht ertragen, sich davon zu trennen.

»Wieso hat sie dich nur diesen einen Schnappschuss machen lassen? Sie sieht doch gut aus.«

»Fotografieren wurde in unserer Familie … ähm … nicht gern gesehen.«

Apathy nickte. Der Widerwille gegen bildliche Dokumente war eine rätselhafte Abneigung, die auch Emily übernommen hatte. Apathy durfte nicht einmal eine Seite bei Facebook haben. Und auch von ihrer Mutter hatte sie noch nie eine Fotografie gesehen. Emily hatte sich immer mit absoluter Bestimmtheit dagegen gewehrt, dass jemand eine Aufnahme von ihr machte.

»Was ist das da hinter ihr?« Apathy zeigte auf einen dunklen Fleck neben der Tür des Wohnwagens. Der Umriss war zu verschwommen, um Genaueres zu erkennen, aber seine Form erinnerte das Mädchen an eine geduckte menschliche Gestalt. »Das sieht so aus, als beugt sich jemand über sie.«

»Das ist nur ein Fehler beim Entwickeln.« Emily nahm rasch ein anderes Foto aus der Kiste und hielt es ihr hin. Dieses Bild zeigte eine Gruppe Menschen bei einer Grillparty. Ganz rechts stand eine hübsche junge Frau, die sich halb zur Kamera gedreht hatte.

»Ja, das bin ich.« Apathys Mutter lächelte schüchtern. »Das war, als dein Dad und ich in Texas lebten. Ich habe nicht damit gerechnet, fotografiert zu werden. Und dann habe ich es nicht fertiggebracht, das Bild zu vernichten, weil er auch darauf ist.«

Sie deutete auf einen jungen Mann im Vordergrund, der etwas erschrocken darüber wirkte, dass die Kamera ihn eingefangen hatte. Er hatte ein schmales, gut aussehendes Gesicht und einen Schopf ungebändigter Locken. Trotz seiner verschlossenen Miene waren seine Augen groß und ausdrucksvoll.

»Das ist also D.B. Salty. Das einzige Foto, das ich von ihm habe. Wahrscheinlich das einzige Foto, das *irgendjemand* von ihm hat.« Ihre Mutter streckte die Hand aus, um das Bild wieder an sich zu nehmen, und zog sie dann zögerlich zurück.

»Ich war zehn Jahre alt, an dem Tag, an dem ich ihm begegnet bin«, sagte sie. »Und gleich als Erstes hat er mir das Leben gerettet.«

Rattray, New Mexico
1980

Die zehnjährige Emily Martin stand neben dem Küchenherd. Sie war vollkommen durcheinander und fürchtete sich. Die Küche war normalerweise der Ort für sandige Fußabdrücke, selbst gemachte Limonade und den Duft fast fertiger Mahlzeiten. Nun standen die Schränke weit offen, ihre Mutter lud Proviant in einen großen Karton und ein Jagdgewehr war gegen den Kühlschrank gelehnt. Zwei hastig gepackte Koffer lagen schon im Kofferraum ihres alten Buick-Kombis.

»Es ist dumm, brauchbare Lebensmittel verkommen zu lassen.« Ihre Mutter ließ fünf Dosen Bohnenmus in den Karton fallen.

»Warum hast du mich aus der Schule geholt?«, fragte Emily schon zum dritten Mal. »Wo fahren wir hin?«

Louise wünschte, sie wüsste das selbst.

»Wir machen einen Ausflug, Baby! Hab ich dir doch schon gesagt.« Sie versuchte, so zu klingen, als sei alles ein großes Abenteuer, aber das Mädchen konnte ein nervöses Zittern aus der Stimme ihrer Mutter heraushören. »Wir sind auch nicht lange weg.«

»Aber ich sollte doch heute bei Alice übernachten.« Alice war die Nachbarin, die sich um Emily kümmerte, wenn ihre Mutter weg war, weil sie eine Dreitagesschicht hatte. »Sie weiß noch nicht einmal, dass du hier bist.«

»Wir rufen sie an, wenn wir da sind, wo wir hinwollen«, sagte Louise munter und hasste sich selbst wegen ihrer Lüge. Aller Wahrscheinlichkeit nach würde ihre Tochter ihre Freunde und Nachbarn niemals wiedersehen.

»Ich hole unsere Jacken. Du trägst schon mal den Karton ins Auto.« Sie drückte Emily einen Kuss auf ihre Haare und ging nach oben. Sie zog wetterfeste Parkas für sie beide aus dem Schrank und sah sich gerade um, ob sie noch irgendwelche Erinnerungsstücke vergessen hatte, als sie hörte, wie ein Auto vor ihrem Haus anhielt.

Louise sprang ans Fenster, ging in die Hocke und spähte über das Fensterbrett.

Vier Soldaten in einem Jeep parkten genau neben ihrer Tochter.

Einer von ihnen starrte direkt zum Fenster hoch. Sie sah, wie er auf einen Packen Papiere in seiner Hand blickte, und wusste sofort, dass es sich um ihre Sicherheitsakte handelte. Sie warf sich vom Fenster zurück, aber es war schon zu spät. Der Mann gab seinen Begleitern ein Zeichen und einer von ihnen sprang aus dem Fahrzeug und folgte seinem Vorgesetzten zur Tür.

Louise raste die Treppe hinunter in die Küche. Hastig griff sie nach dem Jagdgewehr und lud eine Patrone in die Kammer. Es klopfte an der Tür. Sie duckte sich unter die Sichtlinie des Küchenfensters.

»Wir haben Sie gesehen, Miss Martin«, rief eine Stimme. »Mein Name ist Sergeant Sommers, und ich habe Befehl, sie zurück zur Sheridan-Basis zu begleiten.«

Louise verhielt sich still und presste das Gewehr an die Brust.

»Wir haben Ihre Tochter hier draußen, und sie hat ganz schön Angst«, meldete sich die Stimme wieder. »Ich verspreche Ihnen, dass weder Ihnen noch ihr etwas geschieht, aber Sie müssen unbedingt mit uns kommen.«

Und dann, nach ein paar Sekunden: »Louise, Sie haben wirklich keine Wahl.«

Mit einem stummen Fluch legte die Frau das Gewehr auf den Boden und ging zur Tür.

Emily saß schon auf dem Rücksitz des Army-Jeeps, flankiert von zwei Soldaten. Sie weinte. Sergeant Sommers und sein Begleiter fassten jeder einen von Louises Armen und führten sie zum Fahrzeug.

»Das können Sie nicht tun«, protestierte sie. »Meine Tochter und ich sind Zivilisten.«

»Ich bin sicher, die Angelegenheit wird sich rasch aufklären lassen.« Das Gesicht des Sergeants zeigte keine Regung. »Aber wir müssen auf Sheridan mit ihnen reden.«

»Was zur Hölle hat der denn vor?« Der Soldat neben Sommers zeigte bergauf.

Oben auf dem Hang rannte ein Jugendlicher im Zickzack die Straße entlang, von Haus zu Haus. Jedes Mal, wenn er vor einem Anwesen stand, hob er einen Stein auf und warf ihn durch das größte Fenster der Behausung.

»Was zur Hölle …?« Sergeant Sommers nahm das Gewehr von der Schulter und trat von Louise weg.

»Hey, du da!«, brüllte er den Hügel hoch. »Hör sofort damit auf!«

Dan Salty ignorierte den Befehl, raste weiter kreuz und quer über die enge Straße und feuerte seine Wurfgeschosse in die Fenster. Menschen kamen auf die Straße gelaufen und schrien dem jungen Vandalen hinterher.

»Steigen Sie in den Jeep, Ma'am«, drängte der Sergeant. »Auf der Stelle.«

»Zwingen Sie mich doch.« Louise versuchte, sich von ihren Bewachern loszureißen.

»Schütze Buckmaster, packen Sie sie in den Jeep.«

Buckmaster drehte Louise grob den Arm auf den Rücken und führte sie im Polizeigriff auf das Fahrzeug zu. Emily sah, was er mit ihrer Mutter machte, und begann zu schreien. Einer der Soldaten neben ihr hielt dem Mädchen den Mund zu.

»Das sind keine echten Soldaten!«, brüllte Dan Salty. »Die entführen Louise Martin!«

Alle Augen richteten sich auf den Jeep. Louises Nachbar, Bill Hahn, trat aus dem Haus gegenüber und blinzelte im grellen Sonnenlicht. Hinter ihm trippelte seine Frau nervös in der offenen Tür und hatte die Hände in ihrer Schürze verkrallt.

»Was zur Hölle soll der ganze Radau hier?« Hahns Blick fiel auf die Soldaten und seine Augen wurden groß. »Was ist los, Louise?«

Louise Martin holte tief Luft. »Hilfe!«, rief sie. Sie folgte jetzt Daniel Saltys Vorgabe. »Die wollen mich entführen!«

Schütze Buckmaster riss sie so hart am Arm, dass der Ruf in einen Schmerzensschrei überging. Die Menschenmenge, die sich oben auf dem Hügel sammelte, hielt plötzlich inne. Ihre Aufmerksamkeit war nun völlig auf den Tumult unterhalb von ihnen gerichtet. Bill Hahn drehte sich um und rannte zurück ins Haus, wobei er seine Gattin unsanft zur Seite stieß.

»Das sind keine echten Soldaten!«, schrie Dan Salty abermals. »Die nehmen sie einfach mit. Tut doch was!«

»Das muss wohl der andere Ausreißer sein«, knurrte Sergeant Sommers den Männern im Jeep zu. »Anderson. Jordan. Geht da hinauf und nehmt ihn in Gewahrsam.«

Die Soldaten sprangen von den Sitzen und wandten sich der Steigung zu. Emily blieb auf dem Rücksitz und war zu verängstigt, um sich zu rühren.

Die Menschenmenge schob sich den Soldaten entgegen und drängte sich hinter dem Jungen zusammen. Die Einwohner von Rattray hatten zwar weder Dan Salty noch die uniformierten Männer jemals zuvor gesehen, aber sie kannten Louise Martin. Sie war eine gute Nachbarin mit einer wohlerzogenen Tochter. Und aufgrund der Geheimhaltung, mit der die Sheridan-Basis umgeben war, hatte man in der Ortschaft auch keine Ahnung, dass sie dort arbeitete. Sie wurde jeden Morgen in einem Transporter ohne weitere Kennzeichen abgeholt. Ihre Nachbarn glaubten, sie sei Krankenschwester in El Paso.

Und nun versuchten bewaffnete Männer, sie in einem Jeep zu verschleppen. Das konnte nicht mit rechten Dingen zugehen.

Bill Hahn trat wieder aus seinem Haus, jetzt mit einer Schrotflinte in den Händen. Er richtete sie auf Sergeant Sommers.

»Lassen Sie diese Frau los«, stammelte er.

»Sie behindern eine Operation der Armee der Vereinigten Staaten!«, blaffte Sergeant Sommers zurück. »Lassen Sie sofort die Waffe sinken!« Der Lauf von Bill Hahns Gewehr zitterte, doch er zielte unverwandt auf den Sergeant.

»Woher soll ich wissen, wer Sie sind? Seit wann zerrt das US-Militär denn Frauen und Kinder aus ihren Häusern?«

Als sie Hahns offenen Widerstand sah, bewegte sich die Menge wieder vorwärts. Die Soldaten, die ihnen entgegenrannten, blieben stehen und blickten unsicher zurück zu ihrem Anführer.

Sergeant Sommers zog Louise vor sich und schwang die Waffe hoch. Er gab einen langen Feuerstoß über Bill Hahns Kopf hinweg ab, der die oberen Fenster seines Hauses bersten ließ und große Stücke aus der Dachrinne riss. Hahns Frau stieß einen schrillen Schrei aus und flüchtete ins Innere. Die Leute auf dem Hügel wichen zurück. Einige der Frauen kreischten panisch.

Dan Salty warf sich zur Seite, setzte über einen Gartenzaun und verschwand zwischen zwei Häusern. Schütze Jordan sprintete hinter ihm her. Schütze Anderson wollte ihm schon folgen, aber die aufgebrachte Menge hatte sich wieder in Bewegung gesetzt und schob sich in einem bedrohlichen Pulk auf ihn zu. Einige der Leute hatten Steine von der staubigen Straße aufgehoben. Weitere Türen öffneten sich, nun auch die von den bergab gelegenen Häusern. Das Rattern des Gewehrfeuers hatte die Bewohner aufgescheucht.

»Lassen Sie die Waffe fallen und gehen Sie wieder hinein!«, kreischte der Sergeant. Schweiß stand auf seiner Stirn.

Nach ein paar Sekunden ließ Bill Hahn die Schrotflinte aus der Hand gleiten und ging mit erhobenen Händen in sein Haus.

»Wo kommen bloß all diese Leute her?«, knurrte Schütze Buckmaster. »Hat hier eigentlich keiner einen Job?«

»So ist das hier eben.« Louise grinste boshaft. »Aber dafür gibt's haufenweise Jäger. Und haufenweise Gewehre.«

Sie hatte recht. Wenigstens ein halbes Dutzend Männer, bergauf und bergab, waren zurück in ihre Häuser geeilt und kamen nun mit Gewehren in den Händen wieder zurück. Zwei von ihnen hatten sich sogar Revolver besorgt.

Das Menschenknäuel oben hatte jetzt fast Schütze Anderson erreicht. Der Soldat hatte sein eigenes Gewehr von der Schulter genommen und hielt es nun unschlüssig vor sich. Sergeant Sommers feuerte eine weitere Salve in die Luft. Dieses Mal ließ die Menge sich nur ein, zwei Meter zurückdrängen.

»Das sind keine harmlosen Bürger mehr«, sagte Buckmaster besorgt. »Die wollen Blut sehen.«

Er zerrte Louise mit sich zum Jeep, die Frau blieb jedoch mit ihrem Fuß hängen und fiel auf Hände und Knie.

»Anderson, holen Sie Jordan und kommen Sie zum Fahrzeug zurück!«, brüllte Sommers den Hügel hinauf. »Den Jungen holen wir uns ein andermal.«

»Der Junge ist schon hier.«

Der Sergeant wirbelte herum.

Dan Salty stand vor Bill Hahns Haus. In seinen Händen hielt er die Schrotflinte, die Hahn abgelegt hatte.

»Ich weiß ziemlich gut, wie man mit so was umgeht.« Er trat gelassen aus dem Schatten hervor und stellte sich auf den Bürgersteig. »Wie Sie wahrscheinlich wissen.«

Die zehnjährige Emily machte Stielaugen. Dieser Teenager stellte sich den Soldaten so kaltblütig entgegen wie einer der Revolverhelden aus den Wildwestfilmen. Der Sergeant war weniger beeindruckt.

»Sei nicht so dumm, Junge. Wir sind zu viert und wir müssen *dich nicht lebendig abliefern.«*

Wie aufs Stichwort rannte Schütze Jordan um die Ecke und kam ruckartig zum Stehen, als er begriff, was für eine Situation sich da vor ihm entwickelte.

Dan Salty ging weiter. Er hatte den Jeep schon fast erreicht. Hinter ihm hob Jordan sein Gewehr und zielte auf den Rücken des Jungen.

Ein lauter Knall hallte in der staubverhangenen Luft wider. Schütze Jordan ließ die Waffe fallen, taumelte zurück und umklammerte seine verletzte Hand. Oben auf dem Hügel stieg ein Rauchfaden vom Lauf eines Gewehrs auf, das ein kniender Mann in einem rot karierten Hemd abgefeuert hatte. Er hatte schon wieder durchgeladen und visierte erneut sein Ziel an. Zwei oder drei der Männer von Rattray hatten eine ähnliche Haltung eingenommen, und die Menge teilte sich, um ihnen freies Schussfeld zu geben.

»Sie Idiot«, zischte Louise dem Sergeant zu. »Die Hälfte der Leute

in diesem Städtchen erlegen Ihnen auf dreihundert Meter einen Hirsch mit Blattschuss. Legen Sie Ihre Waffen nieder, bevor die Sie umbringen.«

Die Soldaten blickten zu ihrem Anführer. Erstmals wurde ihnen klar, wie bedrohlich ihre Situation geworden war.

»Dämliche Hinterwäldler.« Der Sergeant ließ das Gewehr fallen und hob die Hände. »Keinen Respekt vor der Autorität.« Nach einer kleinen Pause taten seine Männer es ihm gleich.

»Jedenfalls nicht vor Ihrer.« Louise hob das Gewehr auf.

»Alles in Ordnung«, rief sie ihren Nachbarn zu. »Jetzt ist alles okay!«

Der Mob starrte sie an und wartete auf eine Erklärung. Niemand schien große Lust zu haben, wieder nach Hause zu gehen.

»Es ist wirklich alles okay!« Dan Salty senkte die Schrotflinte. »Hat schon jemand die Polizei verständigt?«

»Habe ich.« Bill Hahn kam aus seinem Haus. »Die nächste Station ist allerdings in Hurricane, ungefähr dreißig Meilen von hier. Wird eine Weile dauern, bis die es zu uns geschafft haben.«

»Kriege ich dann ein paar Freiwillige, um diese Typen zu fesseln?«

Es gab keinen Mangel an Meldungen.

Zehn Minuten später standen Louise und ihre Tochter neben Bill Hahns Ford Pick-up. Ihre Habseligkeiten hatten sie schon auf der Ladefläche verstaut. Der Rest der Einwohner von Rattray hatte sich inzwischen still und leise aus dem Staub gemacht. Niemand legte großen Wert darauf, als Zeuge befragt zu werden, wenn die Polizei eintraf. So war das hier eben.

»Bist du dir sicher, Bill?«, fragte Louise.

»Die Polizei wird bald hier sein.« Der bärtige Mann deutete auf die

Soldaten, die gefesselt und mit verbundenen Augen in ihrem Jeep saßen. »Ich nehme an, dass sie feststellen wird, dass diese Jungs tatsächlich beim Militär sind, richtig?«

Louise zögerte.

»Sind sie.«

»Und deswegen nimmst du mein Auto«, flüsterte Hahn. »Damit du einen Vorsprung hast. Wir halten alle dicht.« Er blickte die verlassene Straße entlang. »Die Leute hier mögen dich.«

Die Frau sah ihrem Nachbarn in die Augen. »Willst du nicht fragen, was ich getan habe?«

»Du bist ein verdammt feines Mädchen, Louise. Das ist alles, was ich wissen muss.«

Louise drehte sich zu Dan um, der schweigend neben ihrer Tochter stand. Das Mädchen starrte ihren Retter voller Ehrfurcht an.

»Wo gehen wir denn jetzt hin, Mama?«, fragte sie weinend.

»Na ja, ich bin mir nicht sicher.« Die Frau schluckte hart und unternahm dann eine übermenschliche Anstrengung, selbstgewiss zu wirken. »Aber wo wir auch hingehen, es wird schon nicht so schlimm werden. Wir müssen uns etwas Abgelegenes suchen. Dann sind wir wie die Waltons in der alten Fernsehserie. Wir leben in der Mitte von Nirgendwo und wir vertrauen einander und wir züchten Kaktusse.«

»Kakteen, Louise.«

Die Frau ging zu Dan und legte ihm die Hände auf die Schultern.

»Also, kommst du mit?«

»Meinst du das im Ernst?«

»Du hast dein Leben riskiert, um uns zu retten, Schatz. Obwohl ich dich hier zurücklassen wollte.«

»Schien mir das einzig Richtige zu sein.«

»Man sagt, jeder hat eine zweite Chance verdient.« Louise steuerte *den Teenager mit ausgestreckten Armen zum Auto. »Also, hier ist deine.«*

Sie senkte ihre Stimme zu einem Flüstern.

»Meine Tochter ist mein Leben. Du musst mir versprechen, dass du nie etwas tust, was sie verletzen könnte. Genauer gesagt: Versprich mir, dass du sie immer beschützen wirst.« Sie lehnte sich nahe an sein Ohr. »Was immer du dafür tun musst.«

»Ich verspreche es, Louise.« Der Teenager hatte Tränen der Dankbarkeit in den Augen.

»Am Versprechen eines Mannes misst man seinen Wert, Kleiner.« Ihr Griff um Dans Schultern wurde fester, bis der Junge vor Schmerz zusammenzuckte. »Wenn du der Mann in unserer Familie sein willst, muss dir dein Versprechen heilig sein. Du hast uns dein Wort gegeben und du darfst es niemals brechen.«

»Ich werde es niemals brechen, das schwöre ich.«

»Dann steig jetzt ins Auto.«

Dan Salty nahm Emilys Hand und zusammen kletterten sie in die Fahrerkabine des Fords.

Louise wandte sich wieder an Bill Hahn.

»Ich liebe dich, weil du das für uns tust, Bill.«

»Ich liebe dich auch, Louise. Was du auch getan hast.«

Sie schlang die Arme um Bill und küsste ihn auf den Mund. Bill drehte sich um, um zu sehen, ob seine Frau den Moment beobachtet hatte, aber sie war im ersten Stock und inspizierte den Schaden, den Sergeant Sommers ihrem Haus zugefügt hatte. Er ging zu seinem Pick-up und lächelte Emily durch die staubige Scheibe zu.

»Auf Wiedersehen, Baby.«

Louise kletterte auf den Fahrersitz von Hahns Wagen und fuhr los. Ihr Gesicht war tränenüberströmt.

Emily Walton lehnte sich auf dem Sofa zurück und nahm einen langen Zug ihrer Zigarette.

»Ich war vom ersten Moment an bis über beide Ohren in Dan Salty verliebt«, sagte sie. »Ich war so damit beschäftigt, ihn einfach nur anzuschauen, dass ich Bill Hahn zum Abschied nicht einmal zugewinkt habe.«

Sie atmete langsam aus und einen Augenblick lang war ihr Kopf von einer dünnen grauen Wolke eingehüllt.

»Meine Mutter hat es mir erst Jahre später gesagt. Dass Bill Hahn mein Vater war.«

Das Diamondback-Massaker

Der Millennium-Ökosystem-Studie der Vereinten Nationen
von 2005 zufolge ist ein weiteres Massensterben bereits
in vollem Gang – der schlimmste Artenverlust, seitdem die
Dinosaurier vor fünfundsechzig Millionen Jahren ausstarben.

Diamondback-Wohnwagenpark, nördlich von New York

1984

Der Diamondback-Wohnwagenpark erstreckte sich auf einer ungepflegten Waldlichtung im Adirondack-Gebirge, zweitausend Meter über dem Meeresspiegel. Hinter schlampig aufgeschichteten Holzstapeln führte ein kaum sichtbarer, schwindelerregend steiler Weg durch die Bäume hinunter zum Interstate Highway 40, aber die nächstgelegene menschliche Ansiedlung war die kleine Ortschaft Port Henry am Ufer des Lake Champlain, mehr als zwanzig Meilen in südlicher Richtung entfernt.

Den dreizehn Bewohnern des zusammengewürfelten Wohnwagenparks machte diese Abgeschiedenheit nichts aus. Im Gegenteil, sie wollten es gar nicht anders haben. Sie waren eine wunderliche Mischung von gesellschaftlichen Außenseitern – Diamondback war ein Ort, an den Menschen kamen, um ihre Vergangenheit zu vergessen, und wo sie hofften, dass andere ihre Existenz vergessen würden.

Die »Waltons« lebten schon seit fast vier Jahren in einer Blockhütte, die eine halbe Meile weit weg vom Wohnwagenpark im Wald stand. Louise Walton arbeitete an der Bar des Red Creek Saloons in Port Henry. Ihr Sohn Dan Walton schlug sich mit Gelegenheitsarbeiten durch – zimmern und schreinern, Holz hacken und Häuser anstreichen –, alles, was hier in der Gegend so erledigt werden musste. Lou-

ises Jüngster, Colin, war erst vier und wurde von seiner Schwester Emily versorgt.

Heute Abend jedoch hatte die Familie einen Grund zu feiern – der folgende Tag war Emilys fünfzehnter Geburtstag. Da Dan am nächsten Morgen zeitig zur Arbeit musste, hatten sie ihre Party auf die frühen Abendstunden vorverlegt.

Nachdem sie den Kleinen ins Bett gebracht hatten, machten Louise und Dan sich jeder ein Bier auf und lümmelten sich auf die Couch. Emily saß auf dem Boden vor dem Kaminfeuer und balancierte einen Teller mit einem unberührten Stück Geburtstagstorte auf dem Schoß.

»Also, Schatz.« Louise nippte an ihrem Bier. »Was wünschst du dir zum Geburtstag?«

»Ein paar neue Gesichter wären ganz nett.«

»Ich könnte mir einen Schnurrbart wachsen lassen.« Dan Walton grinste Louise an, aber die Frau schien einzig und allein auf ihr Bier zu achten.

»Du weißt, was ich will, Mam«, sagte Emily nachdrücklich.

»Ich habe es nicht vergessen.«

»Worum geht's denn?« Dan griff sich eine Schale Kartoffelchips und nahm sie auf den Schoß. »Läuft da etwa eine Verschwörung bei euch Mädels?«

»So ähnlich.«

»Und wo sind überhaupt die anderen alle?« Dan sah auf seine Armbanduhr. »Wo sind Billy und Kirby? Und warum ist Veronica noch nicht da?« Er stopfte sich eine Handvoll leuchtend gelber Scheibchen in den Mund. »Ich habe sogar die beiden Mannweiber mit den Lederjacken, die in dem grünen Wohnwagen hausen, eingeladen.«

»Sie kommen nicht.«

»Was? Keiner?« Es entstand ein peinliches Schweigen, während Dan kaute und schluckte. »Gibt's hier etwas, von dem ich nichts weiß?«

»Ich habe alle wieder ausgeladen«, sagte Louise einfach.

»Das ist nicht sehr fair der Kleinen gegenüber.«

»Nenn mich nicht *Kleine*«, beschwerte sich Emily. »Ich wusste, dass sie nicht kommen.«

Dan zog die Augenbrauen hoch. »Du hast es gewusst?«

»Als wir hierher zogen, hat Mam versprochen, mir alles zu erzählen.« Emily schob die Schokoladentorte mit der Gabel auf dem Teller herum. Sie war viel zu angespannt, um etwas zu essen. »Sobald ich fünfzehn bin. So haben wir es ausgemacht.«

»Alles?« Dan wirkte beunruhigt.

»Ich hab mir gedacht, dass du dabei kein Publikum haben willst, Schatz.« Louise lächelte zaghaft. »Ich habe wohl niemals wirklich geglaubt, dass mein kleines Mädchen tatsächlich einmal groß werden würde. Aber sie ist jetzt alt genug, dass wir ihr die Wahrheit anvertrauen können, schätze ich.«

»Mam hat versprochen, mir zu erklären, warum wir hier leben. Warum wir den Namen Walton angenommen haben. Warum ich zu Hause unterrichtet wurde und nicht in die Schule gehen durfte.«

»Mann.« Dan pfiff durch die Zähne. »Da hast du ja wirklich einen ganzen Haufen Versprechungen gemacht, Louise.«

»Keine, die ich nicht auch halten will.« Die Frau wickelte nervös eine Strähne ihrer dunklen Haare, die jetzt mit Grau durchsetzt waren, um den Finger. »Und das Mädchen hat eine übermenschliche Geduld bewiesen, das musst du zugeben.«

»Sie hat sogar versprochen, mir zu sagen, warum *du* in unser Leben getreten bist.« Emily zeigte mit ihrer schokoladenverschmierten Gabel auf Dan.

»Hast du mich denn nicht gern in deinem Leben?« Er klang ernsthaft verletzt.

»Natürlich habe ich dich gern.« Der Teenager errötete. »Auch wenn wir nicht mehr viel Zeit miteinander verbringen – wo du doch ständig irgendwo Aufträge zu erledigen hast.« Sie blickte geringschätzig auf die abgenutzten Möbel. »Nicht, dass wir großartig Geld für diesen Schuppen ausgeben würden.«

»Das Geld ist für deine Zukunft bestimmt, Schatz.«

»Weiß ich doch. Und ich weiß auch, wie hart ihr beiden arbeitet.« Das Mädchen stocherte niedergeschlagen mit der Gabel in der Schokomasse. »Aber es sieht einfach nicht so aus, als ob ich hier so was wie eine Zukunft hätte.«

»Das ist wahr.« Louise nippte nachdenklich an ihrem Bier. »Aber der Tag, an dem dich nichts mehr daran hindert, von hier wegzugehen, kommt früh genug.«

»Mam!« Emily war entsetzt. »So habe ich das doch nicht gemeint.«

»Ich wollte damit nur sagen, dass du die Wahl haben wirst.« Louise stellte die Flasche ab und stand auf. »Aber zuerst musst du die Fakten kennen.« Sie warf Dan einen Blick von der Seite zu.

»Wenn du es für richtig hältst, Louise.«

»Dan und ich sind auf der Flucht.« Louise sah ihrer Tochter offen ins Gesicht. »So viel weißt du schon.«

»Ich hatte auch nicht angenommen, dass wir hierher gezogen sind, weil ihr begeisterte Skifahrer seid.«

»Wir waren beide in der Sheridan-Basis, einer Forschungsstation in der Mojave-Wüste. Vor vier Jahren.« Louise zündete sich eine Zigarette an und nahm einen tiefen Zug. »Ich bin immer noch nicht sicher, was für Experimente man dort durchgeführt hat, aber eines davon ist schrecklich schiefgegangen.«

Emily hielt den Atem an.

»Sie sind alle durchgedreht. Frag mich bitte nicht, warum. Ich verstehe es nämlich immer noch nicht. Es war wie ein Massenamoklauf … und …« Louise versagte die Stimme.

»Sie haben sich plötzlich wie auf Kommando aufeinander gestürzt und sich gegenseitig umgebracht«, vollendete Dan ihren Satz.

»Was?«

»Die ganze Basis war mit einem Mal im Mordrausch.« Louise starrte aus dem Fenster. Weißbirken umstanden die Hütte und filterten das Mondlicht. »Aus irgendeinem Grund waren Dan und ich die Einzigen, die nicht betroffen waren.« Sie rieb sich nervös die Oberschenkel. »Aber ich habe auch getötet, Baby. Zur Selbstverteidigung, meinetwegen, aber ich habe getötet. Und deswegen verstecken wir uns. Zum Teil, weil ich Menschen umgebracht habe, und zum Teil, weil die Army wohl für ihr Leben gern wüsste, warum Dan und ich die einzigen beiden Menschen auf dieser ganzen Station waren, die unversehrt herausgekommen sind.«

Emily ließ die Gabel auf den Teppich fallen. Schokoladenbröckchen landeten auf dem abgewetzten Läufer. Sie blickte zu Dan.

»Ich habe auch getötet«, sagte er. »Aber ich habe …«

»Genug davon. Ich möchte dir heute schon dein Geschenk geben.« Louise zog eine Schublade der Kiefernholzkommode, die unter dem Fenster stand, auf, nahm einen Schuhkarton heraus und reichte ihn Emily. »Freu dich nicht zu früh, das sind nicht die Turnschuhe, auf die du gehofft hast.«

Das Mädchen öffnete den Karton. Darin lagen zwei Pässe. Einer war auf den Namen Emily Walton ausgestellt, der andere auf Dan Walton.

»Ich habe euch auch falsche Sozialversicherungsnummern besorgt

und ein Bankkonto auf die neuen Namen eröffnet. Da sind ein paar Tausend Dollar drauf«, sagte Louise. »Damit ihr wisst, wo das meiste von unserem Geld hingekommen ist.«

Emily gab Dan seinen Pass. Der junge Mann schlug ihn auf und schloss ihn gleich wieder.

»Das ist total verrückt, Louise.«

»Wenn du alt genug bist, kannst du den Pass benutzen, Emily. Gehen, wohin du willst. Abenteuer erleben. Du hast doch immer gesagt, du willst dir Schottland anschauen, nicht wahr? Unsere Vorfahren stammen von dort, Dan. Das wusstest du nicht, oder?«

»Mam.« Emily unterbrach das hilflose Geplapper ihrer Mutter. »Hast du denn auch einen Pass?«

Louise holte tief Luft.

»Ich gehe nicht weg. Ich habe mich hier eingewöhnt und es gefällt mir sehr gut. So schön friedlich. Genau, was ich will.«

Dan rutschte über die Couch und nahm Louise in den Arm.

»Ich lasse dich nicht allein, Louise«, sagte er. Es kostete ihn Kraft, die Worte hervorzubringen. Ein dicker Kloß saß in seinem Hals fest. »Du hast mir das Leben gerettet. Du hast mich großgezogen.«

Er tätschelte ihren Oberschenkel.

»Du bist meine Mutter.«

Louise lächelte dankbar. Emily krabbelte zu ihr und zwängte sich zwischen die Knie ihrer Mutter.

Louise legte die Arme um ihre Kinder.

»Aber wenigstens könnt ihr jetzt selbst entscheiden, was ihr tun wollt. Und nun muss ich mir dringend die Nase pudern.« Sie machte sich sanft los, stapfte ins Badezimmer und schloss die Tür hinter sich ab.

»Heilige Muttergottes«, flüsterte Dan. »Was für ein Geburtstag.«

»Der beste, den ich je hatte«, sagte Emily und drückte seine Hand. »Der allerbeste.«

Drinnen im Bad schluchzte Louise leise und hielt sich dabei mit der Hand den Mund zu. Sie hatte es ihrer Tochter nicht gesagt, aber sie hatte eine vage Vorstellung davon, was wirklich auf der Sheridan-Basis geschehen war.

Emily und Dan würden Diamondback eines Tages verlassen müssen. *Ihr selbst und ihrem kleinen Sohn war das niemals vergönnt.*

»Ich bin noch zwei Jahre geblieben.« Apathys Mutter fuhr mit dem Finger auf dem Rand ihres Glases entlang. »Ich wollte meine Mutter und meinen kleinen Bruder nicht im Stich lassen, aber da draußen wartete die große weite Welt, und ich hatte doch noch nie im Leben etwas davon gesehen. Dan ging natürlich mit mir. Er hatte Louise ja versprochen, dass er immer auf mich achtgeben würde, und er hatte nicht vor, dieses Versprechen zu brechen. Er hat *nie* ein Versprechen gebrochen.«

Sie leckte sich den Wein vom Finger und hielt ihn in die Luft, um die Feuchtigkeit verdunsten zu lassen.

»Mir war das damals noch nicht klar, aber sein Versprechen war die einzige moralische Richtschnur, die er hatte.«

Es war mittlerweile spät in der Nacht. Eine kleine Schreibtischlampe erleuchtete eine Ecke des Raumes, aber auf ihrer Couch waren Mutter und Tochter in warme, weiche Schatten gehüllt. Apathy konnte die Augen nicht von Emilys Gesicht wenden. Im Halbdunkel wirkte sie so viel jünger. Zum ersten Mal erhaschte das Mädchen einen flüchtigen Eindruck von der Frau, die ihre Mutter einmal gewesen war.

»Mein Dad klingt gar nicht so sehr nach einem bösen Menschen«, begann sie vorsichtig.

»Er war witzig«, räumte Emily ein. »Und schlau. Und das war alles, was er die Leute um sich herum von sich sehen ließ. Er war immer der Ansicht, dass ein geteiltes Problem zu einem doppelten Problem wird.«

Sie machte das Kistchen noch einmal auf und strich sanft über die Fotografien.

»Schließlich kamen Dan und ich in einer kleinen Wohnung in Austin, Texas, zur Ruhe. Dan nahm einen Job auf einem Bauernmarkt an, und ich arbeitete bei einer Autoversicherung, und wir bemühten uns, so zu tun, als wären wir ganz normale Leute. Auch unsere Liebe, als es dann endlich so weit kam, hat sich ganz beiläufig ergeben.

Da wir denselben Namen hatten, nahmen alle unsere Bekannten an, wir seien verheiratet, und wir haben ihnen nicht widersprochen. Und dann, nach einer Weile, ist genau das passiert. Mam war überglücklich, als ich ihr geschrieben hatte, dass wir jetzt ein Paar waren. Sie hat deinen Vater geliebt.«

Sie schob Louises Foto zur Seite, sodass Dans Bild darunter zum Vorschein kam.

»Und, Gott steh mir bei, ich auch.«

Austin, Texas: Weihnachten
1994

Die Tür sprang auf und Dan zwängte sich mithilfe des Ellenbogens in die kleine Wohnung. Eine Tragetasche aus dem Circle-K-Supermarkt hing ihm vom Arm. Emily lag ausgestreckt auf der Couch, immer noch in Bürokleidung und Strumpfhosen. Sie hatte die Füße auf den Wohnzimmertisch gelegt. Sie schenkte ihm einen matten Blick und strich sich das fettige Haar aus der Stirn. Dan zog seine Brieftasche aus der Lederjacke, die er trotz der Hitze in Texas beharrlich jeden Tag trug.

»Ich bin von der Modepolizei, gnädige Frau«, sagte er streng und klappte die Brieftasche mit einer Handbewegung auf. »Uns wurde eine außergewöhnlich hohe Polyesteranreicherung in Ihrer Bekleidung gemeldet. Nur ein Niesen, und Sie könnten einen Spontanbrand auslösen.«

Er griff in die Tragetüte, zog eine Flasche heraus und machte sich am Korken zu schaffen. »Aber keine Sorge, das hier hat die doppelte Reichweite eines Feuerlöschers, wenn man es nur tüchtig schüttelt.«

»Du hast Champagner gekauft?« Emily brachte sich mühsam in eine sitzende Stellung. »Können wir uns das leisten?«

»Auf gar keinen Fall. Das ist billiger Schaumwein. Und er war im Sonderangebot.«

Emily musste trotz ihrer Erschöpfung lächeln.

»Ich habe auch eine Rose für dich.« Dan zog einen zerfledderten Stängel aus dem Ärmel. »Aber die Blütenblätter sind abgefallen, als ich über Nachbars Gartenzaun getürmt bin.«

»Danke schön.« Emily rappelte sich endgültig auf und grinste ihn an. »Ich hole eine Vase.«

»Tu das. Und bring auch Gläser mit.« Dan kämpfte immer noch mit dem Korken. »Die staubigen mit den dekorativen Spülmaschinenstreifen.«

Emily blieb auf ihrem Weg in die winzige Küche stehen und schlang die Arme um Dans Hals.

»Danke schön, D. B.« Sie küsste ihn auf die Lippen. Die Flasche öffnete sich mit einem Knall und der Korken schoss in die Luft und prallte von der niedrigen Decke ab. Emily verschwand in der Küche und kam mit zwei Plastikbechern zurück. Sie stellte sie auf den Wohnzimmertisch und wischte ein paar Krümel auf den Boden.

»Tut mir leid wegen der Unordnung.«

»Mach dir nichts draus.« Dan füllte die Becher. »Die Mäuse kümmern sich schon darum.«

Emily nippte an der perlenden Flüssigkeit und zog die Nase kraus.

»Das prickelt so schön.« Sie lehnte sich zurück und streckte die müden Arme zur Decke. »Gott, bin ich fertig. Aber immerhin habe ich den Weihnachtsbaum aufgestellt.« Sie nickte in Richtung Fenster, wo ein mickriger Schössling, an dem sie aufs Geratewohl ein paar Christbaumkugeln befestigt hatte, trübselig auf dem Sims stand.

»Meinst du, der Weihnachtsmann sieht den ohne Fernrohr überhaupt?«

»Gar nicht so einfach, in Weihnachtsstimmung zu kommen, wenn es draußen fünfunddreißig Grad ist.« Emily hob das Glas und stieß mit Dan an. »Wir sollten bei meiner Mutter im Staat New York sein. Weihnachten ist die Zeit für Schnee und Familie.«

Sie schämte sich, als sie merkte, was sie gerade gesagt hatte.

Dans Eltern waren gestorben, als er noch ein Kind war – er weigerte sich, darüber zu sprechen. Louise hatte sich, als ihre Tochter von ihr mehr erfahren wollte, ähnlich zugeknöpft gegeben.

»Du kennst doch Dan«, hatte sie ihrer Tochter erklärt. »Wenn er die Vergangenheit ruhen lassen will, dann ist das seine Entscheidung.«

»Entschuldige. Das war taktlos«, sagte Emily jetzt.

»Schon in Ordnung.« Dan klopfte mit dem Rand des Glases gegen seine Zähne und grinste. »Ich höre dir sowieso nie zu.«

Emily zögerte.

»Hättest du gerne eine richtige Familie?«

»Wieso? Ich habe doch schon eine. Dich und Louise.«

»Nein.« Emily nahm einen kräftigen Schluck, um Mut zu sammeln. »Ich meine, eine richtige Familie.«

Dan legte den Kopf schräg. »Sagst du da gerade, was ich glaube, das du sagst?«

»Wie lange soll ich denn noch mit dem Zaunpfahl winken? Ich bin im dritten Monat schwanger.«

Der Mund ihres Partners öffnete sich, aber kein einziger Laut kam hervor. Emily hielt den Atem an. Und dann erschien auf Dans Gesicht das breiteste, strahlendste Lächeln, das sie je an ihm gesehen hatte.

»Wir werden ihn Norman D. Landing Walton nennen«, verkündete er überschwänglich. »Abgekürzt Norm.«

»Und was, wenn es ein Mädchen wird?«

»Ähm … Apathy Amazon, meinetwegen. Mir ist alles recht.«

Und Emily wusste mit einem Mal, dass alles gut werden würde.

Tränen rannen Emily Walton über das Gesicht. Sie schniefte und wischte sie mit dem Handrücken ab.

»Ich bin nur froh, dass ich dieses Mal wasserfeste Wimperntusche aufgelegt habe.«

»Was ist passiert, Mam? Was ist schiefgegangen?«

»Ein paar Tage später rief meine Mutter an. Wir waren beide nicht da und sie hat eine Nachricht auf dem Anrufbeantworter hinterlassen. Nicht für mich. Für Dan. Sie bestand nur aus zwei Sätzen.

Dan, du musst zurückkommen. Die Ameisen sammeln sich wieder.

Er ist noch am selben Abend hingeflogen. Er wollte mir nichts erklären, und er ließ mich feierlich schwören, dass ich in Texas bleiben würde, bis er wieder da wäre.« Sie lächelte dünn. »Nun, du kennst mich ja.«

»Du bist ihm gefolgt?« Selbstverständlich kannte Apathy ihre Mutter.

»Einen Flug konnte ich mir nicht leisten, also habe ich das Auto genommen.« Emily zündete sich eine weitere Zigarette an und blies eine wolkige Spirale Richtung Decke. »Drei Tage lang bin ich gefahren.« Ihre Stimme wurde kalt und ausdruckslos. »Ich kam genau rechtzeitig in Diamondback an, um den wahren D. B. Salty in Aktion zu erleben.«

Apathy nahm einen winzigen Schluck Wein und ließ ihre Mutter weitersprechen.

»Es war ein einziges Blutbad.«

Diamondback-Wohnwagenpark, Nördlich von New York: Weihnachten

1994

Das Auto knatterte und stotterte, als es sich die Windungen des Passes emporquälte und endlich ein ebenes Stück der Strecke erreichte. Die Berggipfel, die den Wald wie die Zähne eines offenen Rachens umgaben, waren mit unberührtem Schnee bedeckt – hier unten jedoch war er zu beiden Seiten der Straße zu schmutzigen grauen Haufen zusammengeschoben.

Emily bog in den Weg ein, der zur Diamondback-Wohnwagensiedlung führte, und das Fahrzeug mühte sich weiter den Steilhang hoch. Die ganze Landschaft war mit Reif überzuckert, und die Äste der Kiefern bogen sich unter der Schneeladung – die ganze Szenerie wirkte wie eine lebendig gewordene Weihnachtskarte.

Einige Hundert Meter vor ihrem Ziel hörte sie das Knallen von Gewehrfeuer. Da sie einen großen Teil ihres Lebens unter Menschen verbracht hatte, die regelmäßig auf die Jagd gingen, konnte die junge Frau dieses Geräusch mit keinem anderen verwechseln. Doch das hier war ein stakkatoartiges Tackern, wie von einer Schreibmaschine.

Hier schoss jemand mit einer halbautomatischen Waffe.

Mit einem erschrockenen Keuchen drückte sie das Gaspedal durch und der Wagen sprang vorwärts. Nun konnte sie auch ausmachen, dass es sich um mehr als nur eine Waffe handelte.

Das Auto erklomm den Gipfel der Steigung, die zum Wohnwagenpark führte, und Emily stieß einen Schrei aus, als es mit einem dumpfen Schlag über einen menschlichen Körper rollte, der in der Mitte des Wegs lag.

Sie warf einen Blick in den Rückspiegel und sah gerade noch, wie der Tote wieder in den Schnee sank. Ein gebrochenes Bein ragte in die Luft. Über das Gelände verstreut konnte sie noch mindestens drei weitere reglose Körper erkennen.

Dan kauerte hinter einem Holzstapel und schoss auf die im Kreis um die Lichtung aufgestellten Wohnwagen. Dünner Rauch, der unter einer der Behausungen hervortrat, verriet den Standort der Person, die sein Feuer erwiderte.

Dan fuhr herum und sah Emily, die starr vor Schreck hinter ihrem Lenkrad saß.

»Raus aus dem Auto!«, schrie er und schwenkte die Arme. Ein Feuerstoß peitschte unter dem Wohnwagen hervor und in der Motorhaube tat sich eine schnurgerade Reihe gezackter Löcher auf.

Dan stand auf, um seinem Gegner ein besseres Ziel zu bieten und das Feuer von Emily abzulenken. Er schoss dabei unablässig weiter. Emily brauchte keine zweite Warnung. Sie riss den Sicherheitsgurt los, warf sich über den Beifahrersitz und stieß die Tür auf. Während auf der Fahrerseite weitere Kugeln einschlugen, glitt sie aus dem Fahrzeug und ließ sich in den Schnee fallen.

Dan duckte sich wieder und zog eine Pistole aus dem Gürtel.

»Bleib, wo du bist! Bleib unten!« Er warf Emily die Waffe zu. Sie landete zwischen ihren ausgestreckten Armen und sie zog sie an sich. Hinter dem schützenden Rad spannte sie den Hahn, rollte sich unter das Auto und eröffnete das Feuer auf die Unterseite des Wohnwagens. Emily war den Umgang mit Schusswaffen von klein auf gewohnt, und

ihr Instinkt übernahm die Kontrolle, bevor sie überhaupt Zeit hatte, ihr Verhalten infrage zu stellen. Jemand schoss auf Dan und dies erfüllte sie mit einer unvermittelt aufsteigenden, überwältigenden Wut. Mit einer Mischung aus Teilnahmslosigkeit und Entsetzen bemerkte sie, dass der Schnee mit kleinen schwarzen Punkten übersät war.

Ameisen. Tausende und Abertausende bildeten eine zuckende, sich windende Masse. Die Kälte brachte sie um.

»Schieß auf die Propangastanks!«, rief Dan. »Ich habe sie nicht im Blickfeld. Ich sitze hier fest.«

Schneeklumpen stoben vor Emily hoch, als der Angreifer sie wieder unter Beschuss nahm. Sie zielte sorgfältig auf die drei großen blauen Tanks, die die Wohnwagen mit Brenngas versorgten, und zog den Abzug dreimal durch.

Die Tanks explodierten in einem blauen Feuerball und Sekundenbruchteile später erfasste die Detonation auch den Wohnwagen. Emily rollte sich zu einer Kugel zusammen und bedeckte mit den Händen den Kopf, um ihn vor den herabregnenden Trümmern zu schützen. Feuersäulen schossen in die Luft und die Hitzewelle der Detonation versengte ihre ungeschützten Hände. Überall um sie herum verschrumpelten Ameisen zu schwarzer Asche.

Dan spurtete aus seiner Deckung auf das Auto zu, hechtete zu Boden und rollte sich zu ihr. Er schlang die Arme um Emily und hielt sie fest, bis der Brand nachzulassen begann. Endlich robbte er rückwärts wieder unter dem Fahrzeug hervor und zog sie mit sich.

Der Wohnwagen war nur noch ein lodernder Trümmerhaufen. Öliger Rauch stieg von dem Wrack auf und zog in Spiralen über die umstehenden Bäume ab. Es gab keinerlei Anzeichen von Leben mehr, weder in diesem Inferno noch in seiner unmittelbaren Nähe. Niemand konnte dies überlebt haben.

»Bist du in Ordnung?« Dan untersuchte Emily und prallte erschrocken zurück, als er ihre Hände sah. »Mein Gott, was machst *du hier eigentlich?«*

»Was in drei Teufels Namen geht hier vor?«

»Du musst weg!« Dan drängte sie zur Fahrerseite des Wagens. Emily schüttelte ihn ab und taumelte von ihm weg.

»D. B.! Hier liegen überall tote Menschen! Hast du das getan?«

»Ich habe keine Zeit für Erklärungen.« Dan hob eine Handvoll Schnee auf und rieb ihn über ihre verbrannten Hände. »Bitte steig ins Auto! Du darfst hier nicht bleiben!«

»Was soll das alles?« Emily zitterte am ganzen Leib. »Warum hat jemand auf dich geschossen?«

»Du musst mir vertrauen. Ich weiß, wie das hier aussieht, aber du musst mir glauben, dass ich das Richtige getan habe!« Dans Worte überschlugen sich fast, so sehr war er darum bemüht, ihnen Eindringlichkeit zu verleihen. Er klopfte Emily den Schnee vom Körper. In den weißen Klumpen steckten Unmengen tote Ameisen. »Du musst weg!«

»Wo ist meine Mutter?«

»Emily, die Leute hier. Es ist, als seien sie besessen!« Er zerrte sie an der Schulter um das Auto herum und riss die Fahrertür auf. »Ich bin immun. Du nicht. Mach endlich, dass du hier wegkommst!«

»Besessen wovon? Wo sind meine Mutter und mein Bruder?«

»Ich finde sie schon. Aber du musst an unser Baby denken.« Er nahm ihr Gesicht in beide Hände und sah ihr tief in die Augen.

»Das hier haben deine Mutter und ich seit Jahren befürchtet. Nein, sieh mich an!« Seine Finger krallten sich in ihre Haare und zwangen ihr Gesicht ganz nah vor seines. »Die Leute, vor denen wir weggelaufen sind, haben auch darauf gewartet! Sie werden verstehen, was das

hier zu bedeuten hat, und sie werden hierherkommen und nach Überlebenden suchen – genauso wie vor fünfzehn Jahren. Fahr zurück nach Austin und vernichte alles, was auf uns hinweist. Dann musst du sofort außer Landes, solange du noch kannst. Heb unser ganzes Geld ab und vergiss deinen falschen Pass nicht.«

»Ich lasse dich nicht allein!«

»Ich finde dich. Ich verspreche es! Hörst du? Aber du musst von der Bildfläche verschwinden. Lass niemanden wissen, dass du etwas mit mir zu tun hast.«

»Bist du übergeschnappt?«

»Emily.« Dan ließ sie los und beschrieb mit der Hand einen wütenden Bogen. Überall lagen Tote auf dem Waldboden und dichte Schwaden beißenden Rauchs hingen über den Bäumen. »Ich kann es dir jetzt nicht erklären, das siehst du doch ein. Ich hätte es schon vor langer Zeit tun sollen, aber ich habe immer gehofft, dieser Tag würde niemals kommen.« Er drückte die Frau, die sich immer noch wehrte, auf den Fahrersitz. »Wenn wir wieder zusammen sind, erzähle ich dir alles, und ich meine wirklich alles! Aber wenn du jetzt nicht so schnell wie möglich vollständig untertauchst, dann werden sie dich finden. Und dann sorgen die *dafür, dass du spurlos verschwindest. Sie werden dir dein Baby nehmen und du wirst es nie wiedersehen.«*

»Und wann sehe ich dich wieder?«

»Ich weiß es nicht, aber ich werde dich finden, ich verspreche es dir. Und du weißt, dass ich immer mein Versprechen halte!«

Er küsste sie zart auf die Lippen und sie schmeckte Rauch und Schießpulver.

»Und jetzt geh. Beeil dich, bevor es zu spät ist.«

»Ich verstehe das alles nicht!«

»Dann musst du mir vertrauen!«

»Ich liebe dich, D. B.« Emily berührte sanft seine Wange.

»Ich liebe dich auch.« Dan wirbelte herum und stapfte durch den Schnee, um seine Waffen einzusammeln.

Emily ließ den Wagen an. Sie setzte zurück, wendete das Fahrzeug in einer unkontrollierten Drehung und sah in den Rückspiegel. Dan stand auf sein Gewehr gestützt. Sein Gesicht und seine ganze Haltung verrieten seinen Kummer und seine Erschöpfung. Er wedelte mit einer Hand, wie um sie zu verscheuchen. Geh!

Mit einem Aufschluchzen riss sie am Schaltknüppel, legte knirschend den Gang ein und raste mit aufheulendem Motor den Berg hinab.

»Und das war's.« Emily drückte ihre Zigarette im Aschenbecher aus und bettete den Kopf auf die Schulter ihrer Tochter. »Ich habe deinen Vater niemals wiedergesehen.«

Edinburgh
2009

»Ich konnte nur bei Nacht fahren, um zurück nach Texas zu kommen. Das Auto war ja von Kugeln durchlöchert wie ein Schweizer Käse.« Emily sah auf ihre Armbanduhr.

»Um Himmels willen, schon drei Uhr morgens«, sagte sie überrascht. »Schatz, wir müssen jetzt wirklich schlafen gehen.«

»Was? Aber du hast mir doch noch gar nichts erklärt! Was war denn mit dieser Besessenheit, von der Dad gesprochen hat? Und was ist mit ihm passiert?«

»Ich glaube, das weißt du schon. Ich gehe jede Wette ein, du warst im Internet, während ich geduscht habe. Ich habe die Tasten klicken gehört, als ich das Wasser abgedreht habe.«

Apathy gab sich Mühe, sich nicht durch einen schuldbewussten Gesichtsausdruck zu verraten.

»Du bist so schlau wie dein Vater und so neugierig wie deine Mutter.« Emily schien nicht böse zu sein, nur erschöpft. »Jetzt weißt du so viel wie ich. Die Polizei hat Dans Fingerabdrücke auf dem ganzen Gelände entdeckt. Die Ermittler haben sie durch die Nationale Datenbank laufen lassen und seinen richtigen Namen herausgefunden – D.B. Salty. Er hat seine Eltern ermordet, als er dreizehn war.«

»Ich weiß. Ich habe es im Netz gelesen«, gestand Apathy.

»Ja.« Emily konnte ihre Bitterkeit nicht verbergen. »In all den Jahren, die ich ihn kannte, hat er wohl vergessen, das zu erwähnen.«

»Und was war mit Louise?«

»Die Polizei fand zwei Leichen in einer Hütte in der Nähe von Diamondback. Louises beste Freundin in Port Henry hat sie als meine Mutter und meinen Bruder Colin identifiziert.«

»Das muss aber nicht bedeuten, dass mein Dad sie umgebracht hat«, wandte Apathy ein, obwohl sie sich nicht sicher war, warum sie einen Mann verteidigte, den sie noch nie gesehen hatte.

»Ich wollte es auch nicht glauben.« Emily nahm die letzte Zigarette aus ihrem Päckchen und steckte sie sich an. »Dann fiel mir ein, dass Dan gesagt hatte, er wollte zur Hütte gehen und nach Louise suchen.«

»Vielleicht hat er das ja getan.«

»Er muss vorher schon da gewesen sein.« Emily schüttelte heftig den Kopf. »In dem ganzen Chaos habe ich einfach übersehen, was ich direkt vor meiner Nase hatte. Das Gewehr und die Pistole, die Dan benutzt hat, gehörten meiner Mutter. Und sie achtete immer streng darauf, dass die Waffen ihr nicht aus der Hütte kamen.«

»Was, wenn sie sie Dad … ich meine, Dan geliehen hat?«

»Nein. Sie wäre an seiner Seite gewesen und hätte sie selbst benutzt. Sie konnte viel besser schießen als dein Vater. Apathy, er hat die Waffen meiner Mutter gestohlen und sie mit ihrem eigenen Gewehr getötet. Die Polizei hat es bei der Spurensicherung bewiesen.«

Emily schaute wieder auf ihre Uhr.

»Wir müssen jetzt ins Bett, Baby. Ich bin vollkommen durch den Wind.« Ihre Schultern sackten zusammen. »Und ich kann mir nicht einmal ansatzweise vorstellen, wie *dir* jetzt zumute ist.«

»*Mir* wäre jetzt wirklich nach einer Zigarette.«

»Hilft auch nichts.«

»Erinnere ich dich an meinen Vater?« Apathy war sich nicht einmal sicher, ob sie die Antwort hören wollte. Sie war sich plötzlich schmerzhaft bewusst, dass sie die Tochter eines Massenmörders war.

»In Momenten wie diesem so sehr, dass es fast schon wehtut. Aber schließlich habe ich ihn von ganzem Herzen geliebt.«

»Musst du wohl, wenn du mir diesen schrägen Namen gegeben hast, bloß weil er einmal einen Witz darüber gemacht hat.«

»Der hat auf dem Standesamt für einige Lacher gesorgt, das kannst du mir glauben.«

»Du hast gedacht, er erinnert sich vielleicht an das, was er damals gesagt hat, stimmt's? Und fängt an, nach einem Mädchen mit diesem Namen zu suchen.«

»Das war wohl eine ziemlich gewagte Annahme. Er konnte doch gar nicht wissen, wo wir hingegangen waren. Aber ich war mir sicher, er würde uns finden und könnte dann alles erklären. Er hat *nie* ein Versprechen gebrochen.« Emily lächelte kurz. »So naiv war ich damals. Dann, während die Jahre vergingen, wurde mir allmählich klar, dass das reines Wunschdenken war.« Sie neigte den Kopf und dicke Tränen fielen in den Aschenbecher.

»Ich hasse es, das sagen zu müssen, Apathy, aber dein Vater war ein böser, böser Mensch. Und heute bete ich zu Gott, dass er uns niemals findet.«

»Deswegen hast du mir also nie erlaubt, eine Seite bei Facebook oder meine eigene Homepage oder so was einzurichten.« Apathy sah zu, wie die Tränenflut die Asche in Tinte verwandelte. »Hätten wir nicht einfach noch einmal unseren Namen ändern können?«

»Unser ganzes Leben lang sind wir von Stadt zu Stadt gezogen, von Job zu Job, von Schule zu Schule.« Emily wischte sich wütend die

Tränen ab. »Aber diesen Namen hat mir meine Mutter gegeben, und der *bleibt.*«

»Das ist jetzt schon so lange her, Mam«, sagte Emily hoffnungsvoll. »Vielleicht ist inzwischen niemand mehr hinter dir her.«

»Das würde ich gern glauben. Aber meine Mutter hat mir erzählt, der Mann, der die Sheridan-Basis leitete, war die Art von Mensch, die niemals aufgibt.«

Emily drückte kraftlos den Deckel auf das Kistchen mit ihren Erinnerungen.

»Sein Name war Dr. Markus Kelty.«

MacLellan Forschungsstation, Kirkfallen Island

1995

Dr. Kelty saß an seinem Computer und starrte auf den Bildschirm. Auf dem Schreibtisch vor ihm lagen zwei Zeitungsausschnitte, die vom vorigen Monat datiert waren. Beide stammten aus der Adirondack Mountain Times.

Die Überschrift des ersten Artikels lautete:

Massaker in Wohnwagensiedlung nördlich von New York
Polizei findet 13 Opfer

Die zweite Schlagzeile war eine Woche später erschienen:

Fingerabdrücke überführen Elternmörder D. B. Salty
als Diamondback-Killer

»Wusst' ich's doch, dass wir dich eines Tages finden würden«, brummte Kelty. »Hatte nur nicht damit gerechnet, dass es über ein Jahrzehnt dauern würde.«

Auf dem Computermonitor blinkte ein rotes Warnrechteck.

SIND SIE SICHER, DASS SIE DIESE DATEI LÖSCHEN WOLLEN?

! Abbrechen OK

Keltys Finger schwebten über der Tastatur.

»Wenn die Dinge doch nur so einfach wären.«

Die Tür ging auf, und Dr. MacMurphy, der leitende Ingenieur, trat ein. Bei ihm war Captain Hammill, der Sicherheitschef der Basis. Beide blieben respektvoll vor Keltys Schreibtisch stehen, bis der Doktor sie schließlich ansprach.

»Sie haben die Versuchspersonen noch einmal überprüft?«

»Zum dritten Mal jetzt, Sir«, antwortete MacMurphy, obwohl er wusste, dass Kelty sich dieser Tatsache durchaus bewusst war. Er legte eine Aktenmappe auf den Tisch.

»Die Herren da oben werden keine weitere Verzögerung unseres Berichts mehr hinnehmen, Sir«, fügte Hammill hinzu. »Sie schreien fast jeden Tag nach Resultaten. Keine Ahnung, warum die auf einmal so einen Aufstand machen.«

Kelty hätte es ihm ganz genau sagen können. Er blickte wieder auf die Zeitungsausschnitte.

»Und dabei wollte ich doch heute Nachmittag endlich das Heilmittel für Krebs entwickeln.« Er nahm die Mappe in die Hand und blätterte sie mit vorgetäuschtem Interesse durch. Er hatte es nun schon über Wochen hinausgezögert, seine Ergebnisse an seine Vorgesetzten zu übermitteln. Und was MacMurphy und Hammill erst recht nicht wussten, war, dass er bereits seit drei Monaten die Berichte fälschte.

»Sehr gut, Captain. Ich möchte, dass Sie alle in die Kantine einrücken lassen. Ihre Männer und MacMurphys Team auch.« Kelty klappte die Mappe zu. »Ich werde persönlich zu der gesamten Basis sprechen.«

»Jetzt gleich?«

»Wieso? Haben Sie vorher noch eine Gesichtsbehandlung gebucht?«

»Wie Sie wünschen, Colonel.« Hammill salutierte und marschierte aus dem Zimmer.

Kelty starrte weiter auf den Bildschirm.

»Darf ich offen sprechen, Sir?«, fragte MacMurphy.

»Soweit ich es beurteilen kann, ist das die einzige Art, die Sie beherrschen.« Kelty seufzte. Er vermisste Naish, aber die hatte jetzt ihr eigenes Kommando, zu Hause in den Staaten. Er hatte seit drei Jahren nichts mehr von ihr gehört.

»Ich verstehe nicht, warum wir mit unseren Ergebnissen so hinter dem Berg halten. Sie sind womöglich nicht das, was wir uns erwartet hatten, aber immerhin haben wir tatsächlich eine Entdeckung gemacht. Das Beweismaterial ist unwiderlegbar.« MacMurphy rang aufgeregt die Hände. »Das sind äußerst positive Resultate.«

»Hängt davon ab, wie man es sieht«, sagte der Doktor säuerlich. »Für die Nazis zum Beispiel war auch der Völkermord an einer ganzen Rasse ein positives Resultat.«

Er zog die Hand aus der Schublade. In der Faust hielt er eine kleine Pistole mit aufgeschraubtem Schalldämpfer. Kelty hob die Waffe und schoss MacMurphy zwischen die Augen.

Als der technische Leiter zu Boden sackte, warf Kelty einen Blick auf die Wanduhr. Hammill würde etwa fünfzehn Minuten brauchen, um alle im Speisesaal zu versammeln. Fünf Minuten danach würden die Brandsätze detonieren, die Kelty in der Deckenverkleidung versteckt hatte.

Er sah ein letztes Mal auf den blinkenden Bildschirm. Er zeigte einen Wust komplexer chemischer Formeln, die nur er allein verstand.

SIND SIE SICHER, DASS SIE DIESE DATEI LÖSCHEN WOLLEN?

[!] [Abbrechen] [OK]

»Nein, das bin ich verdammt noch mal nicht. Aber wenn ich es jetzt nicht tue, dann nie mehr.«

Und er drückte auf die Taste.

Kelty holte ein automatisches Sturmgewehr aus seinem Waffenschrank. Er hatte nun noch zehn Minuten, seine Aufgabe zu erledigen, bevor die Bomben hochgingen. Er schaltete den Computer aus und machte sich auf den Weg zum Ausgang.

Bis zu dem Zeitpunkt, an dem die Brandsätze explodierten, hatte Kelty die Wachen am Tor erschossen und war keuchend auf eine Hügelkuppe gestiegen, von der aus man den Eingangsbereich des Komplexes einsehen konnte. In dem Augenblick, als er sich im Schnee ausstreckte und das Gewehr an die Schulter drückte, ging das Innere der MacLellan-Basis in Flammen auf.

Der größte Teil der Anlage war unterirdisch, und nur wenige Besatzungsmitglieder schafften es, sich aus dem brennenden Komplex zu retten. Als die Überlebenden in wilder Panik aus dem Gebäude gerannt kamen, schoss Kelty sie einen nach dem anderen nieder.

Wie sie da so durch den schmelzenden Schnee wuselten, sahen sie genauso aus wie Ameisen.

Kelty stieg Pittenhall Ridge hinab und erreichte eine kleine Barkasse. Er watete durch die Brandung, kletterte hinein und warf den Motor an.

Während das Boot durch die Wellen schnitt und über die Wogenkämme tanzte, blickte der Doktor noch einmal zurück auf Kirkfallen.

Rauch breitete sich über Pittenhall Ridge aus und der sich verdunkelnde Himmel war durch die Flammen orange verfärbt.

Kelty hob die Hand an die Augen.

Eine mächtige Gestalt, die sich als schwarzer Umriss gegen den Feuerschein abhob, stand dort oben und sah seinem Boot nach. Hoch über ihm, auf den Klippen von Jackson Head.

Freitag

Die Entführung

Der Wissenschaftler James Lovelock hat eine unmittelbar bevorstehende Menschheitskatastrophe vorhergesagt, herbeigeführt durch Kriege um Brennstoffe, Wasser und Land – und einen Bevölkerungseinbruch, nach dem von der gegenwärtigen Weltbevölkerung von 6, 6 Milliarden lediglich 500 Millionen Überlebende übrig bleiben werden.

Edinburgh
2009

Apathy packte ihren Rucksack und verließ die Wohnung, um zur Schule zu gehen.

Sie fühlte sich wie zerschlagen nach der langen Nacht und emotional erschöpft von den Enthüllungen, die auf sie eingestürmt waren. Und wie erwartet hatten auch keine Geburtstagskarten auf der Matte unter dem Postschlitz gelegen.

Sie bemerkte die Gestalt nicht, die sich eine Treppe höher versteckt hielt. Sobald der Teenager außer Sicht war, eilte sie die Stufen hinunter und schlich an die Wohnungstür. Die Gestalt führte ein schmales Messer in das Schloss ein, ließ es mit ein paar geübten Drehungen des Handgelenks aufschnappen und schlüpfte geräuschlos hinein.

Apathy ging alleine zur Schule. Keines der anderen Kinder sprach mit ihr. Niemand grüßte sie oder fragte sie, wie es ihr ging. Apathy war nicht beliebt. Eigentlich hatte sie an keiner Schule jemals dazugehört und es hatte sie bitter und wütend gemacht. Sie tat ihr Bestes, freundlich zu sein, wann immer sie und ihre Mutter in eine neue Gegend zogen, aber es klappte nie. Manchmal gab Apathy sich selbstsicher. Dann wieder schüchtern. Es machte keinen Unterschied – sie schien einfach das Schlechteste an den Menschen in ihrer Umgebung zum

Vorschein zu bringen. Sie konnte all die Male schon nicht mehr zählen, bei denen sie in Schlägereien geraten war, ohne dass sie überhaupt einen Schimmer gehabt hatte, was sie ausgelöst hatte.

Apathy ging die Merchiston Avenue entlang, eine mit Bäumen gesäumte Vorstadtstraße, deren Häuser viel prächtiger aussahen als alles, was ihre Mutter sich jemals würde leisten können. Sie war so in ihre Gedanken versunken, dass sie den weißen Transporter gar nicht bemerkte, der gemächlich hinter ihr herrollte. Auf den Seiten des Fahrzeugs prangte der Firmenname:

G. B. Supernatural: PARAINVESTIGATIVE Ermittlungen

Apathy hörte nicht, wie die Seitentür sich aufschob. Sah den kleinen Mann nicht herausspringen.

Dann schlangen sich plötzlich Arme um ihre Hüften und sie wurde rückwärts in den Lieferwagen gezerrt. Bevor sie Zeit hatte, um Hilfe zu rufen, drückte ihr jemand einen Lappen auf den Mund. Er war mit einer Flüssigkeit getränkt, die sie schwindlig machte. Sekunden später war sie bewusstlos.

Die Tür wurde zugezogen und der Transporter fuhr an. Der Fahrer warf einen Blick über die Schulter.

»Ist sie in Ordnung, Mr Gacy?«

»Vollkommen weggetreten, Mr Bundy.« Der Mann hinten fühlte den Puls des Mädchens. »Und nun schlage ich vor, Sie bringen uns zur Autobahn und fahren, als seien alle Dämonen der Hölle hinter uns her.«

Der Fahrer schaltete hoch und gab Gas.

»Es fällt mir nicht schwer, das zu glauben«, sagte er düster.

Kirkfallen Island
2009

»Die heutige Vorlesung wird gehalten von Millar Watt. Anerkannter Modeexperte und amtierendes Genie dieser Gemeinde.« Millar verbeugte sich leicht und lud Gene und Poppy mit einer Handbewegung ein, auf zwei freien Stühlen Platz zu nehmen. Der Vormittagsunterricht war vorbei und die Kinder hatten die Informationshütte für sich.

»Unser heutiges Thema ist das Eiland Kirkfallen, oft auch Fallen genannt.«

»Schön, zu sehen, dass du die Sache ernst nimmst.«

»Anfangs ja nicht.« Millar setzte sich rittlings auf seinen eigenen Stuhl. »Aber du hast mich gebeten, mir über Fallen Gedanken zu machen, und ich habe dir versprochen, dass ich das tun würde.«

Er schlug ein Notizbuch auf, das vor ihm auf dem Tisch lag. »Sosehr es mich auch schmerzt, es einzugestehen, aber du hattest recht. Eine Menge Dinge hier passen nicht zusammen, wenn man sie einmal näher betrachtet.«

Er beugte sich über seine Notizen. Poppy und Gene tauschten ratlose Blicke aus.

»Punkt eins. Zweimal im Jahr kriegen wir von den Jungs von der US-Marinebasis alle möglichen Versorgungsgüter per Hubschrauber.

Außerdem landet ein Arzt auf der Insel, der alle auf ihre Gesundheit hin überprüft. Wir bekommen Bücher, Batterien, Brennstoff, Zigaretten … alles, was man so braucht.«

Er ließ seine buschigen schwarzen Augenbrauen auf und nieder schnellen.

»Doch wie bezahlen wir dafür?«

»Ganz einfach«, meldete sich Poppy. »Wir werden doch von der Regierung gefördert.«

»Nein, werden wir nicht«, widersprach Gene. »Mein Dad sagt, die Finanzierung wurde schon vor Jahren gestrichen.«

»Dann tauschen wir eben etwas ein.« Poppy ließ sich nicht so leicht beirren. »Gemüse und Handarbeiten und solche Sachen.«

»Wenn auf der Insel nicht gerade eine Goldmine verborgen ist, dann ist das keine besonders realistische Vorstellung.« Millar erhob den Zeigefinger wie ein Schulmeister. »Wie viele Rüben, glaubst du, braucht man wohl, um einen Geländebuggy dafür einzutauschen?«

»Wir können also unmöglich genug wertvolle Produkte herstellen, um damit Tauschhandel zu betreiben, ist es das, was du meinst?«

»Genau. Wir hätten keine Chance. Und warum sollten wir mit einer US-Marinebasis Handel treiben anstatt mit Booten vom Festland? Das ergibt keinen Sinn.«

Die Kinder ließen Millars Worte auf sich wirken. Selbst Poppy war um eine Antwort verlegen.

»Was mich direkt zu Punkt zwei bringt.« Millar genoss offensichtlich die Aufmerksamkeit, die man seinem Scharfsinn zollte. »Ist vor dieser Insel, seit ihr denken könnt, schon jemals ein Schiff vor Anker gegangen? Ein Vergnügungsdampfer oder wenigstens ein Fischkutter?«

»Natürlich nicht. Wir arbeiten doch mit neuartigen Feldfrüchten und Düngemitteln. Da können wir nicht riskieren, dass jemand von außerhalb Verunreinigungen einschleppt.«

»Und was ist mit dem jährlichen Besuch von der Marinebasis? Die kommen ja auch nicht hierher und haben Schutzanzüge an, oder? Also, warum gehen diese Besuche in Ordnung?«

»Weiß ich nicht. Aber ich wette, du hast schon eine durchgeknallte Theorie, sonst hättest du das ja nicht angesprochen.«

»Jackson Head«, schoss Millar ohne zu zögern zurück. »Keiner weiß, was da oben ist. Keiner darf da hin. Was wäre denn, wenn es immer noch der US-Marine gehört?«

»Na und?«

»Wenn Jackson Head immer noch Militäreigentum ist, warum dann nicht auch der Rest der Insel? Was, wenn Fallen Sperrgebiet ist für alle außer den amerikanischen Streitkräften?«

»Das ist ziemlich weit hergeholt.«

»Wirklich?« Millar breitete die Arme aus. »Warum ist eigentlich keine Polizei gekommen, um den Tod der Orbisons zu untersuchen? Warum war es ein Army-Helikopter, der die Leichen mitgenommen hat?«

»Aber warum erlaubt man uns dann, hier zu wohnen?«, wandte Gene ein.

»Ich habe auch nicht auf alles eine Antwort.« Millar zog abermals seine Notizen zu Rate. »Aber ich glaube, ich habe ein erstes Indiz gefunden.« Er zuckte die Achseln. »Nur weiß ich nicht, was es bedeutet.«

»Wahrscheinlich bedeutet es, dass du nicht so verdammt schlau bist, wie du immer tust.«

»Macht euch mal Gedanken über Sprache«, erwiderte Millar geheimnisvoll. »Punkt drei. Ich möchte eure Aufmerksamkeit auf Jane

Austen, Charles Dickens und George Orwell lenken.« Er deutete auf ein Regal voller Klassikerausgaben. »Wir haben auch Bücher von Scott Fitzgerald, Raymond Chandler und John Grisham. Versteht ihr, worauf ich hinauswill?«

»In keinster Weise, du Genie.«

»Du weißt, dass ich kein einziges davon gelesen habe«, fügte Poppy mit sichtlichem Stolz hinzu.

»Unsere Eltern haben uns doch erzählt, dass sie aus aller Herren Länder zusammengekommen sind, um eine Gemeinschaft zu bilden, stimmt's?«

»Ja. Das ist richtig.«

»Wenn ihr euch einmal die Mühe gemacht hättet, diese Bücher zu lesen, wäre euch eine beträchtliche Diskrepanz in der Art, wie sie geschrieben sind, aufgefallen.« Millar wählte seine Worte sorgfältig, damit seine Freunde seinen Gedankengang nachvollziehen konnten. »Die ersten drei Schriftsteller, die ich erwähnt habe, sind Briten. Die anderen drei sind Amerikaner.«

»Ich verstehe immer noch nur Bahnhof.«

»Britische und amerikanische Autoren drücken sich oft völlig unterschiedlich aus. Im britischen und amerikanischen Englisch werden für dieselbe Sache häufig ganz andere Wörter verwendet.«

»Ich habe keine Ahnung, was für Wörter die Briten verwenden ...« Poppy hielt überrascht inne.

»Ganz genau.« Millar zog die Augenbrauen hoch. »Jedermann auf dieser Insel spricht Englisch, was ja nur verständlich ist – Fallen würde sonst nicht funktionieren. Aber alle sprechen *amerikanisches* Englisch. Vielleicht mit ihrem eigenen Akzent, aber wie könnten wir denn überhaupt einen chinesischen oder deutschen Akzent erkennen, wenn wir ihn hörten?«

»Wir haben den Videorekorder.«

»Und ein paar Dutzend alte Filme. Alles amerikanische.«

»In *King Kong* spielen Ausländer mit.«

»Aber die grunzen doch nur, Poppy.«

»Was willst du mit alldem eigentlich sagen?« Gene rieb sich nervös die Hände. Er hatte nicht erwartet, dass sein Freund sich derart viele Gedanken über die Verhältnisse auf der Insel machen würde, aber die Ergebnisse, die er ihnen vorgestellt hatte, waren sicherlich bedenkenswert.

»Ich kann ja noch glauben, dass Fernsehsignale nicht bis zu dieser Insel durchkommen.« Millar senkte die Stimme. »Aber wir haben auf Fallen nicht einmal *Radios*. Wie kann es sein, dass wir ohne Radios auskommen?«

»Damit wir nicht mitkriegen, was im Rest der Welt geschieht?«

»Nein. Ich denke, damit wir nicht sehen, was wir direkt vor Augen haben. Nämlich, dass unsere Eltern überhaupt nicht aus vielen verschiedenen Teilen der Welt kommen.«

Millar klappte sein Notizbuch zu.

»Hier ist meine Theorie. Diese Insel ist Eigentum der Vereinigten Staaten von Amerika. Sie wird von ihren Streitkräften verwaltet und finanziert und alle Menschen auf ihr sind amerikanische Staatsbürger. Sie mögen afrikanischer, chinesischer oder ostasiatischer Abstammung sein. Aber nichtsdestotrotz sind sie alle, jeder Einzelne von ihnen, Amerikaner.«

Er schob sein Notizbuch in die Hosentasche.

»Und wenn dem so ist, warum ist das dann so? Und warum lügen unsere Eltern, was das angeht?«

Kirkfallen Island
2009

Gene Stapleton und sein Vater saßen einander gegenüber und aßen Abendbrot. Annie war unterwegs, um die Familien von Kirkfallen mit Eiern zu beliefern.

»Na?«, fragte Edward Stapleton heiter. »Wo bleibt die *Nervige Frage* zu dieser Mahlzeit?«

Gene rührte seine Suppe um und sagte nichts. Sein Vater strich Butter auf eine Scheibe Toast.

»Schade.« Edward biss hungrig in das goldene Rechteck. »Das ist immer der Höhepunkt meines Tages.«

»Warum dürfen wir nicht in die Nähe von Pittenhall Ridge?«

»Ganz einfach. Es ist gefährlich.«

»Nein, ist es nicht. Jackson Head ist gefährlich. Aber da kommt man von Pittenhall aus ja gar nicht hin. Nicht mit diesem verdammten Zaun im Weg.«

»Mäßige deinen Ton, mein Sohn.«

Gene schwieg und rührte weiter in seiner Suppe. Edward lehnte sich zurück und kaute stumm. Aber er sah ihn dabei unverwandt an.

»Dad«, sagte Gene eindringlich, »was *stimmt* bloß nicht auf Kirkfallen Island?«

Edward Stapleton starrte ihm durchdringend ins Gesicht. Gene hielt dem Blick seines Vaters stand, solange er konnte, aber schließlich ließ er die Augen doch sinken.

»Hilf mir mal.« Edward legte seinen Toast auf den Teller. »Wann ist noch mal dein fünfzehnter Geburtstag?!«

»In einer Woche.«

»Fallen ist nicht wie der Rest der Welt.« Edward stand vom Tisch auf und ging mit seinem Kaffee in der Hand zum Fenster. »Es ist ein Ort der Geheimnisse, und obwohl ich mich dafür schäme, muss ich zugeben, dass wir dir und den anderen Kindern diese Geheimnisse mit voller Absicht verschwiegen haben.«

Der Teenager war aufrichtig schockiert. Ein solches Geständnis war das Letzte, was er von seinem Vater erwartet hatte – aber die Antwort nährte seine Zweifel natürlich nur noch mehr.

»Dad? Sind die Orbisons gestorben, weil sie nach Pittenhall gegangen sind?«

Er fragte sich besorgt, ob er gegen ein unausgesprochenes Verbot verstieß, indem er das Thema ansprach, aber sein Vater schien ihm nicht böse zu sein. Der Mann blickte aus dem Fenster und lehnte sich mit einem seiner massigen Unterarme an das kühle Glas.

»Deine Mutter und ich wollten, dass du ein glückliches Leben hast, Gene. Und das hieß, dass wir dir … gewisse Dinge … verschweigen mussten.«

»Mir gefällt die Art nicht, wie du über *glücklich* in der Vergangenheit sprichst.«

»Dir macht man jetzt wirklich nicht mehr so leicht etwas vor.« Edward wischte über die beschlagene Scheibe und sah wieder hinaus. »Aber das letzte Wort darüber, was du von mir erfährst oder nicht, hat deine Mutter, und ich werde mich nach ihr richten.«

»Das ist nicht fair!«

»Jammer nicht.« Sein Vater trank seinen Kaffee aus. »Da kommt sie schon. Also geh ihr nicht mit diesen Fragen auf die Nerven. Nicht, bis ich mit ihr geredet habe, in Ordnung?«

Sein Blick richtete sich wieder fest auf seinen Sohn und seine Augen zeigten ein stählernes Glitzern.

»In Ordnung?«

»In Ordnung, Dad.«

»Das bedeutet, du erzählst auch sonst niemandem, was ich gerade gesagt habe.« Edwards Augen verengten sich. »Und dieses Mal gehorchst du, mein Junge.«

»Das werde ich.«

Genes Vater öffnete die Tür und winkte.

»Hallo, Schatz! Kaffee ist fertig.«

Kirkfallen Island
2009

Gene starrte gedankenverloren auf die Wand der Bandenhütte. Poppy und Millar spielten Schach auf einem abgenutzten hölzernen Brett, das sie über die Teekiste gelegt hatten.

»Schachmatt«, krähte Poppy. »Vielleicht hättest du ja mehr Glück, wenn du deine Figuren tarnst. Mit so albernen Hüten wie deinem.«

»Du hast mich heimtückisch in Sicherheit gewiegt, weil du immer so tust, als hättest du einen IQ von siebzig.«

»Schauspielerinnen müssen doch doof aussehen.« Poppy warf anmutig ihr Haar zurück. »Genauso wie Marilyn Monroe.«

»Von mir aus. Aber die war immerhin hübsch.«

»Ach, das war doch nur *gespielt.*«

Millar gab auf und warf seinen König um. »Willst du ein Spiel machen, Gene?«

»Jackson Head«, sagte Gene versonnen. »Die Antworten auf all unsere Fragen liegen in dieser verlassenen Basis auf Jackson Head. Ich weiß es ganz einfach.«

»Und falls du nicht schon heimlich Stabhochsprung trainierst, werden sie wohl auch dort bleiben müssen.«

»Nein. Ich gehe hin.« Gene schlug sich mit der Hand aufs Knie. »Ich muss da einfach hin. Wer kommt mit?«

»Hast du den Verstand verloren?«

»Willst du denn nicht wissen, was hier vor sich geht? Willst du keine Antworten?«

»Nicht so sehr, als dass ich mir für den Rest meines Lebens Hausarrest einhandeln will.«

»Wir haben unser ganzes Leben auf diesem kleinen Stück Land verbracht«, fauchte Gene. »Und wir haben niemals Fragen gestellt. Wir sind so verdammt … zufrieden! So gefügig!«

»Ich mag unsere Insel.« Poppy legte die Stirn in Falten. »Was ist nur in dich gefahren?«

»Etwas stimmt nicht mit uns!« Plötzlich konnte Gene seinen Zorn kaum noch beherrschen. »Teenager sind rebellisch. Teenager gehen Risiken ein.«

»Es besteht ein hohes Risiko, dass *dieser* Teenager den Rest seines Lebens in seinem Zimmer verbringt, wenn er sich auch nur in die *Nähe* des Zauns begibt.«

»Ich habe über deine Bücher nachgedacht, Millar. Sie sind voll von Kriegen und Eroberungen, Forschungen und Entdeckungen. Keiner von den Erwachsenen hier strebt nach solchen Dingen. Auch niemand von den Kindern.« Gene stemmte die Fäuste in die Hüften. »WIR SIND NICHT NORMAL!«

Verdutztes Schweigen.

»Ist das denn schlimm?«, fragte Poppy eingeschüchtert. »Ich meine, wir sind doch glücklich.«

»Ich bin hier nicht mehr glücklich«, sagte Gene bitter. »Ich habe zu viele Fragen. Und ich gehe nach Jackson Head, um die Antworten zu finden, ob ihr beide nun mitkommt oder nicht.«

Dieses Mal dauerte das Schweigen länger. Poppy fing still damit an, die Schachfiguren wieder aufzustellen.

»Nun ja, nachdem dein Glück offensichtlich mein Hauptanliegen ist«, seufzte Millar, »werde ich wohl besser mitkommen.«

»Wirklich?«

»Du bist mein Freund. Wir passen aufeinander auf. War schon immer so.«

Sie blickten beide zu Poppy.

»Unser Eltern haben uns immer eingeschärft, wie gefährlich Jackson Head ist.«

»Ich kann mit einiger Berechtigung behaupten, dass unsere Eltern uns nicht immer die ganze Wahrheit gesagt haben.« Gene lächelte gewinnend. »Aber wir haben immer alles zusammen unternommen. Hören wir jetzt damit auf?«

»Außerdem, Poppy«, mischte Millar sich ein, »brauchen wir dich, damit du dich vor den Zaun legst und wir dich als Trampolin benutzen können.«

»Also gut. Du findest einen Weg, wie wir über den Zaun kommen, ohne dass ich Millar drüberwerfen muss, und ich bin dabei.«

»Wir nehmen eine Leiter«, sagte Gene. »Denn schließlich kennen wir uns auf einem Gebiet alle bestens aus.«

»Miteinander streiten?«

»Nein.« Zum ersten Mal an diesem Tag lächelte Gene.

»Wir wissen, wie man Dinge baut, die ihren Zweck erfüllen.«

In dieser Nacht lag Gene hellwach in seinem Bett, obwohl es schon sehr spät war. Er konnte seine Eltern nebenan leise reden hören. Einem plötzlichen Impuls folgend, stand er auf und schlich zur Tür. Sie stand einen Spaltbreit offen.

Er konnte seine Mutter und seinen Vater nebeneinander an dem schmalen Küchentisch sitzen sehen. Sie tranken Tee aus Blechbechern. Das Feuer flackerte im Kamin und das rote Licht und der schwarze Schatten rangen an den Wänden um die Vorherrschaft.

»Was hast du Gene erzählt?«, flüsterte Annie Stapleton.

»Nicht viel. Aber er ist ein kluger Junge. Er lässt sich immer weniger mit Ausflüchten abspeisen. Er hat nach den Orbisons gefragt.«

»Daran denke ich auch die ganze Zeit«, gestand Annie. »Haben wir schon Nachricht, wann *sie* kommen?« Der Becher zitterte in ihrer Hand. »Es kann nicht mehr lange dauern.«

»Darum dreht sich doch alles, Annie.« Ihr Mann rührte langsam und bedächtig seinen Tee um. »Darauf haben wir all unsere Pläne ausgerichtet.«

»Aber es könnte so vieles schiefgehen.«

»Daran musst du mich nicht erinnern.«

»Das hält mich die ganze Nacht wach, Eddie.« Die Frau klang erschöpft. »Dann liege ich da und grüble nach, ob wir nicht ganz genau so böse sind wie die Mächte, die wir heraufbeschwören.«

»Meinst du vielleicht, ich nicht?«, knurrte Edward. »Wir opfern unseren eigenen Sohn für ein Wagnis, das sich vielleicht nicht einmal auszahlt.«

Edwards massige Gestalt stand auf, stocherte mit einem Schürhaken im Feuer und brachte die Glut zum Aufflammen.

»Aber bis jetzt ist dir auch nichts Besseres eingefallen.«

Der Widerschein der Flammen zuckte über seine breiten Schultern.

Und Gene huschte in sein Bett zurück. Jede Hoffnung, in dieser Nacht noch Schlaf zu finden, war zunichtegemacht.

Amblin Cottage, Hebriden
2009

Als Apathy erwachte, fand sie sich in einem fremden Bett wieder. Für ein paar Sekunden lag sie noch benommen da, dann verwandelte sich ihre Verwirrung in schiere Angst. Die schattenhaften Erinnerungen an die letzten Stunden schälten sich aus ihren Träumen. Sie dachte an die albtraumhafte Fahrt in dem fensterlosen Lieferwagen, daran, wie sie gegen ihren Dämmerzustand ankämpfte und immer wieder in die Bewusstlosigkeit zurückglitt, und an den überwältigenden stechenden Geruch, der sie jedes Mal umfing, wenn sie glaubte, sie würde aufwachen.

Dicht über ihrem Bett konnte sie die Decke des Raums erkennen. Rohe Holzbalken teilten die Fläche in Streifen. Ein dumpfer Schmerz schoss ihr durch den Kopf, als sie sich umdrehte, um sich in dem Zimmer umzusehen. Unter einem Dachbodenfenster mit leuchtend gelben Vorhängen stand ein kleiner Tisch, auf den jemand eine Dose Cola und einen kleinen Teller mit Salat gestellt hatte.

Sie rollte sich herum und spürte wieder das schmerzende Pochen in ihrem Schädel.

Ein Mann saß auf einem Korbstuhl am anderen Ende des Raums. Apathy riss die Augen auf, zuckte zurück und fiel fast aus dem Bett.

»Immer ruhig Blut.« Der Fremde streckte die Hand aus, machte aber keine Anstalten aufzustehen. »Du hast wahrscheinlich Kopfschmerzen, aber das geht vorbei.«

»Wer sind Sie? Wo bin ich?« Apathy richtete sich mühsam auf. »Meine Mutter sucht bestimmt schon nach mir.«

»Das bezweifle ich nicht.« Der Mann streckte den Arm aus und schaltete die Nachttischlampe ein. »Ich habe auch eine ganze Weile nach dir gesucht.«

Die Schatten lösten sich auf, und Apathy erkannte ein breites Gesicht mit schmalen Lippen, eingerahmt von schulterlangem, schon ergrauenden Haaren. Trotz des Altersunterschieds erkannte sie sofort die Gesichtszüge auf der Fotografie wieder, die ihre Mutter ihr gezeigt hatte.

»Oh, mein Gott, du bist das!«

»Hallo.« Der Mann hob zur Begrüßung seine Hand. »Der berüchtigte D. B. Salty. Auch bekannt als Dan Walton, Dan Bundy und unter einem Dutzend anderer Namen. Und schließlich wohl auch als *Dad*.«

Apathy klammerte sich an der Bettdecke fest. In ihrem Kopf drehte sich alles.

»Du solltest etwas essen.« Ihr Vater machte eine einladende Geste in Richtung der kargen Mahlzeit, die auf dem Tisch stand. »Ich nahm an, da du ja jetzt fünfzehn bist, machst du bestimmt irgendeine Diät.«

»Wie lange bin ich schon hier?« Apathy sah sich nach einer Uhr um. »Meine Mutter dreht bestimmt inzwischen völlig durch.«

»Sie weiß, dass du bei mir bist. Mein Geschäftspartner hat ihr eine Nachricht hinterlassen. Sie weiß bloß nicht, wo du bist.«

»Du hast mich gekidnappt!«

»Ich werde so ungefähr von jeder Organisation unter der Sonne gesucht«, sagte Dan wegwerfend. »Ich glaube nicht, dass ich mir noch mehr Ärger einhandeln kann.«

»Aber du bist mein Vater.« Apathy entspannte sich etwas, weil sie spürte, dass sie in keiner unmittelbaren Gefahr schwebte. »Warum hast du mich nicht einfach zu Hause besucht?«

»Ich konnte in meiner Situation ja wohl schlecht fröhlich pfeifend auf euer Haus zuspazieren, oder?« Dan erhob sich und ging um das Bett herum. Das Mädchen beobachtete ihn misstrauisch, aber er nahm lediglich das Tablett mit dem Essen und stellte es zu ihr auf die Decke. »Ich war lange Zeit weg. Da konnte ich nicht sicher sein, welchen Empfang ihr mir bereiten würdet.«

»Wirst du mir wehtun?«

Dan zog eine Augenbraue hoch.

»Aber nein. Wir müssen nur miteinander reden.«

»Ich will hier weg.« Apathy streckte das Kinn vor. »Du kannst mich hier nicht festhalten.«

»Tatsächlich kann ich das sehr wohl. Du befindest dich in einer äußerst heiklen Lage.«

»Das sehe ich.«

»Ich meine doch nicht mich.« Ihr Vater setzte sich auf die Bettkante. »Ich habe eine Geschichte, die ich dir erzählen muss. Danach steht es dir frei, zu tun, was immer du für das Richtige hältst.«

»Gilt das auch, wenn ich einfach gehen will?«

»Darüber sprechen wir noch.«

»Meine Mam ist bestimmt schon ganz krank vor Sorge. Was, wenn sie die Polizei ruft?«

»Ich glaube nicht, dass sie das tut, aber ich bin bereit, das Risiko einzugehen. Im Moment ist das hier der sicherste Ort auf der Welt für dich.« Dan nahm die Coladose vom Tablett und öffnete sie. Die Flüssigkeit zischte böse und schäumte über das Blech. »Ich tue dir nichts. Du musst mir vertrauen.«

»Dir vertrauen? Ich kenne dich ja nicht einmal.«

»Ich bin der berühmte Houdini-Killer.« Dan grinste breit, ging zur Tür und machte sie auf.

»Wenn ich irgendwelche Mordabsichten hätte, wärst du schon längst tot.«

Sobald ihr Vater die Tür hinter sich geschlossen hatte, überprüfte Apathy das Fenster, aber es war abgeschlossen. Draußen war es dunkel und weder Häuser noch Straßenlaternen durchbrachen die finstere Leere.

Trotz ihrer Furcht kroch Apathy wieder ins Bett und aß den Salat. Sie hatte gar nicht bemerkt, wie hungrig sie mittlerweile war.

Als sie fertig war, probierte sie die Zimmertür aus. Sie ließ sich ohne Weiteres öffnen und sie trat in ein behagliches, spärlich möbliertes Wohnzimmer. Ein Holzfeuer brannte im Kamin und in einer Ecke stand ein Esstisch mit einem karierten Tischtuch. Ihr Vater saß dort auf einem Hocker und packte ein Geschenk ein. Auf einem Stuhl am Feuer erblickte sie einen kleinen, übergewichtigen Mann, weitaus jünger als ihr Dad. Ihm hingen dichte schwarze Stirnfransen in sein freundliches Mondgesicht.

»Apathy Walton«, sagte er, erhob sich und streckte ihr seine Patschhand entgegen. »Es ist mir ein Vergnügen, dich endlich kennenzulernen. Und alles Gute zum Geburtstag.«

Apathy ließ ihre Hände dort, wo sie waren.

»Wer sind Sie?«, fragte sie grob.

»Sie gefällt mir.« Der kleine Mann grinste. »Sie hat Biss.«

»Das ist Mr Gacy, alias Colin Walton.« Dan zündete sich eine Zigarette an und deutete auf seinen Partner. »Apathy, es ist mir ein Vergnügen, dir deinen Onkel vorzustellen.«

Amblin Cottage
2009

Colin und Dan saßen am Feuer, tranken Wein und rauchten Zigaretten. Apathy kauerte auf einem Hocker neben dem Fenster und schaute trübsinnig auf ihre Geschenke. Dan hatte ihr ein glänzendes Schweizer Messer überreicht und von Colin hatte sie ein silbernes Herz an einem Kettchen bekommen. Trotz der Präsente hatte sie seit einer halben Stunde kein Wort gesprochen. Ein Glas Wein stand unberührt vor ihr auf dem Tisch.

Dan und Colin schien das nichts auszumachen. Sie waren offensichtlich daran gewöhnt, nur mit der Gesellschaft des anderen auszukommen, und hatten sich in eine lebhafte Diskussion hineingesteigert.

»Also ernsthaft. Du entführst deine eigene Tochter und dann schenkst du ihr ausgerechnet ein Messer.« Colin schaute argwöhnisch zu seiner schweigenden Nichte hinüber. »Und was ist, wenn sie uns im Schlaf ersticht?«

»Das ist ein Schweizer Messer und kein Mordwerkzeug. Wenn sie uns umbringen will, dann nimmt sie besser das Hackebeil aus der Küche.«

»Oh, das ist natürlich eine Information, die sie *dringend* gebraucht hat.« Colin goss sich das Glas wieder voll. »Ich schlafe heute Nacht im Schuppen.«

»Sie bringt uns nicht um, Colin. Wenn sie das tut, wird sie den Rest der Geschichte nie erfahren.«

»Vielleicht ist sie ja kein besonders neugieriger Mensch.«

»Sie ist Emilys Tochter. Ganz bestimmt will sie es wissen.«

»Meine Mutter hat nie versucht, mehr herauszufinden«, sagte Apathy. »Bis gestern hat sie mir nicht einmal von euch erzählt.«

»Ja, weil sie dich schützen wollte.« Dan schüttelte eine neue Zigarette aus dem Päckchen und zündete sie an. »Und jetzt sind wir an der Reihe, das zu übernehmen.«

»Und warum bist du dann nicht früher zurückgekommen, wenn dir das so wichtig ist? Warum musstest du fünfzehn Jahre warten?«

»Deine Mutter und du wart nicht gerade leicht zu finden.« Dan wirkte auf einmal beschämt. »Es war Colin, der euch schließlich aufgespürt hat.«

»Einem Medium bleibt nichts verborgen.« Apathys Onkel machte eine leichte Verbeugung.

»Einem Medium?«

»Eine der vielen Tätigkeiten, mit denen wir unseren Lebensunterhalt verdienen«, sagte Colin liebenswürdig. »In Wirklichkeit sind wir Gauner. Professionelle Schwindler. Es lässt sich ganz gut Geld verdienen, wenn man leichtgläubige Spießer davon überzeugt, dass man sie in Kontakt mit ihrer seligen Oma bringen kann.«

»Oh, das ist ja *ganz* reizend.« Apathy drehte den beiden wieder den Rücken zu.

»Wie geht es deiner Mutter eigentlich?«, erkundigte sich Dan.

»Geht dich nichts an.«

Ihr Vater presste wütend die Lippen zusammen, sagte aber nichts. Er hob die Weinflasche hoch. Sie war leer. Er stand auf und ging nach draußen zum Transporter, um Nachschub zu holen. Colin gähnte.

»Du traust dich wirklich was. Dem berüchtigten D.B. Salty solch freche Widerworte zu geben.«

»*Du* scheinst ja auch keine Angst vor ihm zu haben.«

»Stimmt.« Er streckte die Arme und schob seinen prall gewölbten Kugelbauch vor. »Gut, gut. Soweit ich das beurteilen kann, wird sich die Vater-Tochter-Beziehung noch eine Weile auf sehr dünnem Eis bewegen.«

»Was du nicht sagst.«

»Schon mal von J. B. Watson gehört, dem Begründer des sogenannten Behaviorismus?« Colin sah zur Decke und konzentrierte sich auf den korrekten Wortlaut. »Ich zitiere: *Kinder sollten nach wissenschaftlichen Methoden aufgezogen werden und nicht auf der Basis von Gefühlen. Küssen, Schmusen und andere Formen der Verweichlichung sind zu vermeiden.* Einer seiner Söhne beging Selbstmord, und der andere wurde Psychiater – sehr zu Watsons Missfallen.«

»Ich habe nicht die leiseste Ahnung, wovon du sprichst.«

»Auf der anderen Seite haben wir Doktor Spock ... Der sagte, Eltern sollten ihre Kleinen Wonneproppen pausenlos knuddeln. Sein Buch *Säuglings- und Kinderpflege* verkaufte sich besser als jede andere Veröffentlichung in Amerika, mit Ausnahme der Bibel. Und dann gestand er ein, dass er keinen Schimmer hatte, wovon er da eigentlich redete. Außerdem hatte er eine Goldmedaille im Rudern bei der Olympiade von 1924 gewonnen, aber das ist wohl eher nebensächlich.«

»Meine Mutter ist wahrscheinlich verrückt vor Angst um mich.«

»Dan hat sein Leben lang versucht, deine Mutter zu beschützen.« Colins Stimme wurde mit einem Mal hart und ausdruckslos. »Wenn das erforderte, dass er sich von ihr fernhielt, dann blieb er auch weg. Und heute war es erforderlich, dass er dich hierher brachte, also haben wir dich hierher gebracht. Es ist so, wie es sein muss.«

»Wo *sind* wir überhaupt?«

»Wir befinden uns auf einer Insel in den Hebriden. So öde wie der Mond, und wenn man danach geht, wie dieses Zusammensein sich entwickelt, so ist die Atmosphäre hier auch genauso giftig.«

»Und was machst *du* hier? Meine Mam hat gesagt, du bist tot.«

»Vielleicht hat sie ja gelogen. Es wäre nicht das erste Mal, dass sie dich angelogen hat, oder?«

»Und vielleicht bist du ja auch die Art von Onkel, für die man sich eher schämen muss.«

»Gott, du bist wirklich ein Feuerkopf.« Colin lachte herzhaft. »Aber in unserer Familie tragen alle ihre Geheimnisse mit sich herum, Apathy. Ich habe meine. Deine Mutter hat ihre. Doch wahrscheinlich kannst du aus Dan die Wahrheit herauslocken. Du musst ihn nur dazu bringen, dass er dir sein Wort gibt. Er bricht niemals sein Wort.«

»Wird er mich töten?«

»Selbstverständlich nicht.« Colin wirkte aufrichtig schockiert. »Du bist ein Teil seiner Familie.«

»Das waren seine Mutter und sein Vater ja wohl auch«, presste Apathy mit zusammengebissenen Zähnen hervor. »Und meine Großmutter.«

Das Lächeln schwand aus dem Gesicht ihres Onkels.

Die Tür flog auf und ein eisiger Luftstoß trieb Dan in die Hütte. Er schüttelte sich heftig, stapfte ans Feuer und knallte zwei Flaschen Wein auf den Kaminsims. Dann warf er sich auf seinen Stuhl, schraubte eine der beiden Flaschen auf und schenkte sich ein Glas ein.

»Ich nehme an, du hast kein Bild von deiner Mutter bei dir?«

»Sie hat nie zugelassen, dass man welche von ihr macht.« Apathy hatte nicht die Absicht, das einzige Foto, das sie hatte, aus der Hand zu geben.

»Kluges Mädchen.« Dan nippte nachdenklich an seinem Wein. »Kluges, kluges Mädchen.«

»Weißt du, dass sie dich immer noch liebt?«

»Also gut. Ich nehme meine letzte Aussage zurück.«

Schweigen breitete sich in dem Raum aus. Colin blickte auf Dan, dann auf seine Nichte.

»Erzähl ihr die Geschichte, D. B. Sie hat ein Recht darauf, deine Seite zu hören.«

»Ich glaube nicht, dass sie noch irgendetwas hören will, das ich zu sagen hätte.«

»Doch, will ich«, widersprach Apathy. »Wenn du versprichst, mir die Wahrheit zu sagen.«

Dan warf Colin einen bösen Blick zu. Der kleinere Mann schaute mit unschuldiger Miene an die Decke und drehte Däumchen.

»In Ordnung, ich verspreche es. Ich … ich weiß nur nicht, wo ich anfangen soll.«

»Einfach am Anfang, Dad.«

Dan blinzelte mehrmals. Er öffnete den Mund und schloss ihn wieder.

»Du hast mich Dad genannt.«

Apathy sah ihn abwartend an.

»Na gut. Dieser ganze Wahnsinn begann an einem Sommertag im August 1978.« Dan holte tief Luft.

»Das war der Tag, an dem ich meinen Vater umbrachte.«

Fraser, Colorado
1978

Als er von der Schule nach Hause kam, hörte Dan, wie seine Eltern sich wieder einmal anschrien. Daran war nichts Ungewöhnliches. Sein Vater hatte als Soldat im Vietnamkrieg gedient und war als ein völlig veränderter Mensch zurückgekommen – es schien, als ob er nichts anderes mehr kannte als Kampf. Dans Mutter hatte sich aber inzwischen an die Unabhängigkeit gewöhnt und behandelte ihren Mann nun wie den Vertreter einer Besatzungsmacht.

Dan ignorierte das Geschrei, ging hinauf in sein Zimmer und schloss die Tür. Die Wände hallten von den gedämpften Klängen des Streits, der unter ihm tobte, wider. Der Junge legte sich aufs Bett und versuchte, ein Buch zu lesen, aber er konnte sich nicht konzentrieren. Das Gebrüll wurde lauter. Dann herrschte plötzlich Stille.

Dan wartete mit angehaltenem Atem. Er wusste, dass die gegenseitigen Beschimpfungen bald wieder losgehen würden. Sosehr er es sich auch wünschte und erhoffte, nichts konnte das ändern.

Aber dieses Mal blieb das Haus Unheil verkündend still.

Er stand auf und öffnete die Zimmertür. Die ungewohnte Stille war furchterregender als jede lautstarke Auseinandersetzung.

Und doch war er sich sicher, dass seine Eltern beide noch im Haus waren, sonst hätte er die Tür schlagen gehört.

Nichts. Nicht die weinerliche Stimme seines Vaters, der die üblichen Ausreden für seinen Wutausbruch hervorstammelte. Nicht das erstickte Schluchzen seiner Mutter, die sich einen Eisbeutel auf ihr zerschlagenes Gesicht presste.

Dan schlich leise die Treppen hinunter in die Küche.

Wilma Salty lag in einer Blutlache auf dem Boden. Eines ihrer Beine stand in einem seltsamen Winkel vom Körper ab. Ihr Mund war offen, ebenso wie ihre Augen.

In ihrer Brust steckte ein Messer.

Dan kniete neben seiner Mutter nieder. Es hatte keinen Sinn, ihr noch den Puls zu fühlen. Auch mit dreizehn wusste Dan, dass seine Mutter tot war.

»Oh nein, nicht, Mam.« Erschüttert wiegte er sich auf den Fersen. »Oh nein.«

Er zog die Klinge aus dem leblosen Körper und legte sie auf den Küchentisch. Er öffnete die Wohnzimmertür.

Sein Vater saß zusammengesunken auf dem Sofa und hielt den Kopf in den Händen. Sein Gesicht war aschfahl.

»Oh Gott, es tut mir so leid«, wimmerte er. »So unendlich leid.«

So wie Dan es schon hundertmal gehört hatte.

Er ging durch die Küche in den Garten. An seinem Ende stand der Schuppen, in dem Alex Salty sein Werkzeug aufbewahrte. Dan fand den Schlüssel unter einem Blumentopf. Er wusste, dass sein Vater ihn immer dort versteckte. Er schloss die Tür auf, nahm Alex' Schrotflinte aus der Wandhalterung und ging zurück ins Haus.

»Hast du die Polizei gerufen?« Sein Vater sah auf, als Dan das Zimmer betrat. »Ich wollte doch nicht …«

Die Worte erstarben in seinem Mund, als er das Gewehr in den Händen seines Sohnes sah.

In Vietnam war Alex Salty dazu ausgebildet worden, zu handeln, ohne lange darüber nachzudenken. Er sprang von der Couch und stürzte aus der Haustür. Doch als Soldat hatte er auch seinen Sohn gelehrt, mit Schusswaffen umzugehen. Dan folgte ihm.

Sein Vater sprintete im Zickzack den Gartenweg entlang. Der Junge hob ruhig das Gewehr an die Schulter, zielte und feuerte.

Alex Salty wurde in die Luft geschleudert und landete mit dem Gesicht auf der Straße.

Dan ließ die Schrotflinte fallen. Von der anderen Straßenseite her konnte er eine Nachbarin aufkreischen hören.

Er rannte zurück ins Haus und hetzte die Treppe zu seinem Zimmer hinauf. Aus der obersten Schublade seiner Kommode raffte er die vierzehn Dollar zusammen, die er gespart hatte. Da lag auch noch eine kleine Visitenkarte. Auch die steckte er ein.

Als er die Treppe wieder hinunterraste, konnte er schon die Polizeisirenen hören. Der Teenager floh durch die Hintertür und setzte mit einem Sprung über den Zaun des Nachbargartens.

Zu dem Zeitpunkt, als die Polizei das Haus umstellt hatte, saß er schon in dem Bus nach Denver, der gerade die Station im Zentrum der Stadt verließ.

Amblin Cottage
2009

D. B. Salty lehnte sich zurück und zündete sich eine neue Zigarette an. »Meine Fingerabdrücke waren auf dem Messer, mit dem meine Mutter umgebracht wurde. Natürlich hat man mir deswegen auch an diesem Mord die Schuld gegeben.«

»Das wusste ich nicht«, sagte Apathy leise.

»Emily wusste es auch nicht. Es war nichts, worüber ich sprechen wollte.«

Sie lauschten schweigend dem Prasseln des Kaminfeuers.

»Jetzt bin ich an der Reihe.« Colin räusperte sich vernehmlich. »Im Jahre Neunzehnhundertundfeuerzeug geschah es, dass der Geheimdienst der Vereinigten Staaten eine ausnehmend schlaue Idee hatte. Man richtete eine Forschungsstation in Arizona ein, um zu sehen, ob Soldaten Ziegen töten konnten, indem sie ihre geistigen Kräfte auf sie konzentrierten.«

»*Wie bitte?*«

»Das stimmt tatsächlich. Es hat aber leider nicht funktioniert – obwohl einer der Soldaten behauptete, er habe seinen Goldhamster mit einem einzigen Blick getötet.«

»Colin weiß eine Menge solcher Dinge«, brummte Dan. »Meistens nutzloses Zeug.«

»1974 hatte man dann eine bessere Idee. Ein Test machte die Runde durch die Highschools der USA. Entworfen hatte ihn ein Wissenschaftler namens Markus Kelty.«

Apathys Augen wurden schmal, als Keltys Name fiel, aber Colin ging jetzt ganz in seiner Geschichte auf.

»Der Test zielte darauf ab, die Stärken und Schwächen der Kinder zu erkennen, damit man sie leichter unterrichten konnte – dann musste die Testreihe jedoch eingestellt werden. Es gab nämlich einen landesweiten Proteststurm von Kinderpsychologen, die nachwiesen, dass der Test in dieser Hinsicht nicht den geringsten Wert hatte.«

»Was vollkommen der Wahrheit entsprach«, kommentierte Dan.

»Absolut. In Wirklichkeit handelte es sich um einen raffiniert getarnten psychologischen Test von ganz anderer Art. Einen ausgemachten Schwindel, wenn du so willst.« Er hob bewundernd das Glas. »Geschickt eingefädelt, das muss ihnen der Neid lassen.«

»Er war dafür entwickelt, zu zeigen, welche Kinder soziopathische Persönlichkeitsmerkmale hatten«, sagte Dan säuerlich. »Die Ergebnisse wurden an den US-Geheimdienst weitergeleitet, und dort erstellte man eine Liste von allen Kindern, die diese … Symptome … hatten.«

»Wenn sie dann von der Schule abgingen, wollte die Army Kontakt zu ihnen aufnehmen und sie anwerben«, fuhr Colin fort. »Menschen mit soziopathischen Tendenzen fehlt das normale Einfühlungsvermögen. Sie verstehen nicht wirklich, was andere Menschen empfinden, und sie fügen sich nicht besonders gut in die Gesellschaft ein. Also ideales Rohmaterial, aus dem man Mordmaschinen für die Army formen konnte.«

»Und du hast diesen Test gemacht, als du in der Schule warst?«, fragte Apathy ihren Vater.

»Und mich als waschechter, vollkommen unzurechnungsfähiger Irrer herausgestellt.« Dan schüttelte zornig den Kopf. »Aber deswegen war ich noch lange kein schlechter Mensch. Eine Menge Leute mit soziopathischer Persönlichkeit leben ein ganz normales Leben.«

»Na ja ... Deinen Vater hast du aber schon erschossen«, sagte Colin mit entwaffnender Logik. Dan ignorierte ihn.

»Ein paar Monate nach dem Test sprach mich ein Major Whittaker vom militärischen Nachrichtendienst vor dem Schulgebäude an. Der Major sagte mir, die Army sei interessiert daran, mich zu rekrutieren, wenn ich mit der Schule fertig sei. Dann gab er mir seine Visitenkarte und befahl mir, Stillschweigen zu bewahren.«

»Die Karte in der Schublade.« Fasziniert von der Geschichte, griff Apathy unwillkürlich nach ihrem Weinglas und nahm einen Schluck. »Die, die du mitgenommen hast, als du vor der Polizei geflüchtet bist.«

»Ich steckte bis zum Hals in Schwierigkeiten. Ich wusste nicht, wen ich sonst anrufen sollte.«

»Major Whittaker kam dann auch und hat deinen Vater gerettet«, nahm Colin den Faden auf. »Und er hat ihm einen Pakt mit dem Teufel angeboten.«

»Er sagte, dass es bei der Polizei auch Psychologen gab. Dass sie das mit meinem besonderen Persönlichkeitsmuster herausfinden würden, wenn sie mich erwischten, und dass sie mich für den Rest meines Lebens wegsperren würden. Dann bot er mir einen Ausweg an. Die Army führte in der Mojave-Wüste an einem Ort namens Sheridan-Basis geheime Forschungen durch. Wenn ich mich bereit erklärte, daran teilzunehmen, würden sie mir hinterher eine neue Identität verpassen, und ich wäre frei zu gehen, wohin ich wollte.«

»Und wie ein Idiot ist dein Vater darauf hereingefallen.«

»Verdammt, ich war damals dreizehn!«

»Was ist dann passiert?« Apathy nahm noch einen Schluck Wein. Sie gewöhnte sich allmählich an den Geschmack.

»Irgendwas ist bei dem Experiment schiefgelaufen.« Dan hob ein glühendes Stück Kohle vom Boden vor dem Kamin auf, warf es wieder ins Feuer und blies sich auf die Finger. »Die gesamte Basis ist Amok gelaufen und deine Großmutter hat mich da herausgeholt.«

»Das weiß ich. Meine Mam hat mir den Rest der Geschichte erzählt.«

»Deine Mutter kennt aber nicht die ganze Wahrheit.« Dan warf einen Blick auf die Uhr auf dem Kaminsims. »Es ist schon spät.«

»Ich durfte mich ja schon in eurem Lieferwagen ausschlafen.« Apathy warf Colin einen vernichtenden Blick zu. Nach einem Moment zuckte Dan mit den Schultern und sprach weiter.

»Louise hat mich in der Diamondback-Wohnwagensiedlung großgezogen und schließlich sind deine Mutter und ich von dort weggegangen und landeten in Austin.« Er nahm den Korkenzieher vom Sims und öffnete eine neue Flasche. »Eines Tages erhielt ich eine Nachricht von Louise, die mich dringend bat, zurückzukommen. Nur ich allein.« Er blickte Hilfe suchend zu Colin.

»Sie sollte es wirklich erfahren«, sagte der jüngere Mann beklommen.

»Dann erzähl du es ihr.«

Colin wirkte plötzlich hilflos. Sein Knie wippte unruhig auf und ab.

»Mein persönlicher Wahnsinn begann an einem Wintertag im Dezember 1994.« Er stellte sein Glas auf den Kaminsims und presste die Hände zusammen.

»Das war der Tag, an dem ich meine Mutter umbrachte.«

Diamondback-Wohnwagenpark, Weihnachten

1994

Louise Martin öffnete die Tür und erdrückte Dan fast in ihrer ungestümen Umarmung. Sie hatte dunkle Ringe unter den Augen und ihre Haare war nun mehr grau als schwarz.

»Willkommen daheim, Schatz«, strahlte sie. »Es tut so gut, dich zu sehen.«

»Dich auch, Louise. Wie geht's denn so?«

»In der Mülltonne hat sich ein Waschbär eingenistet und die Küche müsste mal wieder gestrichen werden.«

Louise bugsierte Dan in die Hütte. »Was ist mit Emily?«

»Lebt in seliger Ahnungslosigkeit.«

Dan war genauso kurz angebunden. »Wo ist Colin?«

»Er ist im Schuppen.«

»Du hast ihn eingesperrt?«

»Er holt Feuerholz.« Louise versetzte Dan einen empörten Hieb gegen die Schulter.

»Ach ja? Im Moment gefällt mir der Gedanke, dass er sich in der Nähe einer Axt aufhält, ganz und gar nicht. Wie viel weiß er?«

»Genug, um ihn ziemlich nervös zu machen.«

Dan ließ seine Reisetasche auf den Boden fallen.

»Dann sollten wir uns wohl ein wenig mit ihm unterhalten.«

Colin saß auf der Couch und hatte die Hände in den Schoß gelegt. Er war nicht sehr viel gewachsen, seitdem Dan ihn zuletzt gesehen hatte, und es sah so aus, als würde er immer einen Kopf kleiner bleiben als sein Adoptivbruder. Trotzdem war er ein gut aussehender Junge, mit glatten schwarzen Haaren, die nachlässig zu einem Pagenkopf geschnitten waren, blauen Augen und einer kleinen Lücke zwischen den Schneidezähnen, die er von seiner Mutter geerbt hatte.

Er und Dan tauschten Belanglosigkeiten aus, doch dann wussten sie bald nicht mehr, was sie sagen sollten. Dan und Emily waren weggegangen, als Colin sieben Jahre alt war, und sie waren aufgrund der großen Entfernung nicht allzu oft zu Besuch gekommen. Die lange Trennung und der Altersunterschied hatten verhindert, dass sie sich jemals richtig nahegestanden hatten.

Colin wusste, dass ein einschneidendes Ereignis bevorstand. Sein Knie hüpfte auf und ab, und sein Fuß trommelte auf den Boden, wie er es immer tat, wenn er nervös war. Louise und Dan saßen ihm gegenüber und tranken Bier. Niemand sagte etwas. Keiner war sich sicher, wie man diese Unterredung beginnen sollte.

»Ich weiß, irgendetwas geht mit mir vor«, brachte Colin schließlich den Stein ins Rollen. »Und ich weiß, es hat etwas damit zu tun, warum wir hier draußen in der Einöde leben.«

»Da kann man nicht widersprechen.« Dan schaute zu Louise und bat sie mit einem Blick um Unterstützung.

»Tu einfach dein Bestes, Schatz. Ich weiß auch nicht, was ich sagen soll.«

»Bei einigen Indianerstämmen«, begann Dan stockend, »gab es ein Ritual, dem sich die jungen Kämpfer unterziehen mussten, um zu Männern zu werden.«

»Die Visionssuche«, unterbrach Colin ihn. »Der junge Krieger muss-

te sich an einen vollkommen isolierten Ort begeben. Dort musste er fasten und meditieren, bis ihn eine Vision ereilte, gewöhnlich in Form eines Tieres, eines Vogels oder einer Naturgewalt wie Blitz und Donner.« Er schloss die Augen, als würde er einen Text aufsagen, den er auswendig konnte. »Das war dann sein Totem, sein Beschützer, ein Widerschein des Großen Geistes in jedem Suchenden, und es würde sein ganzes Leben bei ihm bleiben, um ihm zu helfen und über ihn zu wachen, besonders, wenn er ein reines Herz behielt.«

Dan sah ihn beeindruckt an.

»Colin weiß eine Menge Dinge.« Louise lächelte ihrem Sohn anerkennend zu.

»Ich lese viel«, gab Colin etwas verlegen zu. »Hier gibt's ja sonst nicht viel zu tun.«

»Wir wollen, dass du für eine Weile auf so eine Art Visionssuche gehst.« Dan deutete mit einem Kopfnicken auf einen großen, gepackten Rucksack neben dem Fenster. »Du nimmst ein Zelt mit und Proviant, und … ähm … wenn du willst, natürlich auch Bücher.«

»Aber du musst völlig isoliert bleiben, bis wir dich wieder abholen«, fügte Louise hinzu.

»Das klingt nicht nach einer Visionssuche. Mehr nach Quarantäne.«

»Mann, Louise. Du hast wirklich schlaue Kinder auf die Welt gebracht.« Dan pfiff durch die Zähne.

»Haben sie alles von mir, Schatz.« Trotz der ernsten Situation lächelte Louise mit mütterlichem Stolz.

»Du weißt von dem Experiment auf der Sheridan-Basis, vor vierzehn Jahren?«

»Mam hat mir davon erzählt. Das ist wohl ziemlich in die Hose gegangen.«

»Na ja, das ist noch stark untertrieben.« Dan beugte sich auf seinem Stuhl vor. »Wir haben nie ganz genau herausgefunden, was diese Wissenschaftler eigentlich vorhatten. Aber fest steht, dass sie etwas hergestellt haben, das alle auf der Basis getötet hat, außer Louise und mich.«

»Und ihr wisst wirklich nicht, warum ausgerechnet ihr überlebt habt?«

»Wir hatten jahrelang Zeit, uns Theorien zurechtzulegen.« Louise setzte sich neben ihren Sohn. »Ich war ja damals mit dir schwanger. Und das ist die einzige Erklärung, die mir einfällt, warum dieses … was immer es ist … bei mir nicht gewirkt hat. … Wir glauben, es …« Ihre Gefühle überwältigten sie und ihre Stimme versagte.

»Wir glauben, diese Sache hat Louise übersprungen und sich gleich in dir festgesetzt.«

»Aber was ist das für eine Sache, von der ihr da sprecht?« Colin sah mit kaum verhülltem Ekel an sich hinunter.

»Ich weiß es wirklich nicht. Alles, was wir wissen, ist, dass es Menschen wahnsinnig macht.«

»Und was geschieht jetzt mit mir?« Colins Bein wippte heftiger. Louise legte den Arm um ihn und drückte ihren Sohn beruhigend an sich.

»Es wird aus dir herauskommen, Baby«, sagte sie leise. »Bald schon, glauben wir.«

»Wird es mich umbringen?«

»Nein, bestimmt nicht«, sagte Dan rasch. »Dir wird überhaupt nichts geschehen. Aber wir nehmen an, dass es andere Leute befallen wird, genauso wie auf Sheridan. Deswegen wollen wir, dass du völlig allein bist, wenn es passiert.«

»Du bist aber nicht komplett von der Außenwelt abgeschnitten.«

Louise zerzauste die dichten Haare ihres Sohnes. »Dan wird jeden Tag nach dir sehen.«

»Und warum hat es keine Wirkung auf Dan?«

»Schwer zu erklären.« Dan rieb sich verlegen die Schläfe. »Weißt du, das hängt mit meinem Persönlichkeitsbild zusammen …«

»Die schmutzigen Einzelheiten sparen wir uns besser«, unterbrach Louise ihn. »Sagen wir einfach, wir sind ziemlich sicher, dass er immun ist.«

»Und wir wissen, dass du es überleben wirst.« Dan nahm einen großen Schluck von seinem Bier. »Weil ich nämlich die Versuchsperson in dem letzten Experiment war, das auf der Sheridan-Basis durchgeführt wurde.«

Er wischte sich Schaum vom Mund.

»Was immer all diese Menschen auch getötet hat, ist ursprünglich aus mir herausgekommen.«

Der Fluch der Apathy Walton

Die Larven der Zikade verbringen die meiste Zeit ihres Lebens unter der Erde, bevor sie zu Tausenden ausschlüpfen und zu voll entwickelten Insekten werden. Die größte Vertreterin der Gattung, die amerikanische Siebzehnjahr-Zikade, auch Brood X genannt, kommt, wie der Name schon sagt, nur alle 17 Jahre an die Oberfläche.

In einigen Teilen Nordamerikas haben die Larven jedoch begonnen, weitaus früher zu schlüpfen, als ihr Lebenszyklus es vorschreibt. Bis jetzt hat noch kein Wissenschaftler eine Erklärung für diese Anomalie gefunden.

Fünf Meilen nördlich des Diamondback-Wohnwagenparks, Weihnachten 1994

Dan half Colin, sein Zelt auf einer Lichtung am Berghang des Mount Peters aufzuschlagen. Von hier aus hatten sie eine atemberaubende Sicht auf sich dahinstreckende Birkenwälder hinunter bis zum Lake Champlain, der wie ein Streifen Aluminium in der Ferne schimmerte. Dan sog gierig die Bergluft ein.

»Gott, ist das schön hier oben«, schwärmte er. »Und wenn sich hier im Umkreis von etlichen Meilen auch nur eine einzige Menschenseele außer uns aufhält, fresse ich meine Unterhose.«

»Bitte nicht.«

»Du kannst kein offenes Feuer machen, für den Fall, dass ein Forstaufseher den Rauch bemerkt und nachsehen kommt, aber ich habe dir einen Gaskocher eingepackt. Der fällt nicht auf.« Dan stellte sich neben den Jungen, der immer noch wie gebannt über die Wälder blickte. »Alles im Griff?«

»Ich habe mein ganzes Leben im Wald verbracht.« Colin schob stoisch die Hände in die Hosentaschen. »Aber woher weißt du denn, dass diese … Sache … jetzt bald passieren wird? Ich möchte hier oben nicht herumhängen, bis ich aussehe wie der Mann aus den Bergen.«

»Ameisen.« Dan schützte die Augen mit der Hand und ließ den Blick noch eine Weile über das Waldpanorama schweifen. »Unmittel-

bar vor dem Massaker sind sie plötzlich überall auf der Sheridan-Basis herumgekrabbelt. Louise hat gesagt, dasselbe bahnt sich hier auch an.«

»Und das ist euer einziger Anhaltspunkt?«

»Das und dein Alter. Ich war fast fünfzehn, als es bei mir losging. Ich bin sicher, das Lebensalter hat etwas damit zu tun, aber frag mich nicht, was.«

»Das ist nicht besonders aufschlussreich.«

»Wenn wir uns täuschen sollten, ist das Schlimmste, was dir zustößt, dass du ein paar beschauliche Tage allein in der herrlichen Natur verbringst.«

»Stimmt.«

»Da war noch etwas. In den Tagen vor der Katastrophe fing das Personal auf der Basis an, sich komisch zu verhalten. Ist dir an den Leuten in der Wohnwagensiedlung in letzter Zeit etwas aufgefallen?«

Colin riss die Augen auf. »Ja, tatsächlich!«

»Streitigkeiten? Schlägereien? Etwas in der Art?«

»Nein.« Colin bückte sich und begann, den Rucksack auszupacken. »Alle schienen viel offener und freundlicher zu sein als sonst. Dauernd wollte uns jemand besuchen und mit uns feiern.«

»Wirklich?« Dan war verblüfft. »Na ja, ich bin kein Wissenschaftler, aber es kann nicht schaden, Vorsichtsmaßnahmen zu ergreifen.«

»Weißt du, ich habe eigentlich überhaupt keine Angst.« Colin streckte die Hand aus, und Dan war überrascht, wie erwachsen er mit einem Mal wirkte.

»Ich seh dich dann morgen. In der Zwischenzeit übe ich mich im Regentanz und jage Büffel.«

Colin kannte sich mit dem Leben im Wald aus. Zuerst hängte er seinen Proviant in einen Baum, um eventuell vorbeikommende Schwarzbären von dieser neuen Nahrungsquelle fernzuhalten, dann fegte er die dünne Schneeschicht von seinem Lagerplatz und grub sich eine Latrine. Den Rest des Tages erkundete er seine neue Umgebung, bis ihm die Muskeln in den Waden wehtaten. In dieser Nacht las er beim Schein einer kleinen Petroleumlampe in seinen Büchern und schlief bei offener Zeltklappe, damit er die Sterne sehen konnte. So weit von jeder Ansiedlung entfernt war der Himmel übersät mit stecknadelkopfgroßen Lichtpunkten. Er schlief ein mit dem Zirpen der Grillen im Ohr.

Der nächste Tag verlief ebenso ereignislos. Zur Mittagszeit erschien Dan mit einem mächtigen Rauchfleisch-Sandwich und einer Flasche Gatorade.

»Du hast eindeutig den besseren Teil dieser Regelung erwischt«, japste er und ließ sich auf den Boden plumpsen. »Louises Jeep schafft tatsächlich nur den halben Weg hier hoch, dann ist der Pfad einfach zu dicht bewachsen. Ich werde mir ganz schön den Hintern aufreißen müssen, um dir jeden Tag etwas Leckeres zum Mittagessen hier her zu bringen.«

»Wo wir gerade davon sprechen, pass auf, wo du dich hinsetzt.« Colin biss in sein Sandwich. »Hier tauchen immer wieder Ameisen auf. Die Kälte bringt sie zwar sofort um, aber es sind hartnäckige kleine Biester.«

»Hör mir zu. Ich habe den richtigen Moment abgewartet, um dir etwas zu sagen.« Dan war jetzt wieder so weit zu Atem gekommen, dass er ein Gespräch führen konnte. »Ich habe gute Neuigkeiten. Emily und ich bekommen ein Baby. Du wirst Onkel.«

»Herzlichen Glückwunsch!« Colin grinste breit und prustete Krümel über die Wiese. »Was hat Mam dazu gesagt?«

»Sie weiß es noch nicht. Ich wollte es ihr erst sagen, wenn das hier überstanden ist. Ich möchte, dass sie sich uneingeschränkt freuen kann, ohne dass sie sich wegen irgendetwas anderem Sorgen machen muss.«

»Meinetwegen, meinst du?«

»Ja, deinetwegen.«

»Du bist ein anständiger Bursche, Dan. Du hast immer auf sie aufgepasst.«

»Und auf dich werde ich auch aufpassen.« Dan reichte dem Jungen die Flasche Gatorade.

»Das verspreche ich dir.«

Die nächste Nacht verlief genauso ruhig wie die vorangegangene. Colin stand mit der Sonne auf, machte sich sein Frühstück und setzte sich anschließend mit dem Rücken an einen Baum, um zu lesen.

Dann fühlte er sich mit einem Mal komisch.

Es war ein wenig wie Sodbrennen, verbunden mit einem Gefühl von Benommenheit. Innerhalb einer halben Stunde war er schweißgebadet und zitterte am ganzen Körper. Aber der Junge hatte die letzten zwei Tage damit verbracht, sich geistig vorzubereiten. Er hatte keine Angst.

Er legte sein Buch nieder, zog die Knie an die Brust, hielt sie mit den Armen umklammert und atmete tief und gleichmäßig.

»Nur ruhig bleiben«, sagte er sich immer wieder. »Wenn es vorbei ist, geht das Leben ganz normal weiter.«

Er schloss die Augen und wiegte sich vor und zurück.

»Nur ruhig bleiben. Nur ruhig. Nur ruhig.«

Dann riss es ihm die Augen wieder auf. Seine Kehle schnürte sich zusammen und er musste würgen.

Der Waldboden rings um ihn her bewegte sich. Frostige Blätter, Zweige und Moosflechten schlugen in Wellen auf und ab, als hätte sich die Erde selbst verflüssigt. Colin sprang auf die Beine und drückte sich an den Baumstamm.

Dann kamen sie hervorgekrochen.

Hunderte von zuckenden, sich windenden Larven schoben sich windend aus dem gefrorenen Waldboden. Keine Ameisen, sondern klebrige weiße Batzen Fleisch. Nur, es waren nicht Hunderte. Es waren Tausende.

Der Junge schaute in stummem Grauen um sich, unfähig, zu verstehen, was da geschah.

Die fetten, wabernden Maden quollen aus der Erde hervor, aufgebläht und schon halb ausgestaltet, mit schleimbedeckten Beinstummeln und aufgeregt tastenden Fühlern. Wie ein wogender Teppich überzogen sie den Waldboden in einer unfassbar widerwärtigen, bebenden Masse.

Nun waren es auch keine Tausende mehr. Es waren Millionen *von ihnen.*

Colin sah an sich herab und schrie auf.

Seine Stiefel waren in einem zähen, zitternden Brei aus durchscheinendem Glibber verschwunden.

Panisch rannte er los. Zweige peitschten ihm ins Gesicht und rissen ihm die Wangen auf. Er stolperte über eine Wurzel und schlug der Länge nach hin. Seine Hände versanken in den Wellen dieses Meeres aus weißem Schleim. Mit einem Aufschrei des Entsetzens sprang er auf und wedelte mit den Armen in der Luft.

Mehr durch Glück als durch Überlegung stieß er auf den Pfad, der bergab führte. Er nahm den Kopf auf die Brust und spurtete los. Sein Atem ging in hektischen Stößen. Überall in seiner Umgebung barsten die zuckenden Albtraumgeburten aus der Erde und drängten sich durch den Schnee ans Licht. In Schwärmen krochen sie die Bäume hoch, bis der Junge durch einen triefenden, milchweißen Wald rannte.

Dan wollte gerade in den Jeep steigen und die Fahrt zum Mount Peters antreten, als Colin auf die Lichtung gestürzt kam. Der Junge brüllte und klopfte sich wild den Körper ab. Weiße Klumpen hafteten an seiner Jeans und an seiner Jacke, ja sogar in seinem Gesicht.

Er rannte gegen den Jeep und fiel zu Boden, von einem unkontrollierbaren Schluchzen geschüttelt.

»Oh Gott!« Dan kniete neben dem hysterischen Jungen nieder und wischte ihm die Insektenlarven ab. »Colin! Colin! Ich bin hier! Es ist okay!«

»Keine Ameisen!«, heulte Colin auf. »DAS SIND KEINE AMEISEN!«

»Ich weiß. Ich weiß.« Dan zerrte Colin auf die Beine und versuchte, ihn in den Jeep zu schieben. »Wir müssen dich hier wegbringen!«

Ein scharfer Knall ertönte und das Seitenfenster des Fahrzeugs explodierte in einem Hagel aus Glassplittern.

Louise stand auf der Veranda ihrer Hütte, mit einem Gewehr in den Händen. Rauch stieg aus dem Lauf hoch. Sie hob die Waffe wieder an die Schulter, zielte und feuerte abermals.

Dan hechtete zur Seite. Da, wo er eben noch gestanden hatte, zeigte sich auf einmal eine Delle in der Beifahrertür.

»Bleib unten, Colin!« Er kroch auf Händen und Knien hinter den Jeep. »Sie weiß nicht, was sie tut! Sie wird dich töten!«

Louise lud das Gewehr erneut durch, ihr Gesicht war zu einem irren Grinsen verzerrt. Dan sprang auf und rannte im Zickzack über die offene Fläche auf den Schuppen zu. Louise schoss. Die Kugel streifte die Schulter von Dans Lederjacke und er verlor das Gleichgewicht und schlug der Länge nach hin. Er rappelte sich wieder auf und blickte hastig zum Schuppen. Er war zu weit von ihm weg. Louise war eine zu gute Schützin.

»Louise! Ich bin's, Dan.« Er hob die Arme über den Kopf. »Du musst mir zuhören! Deine Tochter ist schwanger, verstehst du mich? Emily und ich bekommen ein Kind!«

Louise zögerte.

»Deine Tochter. Sie kriegt ein Baby.« Dan ließ langsam die Hände sinken. »Bald hast du ein Enkelkind. Bitte erschieß mich nicht.«

Einige Sekunden lang konnte er im Gesicht der Frau vor ihm sehen, wie Furcht, Wut und Liebe in ihr miteinander kämpften. Dann legte Louise das Gewehr wieder auf ihn an. Dan öffnete den Mund zu einer letzten flehentlichen Bitte.

Ein lauter Knall ertönte zu seiner Rechten.

Louise wurde zurückgeschleudert und krachte gegen die Wand der Hütte. Ihre Beine knickten ein, sie kippte über das Geländer der Veranda und landete mit einem dumpfen Klatschen auf dem Gesicht. Unter ihrem verdrehten Körper breitete sich eine leuchtend rote Lache auf dem Schnee aus.

Colin sackte über der Motorhaube des Jeeps zusammen. Die Pistole, die er aus dem Handschuhfach genommen hatte, fiel ihm aus den Händen, als er ohnmächtig zu Boden glitt.

Dan nahm die Waffe an sich und rannte zu Louise. Er rollte die Frau auf den Rücken und fühlte nach ihrem Puls, aber ein einziger Blick auf ihren zerschmetterten Brustkorb sagte ihm, dass sie tot war.

»Oh nein, nicht, Mam.« Erschüttert wiegte er sich auf den Fersen. »Oh nein.«

Er fühlte etwas auf seiner Hand brennen. Ein halbes Dutzend Ameisen klammerten sich an die Härchen dort. Dan riss den Kopf hoch.

»Oh, mein Gott! Der Wohnwagenpark!«

Er löste das Gewehr aus den Fingern der toten Frau und stand schwankend auf. Über den Kolben der Waffe wimmelten weitere Ameisen.

Dan wandte sich um und lief, so schnell er konnte, los, Richtung Diamondback.

Port Henry, zwanzig Meilen westlich vom Diamondback-Wohnwagenpark, Weihnachten

1994

Yolanda Butters malte sich gerade die Fingernägel an, als es an der Tür klingelte. Mit einem gereizten Zischen ging sie hin, um aufzumachen. Dabei wedelte sie mit ihren lila Krallen vor ihrem Gesicht und pustete heftig darauf.

Dan Walton stand in der Tür. Sein Bruder hing ihm über der Schulter. »Na, sag mal! Ihr Jungs habt wohl ganz schön einen draufgemacht, so wie ihr ausseht.«

Sie hielt inne, als sie Louises Jeep sah, der in der Auffahrt parkte. Eine Fensterscheibe fehlte, und die Seite des Fahrzeugs wies Beschädigungen auf, die verdächtig nach Einschusslöchern aussahen.

»Was ist los, Dan?« Sie trat zurück, als der junge Mann auf die Knie fiel und Colin in ihrem Flur ablegte. »Ist er in Ordnung?«

»So weit ja. Er ist nur bewusstlos.« Dan zog die Tür hinter sich zu. »Du bist die beste Freundin von Louise, Yolanda. Ich wusste nicht, wo ich sonst hinsollte.«

»Habt ihr Jungs etwas ausgefressen, Danny Walton?« Yolanda machte Platz, damit Dan Colin ins Wohnzimmer ziehen konnte.

»Du hast Louise besser als jeder andere gekannt. Ich vermute, sie hat dir wenigstens ein bisschen über ihre Vergangenheit erzählt.«

»Ja, aber nur Quatsch!«

Dan zog eine Augenbraue hoch.

»Sie hat mir mal so eine wüste Geschichte aufgetischt. Sie war betrunken und ich habe ihr kein Wort geglaubt.« Die Frau beugte sich vor und fuhr mit dem Finger über das Loch in Dans Jacke. »Ist das, was ich glaube, *das es ist?«*

»Ging es in der Geschichte um einen Ort namens Sheridan-Basis? In der Mojave-Wüste?«

»Ja, darum ging's. Aber es war alles wirres Zeug.«

»Hat Louise dir erzählt, wovor sie Angst hatte? Was eines Tages geschehen könnte?«

»Ja. Und ich dachte, sie redet Unsinn, und habe ihr gesagt, sie soll ihren Rausch ausschlafen. Danach hat sie nie wieder was davon erwähnt.«

»Alles, was sie gesagt hat, war die Wahrheit, Yolanda.« Dan wuchtete Colin auf das Sofa und legte ihn möglichst bequem hin. »Und es ist passiert.«

»Dan.« Die Frau zog ihn am Ärmel. »Wo ist Louise?«

»Louise ist tot, Yolanda.« Dan tastete nach dem Puls des Jungen. »Alle in Diamondback sind tot.«

Die Frau ließ sich schwer auf ihren Wohnzimmertisch fallen.

»Wie ist sie gestorben?«

Dan zögerte.

»Ich habe sie erschossen. Ich hatte keine andere Wahl.«

»Das ist doch idiotisch. Vollkommen hirnrissig, hörst du?« Yolanda klang eher wütend als ängstlich. »Ich rufe jetzt die Polizei.«

»Das steht dir frei, aber Colin hat nichts getan, und er ist auch für niemanden eine Bedrohung mehr. Ich schwöre dir, die Army wird gleich nach der Polizei aufkreuzen, und sie werden ihn mitnehmen. Niemand wird ihn je wiedersehen.«

Yolanda blickte auf den ohnmächtigen Jungen auf ihrer Couch. Sie kannte ihn, seit er ein Baby war.

»Versprichst du mir, dass das, was Louise mir erzählt hat, die Wahrheit war?« Jedermann wusste, dass Dan niemals sein Wort brach.

»Ich verspreche es.«

Yolanda holte tief Luft. »Wie kann ich dir helfen?«

Dan zog eine Rolle Geldscheine aus der Tasche. »Ich fahre zurück nach Diamondback, damit ich den Jeep verstecken kann, bevor die Polizei auftaucht. Es wird eng werden, aber die Wohnwagensiedlung ist so abgelegen, dass ich es schaffen kann. Dann versuche ich, über die Berge abzuhauen.« Er legte das Geld auf den Tisch. »Dieser Junge hier ist unschuldig. Er war nur zur falschen Zeit am falschen Ort.«

»Und was, meinst du, soll ich mit ihm anstellen?« Yolanda fuhr mit dem Arm abrupt über den Tisch und warf dabei ihren Nagellack um. Eine lila Lache breitete sich auf der Platte aus und tropfte auf den Teppichboden. »Gottverdammt noch mal! Du hast Louise umgebracht!«

»Sie war meine Mutter, Yolanda. Was du auch sagst, mir kann es nicht noch schlechter gehen, als ich mich sowieso schon fühle.«

»Sie hat mir gesagt, dass so etwas passieren könnte.« Die Lippen der Frau zitterten. »Und ich habe ihr nicht geglaubt.«

»Vor ein paar Tagen ist in Diamondback ein junger Ausreißer aufgetaucht.« Dan klopfte sich die Taschen nach einer Zigarette ab. »Nachher lege ich seine Leiche in Louises Hütte.« Seine Schultern sackten nach unten, als ihm klar wurde, dass er nichts mehr zu rauchen hatte. »Höchstwahrscheinlich werden sie dich auffordern, die Toten zu identifizieren, schließlich warst du ja ihre beste Freundin.«

»Und du willst, dass ich denen sage, der arme Kerl da draußen sei Colin? Richtig?«

Yolanda nahm ein Päckchen Marlboro Light vom Kaminsims und hielt es Dan hin.

»Ich kann dir nicht vorschreiben, was du tun sollst.« Er zündete sich eine Zigarette an. Seine Hände zitterten. »Aber dieser Junge hier hat gerade seine Mutter sterben sehen. Ich schätze, er hat eine Chance verdient, sein Leben zu leben, anstatt auf irgendeinem Militärstützpunkt zu verrotten.«

»Ich denke, ich könnte ihn nach Westport fahren, wenn er aufwacht. Da setze ich ihn dann in einen Bus.«

»Ich weiß, ich verlange viel von dir.«

»Ich tue das nicht für dich. Ich tue es für Louise.« Yolanda nahm sich auch eine Zigarette. Als sie sie anzündete, bebten ihre Hände genauso sehr wie die von Dan. »Ich hätte ihr vertrauen sollen. Sie war ein feiner, feiner Kerl.«

»Das war sie«, stimmte Dan zu. Dann zog er skeptisch eine Augenbraue hoch. »Du nimmst das alles sehr ruhig auf.«

»Ich bin in den Sozialsiedlungen von Denver aufgewachsen«, antwortete Yolanda nüchtern. »Ich habe meinen Teil an Gewalt gesehen. Und ich weiß, du bist nicht so ein drogensüchtiger Halbstarker, der keine Achtung vor Menschenleben hat. Wenn du so wärst, hättest du nicht zugegeben, dass du Louise erschossen hast, und du hättest den Kleinen auch nicht gerettet.«

»Danke, Yolanda.«

»Und jetzt muss ich dich bitten zu gehen, bevor noch jemand den Jeep sieht. Ich will nicht ins Gefängnis, weil ich einem Mörder Fluchthilfe geleistet habe.«

»Das sehe ich ein.« Dan zog einen Zettel aus seiner Jackentasche. »Hast du was zu schreiben?« Yolanda nahm einen Kugelschreiber vom Kaminsims und gab ihn Dan.

»Louise und ich haben eine Menge Vorsichtsmaßnahmen getroffen, für den Fall, dass wir wieder fliehen müssten. Ich habe in New York ein Postfach unter einem falschen Namen.« Er kritzelte etwas auf das Papier. »Wenn Colin mich jemals erreichen will, braucht er nur dahin zu schreiben und mir sagen, wo er ist.« Er reichte ihr den Stift zurück. »Sorg dafür, dass er das auswendig lernt. Lasst kein Beweismaterial zurück, falls man ihn vielleicht doch erwischt.«

»Ich denke, das kriege ich geregelt.«

»Ich bin dir für deine Hilfe dankbar, Yolanda.«

Dan wandte sich um und wollte gehen, doch die Frau legte ihm noch einmal die Hand auf die Schulter.

»Wie willst du mit dem, was du getan hast, weiterleben, Danny Walton?«

»Danny Walton hat das hier nicht getan.« Dan löste die Hand von seiner Schulter. »Das war der berüchtigte D. B. Salty.«

Apathy trank ihren Wein aus. Wortlos hielt sie das Glas vor sich und Dan goss es wieder voll. Colin lehnte sich auf seinem Stuhl zurück und blickte zur Decke. Sein Knie tanzte schon wieder auf und nieder.

»Es tut mir leid, Onkel Colin.«

Colin antwortete nicht.

Apathy packte Dan am Arm, als er die Flasche zurückzog.

»Deinetwegen tut es mir auch leid, Dad.«

Dan versteifte sich einen Augenblick. Dann lächelte er kurz und setzte sich wieder.

»Zikaden«, sagte Colin. »Diese Insekten waren Zikaden. Als Larven leben sie unterirdisch, und alle siebzehn Jahre kommen gewaltige Schwärme von ihnen an die Oberfläche, um sich zu vermehren. In Amerika nennt man sie auch Brood X.«

Sein Knie bewegte sich schneller.

»Aber sie hätten noch gar nicht schlüpfen sollen. Verdammt, sie waren noch nicht *dran.*«

»Diese Sache, die in Colin und mir steckte, sie zieht Ameisen an.« Dan rieb sich die müden Augen. »Aber uns war nicht klar, dass sie auch auf andere Insekten wirken würde.«

»Und was immer es ist, es macht Menschen verrückt.«

»*Mordlustig* ist ein Wort, das es vielleicht besser trifft.« Dan riss ein Päckchen Zigaretten auf und bot Colin eine an. Der Mann griff zu, ohne seinen Partner anzusehen.

»Und die anderen in der Wohnwagensiedlung?«

»Die sind natürlich völlig ausgerastet. Es hieß, entweder sie oder ich. Ich konnte doch nicht zulassen, dass sie von Diamondback in ein dicht besiedeltes Gebiet gelangen und dort verbreiten, was sie in sich trugen.«

Apathy starrte in die Flammen. Colin und Dan tranken schweigend. Draußen schrie eine Eule.

»Und du glaubst, Louise hat Sheridan überlebt, weil sie mit Colin schwanger war«, sagte Apathy dann. »Richtig?«

»Was immer da aus mir herausgekommen ist, ging geradewegs durch sie durch und in Colin hinein«, sagte Dan. »Das ist die einzige Erklärung, die uns je eingefallen ist.«

»Und meine Mam erschien dann in Diamondback, als sie mit mir schwanger war.«

Dan nickte. Colin faltete die Hände, als wollte er beten. Apathy griff nach ihrem Weinglas und drehte den Stiel zwischen den Fingern.

»Und ich bin jetzt in dem Alter, in dem du und Colin wart, als ihr diese Katastrophen ausgelöst habt«, stellte sie fest.

»Richtig.«

»Ihr habt mich entführt und mich in diese gottverlassene Gegend gebracht.« Apathy starrte wieder ins Feuer. »An einen Ort, an dem es keine anderen Menschen gibt.«

»Richtig.«

Das Mädchen legte die Hände um ihr Glas. Noch immer sah sie die beiden Männer nicht an.

»Ich glaube, ich verstehe.«

Amblin Cottage
2009

Apathy entschuldigte sich und ging auf die Toilette. Sie schloss die Tür, stützte sich mit den Händen auf das Waschbecken, atmete tief durch und musterte sich im Spiegel.

»Also gut, du bist die Tochter deines Vaters«, knurrte sie ihr Spiegelbild an. »Eine Gefahr für die verdammte Öffentlichkeit.«

Dan rutschte unruhig auf seinem Stuhl hin und her und wartete darauf, dass Apathy zurückkehrte. Er blies die Backen auf und ließ die Luft geräuschvoll wieder entweichen. Er blickte sich ratlos um und rieb mit den Händen seine Oberschenkel.

»Hast du irgendwo meine Zeitung gesehen, Col?«

»Wie bitte?« Colin bedachte ihn mit einem vorwurfsvollen Blick. »Da hast du vierzehn Jahre lang auf das Vergnügen der Gesellschaft deiner Tochter verzichten müssen und jetzt willst du den Sportteil lesen?«

»Ich dachte, wir können vielleicht zusammen das Kreuzworträtsel lösen.«

»Rede einfach mit ihr, D. B.«

»Aber ich weiß nicht, was ich sagen soll.«

»Dann versuch's mit zuhören.«

»Wäre wohl das Beste.« Der Schein des Feuers zuckte über Dans Gesicht. »Bist du so weit?«

»Startklar.« Colin streckte den Fuß aus und versetzte seinem Partner einen leichten Tritt. »Alles wird gut, D. B. Du kriegst das schon hin. Ich muss ja nur ein paar Tage wegbleiben.« Er griff nach oben und wischte mit der Hand über das Kaminsims. Als er die Faust öffnete, lagen drei zerquetschte Ameisen auf seiner Handfläche. »Vielleicht sogar weniger.«

»Bist du denn nüchtern genug, um noch zu fahren? Was, wenn die Polizei dich anhält?«

»Vertrau einem alten Schwindler.« Colin hielt sein Glas hoch. »In meiner Weinflasche war nur Traubensaft.«

»Dann ab mit dir. Ich seh dich in ein paar Tagen.«

»Halt die Ohren steif, D. B. Du und deine Tochter, ihr steht das schon durch.«

Er zwinkerte Dan zu und verschwand durch die Tür nach draußen. Einige Minuten später sprang der Lieferwagen an und holperte über die Spurrillen des Forstpfades davon.

Apathy kam zurück ins Zimmer und lächelte ihren Vater scheu an.

»Also, wie lange müssen wir nun hierbleiben?«

»Nicht zu lange, hoffe ich.« Dan erwiderte ihr Lächeln. »Wird schon nicht so schlimm. Mach dir keine Sorgen.«

»Ich mache mir keine Sorgen. Na ja … nicht allzu viele. Aber warum darf meine Mutter nicht wissen, wo ich bin?«

»Weil sie schnurstracks hierherkommen würde. Sie ist zwar nicht immun gegen das, was du in dir trägst, aber sie würde trotzdem kommen.«

»Ist Onkel Colin gegangen?«

»Musste er. Er ist wahrscheinlich ebenso wenig immun. Soweit wir das sagen können, bin lediglich ich das. Es hat wohl was mit meiner … ähm … einmaligen Persönlichkeit zu tun.« Dan kratzte sich unbehaglich an der Schläfe. »Und du willst ganz bestimmt nicht, dass hier ein kleiner, dicker Irrer herumrennt und mit dem Hackebeil auf uns losgeht.«

Wider Willen musste Apathy bei der Vorstellung lachen. Dann hielt sie plötzlich inne.

»Was wirst du tun, wenn das alles vorbei ist?«

»Wie meinst du das?«

»Ich … ähm …« Apathy rang nach Worten. »Ich meine …«

»Ob ich zu euch kommen und mit euch leben werde? Willst du das wissen?«

»Ich nehme an, das hängt von Mam ab.«

»Ich wette, sie ist ganz schön wütend auf mich, Schatz.«

»Wir können ihr doch alles erklären.«

»Ich glaube, ich überlasse *dir* die Erklärungen. Mich erschießt sie wahrscheinlich, sobald sie mich sieht.«

»Du versprichst aber, dass du es versuchst?«

»Ich versuche es.«

»Dad«, sagte Apathy leise, »du hast es nicht versprochen.«

Ihr Vater schenkte sich noch ein Glas Wein ein.

»Wenn du erst einmal freigesetzt hast, was da in dir ist, bin ich sicher, dass die Army nicht mehr an dir interessiert ist.« Er stellte die Flasche vor den Kamin, nahm einen kleinen Schluck aus seinem Glas und betrachtete seine Tochter über den Rand hinweg. »Aber ich bin dann immer noch ein gesuchter Verbrecher.«

»Du kannst doch alles erklären! Sag ihnen einfach, was du mir erzählt hast.«

»Baby, die Streitkräfte der Vereinigten Staaten werden nichts von diesen Dingen zugeben. Wenn man mich hier in Schottland erwischt, werde ich ausgeliefert und muss mit der Todesstrafe rechnen – nicht, dass die Army mich lange genug am Leben lassen wird, dass es zu einer Gerichtsverhandlung kommen kann.«

»Aber das ist nicht fair!« Tränen brannten in Apathys Augen.

»Sei unbesorgt.« Dan streichelte seiner Tochter den Arm. »Colin ist der beste Schwindler auf der Welt. Er wird einen Ausweg aus diesem Schlamassel finden, egal, wie unappetitlich der auch sein mag.«

Colin parkte den Transporter eine Meile von Amblin Cottage entfernt und kletterte nach hinten.

In Regalen an den Wänden lagerte die Ausrüstung, die die beiden bei ihren *parainvestigativen Ermittlungen* verwendeten. Er nahm ein Telefon aus seiner Ladestation, das mit einem glänzenden Metallkästchen verbunden war, und schaltete einen selbst gebauten Zerhacker zu. Dann wählte er eine Nummer.

»Ich möchte ein Gespräch mit Katherine Naish vom US-Militärgeheimdienst«, sagte er. »Ja, ich weiß, dass sie nicht im Telefonverzeichnis steht. Aber ich bin sicher, Sie können sie erreichen ... Ja, ich verstehe. Ja. Jawohl.« Dann wechselte sein Tonfall von freundlichem Verständnis zu einer Kälte, die wie ein Rasiermesser durch das Rauschen in der Leitung schnitt.

»Und nun hören Sie mir mal zu, werte Dame. Sie leiten jetzt diese Nachricht an den US-Militärgeheimdienst weiter. Geben Sie Bescheid, dass Colin Walton angerufen hat, mit Informationen über Kirkfallen Island. Und sagen Sie Naish, dass ich ihre persönliche Handynummer will. Ich melde mich in einer Stunde wieder. Diese Verbindung können Sie übrigens nicht zurückverfolgen.«

Colin legte auf, bevor die Telefonistin noch irgendetwas sagen konnte. Sein Gesicht triefte vor Schweiß und die schwarzen Haarfransen klebten ihm an der Stirn.

Er holte tief Luft und wählte erneut.

Eine Stimme, die er schon seit vielen, vielen Jahren nicht mehr gehört hatte, antwortete. Colin würgte den Kloß in seiner Kehle hinunter.

»Hallo, Emily«, sagte er. »Hier ist dein Bruder.«

Fetterman-Militärbasis, North Carolina

2009

Lieutenant-Colonel Naish saß an ihrem Schreibtisch, die Hände flach auf die auf Hochglanz polierte Tischplatte gepresst, und starrte auf ihr Mobiltelefon. In einer Ecke des Raums waren zwei Männer über ein Rückverfolgungsgerät gebeugt. Der eine hatte Kopfhörer auf und der andere hielt einen Digitalrekorder.

Das Handy klingelte und die Vibrationen schoben das Gerät auf Naishs linke Hand zu. Der Mann mit den Kopfhörern streckte den Daumen hoch. Bereit.

Die Frau griff nach dem Telefon.

»Naish hier.«

»Hier spricht Colin Walton.« Die Stimme am anderen Ende klang ruhig und gelassen. »Ich werde mich kurz fassen.«

»Gut«, blaffte Naish. »Ich mag es nicht, wenn man meine Zeit verschwendet.«

»Und das war jetzt das letzte Mal, dass Sie mich unterbrochen haben.«

»Woher weiß ich, dass Sie der sind, für den Sie sich ausgeben?«

Der Mann am anderen Ende legte auf. Naish schaute verdutzt zu ihren beiden Mitarbeitern. Der Kopfhörerträger verzog das Gesicht.

»Viel zu kurz. Keine Chance, das aufzuspüren.«

Das Handy klingelte erneut. Nash drückte die Empfangstaste und hielt es vorsichtig ans Ohr.

»Meinetwegen können wir den ganzen Tag mit diesen Spielchen verbringen.« Es war dieselbe Stimme. »Sie haben weitaus bessere Aussichten, diesen Anruf zu orten, wenn Sie einfach die Klappe halten und zuhören.«

»Ich schweige wie ein Grab.«

»Es könnte sein, dass Ihnen eines der Kinder von Kirkfallen Island abhandengekommen ist.«

»Alle Kinder der Insel sind an ihrem Aufenthaltsort erfasst. Zerbrechen Sie sich also nicht unseren Kopf.«

»Nicht meine Tochter. Die ist vor vierzehn Jahren mit mir zusammen verschwunden.«

Naish blieb stumm, doch in ihrem Magen begann ein Gefühl der Übelkeit wie in Blasen hochzubrodeln.

»Wir sind aufs Festland entkommen, Naish. Die Trümmer, die man auf der Insel gefunden hat, waren nur ein Täuschungsmanöver.«

»Können Sie das beweisen?«

»Ich rede doch mit Ihnen, oder etwa nicht? Es ist zwar lange her, aber ich bin sicher, Sie erkennen meine Stimme noch.«

»Wo sind Sie? Wo ist das Mädchen jetzt?«

»Wir sind in Disneyland. Ich habe einen Job als Micky Maus.«

»Was wollen Sie, Colin?«

»Ich will *Sie* auf Kirkfallen haben, so schnell Sie es dorthin schaffen.« Die Stimme sprach jetzt mit bezwingender Eindringlichkeit. »Keine Ausflüchte. Das Mädchen und ich kommen morgen früh per Schiff dorthin und ich brauche die Genehmigung zum Anlegen. Und ich brauche einen Hubschrauber, der noch zwei andere Leute nach Kirkfallen fliegt.«

Naish zwang sich, Ruhe zu bewahren. Sie musste versuchen, den Mann am anderen Ende der Leitung hinzuhalten.

»Niemand erhält Erlaubnis, auf der Insel an Land zu gehen.«

»Oh, ich glaube, in diesem Fall können Sie schon einmal eine Ausnahme machen.«

»Was, wenn wir Ihr Boot versenken? Nur um sicherzugehen?«

»Sie haben lediglich meine Aussage, dass sich das Mädchen auch wirklich darauf befindet. Vielleicht habe ich ja gar nicht das richtige Kind dabei.« Colins Stimme wurde eisig. »Und wenn Sie aufs falsche Pferd setzen, sitzt die junge Dame schon unter falschem Namen in einem Flugzeug in Richtung USA.«

»Das würden Sie nicht ...«

»Doch, das würde ich.«

»Ich kann dort nicht einfach aufkreuzen, ohne dass meine Vorgesetzten Wind davon bekommen!«, brauste Naish auf. »Die schicken mir eine gottverdammte Armee hinterher!«

»Tun Sie, was Sie tun müssen. Dieses Mädchen ist schon bald so weit, das freizusetzen, was es in sich trägt. Wollen Sie, dass es in Manhattan oder Washington herumwandert, wenn das passiert?«

Die Übelkeit kroch Naish allmählich in die Brust hoch.

»Ich werde da sein.« Die Worte erstickten sie fast.

»Gut.« Colin klang nahezu fröhlich. »Ich rufe noch einmal an, um Ihnen ein paar weitere Details zu übermitteln. Ich möchte Ihnen nicht die Zeit geben, diesen Anruf zurückzuverfolgen.«

»Was wollen Sie, Colin?«, wiederholte Naish.

»Ich? Meine Familie und ich haben uns vierzehn Jahre lang versteckt.« Die Stimme lachte bitter. »Wir wollen nach Hause.«

Die Verbindung brach ab. Naish blickte zu den Männern in der Ecke.

»Von wo aus ruft er an?«

»Keine Ahnung, Ma'am. Dieser Bursche weiß genau, was er tut.«

»Ich möchte, dass ein Überschalljet vorbereitet wird, aber flott.« Naish stand auf und durchquerte mit langen Schritten den Raum.

»Ich möchte, dass Sie mich zu Colonel Potter im Hauptquartier durchstellen, und dann möchte ich, dass er die Radcliffe-Marinebasis auf den schottischen Hebriden in volle Alarmbereitschaft versetzt. Und bauen Sie mir eine Satellitenverbindung nach Kirkfallen Island auf. Höchste Dringlichkeitsstufe.« Naish fuhr sich mit der Hand durch ihr ergrauendes Haar.

»Ich muss *wirklich* ein paar Worte mit Edward Stapleton reden.«

Amblin Cottage
2009

Apathy und ihr Vater saßen schweigend beieinander und starrten in das flackernde Feuer. Hin und wieder sah Dan verstohlen zu seiner Tochter, um dann jedes Mal die Augen abzuwenden, wenn sie den Blick erwiderte. Seine Hände zitterten leicht, als er sein Glas zum Mund führte.

»Was machen wir jetzt?« Sie nahm ebenfalls einen Schluck Wein.

»Im Schrank ist ein Mensch-ärgere-dich-nicht-Spiel.« Ihr Vater versuchte, ein entspanntes Lächeln aufzusetzen. Apathy wurde klar, dass er sonst seine Abende mit Colin verbrachte und nicht mit einer Fremden, die er erst am selben Tag kennengelernt hatte. Auch wenn diese Fremde seine Tochter war.

»Na toll. Ähm … Dad?«, fragte sie nach einer kleinen Pause. »Wie bist du eigentlich wirklich?«

Dan Salty überlegte eine Weile.

»Um Neunzehnhundertdreißig gab es einmal einen russischen Wissenschaftler namens Professor Luria«, fing er dann an. »Er ist in die tiefsten Tiefen Sibiriens vorgestoßen, um die Eingeborenen dort zu erforschen. Er wollte, dass sie sich selbst beschreiben. Dieses Gebiet war von der Zivilisation und der Industrialisierung fast komplett verschont geblieben, weißt du.«

Er schlürfte geräuschvoll seinen Wein. »Zur Antwort sagten die Leute Sachen wie *Ich habe vier Kühe* oder *Ich baue Kartoffeln an.* Luria hakte nach und fragte sie, wie sie sich als *Menschen* sahen. Waren sie gut oder schlecht? Waren sie glücklich oder traurig? Aber sie haben die Frage überhaupt nicht verstanden. Sie haben einfach wiederholt, was sie schon gesagt hatten. *Ich habe vier Kühe.* Verstehst du? Das war es, was ihnen wirklich wichtig war.«

»Hat Colin dir das erzählt?«

»Klar. Noch mehr nutzlose Informationen, mit freundlicher Unterstützung des wandelnden Lexikons.« Dan lehnte sich in seinem Stuhl zurück und sah Apathy zum ersten Mal offen an. Sein Gesichtsausdruck zeigte maßlose Verwunderung.

»Ich habe eine *Tochter.*«

»Ist das besser, als vier Kühe zu haben?«

»Colin hat recht. Du hast tatsächlich Biss.« Dan lachte hell auf. Dann sah er sie wieder fragend an. »Ich habe keine Ahnung, wie ich mich dir gegenüber verhalten soll.«

»Liebst … du mich?«

»Ich bin mir nicht sicher.« Dan senkte den Blick. »Liebst du mich denn?«

»Nein«, antwortete Apathy sachlich. »Ich kenne dich doch gar nicht.«

»Wir hätten wahrscheinlich doch besser Mensch-ärgere-dich-nicht gespielt.«

Der Teenager rutschte unbehaglich auf seinem Stuhl hin und her.

»Also, du … ähm … arbeitest als Betrüger.«

»Das war Colins Idee«, erklärte ihr Vater verlegen. »Wir haben damit angefangen, den Leuten Geisterbeschwörungen vorzugaukeln. Uns erschien das ganz harmlos und wir brauchten keine Sozialversicherungsnummern oder irgendwelche behördlichen Zulassungen. Colin hat ein Händchen für alles, was mit Technik zu tun hat. Er hat uns sämtliche Geräte zusammengestellt, die wir gebraucht haben. Winzige Transistorradios und Sender, mit denen wir den Eindruck erweckten, dass die Toten sich im selben Raum aufhielten. Unsere Kunden hörten dann Stimmen, die aus dem Nichts zu kommen schienen, sie sahen seltsame Erscheinungen aus dem Augenwinkel …« Dan brach mitten im Satz ab. »Das ist nicht besonders anständig, nicht wahr?« Er klang so, als sei ihm dieser Gedanke gerade eben zum ersten Mal gekommen.

»Dad«, sagte Apathy ruhig, »was genau ist da in mir drin?«

Dan goss sich Wein nach. Seine Flasche war fast leer und seine Hände bebten. Apathy fragte sich, ob das an seiner Nervosität lag oder lediglich an der Tatsache, dass er so viel Alkohol getrunken hatte. Sie war etwas bestürzt darüber, wie viel er trank.

»Ich muss dir etwas zeigen.« Er schob ruckartig den Stuhl zurück, ging zum Küchenschrank und zog eine alte Sofortbildkamera aus der Schublade.

»Ich mache jetzt ein Foto von dir.« Seine Hände waren immer noch fahrig, und Apathy wurde zu ihrem Schrecken klar, woher dieses Zittern rührte.

Ihr Vater hatte Angst.

Er schaute durch den Sucher und drückte auf den Auslöser. Die Kamera surrte und ein kleines, quadratisches Stück Plastik schob sich aus der Unterseite des Geräts.

»Das ist es, was du in dir hast.«

Er hielt seiner Tochter die Fotografie hin.

Auf dem Bild sah Apathy sich selbst am Feuer sitzen, überflutet von seinem orangen Schein. Neben ihr stand eine schattenhafte weibliche

Gestalt. Sie war beinahe durchsichtig und die langen Haare fielen ihr wie ein Schleier über das Gesicht. Die Hände hatte sie wie in rasender Wut über den Kopf erhoben. Ihre Fingernägel waren lang und schwarz, wie die Krallen eines Raubvogels. Ein leuchtendes Auge blitzte aus den strähnigen Haaren hervor, glitzernd in unbändigem Hass.

Apathy fühlte sich wie betäubt.

Das Schattenmädchen auf dem Bild war die groteske Karikatur eines menschlichen Wesens, aber es gab keinen Zweifel an seiner Identität.

Das war sie.

Apathy legte die Fotografie langsam auf den Tisch.

»Und ich bin die einzige Person auf der Welt, die so ist?«

Dan zerknüllte das Bild zu einer harten kleinen Kugel und zog ein Feuerzeug aus der Tasche. Er setzte das Plastik in Brand und ließ es in den Aschenbecher fallen.

»Bin ich die Einzige?«, bohrte sie weiter.

»Keineswegs. Da gibt es im Atlantik eine Insel namens Kirkfallen, wo man einen ganzen Haufen dieser Ungeheuer gefangen hält.«

»So ähnlich wie in *Jurassic Park*?«

»Das ist keine blöde Idee aus einem Film.« Dan sah zu, wie die rußigen Flammen das Bild auffraßen und es sich in einer Doppelspirale aus schwarzem Rauch auflöste. »Es ist ein Teil des Militärprojekts, in das ich vor all den Jahren auch verwickelt war.«

»Kannst du denn nichts dagegen unternehmen? Solltest du das nicht jemandem melden?«

»Klar. Das käme auch ganz besonders glaubwürdig rüber.« Dan drückte die ersterbende Flamme mit seinem Daumen aus. »Der Massenmörder D. B. Salty stellt sich den Behörden und erzählt ihnen, dass er keine Wahl hatte, als er all diese Menschen getötet hat. Er war einfach ein Teil eines streng geheimen Experiments, das vor dreißig Jahren schiefgelaufen ist. Die sperren mich doch ein und schmeißen den Schlüssel weg.« Er lachte heiser und freudlos. »Sie würden mich *wirklich* einsperren und den Schlüssel wegschmeißen.«

»Aber Colin könnte deine Geschichte doch bestätigen.«

»Es wäre sogar noch schlimmer, wenn uns *tatsächlich* jemand glauben würde. Beim ersten Hauch eines ernsthaften Verdachts würde man Colin und mich beseitigen und husch-husch wäre alles auf dieser Insel verschwunden.«

»Also willst du das alles einfach auf sich beruhen lassen?«

»Das habe ich nicht gesagt.« Dan zwinkerte ihr zu. »Es gibt da ein kleines Geheimnis über Kirkfallen, das nur Colin und ich kennen.« Er stand auf und ließ die Kamera wieder in die Schublade fallen.

»Aber ganz egal, ich werde auf keinen Fall meine Familie gefährden.« Er zog einen braunen Umschlag hervor und zeigte ihn seiner Tochter. »Während meiner … beruflichen Tätigkeit … habe ich eine ganze Menge lichtscheues Gesindel kennengelernt. Von einigen dieser Leute habe ich falsche Pässe für dich, Colin und deine Mutter machen lassen. Ihr geht nach Kanada.«

»Aber ich muss doch hier zur Schule! Ich kann nicht einfach so Ferien machen.«

»Das sind keine Ferien.« Dan warf den Umschlag auf den Tisch. »Ihr bleibt dort für immer. Es ist der sicherste Ort auf der Welt für euch.«

»Ich will aber nicht nach Kanada!«

»Wenn nur eines dieser Monster von dieser Insel herunterkommt, bedeutet das das Ende der Welt, so wie wir sie kennen«, erwiderte ihr Vater kühl. »Ich habe versprochen, für die Sicherheit meiner Familie zu sorgen. Und das werde ich auch tun.«

»Aber du kommst nicht mit?«

»Ihr habt viel bessere Chancen, euch dort drüben ein neues Leben aufzubauen, wenn ihr keinen polizeilich gesuchten Massenmörder im Schlepptau habt.«

»Das kann doch alles nicht wahr sein!«

»Baby, ich habe die meiste Zeit meines Lebens damit verbracht, mir genau diesen Gedanken aus dem Kopf zu schlagen.«

»Mein Gott, du bist *wirklich* ein Soziopath!«, stieß Apathy hervor. »Dieses ganze Gerede, dass du dich von meiner Mutter und mir fernhalten musstest, um uns zu schützen. Das ist doch alles Kacke!«

»Apathy!«

»Nein. Du hast dich einfach nicht genug um unsere Gefühle gekümmert, um anständig für uns sorgen zu können! Du hast dein blödes Versprechen vorgeschoben, um dich vor jeder Verantwortung zu drücken. Keine Frau, kein Kind, kein Klotz am Bein. So hast du doch gedacht!«

Der Teenager schob wütend seinen Stuhl zurück, rannte ins Schlafzimmer und knallte die Tür hinter sich zu. Dan erhob sich schwerfällig und folgte ihr. Er ließ die Stirn gegen das Holz sinken und hörte zu, wie seine Tochter weinte.

»Gottverdammte Kacke!«, hauchte er und stapfte mit geballten Fäusten in die Küche zurück.

Als er das Knarren einer Bodendiele hörte, drehte er sich um.

»Was willst *du* denn schon wieder hier?«

Colin trat vor und trieb seinem Freund mit aller Kraft die Faust in den Magen.

Dan krümmte sich und die Luft entwich zischend aus seiner Lunge. Colin tänzelte um ihn herum und stellte dabei eine Beweglichkeit unter Beweis, die ihm bei seinem Körperbau niemand zugetraut hätte. Mit der anderen Hand drückte er Dan einen chloroformgetränkten

Lappen auf den Mund. Bewusstlos sackte der größere Mann auf dem Boden zusammen.

»Es tut mir so leid, D. B.« Colin zog Dan aus der Hütte in den nebenstehenden Schuppen. Dort streckte er seinen Freund der Länge nach aus und versuchte, es ihm so bequem wie möglich zu machen.

»Aber ich musste den Plan ein wenig ändern.«

Samstag

Kirkfallen Island

Wir neigen im Allgemeinen dazu, Soziopathen als Mörder oder Serienkiller zu sehen. Doch obwohl die meisten Soziopathen kaum Einfühlungsvermögen besitzen und durchaus in der Lage sind, ohne den geringsten Skrupel zu lügen und zu betrügen, so werden sie doch nicht notwendigerweise zu Mördern.
Wenn sie keinen guten Grund haben zu töten, werden sie es auch nicht tun.

Tatsächlich kann nach Erkenntnissen der Psychologin Martha Stout ungefähr einer von fünfundzwanzig unter uns lebenden Menschen als soziopathisch klassifiziert werden.

Kirkfallen Island
2009

Gene, Millar und Poppy waren schon in der Morgendämmerung auf den Beinen. Da es Samstag war, hatten sie weder Schule noch irgendwelche Arbeiten auf dem Hof zu erledigen, allerdings wollten die drei Teenager heute eine wesentlich schwerere Aufgabe bewältigen. Eine Aufgabe, die sie sich selbst gestellt hatten.

Am vorigen Abend hatte Millar sich mehrere lange Stangen von dem Stapel genommen, auf dem die Gemeinde ihr Abfallholz sammelte, und den Erwachsenen erzählt, dass sie für Reparaturen an der Bandenhütte gedacht waren. Und sie hatten eine ausreichende Menge an ausgemusterten Seilen aufgetrieben und die Werkzeuge, die sie auch schon beim Bau ihres Verstecks benutzt hatten.

Sie schleppten das Holz hinauf nach Pittenhall Ridge. Poppy bezog einen Wachposten auf einer Hügelkuppe in der Nähe, während Millar und Gene zwei Leitern anfertigten, indem sie gleichmäßig zurechtgesägte Kurzhölzer als Sprossen an die Stangen nagelten. Dann verbanden sie die Enden der Leitern mit Seilen, sodass sie eine Art loses Scharnier bildeten, und umwickelten ihr Werk zum Abschluss mit Heidekraut und Ginster, um das Ganze zu tarnen. Wenn man die Leitern nun flach auf den Boden legte, waren sie fast unsichtbar.

Poppy gab ein Signal, dass die Luft rein war, und sie trugen die Konstruktion zum Zaun, an eine Stelle, wo der Stacheldraht verrostet und weggebrochen war. Sie lehnten eine Leiter auf ihrer Seite gegen den Maschendraht, zogen die zweite hoch und schleuderten sie hinüber auf die Seite von Jackson Head, um sicher hinuntersteigen zu können.

Als alle drei über den Zaun geklettert waren, zogen sie die Leitern hinter sich her und legten sie ins Gras.

Dann machten sie sich auf den Weg über die Landzunge, wobei sie angestrengt nach den Löchern und Gräben Ausschau hielten, vor denen man sie immer gewarnt hatte. Nach einigen Minuten hatten sie die verlassene Station erreicht.

Sie sah aus wie ein riesiger Bunker aus dem Zweiten Weltkrieg. Das Alter oder, was wahrscheinlicher war, ein Feuer hatte den Beton schwarz gefärbt. Die Inselvegetation hatte schon längst damit begonnen, das Gelände zurückzuerobern – auf dem Dach des Gebäudes wuchs Gras und aus den Rissen in den Wänden wucherten Moos und Gestrüpp. Der Eingang lag auf der Nordseite, umgeben von angesengten Betonsäulen. Darüber hing ein verwittertes Schild, auf dem

MacLellan Forschungsstation

zu lesen war. Doch die massive Stahltür wies keinerlei Anzeichen von Rost oder Pflanzenbewuchs auf. Und sie stand offen.

»Wollen wir da wirklich rein?« Poppy versuchte es noch ein letztes Mal mit Vernunft.

»Nö. Aber es sieht so aus, als tun wir's trotzdem.« Millar schaltete seine Taschenlampe ein und kam gerade bis zum Eingang. Dort blieb er unvermittelt stehen und sog keuchend die Luft ein. Dann wich er hastig zurück und fiel dabei fast über seine eigenen Füße.

»Was machst du denn da? Kleines spontanes Tänzchen?«

»Oh Gott. Ich glaube, ich habe Klaustrophobie.«

»Ich kenne dich jetzt seit vierzehn Jahren, du Komiker.« Poppy schüttelte den Kopf. »*Davon* hast du noch nie etwas gesagt.«

»Auf Fallen gibt es ja auch sonst keine engen, geschlossenen Räume, Schwachkopf.« Auf Millars Stirn bildeten sich dicke Schweißperlen. »Ich war schließlich noch nie *hier*.«

»Und ich dachte immer, *ich* bin das Mädchen in dieser Truppe.« Poppy schob sich an ihm vorbei und marschierte durch die Tür.

»Wahrscheinlich hast du recht.« Millar leckte sich nervös die Lippen. »Wenn *du* da reinpasst, dann kann es gar nicht so eng sein.«

Aber trotzdem brauchte er mehrere Anläufe, bevor er es fertigbrachte, den ersten Schritt in die Finsternis zu wagen.

Die oberen Korridore waren dunkel und schmutzig. Wurzeln drangen aus Rissen an der Decke. Das Trio schlich leise die Gänge entlang und leuchtete mit den Taschenlampen in die einzelnen Räume. Millar atmete in kurzen, flatternden Stößen.

»Reg dich ab, okay?« Poppy breitete die Arme weit aus. »Das hier ist ein Korridor und kein Kaninchenbau. Ich komme ja nicht einmal mit den Fingerspitzen an die Wände.«

»Immer noch das engste Loch, in dem ich je gesteckt habe«, flüsterte Millar. »Und es ist so dunkel!«

Sie kamen an einen Treppenschacht und stiegen hinunter. Millar wimmerte leise vor sich hin. Ein weiterer Flur erstreckte sich in die Finsternis. Und ein zweiter Treppenschacht führte in noch größere Tiefen. »Vielleicht sollten wir uns aufteilen, damit wir die Flure schneller absuchen können«, schlug Gene vor.

»Vielleicht solltest du dich mal auf deinen Geisteszustand untersuchen lassen«, zischte Millar.

»Vielleicht solltet ihr mal einen Blick in diesen Raum werfen.« Poppy richtete den Strahl ihrer Taschenlampe in den nächsten Eingang.

Die Jungen stellten sich neben sie, um zu sehen, was sie entdeckt hatte.

Der Raum war größer als die anderen. Auf einer geschwärzten Tafel an der Tür stand Bereitschaftsraum 4, und in der Mitte befand sich ein mächtiger Tisch, um den eine Anzahl Stühle gruppiert war. An einer Seite standen Metallschränke mit Brandflecken in einer Reihe und an der Wand hing eine billige Uhr.

»Fällt euch etwas auf? Alles auf dieser Basis soll doch angeblich verbrannt sein, oder?«

»Ja. Mein Dad hat gesagt, der ganze Laden sei bei einer Explosion zerstört worden. Man kann ja noch die schwarzen Flecken an den Wänden sehen.«

»Aber der Tisch und die Stühle sind vollkommen in Ordnung«, sagte Millar. »Ziemlich ungewöhnlich. Und schaut euch mal diese Wanduhr an.«

Die Teenager richteten das Licht ihrer Taschenlampen auf die Uhr. Sie konnten sehen, wie der Sekundenzeiger sich bewegte.

»Die ist batteriebetrieben«, verkündete Poppy. »Meine Eltern haben genau dieselbe.«

»Keine Batterie hält fünfzehn Jahre.« Millar drehte sich zu seinen Freunden. Seine Augen waren weit aufgerissen.

»Ach du Scheiße. Dieser Raum wird noch benutzt!«

Kirkfallen Island
2009

»Wir müssen tiefer hinunter.« Gene richtete seine Taschenlampe auf die Treppen. »Da sind noch mehr Ebenen.«

»Bist du wahnsinnig?« Millars Gesicht war im Schatten verborgen, aber der Ton seiner Stimme brachte seinen Gemütszustand unmissverständlich zum Ausdruck. »Wir haben doch keine Ahnung, was da unten ist.«

»Genau deswegen. Wenn wir wüssten, was da unter uns ist, dann bräuchten wir auch nicht hinunter, um nachzusehen.«

»Wenn ich noch tiefer da hinuntersteige, kriege ich einen Tobsuchtsanfall!«

»Ausnahmsweise bin ich mal auf Millars Seite.« Poppy leuchtete immer noch Bereitschaftsraum 4 aus. »Wenn sich hier wirklich noch jemand herumtreibt, dann erwischen sie uns womöglich.«

»Willst du denn gar nicht wissen, was hier vor sich geht?«

»Natürlich bin ich neugierig, aber auf keinen Fall klettere ich noch tiefer in dieses Höllenloch!« Millar schlug sich in seiner Verzweiflung gegen die Brust. »Mir wird schon schlecht, wenn ich nur daran denke.«

»Dann gehe ich eben allein.« Gene streckte die Brust heraus und ging auf die Treppe zu.

»Mach keine Dummheiten.« Poppy versperrte ihm den Weg.

»Wir können nicht ohne dich von hier weg. Wir müssen ja über die Leiter und dann sitzt du fest.«

»Dann wartet meinetwegen, aber ich muss wissen, was dort unten ist.«

»Was ist denn auf einmal in dich gefahren, Kumpel?« Millar pflanzte sich neben Poppy auf, um Gene aufzuhalten. »Warum fragen wir nicht einfach unsere Eltern?«

»Dann wissen sie, dass wir hier waren, du Genie.« Gene versuchte, sich an seinen Freunden vorbeizudrängen. »Ihr müsst mir glauben. Der Schlüssel zu dem, was auf Fallen nicht stimmt, liegt irgendwo auf dieser Basis.«

Poppy blickte ihren aufgeregten Freund fragend an.

»Was genau weißt du eigentlich, das wir nicht wissen, Gene?«

Gene stöhnte. Irgendwie musste er seine Freunde überzeugen.

»Letzte Nacht habe ich mitbekommen, wie meine Eltern eine ziemlich unheimliche Unterhaltung hatten«, erklärte er. »Für mich ergab das alles nicht viel Sinn, aber sie sprachen davon, mich zu opfern.«

»Ja, klar!«, höhnte Millar. »Damit die Rübenernte besser ausfällt. Wir leben doch nicht mehr im Mittelalter.«

»Gebt mir zehn Minuten, mehr verlange ich nicht. Ihr habt ja eine funktionierende Uhr an der Wand, die euch die Zeit anzeigt.«

Poppy und Millar zögerten.

»Was kann denn in zehn Minuten schon groß passieren, Leute?«

»Also hau schon ab.« Poppy gab ihm den Weg frei. »Aber wenn du auf ein riesiges, zähnefletschendes Monster triffst, versuchst du am besten, alleine mit ihm fertigzuwerden.«

»Aber du bleibst doch hier oben, Poppy«, sagte Millar gespielt harmlos, was ihm eine Kopfnuss von dem Mädchen eintrug.

»Ich bin gleich wieder da.« Gene schob sich an seinen Freunden vorbei, bevor sie noch weitere Einwände erheben konnten, und tastete sich den tintenschwarzen Treppenschacht hinunter.

»Können wir in dem großen Raum warten?«, bettelte Millar, als Gene weg war. »Ich glaube, ich habe Herzrasen. Hier unter der Erde zu sein ist wirklich ziemlich schlimm für mich.«

Poppy nickte. Sie gingen wieder in den Bereitschaftsraum und setzten sich an den Tisch.

»Also, was meinst du, wer diese Anlage benutzt?«

»Die Erwachsenen im Dorf, nehme ich an.« Poppy ließ den Lichtstrahl ihrer Taschenlampe durch den leeren Raum gleiten. »Das könnte der wahre Grund sein, warum Pittenhall Ridge für uns verboten ist. Damit wir nicht sehen, wie sie hier ein und aus gehen.«

»Und was glaubst du, das sie hier machen? Orgien veranstalten?«

»Sei nicht so ekelhaft.«

»Dann verstehe ich aber diese ganze Geheimniskrämerei nicht.« Millar kippte seinen Stuhl nach hinten und legte die Füße auf den Tisch. Jetzt, wo er wieder ausreichend Platz um sich herum fühlte, kehrte sein Selbstbewusstsein langsam zurück. »Was soll es uns denn interessieren, ob unsere Eltern sich hier treffen oder nicht?«

»Genau meine Meinung.« Poppys schwarze Brauen zogen sich zusammen. »Gene sollte mit seinem Herumgeschnüffel aufhören.«

»Warte mal.« Millar ließ den Stuhl auf den Boden knallen. »Was, wenn es *nicht* unsere Familien sind, die sich auf der Basis aufhalten?«

»Wieso bin ich da nicht drauf gekommen? In Wirklichkeit ist das hier ein Altersheim für Wichtelmännchen und Kobolde.«

»Nein, hör doch mal zu. Über das Meer kannst du Jackson Head weder erreichen noch verlassen, wegen der Klippen.« Millar strich sich über das Kinn und schmierte sich dabei schwarze Rußstreifen auf beide Wangen. »Und der Zaun schneidet die Landzunge vom Rest der Insel ab.«

»Und weiter?«

»Wir haben ja immer gedacht, diese Barriere ist da, um zu verhindern, dass jemand nach Jackson Head *hinein*kommt.«

»Wozu soll sie sonst gut sein?« Poppy spuckte auf ihre Finger und wischte ihrem Freund den Dreck vom Gesicht.

»Lass das!« Millar hielt das Handgelenk des Mädchens fest. »Was nun, wenn man den Zaun gebaut hat, damit nichts *hinaus* kann? Du hast dir doch mindestens eine Million Mal *King Kong* angeschaut, oder?«

»Ist das jetzt wieder eine Anspielung auf meine Figur?«

»Der Film spielt auf einer Insel, die ständig von Wolken verhüllt ist, genau wie diese hier. Und sie wird von einem Monster terrorisiert.« In Millars Stimme war nicht der geringste Anflug von Spott zu hören. »Also bauen die Inselbewohner eine Mauer, damit es nicht zu ihnen kann. Aber das ist noch nicht genug.« Der Junge nahm seinen Hut ab und rubbelte sich die platt gedrückten Haare. »Sie bringen ihm auch noch Menschenopfer, um zu verhindern, dass es ausbricht.«

»Ich verstehe, worauf du hinauswillst. Aber auf dieser Insel ist doch noch nie jemand geopfert worden.«

»Und was ist mit den Orbisons?« Millar sprang auf die Beine. »Ich glaube, wir sollten Gene auf der Stelle da herausholen.«

Kirkfallen Island
2009

Poppy und Millar schlichen vorsichtig den Gang entlang, die Taschenlampen vor sich ausgestreckt. Sie waren schon zwei Treppen hinabgestiegen, aber von ihrem Freund war nichts zu sehen. Die meisten Türen auf dem Korridor waren offen, und sie leuchteten in jeden Raum, an dem sie vorbeigingen.

»Kannst du meine Hand nehmen?«, bat Millar. »Bitte? Ich habe hier unten wirklich Atemprobleme.«

»Mann, das stimmt ja echt mit deiner Klaustrophobie.« Poppy fasste zu. Es war das erste Mal in ihrem Leben, dass sie die Hand eines Jungen hielt, und sie fühlte sich ein bisschen seltsam dabei. Aber auf eine gute Art. Sie war schon immer ein wenig in Millar verknallt gewesen, obwohl es ihr nicht im Traum eingefallen wäre, ihm das zu sagen.

»Kommt dir hier auch etwas komisch vor?«

»*Komisch* ist als Beschreibung für diesen Ort eindeutig unangebracht.« Millar sprang zurück, als eine Ratte vor ihm den Korridor entlanghuschte. »Versuch's mal mit *grauenerregend.*«

»Ich denke, ich rufe jetzt einfach nach Gene.«

»Dann stell dich ans Ende des Korridors. Ich will eine Fluchtmöglichkeit, wenn die haarige Bestie, die du mit deinem Geschrei anlockst, dich als Zwischenmahlzeit verspeist.«

»Das müsste dir mindestens eine halbe Stunde Vorsprung verschaffen.« Poppy ließ die Muskeln an ihrem mächtigen Arm spielen.

»Du findest an den schrägsten Situationen noch was zu lachen, weißt du das?«

»Buh!«

Die Stimme erklang direkt hinter Millar. Mit einem kehligen Aufschrei warf er sich herum und presste sich flach gegen die Wand.

Vor ihnen stand Gene und hielt sich die Taschenlampe unter das Kinn.

»Was zur Hölle …!« Millar griff sich theatralisch an die Brust. »Weißt du nicht, dass ich ein schwaches Herz habe?«

»Ich glaube, das Wort, nach dem du suchst, heißt *Hasenherz.*« Poppy ließ Millars Hand los, mit einem Mal peinlich berührt. »Hast du was gefunden, Gene?«

»Kommt mit.« Gene führte seine Freunde den Gang entlang. Millar murmelte immer noch Verwünschungen vor sich hin. Sie kamen an eine Tür, die mit Fernmeldezentrale beschriftet war, und traten ein.

Bis auf einen Tisch und einen Stuhl war der Nachrichtenraum vollständig leer. Auf dem Tisch stand ein Metallkasten mit einem kleinen Bildschirm, aus dessen Rückseite ein Gewirr von Drähten zu zwei Autobatterien lief. Poppy beugte sich vor und betrachtete sich das Innenleben des Geräts.

»Was ist das?«

»Keine Ahnung.« Gene tippte vorsichtig ein paar Drähte an. »Aber es ist nicht verrostet. Das wird noch für irgendetwas benutzt.«

»Faszinierend.« Millar schmollte immer noch. »Können wir jetzt gehen?«

»Es gibt noch zwei Zimmer, die ihr sehen müsst.« Gene trat wieder auf den Korridor hinaus und die beiden folgten ihm. Er führte sie einige Meter weiter und öffnete eine Tür mit der Aufschrift Versuchskammer 1. Auf Kopfhöhe war in der Tür ein schmaler Beobachtungsschlitz eingelassen.

Das ganze Zimmer war himmelblau gestrichen. In der Ecke stand ein Bett. Daneben befand sich ein Regal mit Kinderbüchern und die Wände waren mit Postern von Superhelden geschmückt.

»*Das* hätte ich jetzt nicht erwartet.«

»Nebenan gibt es noch einmal genau den gleichen Raum. Versuchskammer 2.« Gene schubste Poppy sanft zurück auf den Flur.

»Und dann wird's erst richtig gruselig.«

Auf der nächsten Tür stand Waffenkammer. Er stieß sie auf und das Trio trat ein.

Die ursprünglichen Gewehrgestelle waren noch da, wenn auch verdreht und verbogen. Doch an den verformten Metallstreben hingen nun alle nur vorstellbaren Arten von Waffen. Gene ließ den Lichtstrahl darüberwandern.

Sie erkannten mindestens ein Dutzend verschiedene Gewehre, ein paar Schrotflinten und Handfeuerwaffen. An der nächsten Wand sahen sie Steinschleudern, Pfeile und Bogen und Speere, die man hergestellt hatte, indem man lange Stahlnägel an grob zugeschnitzte Holzstangen band. Das Licht der Taschenlampe tanzte über selbst gemachte Gummibandpistolen und Molotowcocktails – mit Traktorenbenzin gefüllte Flaschen, in deren Hälsen zusammengedrehte Baumwolllappen steckten. Äxte. Sägen. Sensen. Es gab sogar eine Art Flammenwerfer, der aus einer Propangaskartusche und einer Unkrautspritze konstruiert zu sein schien. An der letzten Wand waren Metallfässer aufgereiht, auf denen Gefahrgutwarnschilder klebten.

»Wie ich schon sagte«, Gene zeigte auf die Regale, »jeder hier auf der Insel weiß, wie man nützliche Dinge baut.«

Millar ging an den Reihen von Mordwerkzeugen entlang und erschauerte.

»Das ist jetzt aber wirklich gruselig.«

»Ich sag dir, was noch gruseliger ist.« Gene schwang seine Taschenlampe in einem großen Bogen herum.

Auf einem Tisch im Zentrum des Raums lag eine mächtige Bibel.

»Wir stehen hier mitten in einem Lager für selbst gebastelte Waffen«, schnaubte Poppy, »und du hältst eine *Bibel* für gruselig?«

»Schau dir mal an, auf welcher Seite sie aufgeschlagen ist.«

»Die Offenbarung des Johannes.« Millar beugte sich näher heran. »Und ein Absatz ist unterstrichen.«

Und ich sah, und siehe, ein fahles Pferd. Und der darauf saß, dessen Name war:

Der Tod, und die Hölle folgte ihm nach. Und ihnen werde Macht gegeben über den vierten Teil der Erde, zu töten mit dem Schwert und Hunger und Pest und durch die wilden Tiere auf Erden.

Kirkfallen Island
2009

Die Teenager eilten aus der Ruine der Forschungsstation und flüsterten beklommen miteinander.

»Was hat das da unten alles zu bedeuten?«

Eine einzelne Möwe auf dem Dach der MacLellan-Basis kreischte heiser und durchdringend und alle drei schreckten gleichzeitig zusammen und stießen gegeneinander. Sie blieben erstarrt stehen und sahen sich an.

»Ich habe nicht die leiseste Ahnung«, gestand Gene ein. »Aber ich habe jetzt wirklich eine Scheißangst.«

»Also, was machen wir jetzt?« Poppy blinzelte im hellen Licht der Sonne.

»Na ja, ich schlage vor, wir machen, dass wir hier wegkommen. Aber fix.«

»Der erste schlaue Satz, den du heute gesagt hast.« Millar wandte sich um, machte einen Schritt auf den Zaun zu und schlug der Länge nach hin. Verwirrt tastete er nach dem Hindernis, über das er gestolpert war.

»Was ist denn …?«

Poppy schrie erschrocken auf.

Auf dem Boden neben Millar lag ihre Leiter.

»Ja, das ist durchaus eine geschickt angebrachte Tarnung.« Die Stimme eines Mannes erklang hinter ihnen. »Aber ihr hattet ja auch gute Lehrer.«

Gene wirbelte herum. Er hatte die Stimme sofort erkannt.

Wenige Meter von ihnen entfernt saß sein Vater auf einem Streifen Gras.

»Dad?«

»Keine Sorge, ich bin nicht böse auf dich.« Edward Stapleton hatte ein klobiges Telefon in der Hand. An einem Haken an seinem Gürtel hing außerdem ein Walkie-Talkie.

»Satellitentelefon.« Er warf einen Blick auf das Gerät – ein Kommunikationsmittel, von dem keiner der Teenager auch nur im Traum angenommen hätte, dass es auf Kirkfallen existierte. »Ich hab's immer im Unterwäschefach deiner Mutter versteckt.« Er zwinkerte Gene zu. »In der Hoffnung, dass wenigstens das vor deiner Neugier sicher ist.«

»Dad? Was ist hier los?«

»Ihr drei habt sicherlich ein Anrecht auf eine Erklärung.« Edward Stapleton ging zu seinem Sohn und legte ihm die Hand auf die Schulter. »Ich fürchte, ich habe mich immer wieder davor gedrückt.« Er lächelte schuldbewusst. »Ungefähr vierzehn Jahre lang, um genau zu sein.«

»Opfern Sie uns jetzt, Mr Stapleton?« Millar brachte nur ein verängstigtes Flüstern zustande.

»Interessante Frage.«

Edward lud das Trio mit einer Geste ein, sich zu ihm zu setzen.

»Ich habe euch eine Geschichte zu erzählen. Wenn ihr sie hört, hoffe ich, dass ihr versteht, warum ich sie euch so lange vorenthalten habe.«

Genes Vater trug nur ein Hemd und Jeans, sogar die Ärmel hatte er hochgekrempelt. Aber auf seiner Stirn standen dicke, glänzende Schweißtropfen.

»Aber zuerst müsst ihr das hier lesen.«

Er öffnete eine Ledertasche und zog eine braune Aktenmappe hervor. Auf dem Deckel waren in Rot die Worte TOP SECRET aufgestempelt.

»Es wird Zeit, dass ihr vom *Projekt Wächter* erfahrt.«

Projekt Wächter

Die ersten Insektenpheromone wurden in den 1960ern von deutschen Forschern entdeckt. Dann lieferte im Jahre 1971 eine Studie von Martha McClintock Stern, Professorin für Psychologie an der Universität von Chicago, die Beweise für die Existenz von Pheromonen beim Menschen.

Da Menschen allerdings weitaus komplexer sind als Ameisen, ist es immer wesentlich schwerer gewesen, diese nachzuweisen und zu kategorisieren.

TOP SECRET

Projekt Wächter

Projektleiter: Colonel Markus Kelty, Dr. med., Dr. rer. nat.
Projektassistentin: Dr. Katherine Naish, Dr. rer. nat.

Projekt Wächter wurde von Dr. Markus Kelty angeregt und ging aus geheimen Forschungen hervor, die er während des Vietnamkonflikts für die US-Army durchführte. Diese Studien basierten auf der Erforschung von Insektenpheromonen, wie sie während der neunzehnhundertsechziger Jahre von zivilen Laboratorien betrieben wurde. Die ersten Menschenversuche wurden von Dr. Kelty mit Gefangenen vorgenommen, die dem Vietcong angehörten.

Pheromonforschung

Pheromone sind Hormone – Chemikalien, die von Insekten freigesetzt werden und als Botenstoffe wirken, die ihnen erlauben, mit anderen ihrer Gattung zu kommunizieren. Pheromone unterscheiden sich von visueller oder akustischer Kommunikation in der Hinsicht, dass sie nahezu unmöglich nachzuweisen und über weite Strecken effektiv sind. Die meisten bis heute entdeckten Pheromone wurden bei in sozialen Verbänden lebenden Insekten, wie etwa Ameisen und Honigbienen, gefunden. Bei diesen handelt es sich um:

· **Das Alarmpheromon:** Es befähigt Ameisen, ein Verteidigungsverhalten bei anderen Ameisen auszulösen, die in diesem Fall, ohne zu differenzieren, auf jedwede wahrgenommene Gefahr mit Angriff reagieren. Die

Pheromone treiben die Ameisen in einen regelrechten Tötungsrausch, und in diesem unkontrollierten Zustand kommt es durchaus vor, dass sie sich auch gegenseitig angreifen.

- **Das Steuerpheromon:** In Honigbienenkolonien sondern die Königinnen über das sogenannte Gelée Royale ein Pheromon ab, das unter den Arbeitsbienen weitergereicht wird und nahezu alle ihre Tätigkeiten koordiniert.
- **Das Sexualpheromon:** Es sorgt dafür, dass Insekten sich voneinander angezogen fühlen und sich paaren.

1978 begann Dr. Kelty auf der Sheridan-Militärbasis in der Mojave-Wüste mit der Erforschung menschlicher Pheromone. *Projekt Wächter* (Stufe I) war ein Versuch, herauszufinden, ob die Alarmpheromone von Ameisen isoliert und mit menschlichen Pheromonen kombiniert werden konnten, um bei Menschen aggressives Verhalten auszulösen.

Die Experimente erbrachten einen Teilerfolg. Wenn man ihnen eine konzentrierte Mensch/Insekten-Pheromonmischung injizierte, wurden die freiwilligen Versuchspersonen unkontrollierbar gewalttätig und mussten ruhig gestellt werden, um sie daran zu hindern, sich selbst und anderen Schaden zuzufügen. Man stellte jedoch fest, dass ein Soldat – Asher Wylie – von dem Experiment unbeeinträchtigt blieb.

Nach einer Reihe von Tests wurde entdeckt, dass Wylie unter einer Form von Soziopathie litt. In der Folge wurde ein weiterer Pheromonversuch mit einem Insassen der Staatlichen Strafvollzugsanstalt in Dobson durchgeführt. Auch er zeigte keinerlei Reaktion. Es stellte sich heraus, dass ein Fehlen von gewissen menschlichen Eigenschaften wie etwa Einfühlungsvermögen oder einem moralischen Wertesystem soziopathische Individuen gegen die Alarmpheromone immun machte.

Dr. Kelty schlug daher einen zweigleisigen Ansatz für seine weiteren Studien vor. Er entwickelte einen Test für Schulen, der bei oberflächlicher Betrachtung als Lehrhilfe erscheinen würde. Tatsächlich aber würde er es den Streitkräften der Vereinigten Staaten erlauben, zu ermitteln, welche Kinder innerhalb des staatlichen Schulsystems soziopathische Persönlichkeitsprofile aufwiesen. Man hoffte, diese Kinder nach ihrem Schulabschluss für das Militär rekrutieren zu können. Aufgrund ihres Mangels an sozialen Kontrollmechanismen wären sie hervorragend als verdeckt operierende Einsatzkräfte geeignet, die man auch zusammenführen könnte, um eine Elitetruppe mit dem Codenamen Wächter-Einheit zu formen. Man könnte diese Individuen nicht nur als rücksichtslose Kampfgruppe einsetzen, sondern auch als Beobachter oder sogar als Versuchspersonen in weiteren klinischen Studien über die Wirkung von Alarmpheromonen auf den Menschen.

In der Zwischenzeit wurden bei einem vierzehnjährigen soziopathischen Freiwilligen namens Daniel Boone Salty Tests durchgeführt. Die Auswirkungen waren katastrophal.

Im Gegensatz zu früheren Versuchspersonen verbreitete der Junge auf noch ungeklärte Weise Alarmpheromone über die gesamte Basis. Schutzanzüge blieben wirkungslos, da die Pheromone von Ameisenschwärmen, die Saltys Hormonausschüttung angezogen hatte, in ungeahntem Ausmaß verstärkt wurden. Im dadurch ausgelösten Tötungsrausch löschte sich das gesamte Personal des Komplexes gegenseitig aus.

Dr. Keltys Hypothese nach war dieser Zwischenfall das Resultat einer Konstellation, wie sie nur ein Mal in einer Million Fälle entsteht. Daniel Salty erhielt seine Injektion in genau dem Augenblick, in dem die Pubertät enorme Veränderungen in seinem eigenen Hormonhaushalt hervorrief. Auf bisher ungeklärte Weise reagierten die Alarmpheromone mit diesen hormonellen Veränderungen, um eine gewaltige und tödliche Pheromonausschüttung zu produzieren – so überwältigend, dass sie sich auf der Basis ausbreitete wie ein Virus.

Trotz der Verluste an Menschenleben wurde anerkannt, dass Dr. Kelty eine verheerende biologische Waffe entdeckt hatte. Weitere Experimente an Teenagern wurden in strikter Isolation durchgeführt, doch Kelty konnte das vorherige Resultat nicht mehr wiederholen.

Nach einem Wechsel der Regierung und personellen Veränderungen in den zuständigen Behörden wurde entschieden, dass diese Experimente eine Bedrohung der nationalen Sicherheit darstellten – eine Wiederholung des Sheridan-Desasters könnte möglicherweise dazu führen, dass die freigesetzten Pheromone ein Bevölkerungszentrum erreichten. Da die Emissionen sowohl durch Menschen als auch durch Ameisen verstärkt wurden, und in Anbetracht der Tatsache, dass Ameisen auf 95% der Erdoberfläche heimisch sind, könnte dieses Resultat gleichbedeutend mit einer landesweiten Epidemie sein.

Zu diesem Zeitpunkt schlug Dr. Kelty eine sicherere Alternative zu diesem Projekt vor. Er wollte auf der völlig isolierten Insel Kirkfallen im Atlantik eine neue Basis einrichten. Das Führungspersonal, einschließlich des Sicherheitschefs und des Nachrichtenoffiziers, könnte von der neu formierten Wächter-Einheit überstellt werden. Theoretisch blieben sie bei einem Ausbruch von Alarmpheromonen unbeeinträchtigt und wären so in der Lage, jedwede potenziell bedrohliche Situation einzudämmen. Die Basis wurde 1995 in Betrieb genommen.

Edward Stapleton riss ein Büschel Seegras aus und ließ die Halme durch die Finger rinnen.

»Ich gehörte zur Wächter-Einheit«, sagte er leise und blickte sich nach dem Gebäude hinter ihnen um. »Genauer gesagt, ich war der Nachrichtenoffizier auf dieser Basis, als sie noch in Betrieb war.«

»Du warst früher in der Army?«, stammelte Gene. Er wollte sich den Grund nicht einmal vorstellen, aus dem sein Vater angeworben worden war. »Und du warst *hier* stationiert?«

»Ich bin immer noch in der Army.« Edward hielt das Satellitentelefon hoch. »Und ich habe gerade eben mit meinem Boss gesprochen. Sie ist unterwegs hierher.«

»Was ist mit der Basis geschehen, Mr Stapleton?«, flüsterte Millar. »Warum hat man sie aufgegeben?«

»Ich nehme an, es hat keinen Sinn, die Wahrheit noch länger vor euch zu verbergen.« Edward warf das Satellitentelefon verächtlich ins Gras.

»Weil das Leben auf Fallen, so wie wir es kennen, bald schon vorbei sein wird.«

MacLellan Forschungs-Basis
Kirkfallen Island
1995

Edward Stapleton saß auf einer Hügelkuppe und blickte aufs Meer hinaus. Der Wind kam in Böen und überraschte ihn immer wieder mit plötzlichen Richtungsänderungen. Wellen brandeten den Strand hinauf und zogen sich wieder zurück, wie die Kinder des Meeres, die ein Spiel spielten, bei dem sie kleine schaumbedeckte Gebirgslandschaften hinterließen.

Er hörte ein höfliches Räuspern hinter seinem Rücken.

»Da haben Sie ja meinen Lieblingsplatz gefunden.« Dr. Markus Kelty stand in ein paar Metern Abstand vor ihm, in der Hand ein halb aufgegessenes Sandwich. »Stört es Sie, wenn ich mich dazusetze?«

»Sie sind der Boss, Sir.« Stapleton wollte schon aufstehen, aber Kelty bedeutete ihm zu bleiben, wo er war.

»Wieso sind Sie nicht in der Kantine beim Rest der Männer?«

»Mir gefällt es hier, Sir. Ich fühle mich nicht so recht wohl in großen Gruppen.«

Kelty blieb eine Weile stehen und verspeiste den Rest seines Mittagessens. Edward wusste nicht, was er mit einem vorgesetzten Offizier reden sollte, also schwieg er und wünschte, der Doktor möge gehen.

»Darf ich Sie etwas fragen?«, begann Kelty schließlich.

»Selbstverständlich, Sir.«

»Wieso haben Sie sich zur Army gemeldet?« Die Frage kam wie aus heiterem Himmel.

»Ist das so eine Art Test, Sir?«

»Nein, Soldat. Nur ein menschliches Wesen, das neugierig auf ein anderes ist.«

»Als ich die Schule hinter mir hatte, hat mich ein gewisser Major Whittaker angesprochen und mir geraten, dass ich da vielleicht ganz gut aufgehoben wäre.« Stapleton streckte die Beine von sich. »Als ich ihm sagte, dass ich Feuerwehrmann werden wollte, hat er mir den alten Vortrag gehalten, von wegen, wie wichtig es ist, sein Vaterland zu verteidigen. Er hat mir erzählt, wie viel Geld ein Mann mit meinen … besonderen Talenten … verdienen könnte.«

»Und das hat Sie überzeugt?«

»Er hat außerdem unmissverständlich angedeutet, dass ein Feuerwehrmann, der positiv auf ein soziopathisches Persönlichkeitsbild getestet wurde, keine besonders lange Berufslaufbahn erwarten könnte.«

»Tut mir leid.«

»Nein, tut es Ihnen nicht, Sir. Sie haben diesen Test ja entwickelt.«

Kelty fuhr sich mit der Hand über das Gesicht.

»Wissen Sie, woran wir hier arbeiten? Sie sind der Nachrichtenoffizier, also erzählen Sie mir nicht, Sie hätten keine Ahnung.«

»Ich kriege natürlich die ganzen Latrinenparolen mit.«

»Und was halten Sie davon?«

»Ich habe keine Meinung, Sir. Ich bin jetzt in der Armee.«

»Treffend ausgedrückt.« Kelty setzte sich endlich hin und öffnete den obersten Knopf an seinem Hemd.

»Wir haben einen neuen Durchbruch geschafft, wissen Sie das?«, sagte er unerwartet.

»Das freut mich für Sie, Sir.« Edward biss die Zähne zusammen. Er war gefährlich nahe daran, seinem Vorgesetzten zu sagen, was er wirklich von ihm hielt.

»Tatsächlich?« Kelty warf die Rinde seines Sandwichs einer kreischenden Möwe zu. »Tut es das? Ich meine … ganz unter uns.«

»War es das alles wert?« Edward zuckte zusammen, sobald er die Worte ausgesprochen hatte, aber Kelty schien seine feindselige Haltung nicht weiter zu stören.

»Wahrscheinlich nicht.«

Sie saßen für eine Weile nebeneinander und starrten hinaus auf den Ozean. Dann fing Kelty an zu sprechen, das längliche Kinn auf den Arm gestützt, den er auf die Knie gelegt hatte.

*»*Projekt Wächter *existiert, weil die Army eine Waffe haben will. Eine, die dem Kampf um die Vorherrschaft auf diesem Planeten ein für alle Mal ein Ende bereiten wird.« Er schlug nach einer vorwitzigen Möwe, die ihm in ihrem Sturzflug auf die Brotkrümel zu nahe gekommen war. »Aber es ist ein Kampf, der nur zu einem schrecklichen Preis gewonnen werden kann.«*

»Sie müssen wohl dasselbe Ziel haben wie die Army, wenn Sie schon zwanzig Jahre damit verbracht haben, darauf hinzuarbeiten, Sir.«

»Lassen Sie doch diesen Sir-Quatsch. Ich muss mit jemandem reden.« Kelty rieb sich die müden Augen. Ein Netz von tiefen Falten grub sich um seinen Mund und sein Haar schien mit jedem Tag weißer zu werden. »Das ist kein Trick. Ganz ehrlich.«

»Ich verstehe nicht, wie diese … Waffe … funktionieren soll«, sagte Edward vorsichtig, immer noch unsicher, ob es sich bei diesem Zwiegespräch nicht doch um irgendeine Art von Falle handelte. »Was ist, wenn sie sich über den ganzen Erdball ausbreitet? Wie kann das für irgendjemanden ein Sieg sein?«

»Stellen Sie sich vor, in Asien findet ein Pheromonausbruch statt.« Kelty wirkte vollkommen gelassen, als spräche er über das Wetter. »Bei der Bevölkerungsdichte dort würde er den ganzen Kontinent wie ein Flächenbrand erfassen. Die Pheromone würden Afrika überziehen, Europa, China, Indien – und jeder würde durchdrehen. Zu durchgeknallt, um noch Nuklearwaffen abzufeuern oder irgendeine konventionelle Gegenwehr einzuleiten. Zu wahnsinnig, um Flugzeuge zu fliegen oder Schiffe zu steuern. Die Menschen würden einfach anfangen, sich mit dem umzubringen, was ihnen gerade in die Hände käme. Flinten, Gartenwerkzeuge, Haushaltsgeräte, was auch immer.«

»Und was würde verhindern, dass der Ausbruch die USA erreicht?«

»Der Atlantische und der Pazifische Ozean.« Kelty zeigte auf die rollenden Wellen. »Das waffenfähige Pheromon ist eine Mensch/Ameisen-Kreuzung. Menschliche Pheromone sind stark, aber sie müssen von Millionen von Ameisen verstärkt und befördert werden, um eine derart weitreichende Wirkung zu entfalten. Keine Menschen oder Ameisen, die den Ausbruch weitertragen? Dann verläuft die Sache im Sand.« Er zerknüllte das Sandwichpapier und steckte es in die Hosentasche. »In den Ozeanen gibt es keine Menschen und keine Ameisen – und die einzigen Landmassen, die sowohl in der Nähe von Asien als auch nahe bei Amerika liegen, sind Sibirien und, was noch bedeutender ist, Alaska – Gebiete mit verschwindend geringen menschlichen Populationen.«

»Und Gegenden, wo es für Ameisen zu kalt ist.« Plötzlich verstand Edward.

»Die Epidemie würde Amerika niemals erreichen.«

»Und was ist mit den Überlebenden Ihrer Infektion? Die Menschen,

auf die sie keine Wirkung hat?« Edward riss den Arm hoch und zeigte mit dem Daumen auf sich selbst. »Was ist mit Menschen wie mir?«

»Sie wären über Jahre hinweg damit beschäftigt, die Toten zu begraben. Der größte Teil der Welt würde sich in die Steinzeit zurückentwickeln. Und wir hätten gewonnen, ohne uns weiter anzustrengen.«

»Und Sie nennen mich einen Soziopathen.«

»Lassen Sie uns eine hypothetische Situation durchspielen.« Kelty sah zum Himmel hoch, als käme von dort seine Eingebung. »Sie treffen auf ein Kind, von dem Sie wissen, dass es der Überträger einer ansteckenden Krankheit mit tödlichem Verlauf ist. Das Kind nähert sich einer dicht bevölkerten Region, und Sie haben keinerlei Möglichkeit, es zu isolieren. Was tun Sie?«

»Ein Kind?«

»Ein Kind.«

Edward Stapleton schluckte hart.

»Ich töte das Kind.«

»Und wie würden Sie sich dabei fühlen?«

»Als hätte ich eine Menge Menschen gerettet.«

»Und das Kind?«

»Ich hätte getan, was ich tun musste. Ein Leben genommen, um viele zu retten.«

»Ganz meine Ansicht.« Kelty klopfte dem Mann auf die Schulter. »Eine soziopathische Persönlichkeit zu haben macht noch niemanden zu einem Killer. Es macht es für diese Person nur einfacher, wenn sie töten muss.«

Edward Stapletons Gesicht lief rot an.

»Jedenfalls«, fuhr Kelty fort, »schwört das Militär, Projekt Wächter niemals wirklich einzusetzen. Es soll den Gegner nur … abschrecken.«

»Und das glauben Sie denen?«

»Auf keinen Fall, aber ich nehme an, davon habe ich mich nie aufhalten lassen.« Kelty stieß ein kurzes, bellendes Lachen aus. »Ich habe mich immer als Visionär betrachtet.«

»Das ist keine Vision, die ich im Kopf haben möchte, wenn ich nachts einzuschlafen versuche.« Edward bemühte sich nicht mehr, seinen Ekel zu verbergen. Wenn Kelty Ehrlichkeit wollte, dann würde er sie verdammt noch mal auch kriegen.

»Dieser Planet befindet sich im Todeskampf, Edward.« Kelty ließ sich ermattet ins Gras sinken. »Langsam begraben unter dem Gewicht seiner menschlichen Bevölkerung. Unfähig, mit der Verschmutzung fertig zu werden, die wir verursachen, mit den Umweltveränderungen durch unsere Eingriffe. Wir denken heute noch nicht daran, aber in zwanzig Jahren wird uns allmählich klar werden, dass wir letztendlich dabei sind, uns selber auszurotten. Und zu dem Zeitpunkt, an dem uns das klar wird, ist es, wenn ich meinem Urteil über die menschliche Natur vertrauen kann, zu spät, den Prozess umzukehren.«

»Sie wollen, *dass ein Ausbruch stattfindet?« Edwards Gedanken überschlugen sich. »Damit könnten Sie leben?«*

»Müsste ich ja gar nicht. Trotz allem, was ich getan habe, verfüge ich über keine soziopathische Persönlichkeit. Ich wäre genauso tot wie die anderen.«

Die Möwen kreischten und wirbelten über den grauen Himmel. Edward Stapleton sah sich auf der verlassenen Landzunge um. Kämpfte darum, die gesamte Tragweite dessen, was er da hörte, zu erfassen.

»Wie ist es?« Kelty zog eine Wasserflasche aus der Tasche.

»Was meinen Sie?«

»So zu sein wie Sie. Nicht fühlen zu können, was andere fühlen.«

Er drehte den Verschluss ab und nahm einen großen Schluck. »Nicht hilflos Ihren Emotionen ausgeliefert zu sein.«

Edward überlegte einen Moment.

»Es ist sehr einsam.«

»Wissen Sie, wodurch gewisse soziopathische Individuen zu Serienkillern werden? Ich habe übrigens eine Studie über das Thema veröffentlicht.« Kelty hielt ihm die Wasserflasche hin. »Sie können sich nicht einfügen. Sie haben nicht das Gefühl, ein Teil der Gesellschaft zu sein, und für manche Leute ist das schon Motivation genug, an ihrer eigenen Spezies Rache zu nehmen.«

»Sie machen es sich da etwas zu einfach.«

»Warum nach einer komplizierten Antwort suchen, wenn eine einfache ausreicht?«

Edward nahm die Flasche. Seine Lippen waren trocken und von der salzigen Luft aufgesprungen. Das frische Wasser spülte den Salzgeschmack weg. Er trank gierig.

»Stellen Sie sich doch einmal einen Ort vor, wo jeder so ist wie Sie. Sie würden sich nicht mehr alleine fühlen.« Kelty nahm das Wasser zurück, schüttete sich etwas davon auf die Hände und kühlte sich das Gesicht. »Sie würden sich nicht von Vorurteilen leiten lassen, von religiösen Vorstellungen, von Patriotismus, von all den Dingen, die die Massen dazu bringen zu töten.«

Edward dachte eine geraume Weile darüber nach.

»Das Problem dabei ist«, wandte er schließlich ein, »dass ich immer noch das Richtige vom Falschen unterscheiden kann.«

Er klappte das Halfter an seinem Gürtel auf und zog seine Pistole.

Kelty runzelte die Stirn.

»Was machen Sie da?«

»Ich überlege mir, ob ich das Projekt beende.« Edward hob ruhig die

Waffe und richtete sie auf den Kopf seines Vorgesetzten. »Wollen Sie jetzt an mein besseres Ich appellieren? Wie weit, glauben Sie, würden Sie damit kommen?«

»Das kam in meiner Studie nicht vor.«

»Stellen Sie mich nicht als Monster hin, Colonel.« Der Soldat legte den Sicherungshebel um. »Ich muss meinen Dämonen nicht nachgeben.«

»Wie ich schon sagte.« Zu Edwards Erstaunen wandte sich Kelty wieder der Betrachtung der heranrollenden Wellen zu. »Manchmal muss man töten, um die Welt zu verbessern.«

»Wenn Sie noch ein paar letzte Worte loswerden wollen, dann haben Sie jetzt die Gelegenheit dazu. Nicht, dass es jemanden wie mich *interessierte.«*

Kelty holte tief Luft.

»Ich habe das noch nie jemandem erzählt, aber mein richtiger Name ist Markus Kirkemeyer. Und als ich ein Kind war, hat mein eigener Vater mich den Nazis übergeben, weil meine Mutter Jüdin war.« Kelty ließ seine Knie los und verschränkte die Arme hinter dem Kopf, als berichte er von einem Familienausflug. »Sie und ich wurden in ein Konzentrationslager gebracht. Dort starb sie. Ich blieb am Leben.« Der Doktor lächelte dünn. »Mein Vater und ich hatten gerade einen von Hitlers Nürnberger Parteitagen besucht.«

»Und was hat das mit unserem Thema zu tun?«

»Mein Vater war immer ein anständiger Mensch. Patriotisch, durchaus, aber trotz allem ein anständiger Mensch.« Kelty nahm eine Hand hinter dem Kopf hervor, fasste sich in den Mund und hielt plötzlich seine falschen Zähne in der Hand. »Im Lager war isch scho unnerernährt, dasch, bisch die Ameriganer gamen, alle meine Schähne auschgefalln warn.«

»Bitte machen Sie die wieder rein.« Edward wurde bei dem Anblick flau im Magen. Ohne sein Gebiss sah Kelty aus wie ein zum Leben erweckter Kadaver.

»Schuerscht daschte isch, dasch esch mein Fehler geweschen schein muschte.« Kelty machte eine Pause und setzte seine Zähne wieder ein. »Dass ich so eine Art Monster war. Dann dachte ich, es musste daran liegen, dass mein Vater ein Monster war. Keine dieser beiden Erklärungen war akzeptabel und befriedigend, wie Sie sich vorstellen können. Also habe ich mein ganzes Leben lang nach einem anderen Grund gesucht, warum er mir das angetan hat.«

Der Doktor schloss die Augen. Der Wind zerrte an seinen weißen Haaren und er fröstelte.

»Dann kam mir die Erleuchtung. Sie bringen eine riesige Masse Menschen zusammen und peitschen ihre Emotionen hoch. Dann verlieren diese Leute jeden Sinn dafür, wer sie sind. Sie gehen ganz im Gefühl der Menge auf. Man nennt es Massenhysterie.«

»Hören Sie auf, mich hinzuhalten.« Edwards Pistole bewegte sich keinen Millimeter. »Wenn Sie mir mit dieser Geschichte etwas sagen wollen, sollten Sie langsam auf den Punkt kommen.«

»Massenhysterie. Die Art von totaler Konditionierung, die die Vernunft außer Kraft setzt. Sie finden das bei Fußballspielen. Demonstrationen. Politischen Kundgebungen. Rockkonzerten. Kriegen. Religiösen Versammlungen. Und es wird verursacht von Pheromonen.«

»Von dieser Theorie habe ich noch nie gehört.«

»Das liegt daran, dass ich sie gerade erst entwickelt habe.« Kelty schlug sich gegen die Brust. »Obwohl ich noch nicht sehe, dass mich in absehbarer Zeit der Nobelpreis ereilt.«

»Ich glaube nicht, dass man den an verrückte Wissenschaftler vergibt.«

»Sehr spaßig.« Kelty gluckste leise. »Wissen Sie, ich war den amerikanischen Soldaten, die mich aus dem Lager befreit haben, so dankbar, dass ich mich selbst zur US-Army gemeldet habe. Ich habe in Vietnam gedient.« Der Doktor schien die auf ihn gerichtete Pistole vollkommen vergessen zu haben. »Aber als ich aus dem Krieg in die Staaten zurückkam, stieß ich auf eine ganz andere Art von Bewegung.« Er musste bei dem Gedanken grinsen. »Die Hippies. Frieden und Liebe. Die Welt verbessern. Berauscht durch Konzerte und Love-ins und Happenings, bei denen so viele Menschen zusammenkamen und auf eine bessere Welt hofften. Diese Menschen setzten Pheromone frei, die nicht schädlich waren, sondern positive Wirkungen hatten.« Kelty bedachte den Soldaten mit einem anzüglichen Grinsen. »Tatsächlich konnte ich mit dieser Idee von der freien Liebe durchaus etwas anfangen.«

»Das ist eine Information, um die ich Sie nicht gebeten habe.«

Kelty hörte auf zu lächeln und schob die Hände in den Ausschnitt seines Uniformhemds.

»Es war natürlich eine von Anfang an dem Untergang geweihte Bewegung. Bald erstickt von einer Welt, die einzig von Hass erfüllt war. Doch für eine kleine Weile existierte sie.«

»Und dieser ganze Vortrag soll nun was genau bedeuten?«

»Es gibt mehr als einen Typ von Pheromonen, Edward.« Keltys Augen blitzten regelrecht auf und eine Sekunde lang sah er deutlich jünger aus.

»Das Alarmpheromon, das die Insekten dazu bringt, alles anzugreifen, was sich bewegt – selbst Menschen, wie wir feststellen mussten. Aber es gibt auch eine Variante, die dafür sorgt, dass Insekten ihr Verhalten aufeinander abstimmen – das Steuerpheromon. Wenn man einen weltweiten Pheromonausbruch dieses Typs hervorrufen könnte, dann wären die Menschen dazu gezwungen zusammenzuarbeiten. Alle Menschen, Edward, ohne Ansehen der Rasse oder Religion.«

»Schade, dass Ihre Forschung die entgegengesetzte Richtung eingeschlagen hat.«

»Ich muss immer noch an die Reichsparteitage in Nürnberg denken.« Kelty setzte sich auf und starrte mit einem verlorenen Ausdruck über den Horizont. »Und obwohl ich Jude war und die Hasstiraden ja damit gegen mich gerichtet waren, fühlte es sich trotzdem wunderbar an.« Er rieb sich die Schläfe, als wollte er die Erinnerung verdrängen. »Heute ist mir klar, dass ich über Jahre hinweg eine tödliche Pheromonseuche erschaffen wollte. Ich wollte alle, die die Sklaven ihrer Emotionen waren, tot sehen. Ich wollte alle, die unter dem Einfluss von Pheromonen standen, weghaben. Damit nur die übrig blieben, die klar denken konnten. Logisch handelnde Menschen.«

Kelty seufzte so tief, dass sein ganzer Körper erschauerte.

»Oh ja. Genau das, was die Nazis predigten. Ich wollte eine Herrenrasse erschaffen. So sehr hatten sie mich beeinflusst.«

»Und nun?« Der Soldat hatte plötzlich eine vage Vorstellung, worauf dieses Gespräch möglicherweise hinauslaufen würde. »Wollen Sie damit sagen, dass Sie sich verändert haben?«

»Ich habe mich in eine junge Dame verliebt, Edward.« Kelty schien diesem einfachen Sachverhalt mit ehrfurchtsvollem Staunen zu begegnen. »Der Wissenschaftler in mir würde sagen, hier hat das Sexualpheromon ganze Arbeit geleistet, aber Liebe ist ein viel … schöneres Wort für das, was mir passiert ist. Also will ich aussteigen. Es ist ein wenig spät im Leben, ich weiß, aber ich will mich zur Ruhe setzen und eine Familie gründen.«

Edward Stapleton schob langsam seine Pistole zurück in das Halfter.

»Warum erzählen Sie mir das alles?«

»Weil man Sie auch für ein Monster hält und mir jetzt klar wird, dass Sie keines sind. Weil ich Sie gut leiden kann und es meine Schuld ist, dass Sie hier sind.« Kelty fühlte sich nun sicher genug, sich zu erheben. »Also werde ich auch die Tatsache ignorieren, dass sie um Haaresbreite einen höherrangigen Offizier exekutiert hätten.«

»Gäbe sicher eine scharfe Rüge in meiner Personalakte.«

»Morgen Nachmittag möchte ich, dass Sie hier hinauskommen. Und dass Sie auch hier bleiben. *Halten Sie sich unbedingt von der Basis fern. Das ist ein Befehl.«*

»Warum? Was wird morgen geschehen, Dr. Kelty?«

»Ich habe in meiner Forschung einen neuen Weg beschritten.« Kelty knöpfte sich das Hemd wieder bis zum Hals zu.

»Und nun muss ich versuchen, den Schaden, den ich angerichtet habe, wiedergutzumachen.«

Edward rieb sich die nackten Arme, auf denen sich schon Gänsehaut zeigte. Die Teenager sahen einander an. Millar stieß Gene in die Seite.

»Was ist dann passiert, Dad?«

»Ich tat, was Kelty mir gesagt hatte. Also war ich am anderen Ende der Insel, als ich die Explosionen hörte. Er hatte die Basis in die Luft gesprengt. Ich wusste, dass Kelty dafür verantwortlich war, weil ich genau rechtzeitig nach Jackson Head zurückgerannt kam, um ihn in einem Boot flüchten zu sehen.« Der Wind frischte auf, und Edward hob den Kopf, als sei er überrascht, sich auf derselben Insel wiederzufinden.

»Er hat mir sogar zugewinkt, ist das denn zu glauben? Am nächsten Tag hat mich dann die US-Marine eingesammelt.«

Er zog einen Stein aus dem Gras und schleuderte ihn auf die Basis. Er prallte von dem aufgeplatzten Beton ab und schlug ein weißes Pulverwölkchen los, das von der Brise fortgetragen wurde.

»Ich habe ihnen nichts von unserem … Gespräch … erzählt. Schließlich hat Kelty mein Leben verschont.« Ein zweifelnder Ausdruck glitt über sein Gesicht. »Am Ende habe ich ihm damals doch vertraut, glaube ich.«

»Dad?« Gene biss sich nervös auf die Lippe. »Was du da über deine … ähm … Persönlichkeit gesagt hast? Heißt das, dass du mich nicht liebst?«

»Du bist das Beste, was mir jemals passiert ist.« Edward Stapleton streckte den Arm aus. Gene rutschte näher und sein Vater zog ihn an sich. »Ich würde mein Leben für dich geben.«

»Ähm … wenn die Basis zerstört war«, fragte Millar schüchtern, »warum sind Sie dann noch auf Fallen?«

»Ich hätte wissen müssen, dass einem Fanatiker wie Kelty dann doch nicht zu trauen ist.« Edward deutete mit dem Daumen auf die verbrannte Ruine der MacLellan-Basis. »Mein Gott, ich habe ja mit eigenen Augen gesehen, wozu er imstande war.« Er schüttelte wütend den Kopf. »Aber nicht einmal ich wäre darauf gekommen, wie weit er wirklich zu gehen bereit war.«

Edinburgh
1995

Naish saß auf einer grün gestrichenen Bank, von der an vielen Stellen schon die Farbe abgeplatzt war. Ihre Daunenjacke hatte sie, so weit es ging, zugezogen. Ein eisiger Wind wehte über den Gipfel von Calton Hill, stark und kalt genug, um alle Jogger bis auf die abgehärtetsten von hier fernzuhalten. Trotzdem zählte Naish noch eine Handvoll Menschen, die sich auf der Grünfläche um sie herum befanden. Ein dick eingemummtes Pärchen stand Hand in Hand und betrachtete versunken die Türme der rund ein Dutzend gotischer Gebäude, die sich in den grauen Himmel über Edinburgh bohrten. Eine alte Frau in einem weiten grünen Lodenmantel und einer Pelzmütze las ein paar Bänke hinter ihr ein Buch und hundert Meter von ihr entfernt zerrte ein geplagter Hundebesitzer an der Leine seines störrischen Haustiers.

Selbst nach all den Jahren erkannte Naish Keltys selbstsicheren Gang sofort wieder, als er auf der Hügelkuppe erschien und zu ihr hinabstieg. Er hatte die Hände in den Taschen seines Wintermantels vergraben, unter dem Arm trug er eine abgeschabte braune Aktentasche und blickte weder nach rechts noch nach links. Sie erhob sich, als er sie erreicht hatte, und gab ihm einen schnellen Kuss auf die Wange. Keltys schütteres Haar war nun vollständig weiß und tiefe Falten hatten sich um seine Augen und seinen Mund eingegraben. Sie setzten sich und drängten sich zum Schutz vor der rauen Witterung eng zusammen.

»Kalt ist der Oktoberwind«, raunte der Doktor verschwörerisch. »Doch wird es erst Frühling, kehren die Vögel zurück.«

»Tun Sie nicht so, als wären wir in einem billigen Spionagefilm. Niemand beobachtet uns. Ich habe schließlich nicht zwölf Jahre bei der Army zugebracht, ohne zu lernen, wie man Beschatter abschüttelt.«

»Braves Mädchen. Und nun machen Sie Ihre Jacke auf, damit ich Sie begrapschen kann.«

»Sie haben mich wohl wirklich vermisst.«

»Ich möchte nur sicher sein, dass Sie nicht so dämlich sind, ein Mikrofon mit sich herumzutragen.«

Naish zog den Reißverschluss auf und Kelty tastete sie rasch ab.

»Danke.« Er sah sich argwöhnisch um. »Werden Sie keinen Ärger kriegen, weil Sie sich abgesetzt haben?«

»Nichts, womit ich nicht fertig werde«, schnaubte Naish. »Ich wusste, Sie würden nicht mit mir reden, wenn ich in … Begleitung komme.«

»Dann werde ich mich kurzfassen.«

»Was genau machen Sie eigentlich hier?« Die Frau zog sich wütend den Reißverschluss wieder hoch. »Ihre Basis auf Kirkfallen ist ein Totalausfall, Sie sind seit Monaten verschwunden und bei der Army stehen Sie ganz oben auf der Liste der meistgesuchten Personen. Und warum sind Sie dann so dumm und rufen mich an?«

»Ist das Projekt Wächter noch aktiv?«

»Warum sollte es?« Naish schnippte ein goldgelbes Blatt weg, das der Wind ihr auf die Jacke geweht hatte. »Die Sheridan-Basis ist zerstört. Die Kirkfallen-Basis ist zerstört. Und von den ganzen Daten ist kein Fitzelchen übrig geblieben.«

»Vielleicht sollte die Army das als Zeichen nehmen und erkennen, dass auf diesem Unternehmen kein Segen liegt.«

»Also, was ist geschehen? War Kirkfallen eine Wiederholung von Sheridan?«

»Ich hätte gedacht, das sei offensichtlich.« Kelty hauchte in seine Hände.

»Und wie kommen Sie dann darauf, dass das Projekt Wächter *fortgesetzt werden sollte?«*

Kelty öffnete seine Aktentasche und holte zwei Zeitungsausschnitte hervor. Einer berichtete über das Diamondback-Massaker und der andere von der Identifikation von D. B. Salty.

»Dan Salty mag den Ausbruch in Diamondback beendet haben, aber so sicher wie das Amen in der Kirche hat er ihn nicht ausgelöst. Er ist seit Sheridan verbraucht.« Kelty zog ein weiteres Blatt aus der Aktentasche.

»Das hier wurde mir unmittelbar nach dem Massaker vom Militärgeheimdienst gefaxt. Saltys Adoptivmutter, Louise Walton, ist bei dem Gemetzel umgekommen. Man braucht kein Genie zu sein, um darauf zu kommen, dass es sich bei ihr um Louise Martin handeln muss – die einzige weitere Überlebende des Sheridan-Debakels.«

»Na und?« Naish bemühte sich, möglichst unbeteiligt zu klingen.

»Louise Walton hatte einen vierzehnjährigen Sohn mit Namen Colin.« Kelty tippte sich an den Nasenflügel. »Vierzehn? Kann es vielleicht sein, dass Louise schwanger war, als sie auf Sheridan gearbeitet hat?«

»Wäre möglich.«

»Dann hat ihr Sohn das verursacht und nicht Salty.«

»Ich sehe, worauf Sie hinauswollen. Sie glauben, Louises ungeborener Sohn hat den Pheromonausbruch absorbiert, der alle anderen auf

Sheridan getötet hat, und dass sie deswegen unversehrt geblieben ist, nicht wahr?«

»Eine bessere Erklärung fällt mir nicht ein.«

»Dann hat er jetzt im selben Alter dieselbe Hölle losgelassen wie Dan Salty damals.« Naish zog den Kragen ihrer Jacke fester um den Hals, während der Wind ihr die langen, dunklen Haare ins Gesicht peitschte. »Sie glauben, es war die ganze Zeit in ihm latent und wurde dann im richtigen Alter aktiv.«

»So muss es wohl gewesen sein.« Kelty steckte die Zeitungsausschnitte wieder in die Aktentasche. »Nach dem Bericht, den mir die Army zugespielt hat, sind sich zumindest die Militärs dessen sicher.«

»Dann werden sie entsprechend vorgehen. Ich kann mir unter diesen Umständen gut vorstellen, dass das Projekt Wächter reaktiviert wird, trotz der … Rückschläge in jüngster Zeit.«

»Das hatte ich befürchtet. Aber es wird nicht funktionieren, Naish.« Kelty sah seine ehemalige Assistentin mit einem durchdringenden Blick an. Naish fühlte sich wie eine Schülerin, die an der Tafel versagt hatte. »Dan Salty war ein Einzelfall. Ein irrwitziges Zusammentreffen der unwahrscheinlichsten Faktoren. Exakt die richtige Konzentration von exakt dem richtigen Serum, die exakt zum richtigen Zeitpunkt exakt der richtigen Person verabreicht wurde. Die Chancen dafür stehen eins zu einer Million. Und wie Sie schon sagten, alle Daten wurden vernichtet. Kein Wissenschaftler auf der Welt wird jemals in der Lage sein, das zu wiederholen.«

»Ich bin sicher, sie werden es versuchen.«

»Sogar, nachdem bereits zwei Forschungsbasen in Schutt und Asche gelegt wurden? Was, wenn dieses Zeug die Allgemeinbevölkerung befällt? Wollen sie denn alle Menschen auf der Welt töten?«

»Wir können nur hoffen, dass sie sehr sorgsam damit umgehen.«

»Sie wissen, das werden sie nicht. Diese Leute sind viel zu arrogant.«

»Sie müssen's ja wissen. Wer im Glashaus sitzt, sollte nicht mit Steinen werfen.« Naish strich sich die zerzausten Haare aus dem Gesicht. »Außerdem kann ich sowieso nichts an der Sache ändern. Ich arbeite nicht mehr an dem Projekt.«

»Schade.«

»Warum sind Sie zurückgekommen, Markus?« Naish sah sich nervös um. »Sofort nachdem Sie angerufen und mich um dieses Treffen gebeten hatten, hat mich die Army in einen Flieger nach Schottland gesetzt. Ich bin sicher, Sie haben in Erwägung gezogen, dass das hier eine Falle sein könnte.«

»Selbstverständlich. Unsere Herren und Gebieter würden mir nur zu gern mein Wissen entlocken. Mit allen nur möglichen unangenehmen Methoden, könnte ich mir vorstellen. Es wäre mir allerdings lieber, wenn es nicht so weit käme.«

»Warum bringen Sie sich selbst in eine solche Gefahr?«

»Ich will, dass man mich in Ruhe lässt.« Kelty sah sich um. Der Hundebesitzer war ein Stück näher gekommen. Sein Schal flatterte im Wind. Die Frau im grünen Lodenmantel las weiterhin ihr Buch. »Ich habe ein neues Leben und eine Frau, die ich liebe. Und da dachte ich mir, wenn ich meinen Lebensabend nicht damit verbringen möchte, mir unentwegt über die Schulter schauen zu müssen, dann gebe ich Ihnen besser, was Sie haben wollen.«

»Da komme ich nicht mit.«

»In Ihrer Jackentasche befindet sich der Schlüssel zu einem Schließfach. Ich habe ihn hineingesteckt, als ich Sie abgetastet habe.«

»Jetzt komme ich erst recht nicht mehr mit.«

»In diesem Schließfach befindet sich die letzte Produktionsmenge aktives Wächter-Serum, zusammen mit einer detaillierten Beschreibung, wie es wirkt. Ich habe es von Kirkfallen gerettet.« Kelty lehnte sich zurück und starrte in den Himmel. »Sie könnten es Ihren Vorgesetzten geben, nehme ich an. Das Problem dabei ist, dass die Army nicht in der Lage sein wird, es zu reproduzieren.«

»Natürlich geht das. Man kann jede Substanz analysieren und kopieren.«

»Seien Sie nicht albern, Naish. Das hat noch nicht einmal mit Coca-Cola geklappt.« Kelty wischte sich mit dem Ärmel über die Nase. »Man muss den exakten Prozess der Herstellung und der Verabreichung kennen und den verrate ich nicht.«

»Und was soll ich dann damit anfangen?«

»Wenn sie nicht mehr weiterwissen, werden die Militärs Sie wieder auf das Projekt ansetzen. Vielleicht fallen Sie sogar die Treppe hinauf und man überträgt Ihnen die Leitung. Niemand ist besser qualifiziert als Sie.« Kelty tippte sich an die Nase. »Bestehen Sie darauf, alleine zu arbeiten. Und dann lügen Sie, dass sich die Balken biegen. Erzählen Sie denen, dass Sie das Serum nur durch Zufall hergestellt haben und dass Sie die richtige Zusammensetzung nicht mehr hinbekommen.«

»Was sicherlich der Wahrheit entspräche.«

»Dann vertraue ich darauf, dass Sie es weise verwenden.«

»Warum geben Sie es mir überhaupt? Wenn Sie plötzlich doch so absolut gegen das Projekt Wächter sind?«

»Weil es weiterlaufen wird, ob ich es nun gutheiße oder nicht. Dann ist mir schon lieber, sie kümmern sich darum, als irgendein Fachidiot, der gerade mal so sein Medizinstudium geschafft hat. Ich möchte auf keinen Fall, dass die Army eine Mutation der Formel fabriziert, die sogar noch tödlicher ist als die, die wir schon haben.«

»Wäre das nicht unmöglich?«

»Alles ist möglich. Trotz meiner Bemühungen.«

»Haben Sie Kirkfallen etwa sabotiert?« Naish rang nach Luft. »Das haben Sie, nicht wahr? Sie wollten, dass man bei der Army denkt, die Experimente seien zu riskant, um damit weiterzumachen!«

»Hat wohl nicht ganz hingehauen, oder? Colin Walton hat gezeigt, dass ein Mensch über Jahre hinweg ein harmloser Träger sein kann, bevor er schließlich einen Ausbruch verursacht.« Kelty tippte sich erneut an die Nase. »Wie wunderbar sich das als Geheimwaffe einsetzen ließe!«

»Wissen Sie, ich denke, die Army wird Sie das Projekt leiten lassen. Egal, was Sie getan haben.« Naish zuckte die Achseln. »Besonders, wenn Sie der Einzige sind, der weiß, wie man das Serum herstellt.«

»Warum führt jemand eigentlich sein Haustier auf eine große, weite Grünfläche und lässt es dann die ganze Zeit an der Leine?«, unterbrach Kelty sie. Der Mann und sein Hund waren jetzt nur noch zwanzig Meter von ihnen entfernt. »Wissen Sie, ich hasse Leute, die wider besseres Wissen blind ihren Befehlen gehorchen.«

Die Frau sah zu Boden. »Es tut mir leid, Markus.«

»Mein Name ist Doktor Kelty, Naish.«

Er griff in die Tasche und zog eine Pistole hervor.

»Markus, nein!« Naish sprang auf. »Hier sind Soldaten ...«

»Das weiß ich nur allzu gut, Naish.« Kelty lächelte traurig. »Es sind immer Soldaten dabei.« Er wandte sich um und feuerte. Der Hundebesitzer blickte überrascht zu ihnen, dann kippte er rücklings auf den Rasen. Der Hund sprang in großen Sätzen davon, endlich frei.

Kelty drehte sich wieder um und rannte den Hügel hoch. Seine Mantelschöße flatterten hinter ihm her.

Naish hörte einen scharfen Knall zu ihrer Rechten. Der Doktor *wurde um die eigene Achse gewirbelt, schlug hin und umklammerte sein Bein.*

»Töten Sie ihn nicht!« Naish sprintete auf Kelty zu und schwenkte die Arme. »Um Gottes willen! Er ist der Einzige, der uns die …« Sie bremste abrupt ab, als der Doktor die Pistole hob und sie auf sie richtete.

»Er blufft nur!«, schrie Naish. »Nicht schie…«

Ein weiterer scharfer Knall ertönte und Kelty fiel nach hinten. Eine Blutfontäne sprang aus seiner Brust und wurde vom Wind weggefegt.

»Markus, nein!«

Ein Mann in einer schwarzen Lederjacke und einem Gewehr in den Händen trat aus dem Gebüsch und rannte auf sie zu.

»Sind Sie in Ordnung, Captain Naish?«

Naish taumelte zurück, fiel auf die Knie und kämpfte würgend gegen einen plötzlichen Brechreiz an.

»Was hat er gesagt, Captain?«, fragte der Mann eindringlich.

Nach einigen Sekunden richtete die Frau ihren Oberkörper auf und rieb sich die Wangen. Sie stand auf und holte Keltys Aktentasche von der Bank.

»Was hat er gesagt, Captain?«, wiederholte der Scharfschütze.

»Ich bin nicht sicher.« Naish klemmte sich die Aktentasche unter den Arm.

»Aber ich glaube, er wollte mir Auf Wiedersehen sagen.«

Atlantischer Ozean,
fünfzig Meilen westlich der Hebriden
2009

Der Kutter *Lillian Gish II* pflügte durch die tosenden Schaumkronen der Atlantikwellen. Wolkenfetzen und Schwärme zankender Möwen wirbelten am Himmel durcheinander. Colin stand mit dem Skipper am Bug, beide mit Ölzeug und Wollmützen gegen den Wind geschützt.

»So war das aber nicht ausgemacht.« Eddie Hall, der Kapitän, wischte sich die salzige Gischt aus dem Schnauzbart. »Sie haben nichts davon gesagt, dass ein Mädchen mitkommen würde.«

»Für das, was ich Ihnen zahle, könnte ich das Londoner Sinfonieorchester mitnehmen.« Colin schob sich die Haare weiter unter die Mütze.

»Auch wieder wahr. Also gut, meinen Sie nicht, es ist Zeit, mir zu sagen, wo wir eigentlich hinfahren?« Eddie Hall wies auf die weite graugrüne Fläche, die vor dem Schiff auf und nieder wogte.

»Ich bezweifle, dass Sie hier draußen nur Seehunde beobachten wollen.«

»Setzen Sie Kurs auf Kirkfallen Island.«

»Sind Sie wahnsinnig?« Der Skipper sah seinen Passagier mit vor Schreck geweiteten Augen fassungslos an. »Da kriegt *niemand* Anlegeerlaubnis. Kein einziges Schiff in diesen Breiten. Es geht das Gerücht, dass die ganze Insel der US-Army gehört, oder so ähnlich. Ich lasse mich doch nicht entern oder aus dem Wasser blasen, egal, wie viel Sie mir bieten!«

»Setzen Sie sich an Ihr Funkgerät und rufen Sie Kirkfallen.« Colin zog einen Zettel aus der Jackentasche. »Das ist die Frequenz. Fragen Sie nach Edward Stapleton. Er wird Ihnen die Erlaubnis erteilen.«

Der Kapitän riss ihm das Papier aus der Hand und warf einen finsteren Blick darauf. Ohne ein weiteres Wort stampfte er in das Ruderhaus.

Colin schob die Hände in die Taschen und wartete.

Nach einigen Minuten kam Eddie Hall wieder zum Vorschein und rutschte fast auf dem schlüpfrigen Deck aus. Sein Gesicht verriet tiefstes Misstrauen.

»Wir haben die Genehmigung zum Anlanden«, knurrte er. »Sie müssen ein paar einflussreiche Leute kennen.«

»Wenn wir Anker geworfen haben, setzen Sie uns mit dem Beiboot über. Dann fahren Sie zu den Hebriden zurück.«

Colin nahm den Zettel wieder an sich. Er ließ ihn langsam aus den Fingern gleiten und der Wind zog ihn mit sich fort.

»Die zweite Hälfte Ihres Honorars wird Ihnen unter einer Bedingung auf Ihr Bankkonto überwiesen: dass Sie *niemandem* hiervon erzählen.«

»Das müssen Sie mir nicht zweimal sagen. Ich bin ziemlich sicher, dass an der Sache etwas oberfaul ist.«

»Ich gehe nach unten. Geben Sie mir Bescheid, wenn wir unser Ziel erreichen.«

Colin trat unter Deck in die Kabine, streifte die Öljacke ab und ließ sie zu Boden fallen. Apathy saß auf der Koje und empfing ihn mit einem bösen Blick.

»Und?«, sagte sie und streckte die schmalen Arme. »Wann treffen wir nun meinen Dad?«

»Ich hab's dir doch erklärt. Er kommt bald nach.« Colin plumpste auf die Koje gegenüber und zog die rote Wollmütze vom Kopf. Seine elektrisch aufgeladenen Haare sanken langsam in eine etwas normalere Form zurück. »Ich weiß nicht, ob deine Mutter drauf gekommen ist, was wir vorhatten, aber die ganze Gegend wimmelte plötzlich von Polizisten. Dan verwischt unsere Spuren, während ich dich in Sicherheit bringe. Wir können nicht riskieren, dass die Behörden dich in deinem Zustand wieder nach Edinburgh bringen.«

»Klar. Und wo genau bin ich in Sicherheit? Wo willst du mich denn verstecken?«

Colin klopfte gegen die Wand des Bootes. »Dieser Kahn schippert uns nach Kirkfallen Island. Mitten im Atlantik, vollkommen isoliert. Perfekt für uns.«

»Da, wo die Monster wohnen?«

Colin zog seine buschige Augenbraue hoch. »Hmmmm ... Ich dachte mir schon, dass Dan das womöglich erwähnt hat.«

»Hat er auch. Aber ich verstehe immer noch nicht, wie ihr beide von diesem Ort erfahren habt.«

»Das bringt uns zum letzten Teil der Geschichte, nehme ich an.« Colin rieb sich die rot gefrorenen Hände, um die Durchblutung wieder anzuregen. »Bist du bereit, sie dir anzuhören?«

»Ich denke, die Tage meiner seligen Ahnungslosigkeit sind ein für alle Mal vorbei.«

»Nach dem Diamondback-Massaker ist Dan entkommen, indem er

über die Berge gewandert ist. Mich hat man unglücklicherweise in einen Bus gesetzt.« Die *Lillian Gish II* legte sich leicht zur Seite, als das Schiff den Kurs änderte. »Wusstest du, dass fünfundsiebzig Prozent aller gesuchten Verbrecher in den USA in einem Greyhound-Bus im Fernlinienverkehr aufgegriffen werden?«

»Deine Allgemeinbildung überwältigt mich immer wieder«, sagte Apathy mit einem bitteren Ton in der Stimme.

»Ich bin gerade mal zwanzig Meilen weit gekommen, bevor wir an einer Straßensperre des Militärs angehalten wurden. Ich hatte keinen Ausweis und keine Erklärung dafür, woher ich kam und wo ich hinwollte. Da musste man nicht unbedingt ein Nobelpreisträger sein, um drauf zu kommen, wer ich in Wirklichkeit war.« Colin seufzte betrübt. »Und einige dieser Jungs *waren* Nobelpreisträger.«

»Sie haben dich eingefangen?«

»Im Handumdrehen. Die Militärwissenschaftler haben monatelang in mir herumgebohrt und herumgestochert. Sie haben Blutproben entnommen, Gewebeproben, DNA-Proben. Proben von *allem*.« Colins Mund verhärtete sich. »Damals habe ich gar nicht kapiert, wofür einige dieser Proben gedacht waren.«

»Was haben sie gefunden?«

»Nichts. Ich hatte das, was in mir war, schon abgegeben. Trotzdem haben sie mich noch fast ein Jahr in Gewahrsam gehalten. Und dann haben sie mir einen richtig üblen Schlag verpasst. Eine Frau namens Lieutenant Naish informierte mich, dass man mich an einen Ort verlegen würde, der Kirkfallen Island hieß. Es würde schon nicht so schlimm werden, sagte sie. Es war kein Gefängnis. Mehr wie eine Gemeinschaft. Mehr wie eine … Familie.«

Colin schlug sich mit den flachen Händen auf die Knie, um sie am Auf-und-Abhüpfen zu hindern.

»Sie spielten gerne Gott, diese Leute. Das haben sie mit D. B. getan und mit mir auch. Dann hat mir Naish erzählt, was sie mit ein paar dieser Proben, die sie mir entnommen hatten, wirklich angestellt hatten.«

Die Maschinen wechselten den Rhythmus, als der Kutter Fahrt aufnahm.

»Ich war sechzehn Jahre alt. Und Naish setzte mich davon in Kenntnis, dass ich eine Tochter hatte.«

Kirkfallen Island
2009

Das Walkie-Talkie an Edward Stapletons Gürtel knisterte und eine gereizte Stimme schnitt durch das Rauschen.

»Edward, Wentworth hier. Sind die Kinder endlich weg? Ich verstecke mich schon seit einer Stunde in diesem verfluchten Bunker und robbe kreuz und quer durch den Dreck, damit sie nicht über mich stolpern. Over.«

»Das ist mein Dad!«, keuchte Millar erschrocken auf.

»Ähm … Sie sitzen direkt neben mir, Wentworth. Sie können alles hören, was du sagst.«

»Verdammt!«

»Als funktionierende militärische Einheit sind wir etwas aus der Übung«, stellte Edward fest. »Es ist immerhin vierzehn Jahre her, dass wir etwas anderes getan haben als Fischen und Rübenanbauen.«

»Mein Dad wird mich umbringen«, stöhnte Millar.

»Nein, werde ich nicht«, kam die Stimme wieder aus dem Gerät. »Wahrscheinlich werde ich dich eher um Vergebung bitten, aber das wird warten müssen.«

»Wie ist unsere Lage, Wentworth?«

»Wir haben gerade einen Funkspruch von einem Fischkutter namens *Lillian Gish II* empfangen. Sie haben einen gewissen Colin Walton und seine Tochter an Bord und erbitten die Erlaubnis, an Land gehen zu dürfen.«

»Und hast du ihnen die Genehmigung gegeben, wie Naish es angeordnet hat?«

»Habe ich.«

Es knisterte und rauschte etwas, dann war Wentworth Watt wieder laut und deutlich zu hören. »Aber das ist nicht seine Tochter. Das kann nicht sein.«

»Wir wissen das. Aber Colonel Naish offensichtlich nicht.« Die Verwirrung stand Edward klar ins Gesicht geschrieben. »Ich habe nicht den leisesten Schimmer, was zur Hölle Colin da für ein Spiel treibt.«

»Er macht mir eigentlich weniger Sorgen«, sagte Wentworth. »Mehr schon die Tatsache, dass Naish hierher unterwegs ist – und sie kommt bestimmt nicht allein.«

»Die Orbisons sind tot. Sie wäre sowieso gekommen.«

Die Kinder warfen sich vielsagende Blicke zu, sagten aber nichts.

»Aber sie war erst für nächste Woche angesagt. Das könnte uns wirklich einen Strich durch die Rechnung machen.«

»Alarmiere die zuständigen Leute, Wentworth. Dann wartet ihr auf meine Anweisungen.«

»Wird gemacht. Over und aus.«

Edward klemmte sich das Walkie-Talkie wieder an den Gürtel und wies zum Eingang der MacLellan-Basis. Ein paar Minuten später trat Wentworth Watt daraus hervor. Millar stand auf. Seine Hände schlossen und öffneten sich unwillkürlich. Sein Vater schritt auf ihn zu und umklammerte den Teenager in einer ungestümen Umarmung.

»Bist du okay?«

»Keine Zeit, Wentworth.« Edward machte eine Kopfbewegung in Richtung des Dorfes. »Ich kümmere mich um den Rest hier.«

Wentworth knurrte kehlig. Er drückte Millar noch einmal an sich und trat dann von ihm zurück.

»Pass auf meinen Jungen auf, Edward.«

»Du hast mein Wort.«

Wentworth Watt machte kehrt und ging zum Zaun. Er griff in die Hosentasche, brachte einen Schlüssel zum Vorschein, öffnete das Vorhängeschloss am Maschendrahttor und rannte los in Richtung des Dorfes.

»Ihr habt von einem Mann mit Namen Colin Walton gesprochen.« Gene blickte zu seinem Vater auf. »Ist er mit den Waltons verwandt, die früher hier gelebt haben?«

»Wer sind denn auf einmal die *Waltons*?«, fragte Millar dazwischen, ziemlich verblüfft, dass Gene ausnahmsweise einmal mehr wissen könnte als er.

»Ich habe Gene immer gesagt, dass noch nie jemand die Insel verlassen hat. Aber nichts an diesem Ort ist so, wie es scheint. Colin Walton ist von hier weggegangen.«

Edward ließ die Augen über die Wogen des Atlantiks schweifen.

»Was ich nicht verstehe, ist, warum er jetzt wieder zurückwill.«

Er klatschte in die Hände und zog Gene auf die Beine.

»Egal. Bald werden US-Truppen hier sein, und wenn sie eintreffen, wirst du eine ausschlaggebende Rolle für unser Überleben spielen.«

»Ich werde mein Bestes tun, Sir.«

»Nenn mich nie wieder *Sir*.« Edward strich seinem Sohn über die Wange. »Hier kommt der letzte Teil der Geschichte von Fallen. Der gute Teil.«

In seinen Augen glitzerte es hinterhältig.

»Der Teil, für den die Army uns töten würde, wenn sie davon wüsste.«

Kirkfallen Island

1995

Naish stand so dicht an der heranrollenden Brandung, dass sie gelegentlich über ihre Stiefel schwappte. Sie trug die Uniform der US-Army, mit Schulterklappen, die ihren Rang als Major angaben. Hinter ihr, da, wo der Strand in festeren, höher gelegenen Boden überging, war ein Trupp damit beschäftigt, Farmhäuser zu errichten. Weiter landeinwärts grub ein Traktor tiefe Furchen in die Erde, die noch nie zuvor von einer Pflugschar aufgebrochen worden war. Schwärme von Möwen kreisten in ohnmächtiger Wut am Himmel und protestierten laut kreischend gegen das brutale Eindringen der Menschen in ihren Lebensraum.

Naish sah Edward Stapleton und Colin Walton die Küstenlinie entlangkommen und winkte sie zu sich.

Colin stellte denselben mürrischen Ausdruck zur Schau, der schon seit einiger Zeit ununterbrochen sein Gesicht verfinsterte. Naish konnte ihm deswegen keine Vorwürfe machen. Der arme Kerl war erst sechzehn und sie hatte ihn zur Gefangenschaft auf dieser Einödinsel verurteilt. Nur Gott allein wusste, für wie viele Jahre. Und als ob das nicht schlimm genug wäre, hatte sie ihn auch noch mit einer Familie belastet. Mit einer Tochter, die er nie gewollt hatte, und einer Partnerin, die die Army für ihn ausgesucht hatte.

Edward Stapleton salutierte, als er vor ihr stand, doch der Gruß war absichtlich flüchtig und schlampig ausgeführt – eine Geste, die weit über eine Beleidigung hinausging. Naish ließ es ihm durchgehen.

»Gut. Hier stehen wir also an der Grenze unseres Universums«, bemerkte Edward verächtlich und zog mit der Stiefelspitze einen Strich in den Sand. Das Wasser brauste heran und löschte die Markierung sofort wieder aus.

»Das ist vielleicht das letzte Mal, dass Sie mich sehen, deswegen muss ich allein mit Ihnen beiden reden.« Naish schlug ihren strengsten Tonfall an. »Was ich Ihnen gleich sagen werde, bleibt unter uns.«

»Klar doch. Wem sollten wir es schon weitererzählen?« In Colins Blick lag unverhohlener Hass.

»Bitte hören Sie zu. Ich bin dabei, mein Leben für Sie aufs Spiel zu setzen.«

Colin und Edward sahen sich an. Naish deutete auf die wirbelnden, lärmenden Vogelschwärme über ihnen. »Bei all den Vögeln, der Brandung und der Wolkendecke kann uns niemand überwachen – nicht einmal, wenn die Army einen Spionagesatelliten direkt auf diese Stelle ausgerichtet hätte.«

»Kommen Sie zur Sache.« Colin, der während der letzten Monate alle Stadien von Wut über vergebliche Hoffnung bis zur Verzweiflung durchlebt hatte, hatte nun eine rebellische Aufsässigkeit vervollkommnet, die ihm wohl in seinem Teenageralter auch zustand.

»Gehen wir noch einmal durch, warum Sie hier sind, damit wir sehen, ob Sie alles behalten haben.« Naish behielt einen neutralen Gesichtsausdruck bei. »Was ist Ihre Tarnung?«

»Die Gemeinde auf Kirkfallen ist ein soziales und wissenschaftliches Experiment.« Edward spulte herunter, was er auswendig gelernt

hatte. »Ein Versuch, festzustellen, ob eine von der Außenwelt abgeschnittene Inselumgebung eine menschliche Gemeinschaft dauerhaft ernähren kann. Wir werden wissenschaftstechnisch verbesserte Düngemittel, Feldfrüchte, Pestizide und Polymerfischernetze erproben, um zu ermitteln, welche Kombinationen die besten Nahrungserträge hervorbringen. Um dies zu erreichen, müssen wir in nahezu vollständiger Isolation leben.«

»Und warum ist das notwendig?«, hakte Naish nach.

»Wir können nicht zulassen, dass Schiffe vom Festland hier ankern, für den Fall, dass sie Ratten oder Insekten oder sogar artfremde Pflanzensamen in unseren Versuchsraum einschleppen und damit die Ergebnisse unserer Forschungen zunichtemachen.«

»Sehr gut, Mr Stapleton.«

»Abgesehen davon, dass das alles Blödsinn ist.« Edward gab sich keinerlei Mühe, militärische Höflichkeit zu bewahren. Sein Unmut war zwar besser kontrolliert als der von Colin, aber das machte ihn nur umso verletzender.

»Ja. Das versteckte Räderwerk hinter den Kulissen.« Naish beschrieb mit der Hand einen Kreis. »Nur der Militärgeheimdienst kennt die eigentliche Bestimmung von Kirkfallen. Über zehn Jahre lang hat die Wächter-Staffel als eine verdeckt operierende Kampfeinheit fungiert, die in andere Länder entsandt wurde, um … ähm … Probleme zu lösen.«

»Sie meinen, eine Todesschwadron.« Colin hob eine Muschel auf und warf sie mit aller Kraft in die Wellen. Sie verschwand, ohne das geringste Geräusch zu machen.

»Wenn du es so ausdrücken willst.« Naish stemmte sich die Hände in den Rücken und ließ ihre Wirbel knacken, eine Geste, die Erinnerungen an Doktor Kelty in ihr weckte. »Aber jetzt sind unsere weisen

Führer der Ansicht, dass die Wächter-Staffel nützlicher ist, wenn sie an diesem Experiment auf Kirkfallen teilnimmt.«

»Eine Art unfreiwilliger Vorruhestand«, kommentierte Edward bitter.

»Also. Alle zwei Jahre werden acht Angehörige der Wächter-Staffel, vier Männer und vier Frauen, hierher verlegt. Man wird ihnen dann Partner zugeteilt haben und alle Frauen werden ein Kind geboren haben.«

»Ob sie es wollen oder nicht.«

»Man nennt das Befehl und Gehorsam, Edward«, sagte Naish spitz. »Es ist der Staffel eingeschärft worden, dass diese unter äußerster Geheimhaltung ablaufende Operation von höchster nationaler Bedeutung ist.«

»Die Folgen einer Missachtung dieser Befehle wurden uns ebenfalls eingeschärft«, sagte Edward höhnisch.

»Das Projekt sieht vor, dass Sie Ihre Kinder von Geburt an ausbilden und ihnen beibringen zu jagen, zu schießen und sich vollständig selbst zu erhalten. Eine neue Generation, die alle Überlebenstechniken von Kindesbeinen auf beherrscht.«

»Ein neues Killerkommando, das von uns herangezüchtet wird.« Colin wandte Naish den Rücken zu und beobachtete, wie die Soldaten Holzplanken heranschleppten, aus denen sein neues Heim entstehen sollte. Sein Gefängnis.

»So hatte ich wenigstens ausreichend Handlungsfreiheit, die Inselbewohner mit Waffen auszustatten, damit sie die Kinder Schießen lehren können«, gab Naish zurück. »Eines Tages werden Sie diesen Vorteil vielleicht brauchen.«

»Müssen wir das alles noch einmal durchgehen?« Colin blieb uneinsichtig. »Haben Sie uns nicht schon genug gequält?«

»Wenn du vielleicht eine Minute die Klappe halten könntest, bitte?«

Der Teenager verfiel in beleidigtes Schweigen.

»Es gibt nur eine ganz kleine handverlesene Gruppe von zivilen und militärischen Führungskräften auf höchster Ebene, die den wirklichen Zweck von Kirkfallen kennt«, fuhr Naish fort. »Projekt Wächter, Stufe drei. Jeder der schwangeren Frauen wird ein Mensch/Ameise-Pheromonkonzentrat injiziert, das dann von dem Fötus aufgenommen wird.«

»Worüber keine von ihnen besonders glücklich sein dürfte, könnte ich mir vorstellen.« Edward dachte an sein eigenes Kind in einer der Hütten hinter ihnen und bemühte sich, seine Wut im Zaum zu halten. »Ich wenigstens bin alles andere als erfreut.«

»Sie waren bereit, für Ihr Land zu töten und zu sterben«, ermahnte Naish ihn. »Jetzt müssen Sie weder das eine noch das andere. So hat die Situation doch auch ihr Gutes.

»Dazu braucht es wohl mehr Fantasie, als ich habe«, versetzte Edward grob. »Und ich habe nie jemanden umgebracht. Ich war Funker.«

»Jedes der Kinder ist vollkommen normal – die Überladung mit Pheromonen ist nicht einmal im Blutkreislauf nachweisbar.« Naish ließ sich nicht auf ein Streitgespräch ein. »Doch wenn die Kinder ein bestimmtes Stadium der Pubertät erreichen – genau, wenn sie fünfzehn werden –, entfesseln sie einen Sturm von Alarmpheromonen, der jedermann in ihrer Umgebung in einen mörderischen Wahnsinn treiben wird.«

»Die Wächter-Staffel wäre davon natürlich nicht betroffen.« Edward lachte bitter. »Wir haben alle ein soziopathisches Persönlichkeitsprofil, das uns immun gegen diese Flut von Emotionen macht. Aber die Pheromonausstöße werden sowohl von Menschen als auch von Ameisen verstärkt und verbreiten sich dann wie eine Seuche der totalen Vernichtungswut.«

»Das ist richtig.« Naish setzte ihre Ausführungen fort. »Soweit in der großen, weiten Welt alles seinen geregelten Gang geht, wird jedes Kind, bei dem eine Ausschüttung bevorsteht, auf der alten MacLellan-Basis unter Quarantäne gestellt, bis es die Pheromone vollständig abgegeben hat. Der Boden um Jackson Head herum wird regelmäßig mit Insektenvernichtungsmitteln durchtränkt, um das Risiko auszuschalten, dass eine Infektion auf den Rest der Insel übergreift. Das Kind wird dann als unbedenklich eingestuft und darf in die USA zurückkehren. Seine Eltern werden von allen Dienstpflichten entbunden und erhalten eine äußerst ansehnliche Rente.«

»Und wenn nicht alles seinen geregelten Gang geht?«

»Wenn die Weltlage einen Punkt erreicht, an dem die Existenz der Vereinigten Staaten bedroht ist, werden die entsprechenden Kinder abgeholt und in die Gefahrenzone eingeschleust. Bald nachdem sie dort ihre Alarmpheromone freigesetzt haben, werden sich Europa, Afrika, China, Indien und Asien in ein einziges Schlachthaus verwandeln. Jedwede Bedrohung für die USA ist somit eliminiert.«

»Und den Rest der Menschheit hat man eiskalt über die Klinge springen lassen. Himmel.« Edward senkte den Kopf.

»Deswegen sind die Kinder im Alter immer zwei Jahre auseinander«, beeilte sich Naish weiterzureden. »Diese vierundzwanzig Kirkfallen-Kinder können auf Jahre hinaus jede künftige Bedrohung bekämpfen, wann auch immer diese Gefahr auftaucht.«

»Und Millionen von Menschen werden sterben.« Colin breitete die Hände aus, wie in einem letzten vergeblichen Appell an die Vernunft. »Es gibt nichts, das so etwas rechtfertigt. Gar nichts.«

»Und was, wenn die gesamte Menschheit am Rande des Abgrunds steht?« Naish fühlte sich verpflichtet, für das Projekt einzutreten, trotz ihres eigenen Widerwillens gegen die Situation. »Was, wenn das der einzige Weg ist, die weltweite Umweltverschmutzung zu stoppen oder einen Nuklearschlag von Terroristen?«

»Versuchen Sie erst gar nicht, das zu verteidigen. Kommen Sie mir nicht mit diesem ›Der-Zweck-heiligt-die-Mittel‹-Mist.«

»Habe ich auch nicht vor. Ganz im Gegenteil, meine Herren.« Naish suchte argwöhnisch den Himmel ab. »Schon seit einiger Zeit habe ich die Leute, die hinter diesem Plan stehen, belogen.«

Sie machte diese Aussage so sachlich, dass ihre Gesprächspartner sie ein paar Sekunden lang gar nicht begriffen. Mit offenen Mündern stierten Colin und Edward sie an.

»Könnten Sie das wiederholen?«

»Ich bin die Projektleiterin, weil ich die Assistentin von Dr. Kelty war und weil niemand außer mir sein Pheromonserum reproduzieren konnte.« Naish wischte sich die salzige Gischt aus den Augen. »Nur dass das nicht stimmt. Ich *habe* es nicht reproduziert.«

»Ich verstehe nicht.« Colin schüttelte den Kopf. »Und was genau tragen dann diese Kinder in sich?«

»Oh, mein Gott.« Edward fiel die Kinnlade herunter. »Sie haben das Serum von Doktor Kelty bekommen.«

»Sehr gut erkannt.« Naish nickte anerkennend. »Kelty sagte, niemand würde es fertigbringen, das nachzuvollziehen, was er getan hatte. Und wie gewöhnlich hatte er recht, die alte Nervensäge.« Sie konnte einen Seufzer des Bedauerns nicht unterdrücken. »Er hat mir heimlich seine letzte Produktionsmenge an Serum hinterlassen – nur ausreichend für zwei Dutzend Injektionen – und die Anweisungen, die mir erklärten, was es *tatsächlich* bewirkt.«

»Irgendwas enthaltet ihr mir doch vor.« Colin beäugte die beiden misstrauisch.

Edward trat unbehaglich von einem Fuß auf den anderen und schob den Sand mit der Stiefelspitze zu einem kleinen Hügel auf.

»Kelty hat Ihnen gesagt, was er vorhatte, oder?«, sagte Naish.

»Er hat verschiedene Andeutungen gemacht. Genug, dass ich meine Schlüsse daraus ziehen konnte.«

»Dann erzählen Sie es Colin«, entschied Naish kurz entschlossen. »Ich denke, er hat ein Recht, es zu erfahren.«

»Ich glaube, Kelty ist es gelungen, auf künstlichem Weg eine andere Art von Pheromon herzustellen«, sagte Edward erregt. »Nicht das Angriffspheromon, sondern etwas, das er Steuerpheromon nannte. Eines, das die Menschen dazu bringt, ihre Handlungen zu koordinieren, anstatt sich gegenseitig abzuschlachten.«

»Korrekt. Und das steckt in den Kindern, die auf diese Insel kommen.« Naish drängte sich näher an die beiden Männer. »Wenn eines von diesen Kindern in eine bestimmte Gegend verpflanzt wird und seine Pheromone an die Bevölkerung abgibt, wird niemand zu Schaden kommen. Es wird die Leute positiv beeinflussen. Auf Dauer, vermute ich.«

»Ach, dann ist ja alles gut!«, explodierte Colin. »Erst haben Sie und Ihre sauberen Chefs so getan, als wären Sie Götter. Aber das war Ihnen nicht genug. Jetzt sind Sie dazu übergegangen, welche zu erschaffen.«

»Ich habe hier nicht gerade viele Wahlmöglichkeiten! Ich bin nur eine exponierte Befehlsempfängerin. Meine leitende Position habe ich nur, solange ich tue, was man mir sagt. Aber ich bin heute älter und klüger, als ich es war, als ich anfing, für Kelty zu arbeiten. Ich will nicht für ein weltweites Morden verantwortlich sein, egal, aus welchem Grund.«

»Aber wir wissen doch nicht sicher, was ein Ausbruch von Steuerpheromonen bewirken wird«, meinte Edward. »Was, wenn er alle in so eine Art Zombies verwandelt?«

»Immer noch besser, als sich gegenseitig zu töten.« Naish breitete entnervt die Arme aus.

»Pheromone existieren nun einmal, Edward. Eines Tages wird ein anderes Land herausfinden, wie man sie als Waffe einsetzt. Und man wird dort dann auch wirklich das Angriffspheromon *verwenden. Es wird niemand wie ich da sein, um die Machthaber auszutricksen.«*

»Wer weiß sonst noch darüber Bescheid?«

»Nur Sie beide.« Naish nahm Edward beim Arm. »In seinem Memorandum hat Kelty angefordert, dass man Ihnen das Kommando über Kirkfallen überträgt. Die Wächter-Staffel ist dazu ausgebildet, Befehle auszuführen, ohne Fragen zu stellen, aber sie werden nicht gerade begeistert sein, in diese Einöde am Ende der Welt versetzt zu werden. Kelty dachte, Sie wären ein stabilisierender Faktor.« Ein Hauch von Eifersucht schlich sich in ihre Stimme. »Ich glaube, er hat Sie bewundert.«

»Wenn ich gewusst hätte, dass man mich hierher verfrachtet, weil ich so stabil *bin, dann wäre ich schon längst Amok gelaufen.«*

»Sie wären sowieso auf Kirkfallen gelandet, bloß nicht als Kommandeur.« Naish fasste Edwards Arm fester. »Sie müssen dafür Sorge tragen, dass diese Kinder auf die anständigste und aufgeschlossenste Weise aufgezogen werden, die hier möglich ist. Weil sie die Macht haben werden, die ganze Welt zur Zusammenarbeit *zu bewegen.«*

»Und deshalb vertrauen Sie ihre Erziehung einem Haufen Soziopathen an?«

Colin hob Edward in einer beschwichtigenden Geste die Hand entgegen. »War nicht böse gemeint, Kumpel.«

»Weiß ich doch. Ich bin selbst auch ein bisschen beunruhigt von der Idee. Was ist denn, wenn die Wächter-Staffel die Kinder tötet oder versucht, sie als Druckmittel zu verwenden?«

»Hier draußen haben Sie kaum gute Karten bei irgendwelchen Verhandlungen«, erwiderte Naish. »Besonders, da die Wächter-Staffel offiziell gar nicht existiert. Und jeder, der sich solche Mätzchen leistet, wird auch real aufhören zu existieren.«

»Zugegeben, das ist ein ziemlich starker Anreiz, sich kooperativ zu verhalten.«

»Hören Sie, Edward.« Naish senkte die Stimme, obwohl die drei sich immer noch völlig allein auf dem Strand befanden. »Ich glaube, es gibt auf der höchsten Ebene des Militärs eine im Stillen operierende Gruppe, die auf Gedeih und Verderb einen Krieg will. *Sie werden die Kinder einsetzen, ob es nun eine echte Bedrohung unserer Sicherheit gibt oder nicht.« Sie verschränkte trotzig die Arme. »Nur dass sie nicht das Ergebnis kriegen werden, das sie erwartet haben.«*

»Damit machen wir uns zu Landesverrätern.«

»Sicher. Aber ich betrachte mich in erster Linie als Mensch und dann erst als Soldat.«

»Was, wenn wir Sie melden?«

»Ich wäre noch in derselben Stunde tot. Und der Himmel allein weiß, was dann mit Ihnen und den Kindern geschieht.«

»Und wir vertrauen jetzt einfach auf Ihr Wort, dass das alles stimmt?« Colin zog eine Augenbraue hoch. »Woher wissen wir denn, dass es keine List ist, damit wir keinen Ärger machen?«

»Sie sagt die Wahrheit.« Edward wirkte zutiefst verstört. »Kelty hat mir gesagt, *er hat einen Plan, der alles wieder ins Lot bringt.«*

»Wenn ich das Rad zurückdrehen und die letzten zwanzig Jahre ungeschehen machen könnte, würde ich es tun.« Naish fuhr sich mit

den Fingern durch ihr kurz geschnittenes Haar. Es war eine Geste, die sie unsicher und verwundbar aussehen ließ. »Die Bewohner von Kirkfallen sitzen hier fest und ich kann daran nichts ändern. Aber Sie sind auch die Wächter-Staffel, was bedeutet, dass hier niemand allzu genau nach dem Rechten sehen wird. Sie sind eine militärische Eliteeinheit, und trotz Ihrer Schwachstellen würden unsere Vorgesetzten niemals auf die Idee kommen, Sie würden Ihre Pflicht nicht erfüllen. Sie erhalten einmal im Jahr Besuch von einem Unterseeboot von der Radcliffe-Marinebasis. Medizinische Untersuchungen. Proviantlieferung. Das war's. Bei allem, was auffälliger ist, könnten andere Nationen neugierig auf diese kleine Operation hier werden.«

Sie wandte sich Colin zu.

»Was dich anbelangt? Tja, zur falschen Zeit am falschen Ort.«

»Die Geschichte meines Lebens.«

»Da du ja selbst ein Träger warst, wissen wir sicher, dass dein Nachwuchs die genetische Veranlagung besitzt, Pheromoninjektionen anzunehmen.« Eine schäumende Woge umspülte die Beine der Frau, doch sie machte keine Anstalten zurückzuweichen. »Deswegen habe ich empfohlen, dass man dich hier unterbringt, anstatt dich bei einem zweckdienlichen … Unfall umkommen zu lassen.«

»Danke für die Blumen.« Colin starrte auf den Boden, vom Aufruhr seiner Gefühle überwältigt.

»Ich möchte nicht melodramatisch werden, aber das Schicksal der Welt ruht auf den Schultern von Ihnen beiden.« Naish sah Edward in die Augen. »Sind Sie der Herausforderung gewachsen?«

Edward überlegte einen Moment. Dann salutierte er. Dieses Mal war der Gruß vorbildlich.

»Die Wächter-Staffel steht zu Ihrer Verfügung.«

Apathy schwang ihre Beine aus der Koje.

»Aber du bist nicht auf der Insel«, sagte sie zu Colin.

Durch das Boot ging ein Ruck, und sie stemmte sich mit der Hand gegen die Bordwand, um sich festzuhalten. »Was ist geschehen? Wo ist deine Tochter?«

»Ich könnte mir vorstellen, dass Kirkfallen mittlerweile medizinisch ausgezeichnet versorgt ist«, antwortete ihr Onkel leise. »Und ein paar von den Wächtern sind ausgebildete Sanitäter. Aber als die Kolonie anfing, gab es nur eine Handvoll von uns, und die Radcliffe-Basis war mehrere Stunden entfernt.«

Sein Fuß begann wieder, auf den Boden zu trommeln, und sein fleischiges Kinn bebte.

»Ich wollte ja kein Kind. Aber sie war so ein süßes, winziges Ding.« Tränen rannen ihm über die Wangen. »Ich dachte, sie hätte nur einen Schnupfen. Dann war sie einfach … tot.«

»Oh.« Apathy stand auf und setzte sich neben ihn auf die Koje. Sie wusste nicht, was sie sagen sollte. »Es tut mir leid, Onkel Colin.«

»Das ist alles lange her.« Aber ihm liefen immer noch Tränen über das Gesicht. Apathy nahm seine Hand und drückte sie.

»Haben sie dich gehen lassen?«

»Wohl kaum.« Colin wischte sich mit dem Handrücken die Augen und schniefte geräuschvoll.

»Ich bin abgehauen.«

Kirkfallen Island
1995

Das Begräbnis war eine kurze, wortkarge Angelegenheit. Alle Einwohner der Insel waren gekommen – die Stapletons, die Ainsworths, die Watts und die Waltons. Drei der Familien hatten ihre eigenen Kinder auf dem Arm – eine schmerzliche Erinnerung an das, was die Waltons verloren hatten. Aber es gab niemand anderen auf der Insel, der sich um die Säuglinge hätte kümmern können.

Als es vorbei war, gingen sie langsam zu Edwards Häuschen zurück und tranken schweigend Whisky, in der Hoffnung, dass es ihnen helfen würde, wenn sie eine der wenigen kostbaren Flaschen auf der Insel leerten. Die Kinder schlummerten im Schlafzimmer. Sie waren noch zu klein, um etwas von der Tragödie mitbekommen zu haben.

Libby Walton kauerte teilnahmslos in einer Ecke und beachtete keinen der Menschen um sie herum. Edward fiel ein, dass er sie nie nach ihrem richtigen Namen gefragt hatte. Obwohl sie älter war als Colin, zählte sie sicher nicht viel über neunzehn Jahre. Sie musste eine der letzten Rekruten für das Projekt Wächter *gewesen sein, und nun saß sie hier fest, mit nichts als ihrem Kummer und einem Partner, den sie nicht kannte. Ein Mädchen mit keinerlei Aussicht auf Glück in ihrer Zukunft und wahrscheinlich nicht viel davon in ihrer Vergangenheit.*

»Wir müssen Radcliffe informieren.«

Wentworth Watt schenkte sich noch einen großen Whisky ein.

»Wozu?«, zischte Libby Walton. »Damit die mein Kind ausgraben und eine Autopsie machen?«

Colin starrte auf den Boden, unfähig, ihr Trost zu spenden.

»Ich muss mit euch allen reden. Draußen.« Edward nahm sich die Flasche. »Geben wir den beiden ein paar Minuten für sich allein.«

Weder Colin noch Libby reagierten, verloren und einsam in ihrem Schmerz. Der Rest folgte Edward durch die Tür.

»Wir müssen uns entscheiden, wofür diese Gemeinde stehen soll. Und zwar jetzt.« Ihr Kommandant schloss die Tür hinter sich. »Wir sind nach Strich und Faden verarscht worden, und ich glaube nicht, dass mir irgendjemand hier widersprechen wird.«

»Ich muss wirklich sagen, das ist nicht das, wofür ich angeheuert habe.« Geoff Ainsworth kratzte sich den Stiernacken. »Ich wollte mein Land verteidigen, und wenn ich auf diesem Felsen hocke, geht das verdammt schlecht.«

»Das ist ein ganz mieser Beschiss«, stimmte Alison Ainsworth zu. Sie war eine untersetzte, plumpe Frau, deren grüne Augen vor Unzufriedenheit schimmerten. »Und meine Figur ist auch ein für alle Mal zum Teufel.«

»Wir sind die Wächter-Staffel.« Sonja Watt nippte an ihrem Whisky. »Wir erledigen die Aufträge, für die sich alle anderen zu schade sind.«

»Genauer gesagt, wir sind die Wächter-Staffel, weil wir keine Hemmungen haben zu töten.« Edward senkte die Stimme, um sicherzugehen, dass Colin und Libby ihn nicht hören konnten. »Ich glaube, dass unsere Vorgesetzten uns nicht einmal als richtige Menschen betrachten.«

»Worauf willst du hinaus?«

»Auf dieser Insel bin ich euer Kommandeur. Darüber hinaus bin ich genauso wie ihr.« Edward stemmte die Fäuste in die Hüften.

»Wenn ihr weiterhin ohne zu fragen Befehle ausführt, dann werden das von jetzt an meine *Befehle sein.«*

»Wenn du denkst, dass ich in den nächsten vierzehn Jahren jeden Tag vor dir buckle, dann hast du dich aber geschnitten«, blaffte Geoff Ainsworth. »Willst du wissen, was ich von der Sache halte? Im Knast wären wir nicht schlechter dran als hier.«

»Das ist die richtige Einstellung.« Zur Überraschung der anderen schenkte Edward ihnen ein strahlendes Lächeln. »Wisst ihr, was soziopathische Persönlichkeiten auszeichnet? Sie lassen sich unfaire Behandlung nicht lange gefallen.«

»Nicht, dass uns das hier etwas nützt.« Sonja sprach aus, was sie alle dachten.

»Vielleicht nicht.« In Gedanken drückte sich Edward selber die Daumen. Dies war der entscheidende Moment. Wenn er sie alle an sich binden konnte, jetzt, in diesem Augenblick, dann hatte er eine Chance, diese ganze verfahrene Situation in seinem Sinne zu gestalten. Ein Teil von ihm fühlte sich schuldig, dass er ein totes Baby benutzte, um seine Ziele zu verfolgen, aber er schüttelte den Gedanken ab. Er nahm an, dass das seinem Persönlichkeitsbild entsprach.

»Wir werden unseren Vorgesetzten nicht mitteilen, dass die Kleine gestorben ist. Sie war eine gottverdammte amerikanische Bürgerin und sie wollten sie vom Tag ihrer Geburt an als Waffe einsetzen.« Er verschränkte trotzig die Arme vor der Brust. »Ich bin damit fertig, blind und stumm die Befehle anderer zu befolgen. Von nun an ist das *unser Land.« Er stampfte mit dem Fuß auf den Rasen. »Und das Erste, was wir tun werden, ist, den Waltons bei der Flucht zu helfen.«*

Die anderen starrten ihn ungläubig an.

»Was denn?« Edward breitete die Hände aus. »Sie nützen hier niemandem mehr. Sie sind kein Teil des Experiments mehr. Sie sind doch selbst noch Kinder.«

Von den anderen schlug ihm nur Schweigen entgegen.

»Oder ihr macht es euch einfach hier gemütlich und löffelt aus, was man euch eingebrockt hat, wie brave kleine Zinnsoldaten.«

»Sie würden es sowieso nicht schaffen.« Geoff Ainsworth nahm seiner Frau die Whiskyflasche aus der Hand und setzte sie an, ohne sich lange mit einem Glas aufzuhalten. »Die drei Boote, die wir haben, sind nicht viel mehr als Paddelbötchen mit ein paar Verzierungen. Zum Festland sind es zweihundertfünfzig Meilen und niemand von uns versteht was von der Seefahrt.«

»Colin hat schon Bootstouren auf dem Lake Champlain gemacht, als er noch ein kleiner Junge war«, konterte Edward. »Dieser Junge kennt sich besser mit Überlebenstechniken aus als wir. Und er hat kein Kind, das ihn behindern könnte«, fügte er unnötigerweise hinzu.

»Selbst wenn sie das Festland erreichen, würde die Army Jagd auf sie machen.«

»Nicht, wenn sie denken, die Waltons seien tot.« Edward griff nach der Flasche und nahm einen herzhaften Schluck. »Kommt schon«, keuchte er, als der Alkohol in seiner Kehle brannte. »Wir sind doch schließlich ausgebildet im Tarnen und Täuschen.«

»Und was bringt uns das Ganze?«

»Das Gefühl, dass wir wenigstens zu einem kleinen Teil unser eigenes Leben bestimmen können?«

Es war der Moment der Wahrheit und sie alle wussten das.

»Also?«, setzte Edward nach. »Stehen wir in dieser Sache zusammen?«

Die Gruppe flüsterte miteinander. Dann hob Alison Ainsworth ihr Glas.

»Wenn ich schon für dich meinen Arsch riskiere, dann erwarte ich, dass ich als gleichwertig behandelt werde.«

»Das gilt für uns alle«, fügte Sonja Watt hinzu.

»Alles klar!«

»Du hast noch nicht erklärt, wie du das eigentlich durchziehen willst.«

»Unmittelbar vor Sonnenaufgang nehmen wir einen Sack Saatgut und streuen es über eines der Boote. Bei Tagesanbruch werden dann Hunderte von Möwen dort herumflattern und die Sicht auf das Boot verdecken. Zusammen mit dem ewig wolkenverhangenen Himmel hier müsste das das Fahrzeug aus der Luft komplett unsichtbar machen. Unter dieser Deckung fangt ihr damit an, das Boot auseinanderzunehmen und die Teile ins Wasser zu werfen. Ich habe die Strömung beobachtet und bin ziemlich sicher, dass das Treibgut an den Felsen bei Pittenhall Ridge angespült werden wird. Baut alles ab, außer dem Rumpf und dem Motor.«

»Das ist ziemlich gerissen«, musste Geoff eingestehen, der den Plan sofort begriffen hatte.

»Colin und Libby brechen dann morgen Nacht im Schutz der Dunkelheit auf.« Edward bediente sich wieder aus der Flasche. »Am nächsten Tag melden wir, dass wir die Trümmer eines verschwundenen Boots bei Pittenhall gefunden haben. Und dass die Waltons beim Versuch umgekommen sein müssen, mit ihrer Tochter von der Insel zu fliehen. Einverstanden?«

»Was, wenn in dem Boot Peilsender versteckt sind?«

»Wir sind hier draußen weit außerhalb der Reichweite. In diesem Fall verschafft uns Kirkfallens Abgeschiedenheit einen Vorteil.«

Aus dem Inneren des Hauses hörten sie das leise Weinen eines Babys.

»Sind wir uns einig? Oder wollt ihr euren Kerkermeistern weiterhin die Treue halten?«

Die anderen dachten eine Weile nach. Einer nach dem anderen nickten sie dann zustimmend. Geoff und Alison, die die Stimme ihres eigenen Sprösslings erkannt hatten, wandten sich um und gingen wieder hinein.

»Bevor ihr geht«, Edward rieb sich die Wange: »Könntet ihr bloß ein Mal vor mir salutieren? Das würde mir wirklich etwas bedeuten.«

»Ja, klar.« Kopfschüttelnd trollte die Gruppe sich nach drinnen.

Edward Stapleton lehnte sich gegen die Wand seines Hauses und ließ den Atem ausströmen. Er hatte das Gefühl, ihn während der gesamten Unterredung angehalten zu haben.

Er hatte sie.

Am folgenden Abend war das unglückliche Paar bereit zum Aufbruch. Libby saß schon im Boot, das bis auf die Planken ausgeschlachtet und mit Proviant und Treibstoff beladen worden war.

»Es gibt keinen Kompass auf der Insel, sonst könntest du ihn haben.« Edward war in der Dunkelheit fast unsichtbar.

»Ich kann nach den Sternen und der Sonne steuern.«

»Natürlich kannst du das. Viel Glück.« Edward hielt ihm die Hand hin und Colin schüttelte sie.

»Danke für das, was du für uns getan hast, Eddie.«

»Da ist noch etwas, was ich dir erzählen muss, bevor ihr ablegt.« Edward hielt Colins Hand fest. »Etwas, das ich noch nie jemandem gesagt habe.«

»Wenn du jetzt Ich liebe dich *sagst, dann wird mir aber ganz schön mulmig.«*

Edward lächelte.

»Als ich hier stationiert war, habe ich gesehen, wie Markus Kelty in einem Boot weggefahren ist, nachdem die Basis zerstört worden war.«

»Und?«

»Er hatte eine Frau dabei.« Edward ließ endlich Colins Hand los. »Er sagte, er habe sich verliebt. Wollte eine Familie gründen. Und es war ein offenes Geheimnis auf der Basis, dass er sich mit einem weiblichen Sergeant namens Catriona Donaldson traf. Sie wurde für tot erklärt, verbrannt mit allen anderen, aber ich glaube, er hat sie mitgenommen.«

»Und du hast das noch nie jemandem erzählt? Nicht einmal Naish?«

»Ich dachte, Kelty hätte eine Chance verdient, sein Glück zu finden. Aber Naish sagt, er ist tot.«

»So?« Colin konnte nicht viel Mitleid für den Doktor aufbringen. »Und warum erzählst du das jetzt mir?«

»Naish sagte, es würden vierundzwanzig Kinder mit dem Wächter-Serum injiziert und auf diese Insel gebracht werden. Aber ich war lange genug auf der MacLellan-Basis, um zu wissen, dass das Serum immer in Produktionsgrößen von fünfundzwanzig *Einheiten hergestellt wurde.«*

»Vielleicht hat Naish eine fallen gelassen.«

»Vielleicht hat Kelty eine behalten.« Edward stopfte seine Pranken in die Hosentaschen. »Catriona Donaldson war bei der Wächter-Staffel und hatte eine soziopathische Persönlichkeit, also würde sie einen Ausbruch überleben. Aber wenn die beiden ein Kind miteinander

hätten, dann gäbe es nur einen Weg, es zu retten – außer einem Umzug an den Nordpol.«

»Wenn ihr Kind dasjenige wäre, das den Ausbruch auslöste.« Colin begriff sofort.

»Kelty glaubte, dass das sowieso unvermeidlich sei.« Edward warf einen Blick zurück auf die winzigen Lichter der frischgebackenen Gemeinde von Kirkfallen. »Und er war ein ausgesprochen selbstherrlicher Typ. Ich würde es ihm durchaus zutrauen, seine Freundin zu schwängern und ihr anschließend die Spritze zu setzen.«

»Warum hat er dann Naish überhaupt das Serum gegeben?«

»Wieder eines von seinen Ablenkungsmanövern, nehme ich an. Wenn die Army hatte, was sie wollte, würde sie sich darauf konzentrieren und nicht weiter herumschnüffeln, wo Kelty sich in den letzten Monaten aufgehalten hatte. Besonders, wenn er tot ist.«

»Willst du damit sagen, er hat sich geopfert, um von diesem theoretischen Kind abzulenken?«

»Warum nicht? Er war schließlich auch bereit zu töten, für das, was er für den größten Nutzen für die Allgemeinheit hielt.« Edward nahm die Hände aus den Taschen und verschränkte die Arme vor der Brust. »Ich habe das Gefühl, er war auch bereit, dafür zu sterben.«

»Mann, das ist ja wohl vollkommen bescheuert.«

»Meinst du? Dann bete, dass du dich niemals in einer Situation wiederfindest, in der du so eine Entscheidung treffen musst.«

»Ist es nicht wahrscheinlicher, dass Naish einfach eine Ampulle heruntergefallen ist und Kelty gar nicht so schlau und so aufopferungswütig war, wie du denkst?«

»Möglich.« Edward klang nicht überzeugt. »Falls du es schaffst, solltest du vielleicht versuchen, diese Catriona Donaldson ausfindig zu machen, und nachsehen, ob sie ein Kind hat. Nur zur Sicherheit.«

»Falls *ich es schaffe?«*

»Entschuldige. Wenn *du es schaffst.«*

»Also gut, das werde ich. Aber diese Catriona Donaldson würde doch mit Sicherheit einen neuen Namen annehmen. Und nehmen wir mal an, ich finde sie tatsächlich. Und nehmen wir mal an, sie hat tatsächlich ein Kind. Woher weiß ich denn, dass es eine Ladung Pheromone mit sich herumträgt?«

»Ich habe zwei Dinge gelernt, als ich auf der Basis gearbeitet habe.« Edward zwinkerte listig. »Kinder, die mit Pheromonen aufgeladen sind, setzen kleine Mengen davon frei, wenn sie älter werden. Genug davon, um Menschen zu beeinflussen. Nichts Spektakuläres, aber es macht sich doch bemerkbar. Und Pheromone sind Chemikalien, deswegen reagieren sie mit altmodischem Fotopapier.«

»Dann ist das ja weiter kein Problem. Ich muss einfach nur von jedem Kind im Land ein Foto machen.«

»Dir wird schon etwas einfallen.«

»Ich werde mein Bestes tun«, stimmte Colin zu. »Immerhin schulde ich dir einiges.«

Colin und Libby erreichten die Westküste Schottlands zwei Tage später, durchnässt, halb erfroren und völlig erschöpft. Da sie niemand anderen als sich selbst zur Gesellschaft gehabt hatten, hatten sie auf der Fahrt zum ersten Mal länger miteinander gesprochen. Die Tatsache, dass sie auf ihrer Fahrt zu Tode kommen oder das Festland womöglich verfehlen konnten, hatte das Ihre zu dem Annäherungsprozess beigetragen.

Sie lagen an einem menschenleeren Strand und sahen zu, wie die

Ebbe das Boot zurück hinaus aufs Meer zog. Colin hatte ein Loch in den Boden geschlagen, damit es versinken würde, ohne Spuren zu hinterlassen. Schließlich setzte Libby sich auf.

»Na gut, ich bin ja auch zur Army gegangen, um zu reisen«, sagte sie etwas zu fröhlich.

»Wo willst du jetzt hin?«

»Weiß nicht.« Libby schlang die Arme um die Knie, eine Haltung, die Colin mittlerweile wohlvertraut war. »Aber vielen Dank, dass du mich sicher an Land gebracht hast.«

Sie blieben eine Weile sitzen und sahen zu, wie das Boot im Kreis trieb und langsam unterging. Libby zitterte vor Kälte und Colin legte den Arm um sie.

»So. Ich habe mich zur Armee gemeldet. Ich habe ein Kind gekriegt und hatte nicht einmal das bisschen Spaß am Sex vorher. Dann ist das Baby gestorben. Jetzt sitze ich hier an einem Strand in einem fremden Land, ohne Geld oder eine eigene Identität. Und ich bin erst neunzehn.« Sie zog ihre Knie fester an die Brust. »Dieses Leben entwickelt sich zu einer einzigen Party.«

Sie drehte sich zu Colin.

»Und du?«

»Lass mich überlegen.« Colin kratzte sich den Bauch. »Ich habe jahrelang unter einem falschen Namen gelebt. Ich habe zweimal meinen Tod vorgetäuscht. Ich bin im Moment ein Teil des größten Doppelspiels in der Geschichte der Menschheit. Ich schätze, ich bin dafür geschaffen, ein Gauner zu werden.«

»In Ordnung, du hast gewonnen«, kicherte Libby. »Wo fängst du an?«

»Ich habe eine Postfachnummer in New York auswendig gelernt. Wenn ich da hinschreibe, holt mich ein alter Freund zu sich. Er war

auch nicht schlecht darin, Leuten etwas vorzugaukeln. Vielleicht kann ich ihn ja überreden, dass wir Partner werden und zusammen etwas aufziehen.«

»Klingt nach einem Plan.«

»Du kannst gerne mitkommen«, nahm Colin seinen ganzen Mut zusammen.

Libby bemühte sich, dankbar zu lächeln, doch ihre Mundwinkel verweigerten den Dienst.

»Könnte ich. Aber ich bin eine Einzelgängerin, Col. Ich kann nicht viel mit menschlicher Nähe anfangen.« Sie ließ den Kopf kurz auf der Schulter ihres aufgezwungenen Gefährten ruhen. »Aber ich hatte einen Eindruck davon, wie es sein könnte. Einen Eindruck davon, wonach andere sich sehnen. Ein Zuhause. Eine Familie. Ein guter Mann. Schade, dass so ein Leben nichts für mich ist.«

Sie drehte Colins Gesicht zu sich und küsste ihn auf die Lippen.

Es war der erste Kuss, den Colin je bekommen hatte.

»Viel Glück, Mister.« Sie schlug sich an die Brust. »Das bisschen Herz, das da drin ist? Du hast tatsächlich geschafft, es zu rühren.«

Dann war sie schon auf den Beinen und rannte davon.

Atlantischer Ozean, 160 Meilen westlich der Hebriden

2009

»Was ist aus Libby geworden?« Apathy streckte ihre Hand aus und wischte ihrem Onkel eine Träne von der Wange.

»Das weiß nur Gott. Sie war dazu ausgebildet, mit ihrer jeweiligen Umgebung zu verschmelzen, und ich habe nie versucht, sie zu finden.« Colins Stimme war schwer vor Traurigkeit. »Ich bin ein Teil ihres Lebens, von dem ich sicher bin, dass sie ihn vergessen will.«

»Und hast du je die Spur von Catriona Donaldson und ihrem Kind verfolgt?«

»Ach nein«, antwortete Colin wegwerfend. »Edward muss sich ihretwegen geirrt haben.«

Apathy gönnte ihrem Onkel einige Minuten des Schweigens. Aber sie hatte zu viele Fragen, um sich lange zurückzuhalten.

»Also, wie hast du dann *mich* gefunden?«

»Dan hatte immer die Theorie, dass deine Mutter nach Schottland geflohen war. Es war das Land, aus dem unsere Vorfahren stammten, und anscheinend hatte sie sich immer gewünscht, es einmal zu sehen. Und trotz allem musste ich jahrelang nach dir suchen«, sprach Colin weiter. »Der einzige Anhaltspunkt, den ich hatte, war, dass jemand, der mit Pheromonen aufgeladen ist, andere auf geringfügige, aber deutlich bemerkbare Weise beeinflusst.«

Apathy erinnerte sich an all die Streitigkeiten, die in der Schule um sie herum entbrannt waren. An die Tatsache, dass ihre Mutter immer unter ihrer aufgestauten Unzufriedenheit mit dem Leben zu leiden schien. Nun verstand sie, warum. *Sie* hatte das alles verursacht. Die Erkenntnis hockte in ihrem Magen wie eine hässliche Kröte.

»Ich wusste auch, dass Pheromonabsonderungen auf Fotopapier sichtbar werden«, fuhr Colin fort.

»Und so hast du mich dann gefunden?«

»Zur Hölle, nein!« Ihr Onkel wirkte schockiert. »Ich wollte doch nicht verhaftet werden, weil ich auf Schritt und Tritt Polaroidaufnahmen von allen Kindern machte, die mir vor die Kamera kamen. Nein. Eines Tages sprach Dan von dir. Er war betrunken.«

»Er hat von mir gesprochen?«

»Er spricht ständig von dir.«

Apathy lehnte sich auf der Koje zurück, überrascht und erfreut.

»Wie dem auch sei, er hat mir eine Geschichte erzählt, die ich noch nie gehört hatte. Wie er und Emily Witze darüber gemacht hatten, dass sie dich Apathy Amazon oder Norman D. Landing nennen würden.«

»Und dann hast du ...«

»Ja. Ich gab mich als Polizist aus, der nach Schulschwänzern suchte, rief jede Schule im Land an und fragte, ob sie einen Schüler oder eine Schülerin mit einem dieser Namen hatten. Und schon hatte ich dich.«

»Wie lange ist das jetzt her, Onkel Colin?«

Der kleine Mann schien sich zu schämen.

»Das war vor zwei Jahren.«

»Und mein Dad hat nie versucht, Kontakt mit mir aufzunehmen?« Apathys Unterlippe fing an zu beben.

»Er ist ein gesuchter Mörder. Er kann es sich wirklich nicht leisten, dass die örtliche Zeitung ein Bild bringt, wie er beim Sportfest deiner Schule das Sackhüpfen gewinnt.« Colin zuckte die Achseln. »Aber er hat auf dich aufgepasst. Erinnerst du dich noch an die Schläger, die es an deiner letzten Schule auf dich abgesehen hatten? Weißt du noch, dass sie auf einmal damit aufhörten, ohne erkennbaren Grund?«

»Wie meinst du das?«

»Sie haben dich in Ruhe gelassen, weil D. B. ihren Eltern einen kleinen Besuch abgestattet hat.« Colin zog die Augenbraue hoch. »Ich bezweifle stark, dass sie jemals wieder jemanden belästigen.«

Er fischte in seiner Tasche nach einer Zigarette, um anzudeuten, dass dieser Teil des Gesprächs für ihn erledigt war.

»Ich habe Colonel Naish erzählt, du seist meine Tochter.« Er stand auf und durchmaß die enge Kajüte. »Sie wird ziemlich schnell drauf kommen, dass das nicht stimmt, aber dann ist es zu spät. Zu diesem Zeitpunkt sind wir schon auf der Insel. Dein Vater wollte dich an einem sicheren Ort haben.«

»Ich kapiere immer noch nicht, warum du Kirkfallen für sicher hältst. Wenn ich Alarmpheromone freisetze, bringe ich dann nicht die anderen Kinder um?« Apathy riss die Augen auf. »Warte mal! Töte ich dann nicht auch *dich*?«

»Nö. Naish wird dich bestimmt unter Quarantäne stellen, während sie meine Geschichte überprüft. Das schließt jedes Risiko aus, dass du jemanden infizierst.«

»Das wollen wir hoffen.«

»Ich habe schließlich früher auf Kirkfallen gelebt«, rief ihr Colin ins Gedächtnis. »Ich weiß, wie ich mich aus den Gefahren dort heraushalte. Und was die Kinder angeht? Soziopathie ist zu fünfzig Prozent vererbbar.« Er zündete seine Zigarette an und warf das Streichholz aus dem offenen Bullauge. »Du bist anscheinend okay, weil deine Mutter normal war, aber die Kinder auf Kirkfallen haben *alle* soziopathische Eltern – was bedeutet, dass sie selbst auch mit größter Wahrscheinlichkeit soziopathisch veranlagt sind. Du wirst ihnen nicht das Geringste ausmachen.«

»Also gut, aber das wird wohl kein großer Spaß sein, mit denen abzuhängen.«

»Ach, das würde ich nicht sagen. Edward Stapleton und ich sind immer blendend miteinander ausgekommen.«

»Heißt das, ich darf ihm die Wahrheit sagen?«

»Nicht, bevor ich es erlaube. Die Leute auf der Insel sind ausgebildete Killer und Naish kreuzt ganz sicher mit einer Armee-Eskorte auf. Ich will nicht, dass dich jemand auf der Stelle über den Haufen schießt, nur um sicherzugehen.«

»Danke. Das beruhigt mich sehr.«

Apathy schloss die Augen und seufzte aus tiefstem Herzen. Colin ließ sich auf die Koje gegenüber sinken.

»Ich möchte, dass du mir etwas versprichst.« Der Teenager schlug ein Auge auf. »Versprich mir, dass du deine eigene Nichte nicht beschwindeln würdest.«

Colin erwiderte Apathys Blick.

»Ich verspreche es.«

Er zog seine Jacke über und ging aus der Kabine.

Dann wankte er an die Reling und erbrach sich ins Meer.

Amblin Cottage
2009

Dan saß auf einer Holzkiste im Schuppen und fluchte vor sich hin. Er hatte die Tür schon untersucht, aber sie war von außen abgeschlossen. Er konnte den großen Schlüssel sehen, der das Schlüsselloch blockierte – nur ein paar Zentimeter vor ihm, aber unmöglich zu erreichen. Er hatte geschrien und gegen die Tür getrommelt, doch niemand war ihm zu Hilfe gekommen.

Dan hatte keine Ahnung, wie lange er schon hier eingesperrt war. Es kam ihm wie Stunden vor. Er wusste nicht, wo sein Freund hingegangen war, aber er musste Apathy mitgenommen haben, denn sonst hätte sie ihn wohl aus seiner Lage befreit.

Er würde Colin dafür umbringen.

Es war bitterkalt in dem Schuppen. Dan dachte daran, ein Feuer zu machen, aber er wollte nicht riskieren, die ganze Bude niederzubrennen, besonders, weil er darin gefangen war. Er fragte sich, ob er die Tür in Brand stecken und die vom Feuer gelockerten Bretter eintreten könnte, bevor der ganze Schuppen in Flammen aufging. Einen Versuch war es wert.

Er suchte den leeren Abstellraum nach etwas Brennbarem ab und fand eine Zeitung, die jemand zwischen die Wand und ein Paar Hohlblöcke gestopft hatte. Er zog sie hervor und fischte sein Feuerzeug aus der Tasche, immer noch unsicher, ob seine Vorgehensweise nicht doch eher selbstmörderisch war.

Die Zeitung trug das Datum vom Vortag und war auf Seite sieben aufgeschlagen. Dan warf einen Blick auf den Aufmacher.

»Unfall« war wahrscheinlich Mordanschlag

Die polizeilichen Ermittlungen im Fall einer in Aberdeen zu Tode gekommenen Familie haben einen Unfall als Todesursache ausgeschlossen. Von behördlicher Seite wird nun von einem Mord ausgegangen. Andrew Warbeck (36), seine Frau Catriona (30) und ihre Tochter Kimberly (14), wohnhaft im Westmoreland Drive 31, wurden am Mittwoch, dem 18. Dezember, tot aufgefunden.

Die Ermittlungsbehörde nahm ursprünglich an, dass der Tod der Familie von einem Gasleck verursacht wurde. Das in der Folge vor Ort entdeckte Beweismaterial deutet nun jedoch auf eine absichtliche Manipulation der äußeren Gasleitung hin.

»Ausgehend von diesen neuen Erkenntnissen, behandeln wir die Todesfälle jetzt als Mord«, bestätigte ein Sprecher der Polizei von Aberdeenshire.

Nachbarn der Familie Warbeck berichteten, dass sie am Tag vor ihrem Tod Besuch von einem klein gewachsenen, schwarzhaarigen Mann hatte, der sich als Medium ausgab. Der Mann, der sich Mr Gacy nannte, fuhr einen weißen Lieferwagen ohne Aufschrift. Die Polizei bittet um sachdienliche Hinweise.

Dan setzte sich wieder auf die Kiste.

»Oh Gott, Colin«, krächzte er. »Was hast du getan?«

Er hörte das Brummen eines Automotors und ließ die Zeitung aus den Händen fallen. Das Geräusch wurde lauter und brach schließlich ab, als der Wagen draußen anhielt. Eine Tür schlug zu. Schritte kamen näher und der Schlüssel drehte sich im Schloss. Dan sprang auf, zitternd vor Kälte und Wut.

»Was zur Hölle bildest du dir eigentlich ein?«, schrie er. »Und was hast du mit meiner Tochter gemacht?«

Die Tür schwang auf und Dan prallte zurück.

»Emily?«

Emily Walton versetzte ihm eine schallende Ohrfeige. Dan blinzelte. Das war heute schon das zweite Mal, dass ein Mitglied seiner Familie ihn schlug.

Emily tat es gleich noch einmal.

»Du verantwortungsloser, gemeingefährlicher Bastard!«, brüllte sie und holte ein drittes Mal aus. Dan bekam ihr Handgelenk zu fassen und hielt es fest. Vollkommen verdutzt starrte er auf seine Frau. Ihre Augen waren rot geweint, ihr Gesicht zu einer Fratze der Wut verzerrt.

Und doch fand er sie wunderschön.

»Wie hast du mich gefunden?«, keuchte er.

»Colin hat mich angerufen«, fauchte Emily. »Du hast deine eigene Tochter gekidnappt! Du hast mir nicht gesagt, dass mein Bruder noch lebt! Du hast nicht einmal den *Versuch* gemacht, mich zu finden!«

»Wir haben euch jahrelang gesucht! Wir sind erst vor ein paar Monaten auf euch gestoßen.«

»Lügner!«

»Das ist die Wahrheit«, log Dan, ließ ihre Hand los und wartete auf die nächste Ohrfeige. »Ihr wart untergetaucht, und ich hatte keine Ahnung, wo. Jemand wie ich kann ja kaum ein Inserat in die *Times* setzen.«

Emily begann zu schluchzen. Dan wollte die Arme um seine Frau legen, hielt dann aber inne, weil er unsicher war, wie er sich verhalten sollte. Verdammt! Er wusste nicht einmal, wie man seine eigene Frau oder seine Tochter tröstete. Wieder bedrückte ihn die Erkenntnis, wie unzulänglich er als Mann war.

»Colin hat Apathy mitgenommen«, sagte er, um Emilys Aufmerksamkeit abzulenken. »Ich weiß nicht, wieso, und ich weiß auch nicht, wo er hin ist.«

Emily zog einen Packen Papier aus ihrer Tasche.

»Colin hat mir einen *langen* Brief hinterlassen. Ich habe ihn in meiner Wohnung gefunden. Weißt du eigentlich, was für ein *Schock* so etwas ist?« Sie drückte ihm die Blätter in die Hand. »Er hat Apathy an einen Ort namens Kirkfallen Island gebracht.«

»Was?« Panik ergriff Dan. »Warum?«

»Lies das!«

Dan setzte sich wieder auf seine Kiste und begann, den Brief zu überfliegen. Ab und zu riskierte er einen Blick auf Emily. Sie stand vor ihm und atmete schwer. Gott, sah sie gut aus.

Dann kam er zu einer Zeile, die ihm den Atem in der Kehle gefrieren ließ. Den Rest las er ohne abzusetzen. Als er fertig war, streckte er ihr den Brief entgegen.

»Mann! Der Typ ist verrückt geworden.«

Emily nahm das Papierbündel und kramte ein Feuerzeug aus ihrer Tasche. Sie rieb den Daumen über das Zündrad, hielt das Papier an die Flamme und ließ es fallen. Beide sahen zu, wie die brennenden Seiten sich an den Rändern aufwellten und verkohlten, bis auf dem Boden des Schuppens nichts mehr übrig war als ein Häufchen schwarzer Asche. Es erinnerte Dan an die Beziehung zu seiner Frau. Zu allen Menschen in seinem Leben, genauer gesagt.

»Nach dem, was Colin schreibt, wird in zwei Stunden ein Militärhubschrauber hier sein. Und du wirst ohne Widerrede einsteigen.«

»Ich weiß. Ich kann lesen.«

»Du wirst meine Tochter da herausholen, Dan Salty.«

»Das werde ich. Ich verspreche es.«

»Deine Versprechen haben für mich keinen Wert mehr.« Emily drehte ihm den Rücken zu, damit er ihre Tränen nicht sehen konnte. Dan sah hilflos zu, wie sich ihre Schultern hoben und senkten.

»Hast du Make-up im Auto?«, fragte er zaghaft.

»*Was?*« Emily wirbelte herum. »Du bleibst vierzehn Jahre lang verschwunden! Du verschleppst meine Tochter! Du lässt zu, dass sie einem Irren in die Hände fällt! Und alles, was dir einfällt, ist, dass ich mich für dich *schön machen* soll?«

»Ich finde dich schön, so wie du bist«, erwiderte Dan leise. Er blickte nach unten auf die weggeworfene Zeitung. »Aber ich habe so eine vage Ahnung, was Colin vorhaben könnte. Und damit das funktioniert, wirst du wahrhaft umwerfend aussehen müssen.«

»Ach ja?« Emily trat auf ihn zu und zupfte an seinen ungepflegten, ergrauenden Locken. »Also, du musst dir dringend die Haare schneiden lassen.«

»Dann schneide sie mir. Und ich habe auch Tönung in der Hütte.«

»Du hast *was*?«

»Ich bin ein Trickbetrüger und ein gesuchter Killer. Ich kann gar nicht mehr zählen, wie viele Haarfarben ich schon hatte.«

Emily blickte auf das Aschehäufchen auf dem Boden.

»All die Jahre habe ich geglaubt, du hättest Louise getötet. Und deine leibliche Mutter auch.« Sie setzte sich neben ihn auf die Holzkiste. »Nicht, dass ich dir jemals die Sünden vergeben werde, die du *wirklich* begangen hast. Aber ich hätte wissen müssen, dass du so etwas nicht tun würdest.«

»Emily, du musst nicht mit mir mitkommen.«

»Oh doch, das muss ich. Das weißt du genau.«

»Dann sollten wir uns bereit machen.« Dan stand auf und streckte die Hand aus. Emily zögerte einen Augenblick, dann ließ sie sich von ihrem Mann aufhelfen.

»Du siehst selber auch ziemlich gut aus«, sagte sie und sah ihm in die Augen.

»Dann mach mich noch besser. Dan Walton hat in seinem Leben zu viele Fehler gemacht, um noch länger zu leben.«

Sein Gesicht wurde mit einem Mal hart und entschlossen.

»Aber eine Menge Leute werden es bereuen, die Klingen mit dem berüchtigten D.B. Salty gekreuzt zu haben.«

Operation Louise

Das erste Pheromon, das jemals identifiziert wurde (im Jahre 1956), war ein mächtiger Sexuallockstoff für die Motten der Seidenraupe, dem man den Namen Bombykol gab. Eine Gruppe von deutschen Forschern arbeitete zwanzig Jahre daran, es zu isolieren, indem sie bei 500.000 weiblichen Motten die Drüsen an der Spitze des Unterleibs entfernten.

Man hat berechnet, dass, wenn eine einzige weibliche Motte alles Bombykol in ihrem Beutel auf einmal abgeben würde, sie damit theoretisch in diesem Augenblick eine Trillion Männchen anlocken könnte.

Kirkfallen Island
2009

Bis Colin und Apathy ans Ufer gepaddelt waren, hatte die *Lillian Gish II* gewendet und war bereits wieder auf dem Rückweg nach Schottland. Ihr Schlauchboot wurde von einer Reihe von verdrießlich dreinschauenden Männern und Frauen in Empfang genommen, die es schweigend aus der schäumenden Brandung zogen. Edward Stapleton hielt ihnen die Hand entgegen und half Colin und Apathy aus dem winzigen Fahrzeug, dann machte er einen Satz zurück, um sich nicht in den angetriebenen Seetangbüscheln zu verheddern. Hinter ihm standen drei Teenager – zwei Jungen und ein Mädchen.

Apathy lächelte ihnen schüchtern zu und sie starrten mit unverhohlener Faszination zurück. Dem Teenager wurde schlagartig klar, dass sie noch nie ein Mädchen gesehen hatten, das nicht auf der Insel aufgewachsen war.

»Schön, dich wiederzusehen, Colin«, sagte Edward knapp, obwohl er alles andere als erfreut klang. »Wir müssen reden.«

Er wandte sich an Gene, Poppy und Millar.

»Wollt ihr noch länger hier herumstehen wie ein Haufen Landeier oder möchtet ihr euch unserem Gast nicht vorstellen?«

»Hi. Ich bin Poppy.« Das Mädchen trat vor und schubste dabei Gene und Millar aus dem Weg. »Und wie heißt du?«

»Apathy Walton.«

»Cool«, mischte sich Millar ein. »Hast du Lust, dir unsere Bandenhütte anzusehen?«

»Ähm … okay.« Apathy lächelte ihn an. Sie begegnete so gut wie nie Leuten, die nicht über ihren Namen lachten, wenn sie ihn zum ersten Mal hörten. »Das würde mir gefallen.«

»Ich bin Gene Stapleton.« Ein etwas kleinerer, gut aussehender Junge, dessen glattes schwarzes Haar ihm in Fransen in die Stirn hing, trat vor. Förmlich und wohlerzogen streckte er ihr die Hand entgegen. »Willkommen auf Fallen.«

Apathy lächelte abermals und schüttelte dem Jungen die Hand. Aus irgendeinem Grund fiel es ihr schwer, sie wieder loszulassen.

»Sehr erfreut, dich kennenzulernen.«

»Die Bandenhütte wird warten müssen.« Edward machte der Vorstellungsrunde ein Ende. »Apathy, du bist in der alten MacLellan-Basis einquartiert. Ein Offizier namens Colonel Naish wird bald hier sein. Sie wird ein paar Tests mit dir durchführen wollen. Poppy, du bist ihre Eskorte. Nehmt euch einen Traktor.«

»Einen Traktor?« Poppy strich sich mit einer anmutigen Geste über das kurze Haar. »Das ist nicht sehr damenhaft.«

»Du sollst ihn auch nur fahren und nicht schieben. Wentworth? Du fährst mit dem zweiten Traktor mit ihnen. Häng einen Anhänger an und nimm acht Mann mit. Ich möchte, dass die Basis für unsere Besucher … ähm … tipptopp vorbereitet ist.«

»Verstanden.«

Poppy gab Apathy ein Zeichen, sie folgte dem Mädchen und winkte Colin im Weggehen noch einmal zu.

»Wie sieht es mit den Geländebuggys aus?« Edward wandte sich zu Geoff Ainsworth, der hinter ihm stand.

»Zwei versteckt. Einer in Reserve.«

»Fahr damit mit Wentworth hoch zur Basis und ladet die Waffen auf. Dann bringst du sie ins Dorf und versteckst sie in den Häusern.«

»Du stellst dich wirklich auf Ärger ein.«

»Ich stelle mich schon seit über einem Jahrzehnt auf Ärger ein.«

Edward zog seinen alten Freund etwas zur Seite.

»Was *zur Hölle* machst du hier?« Er schaute kurz zu Apathy, die von Poppy zu den Traktoren geführt wurde. »Du und ich, wir wissen nur zu gut, dass dieses Mädchen nicht deine Tochter ist. Also, wer zum Teufel ist sie dann?«

»Sie ist meine Nichte.« Colin sah zu, wie die beiden Teenager auf den nächsten Traktor kletterten. Zweimal gab es einen Ruck, dann tuckerte das Gefährt los und schleuderte mit den Hinterrädern Erdklumpen in die Luft.

»Ich habe Naish gesagt, dass ich ihre Mutter und ihren Vater auch hier eingeflogen haben will, und sie war einverstanden.«

»Warum hat sie ein Interesse daran?«

»Weil Apathys richtiger Vater D.B. Salty ist und er genauso viel über das *Projekt Wächter* weiß wie ich. Die Army ist seit Jahren hinter ihm her, obwohl er die ganze Zeit dichtgehalten hat. Auf mein Betreiben, wohlgemerkt.«

»Und warum bringst du sie hierher? Warum gerade jetzt?«

»Weil sie für die Army keine Bedrohung sind.« Colin verfolgte, wie die Traktoren über das unebene Gelände rumpelten und in einer Bodensenke verschwanden. »Dan und meine Schwester sind den größten Teil ihres Lebens auf der Flucht gewesen und das muss aufhören.« Er ließ den Blick über die einfachen Bauernhäuschen schweifen, die über die grünen Hügel jenseits der Küste verstreut waren. Aus einigen der

Schornsteine kräuselte sich Rauch in den Himmel. »Ich möchte gern, dass sie ein richtiges Zuhause haben, wo sie sich nicht Tag für Tag nach Verfolgern umschauen müssen.«

»Willst du, dass ich Naish bestätige, dass Apathy ihre Tochter ist und nicht deine?«

»Nein. Das sage ich ihr schon selbst.«

»In Ordnung.«

Edward wirkte beruhigt. Die Beweggründe für Colins Rückkehr waren also nichts anderes als der Wunsch, seine Familie in Sicherheit zu wissen. Das konnte er verstehen.

Sonja Watt kam in vollem Lauf über das Feld gehetzt.

»Der Sonar zeigt eine Formation Helikopter im Anflug«, schnaufte sie. »Gott, ich bin völlig außer Form.«

Für Colin schien sie keineswegs außer Form zu sein. Die Jahre der Feldarbeit hatten ihren Körper in eine Verfassung gebracht, mit der sie auch als Olympiateilnehmerin durchgegangen wäre.

»Ihr habt ein Sonargerät?«

»Aber bitte.« Sonja schnaubte verächtlich. »Wir waren früher einmal die Wächter-Staffel. Der alte Funkmast auf dem Dach von MacLellan war leicht zu reparieren und wir können ein Frühwarnsystem auch aus Alufolie und Kaugummi basteln.« Sie wandte sich an Edward. »Und unseres meldet eine *Menge* Helikopter.«

»Wie viele?«

»Sieben.«

»Bist du sicher?«

»Nein«, schnaubte Sonja. »Der Diensthabende hat bei fünf aufgehört zu zählen und den Rest geschätzt.«

»Sieben Hubschrauber, ist das schlecht?«, fragte Colin unsicher.

»Nur ein einziger Typ von Helikoptern fliegt in Formation. Der Typ, der Einsatztruppen befördert.« Edward nahm das Walkie-Talkie vom Gürtel und drohte Colin mit dem Finger. »Ich fürchte, mit deinem kleinen Trick hast du denen da oben ziemlich Feuer unter dem Hintern gemacht.«

Er hielt das Gerät ans Ohr.

»Mr Ainsworth. Wir haben sieben Vögel im Anflug auf Kirkfallen. Ich wiederhole, sieben. Truppentransporter. Over.«

»Dann hattest du also recht.« Selbst durch das Funkgerät klang Geoff Ainsworth ernsthaft besorgt. »Hört sich mehr nach einer Invasion an als nach einem Besuch.«

»Wir wussten ja ohnehin, dass sie kommen, jetzt, wo die Orbisons tot sind. Colins Ankunft hat ihnen nur ein bisschen mehr Dampf gemacht.«

Colin trat unbehaglich von einem Fuß auf den anderen. Wer zum Teufel waren die Orbisons? Im Stillen verfluchte er die Army dafür, dass sie so schnell hier auftauchte. Er hatte wenigstens mit einem ganzen Tag auf Kirkfallen gerechnet, um sich einen Überblick verschaffen zu können.

Edward bedeutete Sonja, ins Dorf zurückzugehen. »Sammelt alle Kinder und bringt sie in die Scheune.«

»Schon dabei, Sir. Und willkommen daheim, Colin. Glaube ich.«

Und schon war sie auf und davon.

»Sie hat mich *Sir* genannt.« Edward wirkte seltsam erfreut. »Schon eine Weile her, seit ich *das* gehört habe.«

»Ihr steckt die Kinder in eine Scheune?« Hinter Colins Rücken hatte Sonja das Dorf schon erreicht.

»Klar, im Hilton war kein einziges Zimmer mehr frei.« Edward zeigte auf ein mächtiges Holzgebäude am östlichen Rand von Kirkfallen, das über die strohgedeckten Dächer hinweg zu sehen war. »Unser

Lagerschuppen ist das größte Gebäude auf der Insel, und er ist von dem Teil aus, den wir Reardon Flats nennen, nicht einsehbar. Und Reardon Flats ist der wahrscheinliche Landeplatz für Helikopter dieser Größe.«

Das Walkie-Talkie machte durch ein Krächzen wieder auf sich aufmerksam.

»Wir holen jetzt die Kinder zusammen.« Es war ein Inselbewohner namens Doug McCombie. »In fünfzehn Minuten haben wir sie im Schuppen. Wie weit sind die Hubschrauber?«

»Brauchen auch noch ungefähr so lange.« Edward stemmte eine Hand in die Hüfte und seine ganze Haltung veränderte sich. »Mr Ainsworth? Hören Sie noch?«

Das Walkie-Talkie knisterte erneut.

»Hier, Sir.«

»Gehen Sie auf Code Rot. Wenn ich Ihnen den Befehl gebe, beginnen Sie mit Operation Louise.«

»Verstanden. Over und aus.«

Edward steckte das Gerät weg.

»Louise war der Name meiner Tochter.« Colin war verblüfft. »Ich habe sie nach meiner Mutter benannt.«

»Ich weiß. Das ist so eine Art Erinnerung für uns.«

»Woran?«

»Wir haben gesehen, wie diese Kinder groß geworden sind, Col. Sie sind die einzigen Menschen, die uns nahestehen, und sie sind bessere Menschen als wir.« Edward beschrieb mit der Hand einen Bogen um sein Dorf. »Wir haben keine Garantie, dass das *Projekt Wächter*, Stufe drei, nicht fallen gelassen wird, wenn die Militärs entscheiden, dass das Unternehmen zu riskant ist, um weiter betrieben zu werden. Was wird dann aus uns?«

Colin spürte, wie sich ein Kloß in seiner Kehle bildete. »Daran habe ich nie gedacht.«

»Außerdem sind diese Kinder unsere einzige Fahrkarte weg von dieser Insel.« Edward schlug gegen die Waffe an seiner Hüfte. »Operation Louise bedeutet, dass wir dafür kämpfen, dass sie leben.«

Apathy ließ sich den Wind durchs Haar wehen. Das Seegras wogte in der Brise und die Luft hatte einen frischen, beißenden Geschmack. Der Traktor vibrierte unter ihr, und die Möwen kreischten und wirbelten um sie herum, bis sie sich fühlte, als sei sie ein Teil einer großen, von der Natur erschaffenen Maschinerie.

»Es ist wunderschön hier!«

»Kann schon sein.« Poppy war über das Lenkrad gebeugt.

Sie warf ihrer Beifahrerin einen schüchternen Blick zu. »Du bist sehr hübsch.«

»Ich?« Apathy fuhr sich durch ihre zerzausten Haare. »Danke schön.«

»Also? Wie ist es da draußen in der Welt?«

»Es ist schrecklich.« Die Antwort war heraus, bevor der Teenager Zeit zum Überlegen gehabt hatte.

»Wirklich?«

»Es gibt dort auch alle möglichen guten Sachen.« Apathy bedachte, was sie gerade gesagt hatte, und entschied, dass ihre Begleiterin die Wahrheit verdiente. »Aber meistens macht sie mir Angst.«

»Mir nicht.« Poppy pflügte sich mit ihren plumpen Fingern durch ihr eigenes kurzes Haar, in unbewusster Nachahmung von Apathys Geste. »Ich gehe schon bald hinaus in die wirkliche Welt. Und dann ab nach Hollywood.«

»Das wollte ich mir auch schon immer mal anschauen.«

»Nein. Ich will berühmt werden.« In Poppys Stimme lag nicht die Spur von Ironie. »Ich bin eine sehr gute Schauspielerin und ich werde auch alle meine Stunts selber machen.«

»Gut für dich.«

»Ich weiß, ich bin nicht schlank.« Poppy ließ sich die Filme durch den Kopf gehen, die sie gesehen hatte. »Aber das war Mae West auch nicht und sie war ein großer Star.«

»Mae wer?«

»Ich nehme an, du bist kein Filmfan wie ich. Ich habe schon zwölf gesehen.«

»Ich gehe gar nicht so oft ins Kino.«

»Du warst schon in einem Kino!«

»Ähm … ja, ein paarmal.«

»Also, ich gehe nach Hollywood. Die Jungs können das einfach nicht verstehen.« Poppy schaltete hoch und der Trecker machte einen Ruck nach vorn. »Aber jetzt habe ich ein Mädchen, mit dem ich reden kann. Eine Freundin!«

Sie strahlte übers ganze Gesicht.

»Du kannst mir zeigen, wie man Make-up auflegt und solche Sachen. Mich schön machen.«

»Wenn du mir beibringst, wie man Traktor fährt.«

»Mach ich. Sollte ich mir die Haare wachsen lassen?«

Apathy begutachtete Poppys Männerschnitt.

»Nein … ähm … kurze Haare sind gerade in.«

»Toll. Siehst du, ich wusste gleich, du würdest mir helfen!«

Sie drosch mit ihrer Pranke auf das Lenkrad.

»Jetzt habe ich eine Freundin und eine Maskenbildnerin! Wenn das hier alles vorbei ist, gehe ich zum Film.«

»Wenn *was* alles vorbei ist?«

»Ich darf nicht zu viel erzählen.« Poppy zwinkerte Apathy verschwörerisch zu. »Aber bald schon wird es nicht mehr darauf ankommen, wie ich aussehe. Alle werden mich sowieso lieben. Vielleicht errichtet man hier sogar ein Denkmal, um zu zeigen, wo ich gelebt habe. Und darauf steht dann *Poppy Ainsworth – Stern von Hollywood*. Nichts übertrieben Kitschiges.«

Sie schlug das Lenkrad ein, um einem großen Felsblock auszuweichen.

»Aber auf alle Fälle ein Denkmal. Mit meinem Namen drauf.«

Kirkfallen Island

Die Helikopter hatten sich wie gigantische Schmeißfliegen auf den Reardon Flats nördlich des Dorfes von Kirkfallen niedergelassen und Horden von Soldaten in Tarnanzügen ausgespien. Nun wurden die Hubschrauber von einem Ring mit Sturmgewehren bewaffneter Soldaten bewacht. Der Rest der Kompanie hatte sein Lager außerhalb des Dorfes aufgeschlagen, bis auf eine Abordnung, die schon vorher abgesetzt worden war, um bei Jackson Head nahe dem Zaun stationiert zu werden.

Lieutenant-Colonel Naish hatte die Informationshütte zu ihrem Hauptquartier gemacht. Sie blickte nervös auf ihre Armbanduhr.

»Commander Stapleton wird in wenigen Minuten hier sein«, sagte Poppys Mutter. Alison Ainsworth war als Naishs persönliche Eskorte abgestellt worden und stand nun in Habachtstellung neben dem Fenster – kerzengerade und jeder Zoll ein Soldat. »Er ist besorgt über die Auswirkungen, die so viele fremde Gesichter auf die Kinder haben könnten, deswegen trifft er … Vorsichtsmaßnahmen.«

»Stimmt. Ich sehe tatsächlich keine Kinder.« Ein kleiner, schon etwas kahler Mann in der Uniform eines Colonels besah sich die Bücher in den Regalen.

»Das ist eine der Vorsichtsmaßnahmen, Sir.«

»Ich bin recht erpicht darauf, diesen Commander Stapleton kennenzulernen.« Der Colonel schlug einen Band mit Shakespeares Sonetten zu und ein kleines Staubwölkchen stieg ihm ins Gesicht. Naish sah wieder auf ihre Uhr. Schweiß glänzte auf ihrer Stirn.

Eine angespannte Gruppe stand draußen vor der Informationshütte.

»Bist du so weit?« Edward stieß Colin mit dem Ellenbogen an. Stapleton trug vollen Kampfanzug. Neben ihm stand Sonja Watt, ebenfalls in vorschriftsmäßiger Uniform der US-Army. Ihre Stiefel waren auf Hochglanz poliert und ihr Haar hatte sie in einem Pferdeschwanz zurückgebunden.

»Ich glaube schon.«

Edward beugte sich vor, sodass seine Lippen bis auf wenige Zentimeter an Colins Ohr herankamen. »Ich lüge denen jetzt gleich die Hucke voll. Und was immer ich sage, du spielst mit. Unter keinen Umständen widersprichst du mir.«

»Kein Problem. Du bist derjenige mit der Pistole.«

»Guter Mann.«

Edward wischte seine schweißnassen Handflächen an seiner Hose ab und rückte die Kampfjacke zurecht. Er hatte diese Montur seit vierzehn Jahren nicht mehr getragen und sie schien nicht mehr richtig an seinem Körper zu sitzen.

»Gene!«, rief er laut. »Wir sind so weit.«

Gene Stapleton kam um die Ecke der Hütte herum. Er sah vollkommen verängstigt aus.

»Ist ja gut, Junge. Wird schon schiefgehen.« Edward leckte sich die Finger und zog den Scheitel seines Sohnes nach. »Sag ihnen einfach die Wahrheit. Die Leute da drin sind gemein und rücksichtslos, und sie werden es merken, wenn du lügst. Denk daran.«

»Das werde ich, Dad. Aber ich verstehe nicht, warum sie mit mir sprechen wollen.«

»Musst du auch nicht. Man nennt das Befehl und Gehorsam. Willkommen beim Leben in der Army.«

Edward straffte die Schultern.

»Bringen wir's hinter uns.«

Sie betraten die Informationshütte mit ihrem Kommandeur an der Spitze. Der Soldat in Edward verschaffte sich sofort einen Überblick über seine Umgebung. Alison Ainsworth am Fenster. Ein Mann im Rang eines Colonels am Bücherregal. Drei bewaffnete Soldaten an der Wand gegenüber. Ein weiterer an der Tür. Lieutenant-Colonel Naish in der Mitte des Raums.

Der Colonel salutierte. Edward und Sonja erwiderten den Gruß in perfektem Gleichmaß. Colin und Gene hielten sich hinter ihnen, eingeschüchtert von der Situation.

»Stehen Sie bequem, Commander Stapleton. Mein Name ist Colonel Potter und ich habe einige Fragen an Sie.«

»Sir. Jawohl, Sir.« Edward entspannte sich ein wenig. Aber nur ein wenig.

»Wo sind die Kinder, Commander?«

»Die jüngsten haben keinerlei Erfahrung mit Fremden, Sir, besonders nicht mit bewaffneten. Noch haben sie irgendeine Vorstellung davon, dass sie Teil einer Militäroperation sind. Ich hielt es daher für das Beste, sie einstweilen unter Obhut nehmen zu lassen, bis Sie und ich geredet haben.«

»Durchaus nachvollziehbar, wenn auch vielleicht etwas *allzu* vorsichtig.« Der Colonel wandte sich an Naish. »Ist das der Junge?«

»Gene Stapleton, Sir.«

»Komm und setz dich hierher.« Der Colonel wies auf einen Platz ihm gegenüber.

Gene schaute Hilfe suchend zu seinem Vater, dann ging er zu Potter und setzte sich. Edward erwiderte den Blick nicht.

»Erzähl mir, was letzte Woche geschehen ist. An dem Tag, an dem die Orbisons gestorben sind.«

»Ich war oben bei Pittenhall Ridge, Vögel zeichnen.« Trotz seiner unverkennbaren Beklemmung war Genes Stimme ruhig und deutlich. »Ich war in der Nähe des Zauns. Ich weiß, dass ich da eigentlich nicht hin darf, aber das ist der einzige Ort, wo die Vögel …«

»Wenn du dich vielleicht auf die Tatsachen beschränkst. Mehr will ich gar nicht wissen.« Der Colonel lächelte ihm zu, aber in seinen Augen war keinerlei Güte zu lesen.

»Ich sah, wie die Orbisons Hand in Hand von dort weggingen.« Gene blickte wieder verzweifelt zu seinem Vater, aber Edward schaute immer noch stur geradeaus.

»Und dann?« Der Colonel legte die Hände vor Gene auf den Tisch und starrte dem Teenager direkt in die Augen.

»Ich weiß nicht. Ich denke, ich muss eingeschlafen sein.« Gene war sichtlich bemüht, seinen Gesprächspartner zufriedenzustellen, aber viel mehr hatte er nicht zu sagen. »Als ich aufwachte, waren die Orbisons weg.«

»Danke, mein Junge. Du kannst gehen.«

Gene sauste unverkennbar erleichtert aus der Tür.

»Wir fanden die Orbisons auf den Felsen am Fuß von Pittenhall Ridge«, sagte Edward, als der Teenager den Raum verlassen hatte. »Sah so aus, als hätten sie sich gegenseitig hinuntergeworfen.«

»Also sind sie verrückt geworden«, schlussfolgerte der Colonel. »Weil der Junge seine Pheromone freigesetzt hat.«

»Die schiere Wucht davon muss Gene umgehauen haben.«

»Warum hat sich dann die Infektion nicht weiter verbreitet?«

»Pittenhall Ridge liegt direkt neben Jackson Head«, antwortete Edward.

»Mit Sicherheit hat der Boden die Insektizide gespeichert, die wir dort einsetzen. Es gab also keine ausreichende Ansammlung von Ameisen oder Menschen, die nötig gewesen wäre, damit der Ausbruch den Rest der Insel erfassen konnte.«

»Sehr gut.« Der Colonel schien mit der Erklärung zufrieden zu sein. »Nun zu Ihnen. Was haben Sie vorzubringen, Mr Walton?«

»Ich kenne den Laden hier ja.« Colin hielt sich nicht lange mit militärischen Umgangsformen auf. »Ich weiß, dass in Zukunft diese Insel einer der wenigen sicheren Orte auf der Welt sein wird. Ich wollte, dass meine Familie überlebt, also habe ich es so eingerichtet, dass man sie nach Kirkfallen brachte.« Er zuckte lässig mit den Schultern. »Das bedeutete, dass ich eine kleine Notlüge gebrauchen musste.«

»Was Sie als eine kleine Notlüge bezeichnen, nenne ich eine Kette von mehreren ernsten Straftaten – und wir sollten nicht vergessen, dass sie sowieso schon von dieser Insel desertiert sind.« Colonel Potters Stimme war leise, aber die Drohung, die in ihr lag, war unüberhörbar.

»Ich bin nicht desertiert. Ich bin schließlich kein Soldat.« Colin ließ sich nicht einschüchtern. »In meiner Lage hätten Sie dasselbe getan, möchte ich wetten.«

Naish sog scharf die Luft ein. Der Colonel nahm die Hände vom Tisch und trat einen Schritt zurück.

»Ja. Das hätte ich vielleicht«, schmunzelte er. »Das war ein ausgefuchster Schachzug, Mr Walton. Und er ist aufgegangen. Dan und

Emily Walton befinden sich im Haus von Schütze Ainsworth und die beiden haben eine Stinkwut auf sie.« Er klopfte gegen seinen Nasenflügel. »Aber es ist besser, sie hier zu haben, als auf freiem Fuß, bei allem, was sie wissen.«

»Danke, Colonel Potter.«

»Außerdem haben meine Leute die DNA Ihrer *Tochter* getestet.«

»Das ging aber schnell.«

»Wir verfügen über Technologie, an die man über die regulären … Quellen nicht herankommt. Apathys DNA stimmt mit den Proben überein, die wir von Dan Salty und Emily Walton genommen haben. Sie ist *ihr* Sprössling, nicht Ihrer.« Der Colonel fixierte Colin mit dem stechenden Blick einer Eule. »Also, wo ist Ihre richtige Tochter? Und wo ist Libby Walton?«

»Wir haben ein Boot gestohlen. Ein paar Brocken davon ins Meer geworfen, damit alle dachten, wir sind bei dem Fluchtversuch ertrunken.«

»Danach habe ich nicht gefragt.«

»Sie haben es nicht überlebt.« Colins Miene war nun so steif wie die der Soldaten um ihn herum. »Ich hätte es fast selbst nicht bis ans Festland geschafft.«

»Eine beeindruckende seemännische Leistung, das will ich gern zugeben.« Colonel Potter nickte milde. »Also, warum dann das Lügenmärchen, dass Apathy Ihr Kind sei?«

»Ich wollte nur sicherstellen, dass ich Ihre Aufmerksamkeit hatte.«

»Die haben Sie ganz bestimmt, und ich muss schon sagen, Ihre Unverschämtheit nötigt mir Respekt ab.«

»Heißt das, wir können bleiben?«

»Ich denke schon. Obwohl ich zuerst in Erwägung gezogen habe, Sie und Ihre ganze Mischpoke in einen Hubschrauber zu stecken und Sie über dem offenen Ozean abwerfen zu lassen.«

»Sie sind ein Vorbild an Menschlichkeit, Colonel Potter.«

»So. Wir werden diese Angelegenheit folgendermaßen handhaben.« Der Colonel verschränkte die Arme hinter seinem Rücken. Wie er da vor der Tafel stand, wirkte er wie ein selbstgerechter Schulmeister. »Mister Stapleton, Sie sind Ihres Kommandos entbunden. Da Ihr Sohn ja offensichtlich seine Pheromone freigesetzt hat, wird Ihre Familie uns zurück in die Vereinigten Staaten von Amerika begleiten. Sie werden sich einigen Tests unterziehen, eine Stillschweigeerklärung unterschreiben – und dann steht es Ihnen frei, den Rest Ihres Lebens so zu verbringen, wie es Ihnen gefällt. Ist das für Sie akzeptabel?«

»Sir. Jawohl, Sir.«

»Emily und Dan Walton – oder ich sollte eigentlich sagen, D.B. *Salty* – werden uns ebenfalls begleiten, um untersucht zu werden. Dann wird man sie wieder nach Kirkfallen bringen.«

»Das war nicht Teil unserer Abmachung«, unterbrach Colin ihn.

»Ich war mir nicht bewusst, dass wir eine Abmachung hatten. Man wird sie unversehrt wieder hierher bringen, das verspreche ich.«

»Und der Rest der Kinder?«

»Ihr Auftauchen hat uns auf eindrucksvolle Weise klargemacht, wie angreifbar unsere Position hier in Wirklichkeit ist.« Colonel Potter rollte theatralisch die Augen. »Es ist Zeit zu handeln. Poppy Ainsworth und Millar Watt werden in den Fernen Osten verbracht. Es wird Zeit, dass *Projekt Wächter* seinen Wert unter Beweis stellt.«

Bedrücktes Schweigen lastete über dem gesamten Raum. Sonja Watt und Alison Ainsworth wechselten unmerklich Blicke, blieben aber weiterhin stramm in Habachtstellung. Alle Anwesenden bedachten die Tragweite dessen, was hier gerade entschieden wurde.

»Ich werde diese Informationen an die Wächter-Staffel weitergeben«, sagte Edward nüchtern. »Bei allem Respekt, Sir, aber wir kennen unsere Pflicht. War eine ganze Kompanie als Ihre Eskorte wirklich notwendig?«

»Wahrscheinlich nicht.« Der Colonel nahm die Brille ab und putzte die Gläser mit dem Zipfel seiner Jacke. Ohne sie waren seine Augen noch genauso groß und vorstehend. »Doch auch ich bin ein vorsichtiger Mensch, und all die losen Enden, die hier plötzlich zum Vorschein kommen, gefallen mir gar nicht. Und außerdem wusste ich nicht, ob Sie sich hier nicht mittlerweile ein wenig zu heimisch fühlen.«

»Verstanden, Sir.«

»Das wäre dann alles. Ich würde gerne noch die Kinder sehen, bevor ich abfliege, aber ich werde Sorge tragen, dass die Mehrheit meiner Männer dann wieder in den Helikoptern ist. Und vorher möchte ich noch zu der Wächter-Staffel sprechen.«

»Das haben sie schon erwartet, deswegen kramen die meisten gerade ihre alten Uniformen heraus. Wir halten sie sonst vor den Kindern verborgen«, fügte Edward etwas verlegen hinzu. »Hoffentlich passen sie noch allen.«

»Das ist allerdings nicht unbedingt notwendig, Mr Stapleton.«

»Ich weiß, aber die Staffel hatte seit Jahren keinen richtigen Appell mehr. Es würde der Moral der Truppe ungeheuren Auftrieb geben. Ich kann sie in einer halben Stunde am Strand antreten lassen.«

»Nun gut.« Colonel Potter gab nach. »In der Zwischenzeit würde ich mich gerne etwas im Dorf umsehen.«

»Sergeant Ainsworth wird es eine Freude sein, Sie herumzuführen.«

Alison Ainsworths Miene verriet zwar alles andere als Freude, aber sie blieb stumm.

»Mr Walton.« Der Colonel drehte sich zu Colin. »Wenn wir die Insel verlassen haben, werden Ihnen die verbleibenden Mitglieder der Wächter-Staffel helfen, sich eine Heimstatt zu errichten, und Ihnen ein Stück Land zuweisen.«

»Passt mir gut.«

»Und ich schlage vor, Sie und Ihre Familie lernen schleunigst, es zu bebauen.« Er entließ Colin mit einer geringschätzigen Handbewegung. »Drückeberger können wir hier nicht gebrauchen.«

Gene wartete draußen auf seinen Vater.

»Gut gemacht, mein Sohn.« Edward legte den Arm um den Teenager, der nach seinem Verhör immer noch zitterte. »Geh nach Hause und sag deiner Mutter, ich komme heim, sobald der Colonel damit fertig ist, hier herumzuschnüffeln.«

»Dad? Was ist mit den Orbisons *passiert*? Habe ich ihnen etwas angetan?«

»Später, mein Sohn.« Edward schubste den Jungen schroff in Richtung ihres Zuhauses. »Jetzt ist *wirklich* kein geeigneter Zeitpunkt.«

Gene verkniff sich eine aufsässige Antwort und zog los, genau in dem Augenblick, als Potter und sein Gefolge aus der Informationshütte traten, um zu ihrer Führung durch das Dorf aufzubrechen. Sobald sie außer Hörweite waren, stellte Colin Edward zur Rede.

»Was geht hier eigentlich vor? Ich bin ein professioneller Betrüger und irgendwas da drinnen stank doch zum Himmel wie ranziger Fisch.«

»*Was* bist du?«

»Lange Geschichte. Erkläre ich dir nachher.«

»Das da drinnen war ein Beispiel für angewandtes Tarnen und Täuschen.«

»Wer zur Hölle sind die Orbisons?«

»Orbison war nur ihr Deckname. Sie waren beide Armeeärzte.« Edward knöpfte sich den Hemdkragen auf. Er war heute weitaus muskulöser als noch vor vierzehn Jahren und seine Uniform spannte unangenehm. »Sie wussten es nicht, aber die Army hat sie als menschliche Versuchskaninchen hierher geschickt. Wenn die ersten Kinder unter Quarantäne gestellt würden, sollten die beiden so eine Art Kontrollgruppe sein. Wenn die Orbisons durchdrehten, würden unsere hohen Herren wissen, dass das Experiment funktioniert.«

»Und was, wenn sie das Kind angegriffen hätten?«

»Unsere Leute wären natürlich auch da gewesen. Und du erinnerst dich? Uns macht ein Pheromonausstoß nichts aus.«

»Aber es klang doch so, als wären sie tatsächlich ausgerastet.«

»Sind sie nicht.« Edward zögerte, dann gab er sich einen Ruck.

»Gene hat seine Pheromone noch gar nicht freigesetzt.«

»*Was?*«

Sonja senkte den Kopf und begann, ihr Gewehr zu überprüfen.

»Gene hat seine Pheromone noch nicht freigesetzt«, wiederholte Edward. »Ich wusste, dass er sich jeden Sonntag heimlich nach Pittenhall Ridge hochschlich, um Vögel zu zeichnen, und dass auch die Orbisons gerne dort spazieren gingen. Also habe ich dem Jungen beim Frühstück ein starkes Beruhigungsmittel ins Essen gemischt. Er hat die ganze Sache verschlafen.«

»Was für eine Sache? Was hat die Orbisons getötet?«

»Sonja und ich.« Edwards Gesicht ließ keinerlei Regung erkennen.

»Das Überleben dieser Gemeinde hängt davon ab, dass die Army glaubt, *Projekt Wächter* funktioniert genau so, wie sie es sich erträumte. Die meisten auf der Insel wissen nicht einmal, welche Art von Pheromonen die Kinder in Wirklichkeit in sich tragen. Lediglich meine Frau, die Ainsworths und die Watts. Wir hatten keine andere Wahl.«

»Ihr habt die beiden Ärzte einfach umgelegt, ohne groß darüber nachzudenken?«

»Nein. Wir haben lange darüber nachgedacht.« Sonja streckte trotzig das Kinn vor. »*Dann* haben wir sie umgelegt.«

»Du bist wirklich ein eiskaltes Miststück.«

»Wir sind nicht für die Wächter-Staffel ausgewählt worden, weil wir brave Pfadfinder sind«, antwortete Edward verächtlich. »Wir haben den alten Trick mit dem verstreuten Saatgut benutzt. Vor lauter Vögeln in der Luft war kein Spionagesatellit auf der Welt in der Lage, die Aktion zu verfolgen. Als wir dich von der Insel herunterkriegten, hat das auch schon funktioniert, wie ich mich erinnere.«

»Oh.« Colin machte große Augen. »Geschickt eingefädelt, das muss dir der Neid lassen.«

»Es hat geklappt. Alles hat genau so geklappt, wie wir es wollten.« In Sonjas Stimme klang ein Anflug von Stolz mit.

»Gene wird in die USA gehen und Poppy und Millar in den Fernen Osten«, fuhr Edward fort. »Aber wenn sie ihre Pheromone abgeben, werden sie die Menschen dazu bringen, zu kooperieren, anstatt sich gegenseitig umzubringen. Vielleicht stiften wir sogar den Weltfrieden.« Er grinste lausbübisch. »Stell dir das mal vor. Der Weltfriede, geschaffen von einer Gruppe Soziopathen, die zu nichts anderem ausgebildet ist, als zu töten.«

Colin leckte sich nervös die Lippen. »Das wird nicht passieren.«

»Was meinst du damit?« Edwards Hand fuhr instinktiv an den Revolver an seiner Hüfte. »Wovon redest du?«

»Du hattest recht mit Markus Kelty vor all den Jahren. Ich habe seine Tochter gefunden. Ihr Name war Kimberly Warbeck.« Colin schaute wachsam auf Edwards Waffe. »Nachdem Doktor Kelty gestorben war, heiratete ihre Mutter einen Autoverkäufer. Ich habe das Mädchen die letzten Jahre ein wenig im Auge behalten.«

Er fummelte mit zittrigen Händen eine Zigarette aus der Tasche.

»Das Problem dabei ist, dass man ihr Steuerhormone injizierte ... aber als ihr fünfzehnter Geburtstag näherrückte, begann sie mit einem Mal, Alarmpheromone abzusondern.«

Edward wurde kreidebleich.

»Oh, mein Gott. Das darf nicht wahr sein.«

»Menschen sind wesentlich komplexer als Ameisen.« Colin wählte seine Worte mit äußerster Sorgfalt. »Ich schätze, das war Keltys größter Fehler. Er konnte zwischen den beiden Gattungen nie so recht einen Unterschied sehen.«

»Ich denke, ein Anhaltspunkt liegt in der Anzahl der Beine«, bemerkte Sonja sarkastisch.

»Lass ihn ausreden«, befahl Edward.

»Pheromone erledigen bei Insekten verschiedene klar umrissene Aufgaben«, sprach Colin weiter. »Aber bei Menschen ist ihre Wirkung nicht so einfach und eindeutig abgrenzbar. Kimberly Warbeck kam in die Pubertät, mit all den Ängsten und Nöten, die das mit sich bringt. Und ihre Eltern verstanden sich nicht mehr. Als das geschah, hörte sie damit auf, Steuerpheromone zu produzieren, und fing an, Alarmpheromone an ihre Umwelt abzugeben. Ich musste dabei an meine Zeit in Diamondback denken. Ich war damals glücklich. Und die anderen im Wohnwagenpark wurden durch mich viel freundlicher und geselliger. Aber ich war doch angeblich mit dem *Alarm*pheromon aufgeladen worden.«

»Warst du auch. Schließlich hat dein Ausbruch alle in der Siedlung in einen Blutrausch versetzt.«

»Das war, weil ich zu dem Zeitpunkt verrückt vor Angst war.« Colin zündete sich die Zigarette an und wölbte dabei seine zitternden Hände um die Flamme. »Ich hatte ausgiebig Zeit, darüber nachzudenken, und bin zu dem Ergebnis gekommen, dass Kelty sich ganz einfach geirrt hat. Es ist *egal*, welche Art Pheromon wir in uns haben. Die körperliche und emotionale Belastung durch die Ausschüttung wird in jedem Fall das stärkere Pheromon produzieren, das Alarmpheromon.«

»Was ist aus Kimberly Warbeck geworden, Colin?«

»Sie und ihre Familie sind tot.«

»Wie bitte?«

»Ein Unglück mit der Gasleitung. Frag nicht weiter.«

»Und du besitzt die Unverfrorenheit, *uns* als eiskalt zu bezeichnen.« Edward bleckte die Zähne. »Hat D.B. Salty da mitgemacht?«

»Nein.« Colin nahm grimmig einen Zug. »Er hat schon zu viele Tote gesehen.« Er hob die Hände zu einer beschwörenden Geste. »Du musst dir klarmachen, was das bedeutet. Man schickt also Poppy und Millar nach China oder in den Nahen Osten? Sie werden sterben vor Angst. Sie werden Alarmpheromone produzieren. Und sie werden das Blutbad, das sie auslösen, nicht überleben. Steckt ihr Gene in eine Umgebung, wo gesichtslose Menschen in weißen Mänteln an ihm herumbohren und -stochern, wird das Resultat dasselbe sein. Ihr werdet euer eigenes Land vernichten.«

Edward starrte dem Mann in die Augen und suchte nach dem verräterischen Schimmer, der auf eine Lüge hindeutete. Doch er erkannte nichts als Aufrichtigkeit und Leid.

»Und du bist zurückgekommen, um uns davor zu warnen?«

»Nicht so ganz.« Colin hielt Edwards Blick unbeirrt stand. »Aber jetzt, wo ich hier bin, weiß ich vielleicht einen Ausweg aus diesem Wahnsinn.«

Kirkfallen Island

»Ich sage, er ist ein Spion.« Sonja Watt richtete ihr Gewehr auf Colin. »Was ist, wenn ich ihm eine Kniescheibe wegschieße und sage, mir ist der Finger am Abzug ausgerutscht? Damit kriegen wir die Wahrheit aus ihm heraus.«

»Waffe runter.« Edward baute sich zwischen den beiden auf. »Erklären Sie sich, Mister.«

»Ein paar Hundert Meter von hier entfernt befinden sich sieben riesengroße Hubschrauber. Schon ein einziger bietet genug Platz für alle Kinder auf dieser Insel.«

»Hast du sie nicht mehr alle?« Sonja spannte ihr Gewehr und legte an.

»Bleib ruhig«, fuhr Edward sie an und schob den Lauf zur Seite.

»Und wenn wir einen der Helis in die Finger kriegen, wo genau sollen wir die Kinder dann hinbringen?«

»Aufs britische Festland. Diese Kisten sind doch bestimmt ziemlich schnell. Ihr wärt da, bevor man euch abfangen könnte.«

»Wir sind US-Militärangehörige. Die Army hätte uns im Handumdrehen weggesperrt oder beseitigt, bevor die Geschichte herauskommt.«

»Es geht um einen Hubschrauber voller Kinder! Die britischen Behörden werden sie nicht so ohne Weiteres ausliefern, egal, mit was für einer hanebüchenen Geschichte die US-Army ankommt. Das Spiel ist dann ein für alle Mal vorbei.«

»Und was dann?«

»Ich nehme an, man wird euch wieder hierherbringen, und die NATO wird euch rund um die Uhr überwachen. Ich bin sicher, dass man die Kinder freilassen wird, wenn sie erst einmal die Pubertät hinter sich haben.«

»Das wird die Beziehungen der USA zum Rest der Welt mit Sicherheit schwer belasten.«

»Mir blutet das Herz.«

»Einen Moment. Du schlägst also vor, wir kapern einen Helikopter.« Sonja spannte die Hand. Eine Hand, die ihm, wie Colin wusste, mit einem Schlag das Genick brechen konnte. »Und was ist mit den anderen sechs? Und den bewaffneten Wachen?«

»Ihr könntet auch gar nichts tun. Zusehen, wie Gene, Poppy und Millar in den Tod geschickt werden.«

»Besser, als dass wir alle in so einer Art hirnrissigem Freiheitskampf Selbstmord begehen!«

»Senken Sie Ihre Stimme, Soldat!« Edward machte eine schneidende Bewegung mit der Handkante.

»Was du vorhast, ist unmöglich.« Sonja beruhigte sich und entschied, dass logische Argumente hier besser angebracht waren. »Gesetzt den Fall, wir können einen Hubschrauber in unsere Gewalt bringen. Und gesetzt den Fall, wir können die anderen sechs ausschalten. Was dann? Die Kinder sind in der Scheune, und wir bräuchten mindestens fünfzehn Minuten, bis wir sie an Bord haben. Potters Leute würden uns in Fetzen schießen.«

Edward überlegte ein paar Sekunden.

»Nicht, wenn wir die Kinder nach Jackson Head bringen. Die Landzunge ist sehr schmal. Wir könnten sie mit ziemlicher Sicherheit halten, bis sie alle eingestiegen sind.«

»Und du bist bereit, dieses Risiko einzugehen?«

Sonjas Kommandeur fuhr sich mit der Hand über die Stirn.

»Wir sind die Wächter-Staffel«, sagte er. »Wir führen aus, was niemand sonst kann.«

»Ich habe doch nicht fünfzehn Jahre auf diesem Felsen verbracht, nur um für einen fetten, kleinen Schwindler zu sterben!«

»Und wie genau hast du dir vorgestellt zu sterben?« Edward schob Colin sanft aus dem Weg und baute sich vor seiner Stellvertreterin auf.

»In meinem Bett. In Kansas«, erwiderte Sonja kläglich. »Da komme ich nämlich her.«

»Sonja«, sagte Edward leise. »Diese losen Enden, von denen Potter gesprochen hat. Erinnerst du dich? Du weißt, damit meint er *uns*.«

Sonja bedeckte ihr Gesicht mit den Händen und atmete schwer. Dann riss sie den Kopf hoch und salutierte vor ihrem kommandierenden Offizier.

»Wie lauten Ihre Befehle, Sir?«

»Sind die Maulwürfe in Stellung?«

»Sind sie.«

»Dann stellen Sie die Walkie-Talkies auf unseren abhörsicheren Kanal und geben Sie das Signal.« Edward erwiderte den militärischen Gruß.

»Sagen Sie allen, wir beginnen mit Operation Louise.«

Die Schlacht von Kirkfallen

Studien haben belegt, dass 98 % der Soldaten, die aktiv an Kampfhandlungen beteiligt waren, sich später als von diesem Erlebnis traumatisiert zeigen.

Die anderen 2 % werden für gewöhnlich als *aggressive soziopathische Persönlichkeiten* diagnostiziert, die im Grunde keinerlei Hemmungen haben zu töten.

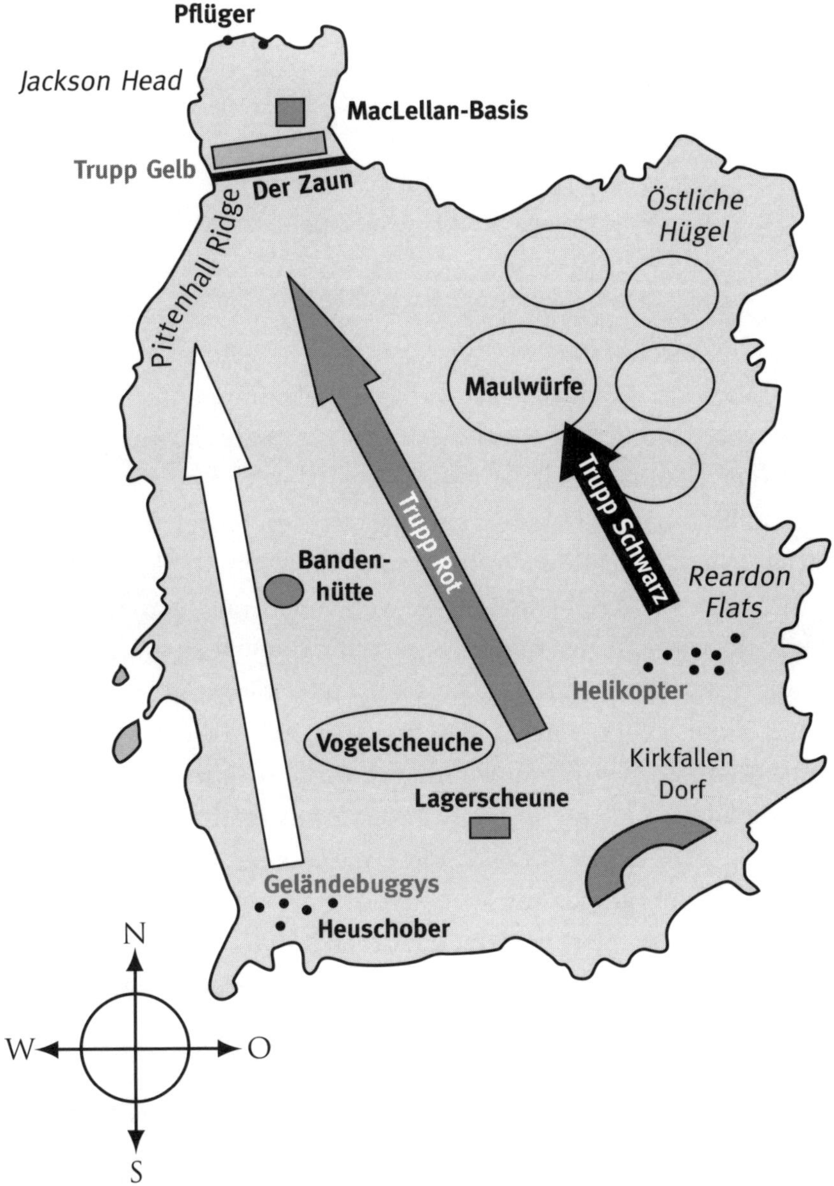

Pflüger
Jackson Head
MacLellan-Basis
Trupp Gelb
Der Zaun
Pittenhall Ridge
Östliche Hügel
Maulwürfe
Trupp Rot
Trupp Schwarz
Banden-hütte
Reardon Flats
Helikopter
Vogelscheuche
Kirkfallen Dorf
Lagerscheune
Geländebuggys
Heuschober
N
W
O
S

Kirkfallen Island

Edward ließ zwei Mann der Wächter-Staffel vor seinem Haus in Stellung gehen. Der Colonel selbst war zwar gekommen und wieder gegangen, aber die Posten würden die Insassen warnen, wenn jemand von seinen Männern sich der Behausung näherte.

Im Inneren hatten sich die ranghöchsten Mitglieder der Wächter-Staffel in dem überfüllten Wohnzimmer versammelt. Sie standen an den Wänden aufgereiht und einige von ihnen rauchten Kette. Das Gefühl nervöser Anspannung war fast mit Händen zu greifen. Gene saß auf einem Hocker in der Ecke, blass und verängstigt.

»Am Zaun stehen eine Menge Soldaten, aber in der MacLellan-Basis selbst halten sich nur wenige auf, zusammen mit zwei Armeeärzten.« Edward blickte in die Runde. »Wentworth Watt und seine Abteilung werden sich um sie kümmern. Dann haben wir wenigstens einen sicheren Stützpunkt.«

»Sag ihnen, sie sollen die Ärzte am Leben lassen«, riet Annie Stapleton. »Bis wir da hinkommen, haben wir unweigerlich Verluste.«

»Mach ich.«

Colin folgte der Versammlung mit einer Mischung aus Grauen und Faszination. Er sah gerade eine Seite dieser Menschen, die seit Jahren in ihnen brachgelegen hatte, und es machte ihm höllische Angst.

»Was ist mit den Kindern?«

»Für die Kinder sind Doug McCombie und Deep Singh zuständig.« Die beiden Männer atmeten gleichzeitig den Rauch ihrer Zigaretten aus. Sie wussten, dass sie von allen Wächtern die größte Verantwortung trugen.

»Und mein Kompliment an dich, Doug, für die Weitsicht, die du bei der Planung unserer Evakuierungsstrategie gezeigt hast.«

»Und jetzt raus mit euch«, schimpfte Annie. »Ihr räuchert mir die ganze Bude voll.«

»Ist Walter De Guglielmo in Stellung?«

»Schon seit einer Stunde.«

»Gut. Also, wir müssen einen der Helis in die Luft kriegen und die anderen unbrauchbar machen.« Edward breitete eine selbst gezeichnete Karte von Kirkfallen auf dem Küchentisch aus und trug sieben Kreise unmittelbar nördlich des Dorfes bei Reardon Flats ein. »Hat jemand eine Idee?«

Annie Stapleton stellte sich neben ihn an den Tisch. Sie trug ein schlichtes grünes Kleid und hatte ein Pistolenhalfter an einem Gürtel um die Hüften geschnallt.

»Die anderen Helikopter werden komplett zerstört werden müssen.« Sie strich die Karte glatt, als handele es sich um ihr bestes Tischtuch. »Ihre Funkanlagen sind bestimmt leistungsfähig genug, um die Radcliffe-Marinebasis zu erreichen, und wir müssen sie unschädlich machen, bevor Colonel Potter dort Alarm schlagen kann.«

»Wie viele Soldaten bewachen die Helis?«

»Ungefähr vierzig«, knurrte Sonja Watt. »Genauso viele, wie wir *insgesamt* an Kämpfern haben.«

»Vielleicht können wir sie durch einen Überraschungsangriff überrumpeln.«

»Sie sind viel besser bewaffnet als wir. Wir könnten es eventuell schaffen, aber von uns wären wohl nicht mehr viele übrig.« Sonja beugte sich über die Karte, als könnte sie ihr eine wundersame Lösung entlocken, wenn sie sie nur grimmig genug anstarrte. »Mit Sicherheit nicht genug, um die Kinder heil nach Jackson Head zu bringen und es gegen die zweihundert Mann zu verteidigen, die Potter dann noch hat.«

»Ich habe eine Idee.« Edward überlegte noch einen Moment. »Fred Wolper war doch früher Hubschrauberpilot, oder?«

»Stimmt. Doug McCombie auch.«

»Der hat schon die Kinder am Hals. Wir nehmen Wolper.« Edward rieb sich das Kinn. »Sonja? Dein Sohn Millar wird uns helfen müssen.«

»Ja, klar. So weit kommt's noch.«

»Das ist ein ausdrücklicher Befehl, Sergeant Watt.«

»Und dies ist eine ausdrückliche Verweigerung.«

»Ich mache das.« Gene stand auf und trat aus dem Schatten. »Was immer ihr da plant, ich mache es.«

»Du bleibst ganz genau da, wo du bist, junger Mann.« Annie packte Gene beim Genick.

»Du kannst nicht von Mrs Watt verlangen, dass sie Millar aufs Spiel setzt, wenn ihr selbst nicht bereit seid, mich in Gefahr zu bringen«, gab Gene zurück und schlug die Hand seiner Mutter beiseite. »Und überhaupt, was kümmert euch das schon?«

»Sag das nicht!«

»Ich bin ein militärisches Experiment!«, schrie der Junge. »Und ihr habt es gewusst! Seit Jahren habt ihr mich angelogen! Begreift ihr denn nicht, wie ich mich dabei fühle?«

Annie und Edward sahen sich ratlos an, und zu seinem Entsetzen wurde Gene klar, dass sie es aller Wahrscheinlichkeit nach tatsächlich nicht begriffen.

»Baby, wir haben doch nur versucht, dich zu beschützen!«, stieß seine Mutter schließlich hervor.

»Wie denn? Indem ihr die Orbisons umbringt und mir die Schuld in die Schuhe schiebt? Habt ihr gedacht, ich käme niemals dahinter?« Gene wartete, in der schwachen Hoffnung, seine Mutter und sein Vater würden die Anschuldigungen zurückweisen. Aber sie ließen einfach nur die Köpfe hängen.

»Wenn das die Art ist, wie ihr mich beschützt, dann wäre es mir lieber, ihr lasst es in Zukunft sein.« Genes Stimme wurde hart und metallisch. »Und wenn ihr wollt, dass ich akzeptiere, was ihr getan habt, dann solltet ihr mich besser mit einbeziehen.«

»Nein, Edward.« Annies Augen funkelten vor Zorn. »Das lasse ich nicht zu!«

Die anderen blickten verlegen zu Boden. Sie hätten es gerne vermieden, Zeugen ausgerechnet *dieses* Streits zu werden.

»Millar ist in der Scheune bei den anderen Kindern.« Sonja brachte ihr stärkstes Argument vor. »Und Gene ist hier.«

»Ich habe meine Schwester, meine Nichte und meinen besten Freund direkt in die Schusslinie gebracht.« Colin stellte sich hinter Gene und legte dem Jungen die Hände auf die Schultern. »Mir egal, wer geht, aber jemand sollte etwas unternehmen, und zwar schnell.«

Annie Stapleton stöhnte leise auf.

»Dad«, sagte Gene. »Im Guten wie im Bösen, hier ist meine Heimat. *Ich* will dabei helfen, meine Freunde zu retten.«

Edward kniete vor Gene nieder. Sein Gesicht zuckte, und er hielt die Hand an die Wange, um es zu verbergen.

»Okay. Melde dich bei Fred Wolper.«

Kirkfallen Island

Fred Wolper donnerte mit dröhnendem Motor auf die Soldaten zu, die die Helikopter bewachten, und zwang den Geländebuggy zu einem spektakulären Wheelie auf die Hinterräder. Gene hing auf dem Beifahrersitz und klammerte sich am Überrollbügel über seinem Kopf fest.

»Wow!«, jubelte er und sprang aus dem Fahrzeug auf das nachgebende Seegras. »Die sind ja unglaublich!« Er machte Anstalten, auf die Hubschrauber zuzurennen, einen Ausdruck der Verzückung im Gesicht.

»Hey! Hey!« Fred Wolper hüpfte aus dem Buggy und hastete hinter ihm her. »Ich habe gesagt, du kannst sie dir anschauen, das ist alles. Diese Männer sind nicht dazu da, diese Dinger zu waschen und zu polieren – sie passen auf, dass Kindsköpfe wie du nicht daran herumfummeln.« Er grinste die näher kommenden Soldaten an und zuckte entschuldigend die Achseln. »Er ist der Sohn von Commander Stapleton. Hat noch nie im Leben einen Hubschrauber gesehen, also hat der Boss gemeint, er darf mal kurz ein Auge riskieren.« Gene versuchte währenddessen, sich an den Wachen vorbeizuschlängeln, und Wolper versetzte ihm einen leichten Klaps auf den Hinterkopf. »Benimm dich, hast du verstanden?«

»Ist der da ein Pilot?« Gene wedelte mit beiden Armen in Richtung eines Mannes im Overall, der vor dem nächsten Helikopter stand. »Fliegen Sie wirklich so ein Ding? Das ist total der Hammer!«

Der Pilot kam lässig auf sie zu, seinen Helm unter dem Arm.

»Du hast noch nie einen Helikopter gesehen?«

»Nein, Sir.« Gene drängte sich an den Soldaten vorbei. »Aber eines Tages fliege ich auch so einen.« Er salutierte schneidig vor dem Flieger und ein oder zwei Wachen prusteten laut los.

»Willst du ihn dir mal richtig anschauen?«, fragte der Pilot mit gespielter Gleichgültigkeit. Im tiefsten Innern fühlte er sich von so viel rückhaltloser Begeisterung geschmeichelt.

»Ist das Ihr Ernst?« Gene fiel die Kinnlade herunter. »Ich würde sterben, um mich da drinnen umsehen zu dürfen.«

»Dann komm mal mit.« Der Pilot drehte sich um und schlenderte auf den Hubschrauber zu. Fred Wolper lief hinter ihnen her.

»Dass du mir ja nichts anfasst. Hast du gehört?« Er machte ein paar zögerliche Schritte und blieb dann wieder stehen. »Mann, diese Vögel machen wirklich was her.«

»Ganz schön groß, stimmt's?« Eine der Wachen bot ihm eine Zigarette an.

»Schon eine ganze Weile her, dass ich Material wie das hier gesehen habe.« Fred winkte dankend ab. »Hab aufgehört.«

Der Pilot kletterte in das Hubschraubercockpit und zog Gene hinter sich hoch.

»Geh da nicht rein!« Wolper winkte Gene zurück, aber der Junge sah gar nicht zu ihm hin. »Ich führe mich auf wie ein altes Weib«, meinte er zu den Wachen. »Aber er ist schließlich der Sohn vom Chef.«

Drinnen im Cockpit ließ Gene sich auf den Sitz für den Kopiloten fallen.

»Das ist der aufregendste Moment meines Lebens!« Er musterte die verwirrende Anordnung von Schaltern und Anzeigefeldern. »Wofür braucht man das alles? Wo ist der Schleudersitz?«

»So was haben wir nicht nötig«, sagte der Pilot stolz. »Dieses Baby hier hängt alles ab, was sonst noch so am Himmel herumschwirrt.«

»Mr Wolper!« Gene lehnte sich aus der offenen Cockpittür. »Das *müssen* Sie sich anschauen!«

»Ich glaube nicht, dass das erlaubt ist«, rief Fred zurück. »Sei vorsichtig da oben.«

»Gehen Sie nur. Gönnen Sie sich den Spaß.« Die Wache mit den Zigaretten trat zur Seite, um Fred Wolper vorbeizulassen.

»Sind Sie sicher?«

»Fred! Kommen Sie doch!«

»Klar. Sonst kriegt der Kleine sich ja überhaupt nicht mehr ein.«

Fred ging langsam auf den Helikopter zu, von zwei Soldaten flankiert. Er erreichte das Cockpit und fuhr mit der Hand an der Schiebetür entlang.

»Mann, was für ein feines Maschinchen!« Er machte einen Schritt zurück, wie um das technische Wunderwerk gebührend zu würdigen, und rammte seinen Ellenbogen in den Brustkorb der Wache zu seiner Rechten. Während der Mann in sich zusammensank, schlug Fred blitzschnell mit der linken Handkante zu, und die andere Wache taumelte von ihm weg und hielt sich die Hände vor die gebrochene Nase.

»Was zur ...?« Der Pilot erhob sich von seinem Sitz, um nachzusehen, was sich draußen abspielte.

Genes Arm schoss vor. Seine durchgestreckten Finger gruben sich tief in die Kehle des Mannes. Röchelnd fiel der Pilot auf seinen Sitz zurück.

Mit einer geschmeidigen Bewegung zog Fred sich ins Cockpit hoch und packte den Piloten am Kragen. Er riss ihn mit einem Ruck nach vorn und der Mann flog durch die Tür und landete draußen im Gras. Fred zerrte die Tür hinter sich zu und glitt auf den frei gewordenen Sitz.

Die Soldaten, die die Helikopter bewachten, waren gut ausgebildet. Während Fred die Motoren hochfuhr, rannten sie schon auf den Hubschrauber zu, luden ihre Waffen durch und eröffneten das Feuer.

Gene warf die Arme vor das Gesicht. Kugeln kreischten über die Windschutzscheibe und prallten Funken sprühend ab.

»Entspann dich, Kleiner.« Fred griff sich den Steuerknüppel. »An dieser Kiste hängt so viel Panzerung, dass man sich wundert, wie sie überhaupt vom Boden hochkommt.«

Über ihnen begannen sich die Rotoren zu drehen. Gene ließ die Arme sinken. Andere Piloten rasten auf ihre Maschinen zu, ein oder zwei von ihnen waren schon dabei, einzusteigen.

»Wo zur Hölle sind bloß die Bordgeschütze?« Fred zog den Knüppel zurück und der Hubschrauber erhob sich in die Luft.

»Sie meinen, Sie *wissen* es nicht?«

»Ich mach doch nur Spaß.« Der Mann schnippte die Abdeckplatte auf dem Joystick nach oben und drückte den Knopf darunter. Zwei Feuerstrahlen brachen aus beiden Seiten des Cockpits hervor. Die Soldaten hechteten zu Boden, während die Erde um sie herum von Geschossen aufgepflügt wurde. Fred zog den Knüppel zu sich hin und der Helikopter stieg ruckartig hoch. Er bewegte ihn zur Seite, den Finger immer noch auf dem Feuerknopf, und der Hubschrauber drehte sich fast gemächlich im Kreis. Riesige Metallfetzen lösten sich krachend von den Maschinen, die in der Nähe standen. Fred legte mit dem Daumen noch ein paar andere Schalter an der Konsole vor ihm um und zog den Joystick zurück. Der Hubschrauber schnellte in die Höhe und schwebte dann mitten in der Luft. Raketen zischten aus der Unterseite der Maschine und unten am Boden explodierten vier Helikopter.

Die zwei letzten unversehrten Maschinen stiegen jetzt langsam empor. Gene schlug Fred auf die Schulter, aber der Mann schien auch im Hinterkopf Augen zu haben. Ihr Vogel schwang in der Luft herum und raste genau auf die beiden anderen zu. Einer der Helikopter bemühte sich, dem selbstmörderischen Angriff auszuweichen, rammte dabei die Nase in den Boden und ging in Flammen auf. Der andere drehte sich um die eigene Achse, um das Feuer zu eröffnen, aber es war zu spät. Fred schickte ihm aus kürzester Entfernung eine Rakete entgegen und die Flugmaschine löste sich in einem Trümmerhagel auf.

»Jippiejeijeh, ihr Amateure! Das hat gesessen!«, jubelte Wolper. Er drückte die Nase des Helikopters nach unten und feuerte eine weitere Salve ab. Die Soldaten am Boden zerstreuten sich in alle Richtungen, aber nicht, bevor etwa zwanzig der langsamsten im Kugelhagel zerfetzt worden waren.

Gene presste sich die Hand auf den Mund und versuchte, sich nicht zu übergeben.

»Tut mir leid, Junge. Aber das ist es nun mal, was wir tun.« Fred zog ein Walkie-Talkie von seinem Gürtel und sprach hinein.

»Commander Stapleton, wir haben allen Vögeln die Federn gestutzt und Gene ist unverletzt.« In seiner Stimme klang Triumph mit. »Sie haben ab sofort Luftunterstützung.«

»Ich danke Ihnen, Mr Wolper. Geben Sie mir meinen Sohn.«

Gene griff nach dem Gerät und hielt es ans Ohr.

»Dad?« Er war den Tränen nahe. »Es ist furchtbar!«

»Reiß dich zusammen, mein Sohn.« Edward Stapletons Stimme war kalt und ruhig. »Entweder die oder wir. So weit ist es leider gekommen. Gib mir wieder Fred.«

Wolper streckte den Arm aus und holte sich das Walkie-Talkie zurück. »Der Junge wird schon wieder, Commander«, sagte er und beschleunigte die Maschine. »Sie können jetzt die anderen Kinder nach Jackson Head führen. Wir geben Ihnen Feuerschutz. Kümmern Sie sich um meine Gemma.«

»Wird gemacht. Passen Sie auf Gene auf.«

»Sie meinen, meinen Kopiloten?« Fred grinste. »Keine Sorge. Wir reißen denen den Arsch auf, Boss.«

Damit stiegen sie höher in die Luft. Gene klammerte sich an den Rand seines Sitzes.

In der Lagerscheune legten Deep Singh und Doug McCombie die Finger an die Lippen. Die Kinder hatten sich in einer Ecke zusammengedrängt – die kleinsten schmiegten sich in die Arme ihrer Mütter.

»Wir spielen gleich ein kleines Spiel.« Deep Singh zwinkerte den Kindern zu. »Es geht darum, quer über die ganze Insel zu rennen, ohne dass uns jemand aufhält. Also müsst ihr ganz, ganz leise sein, solange ihr könnt.«

Die Kinder nickten und sahen mit großen Augen zu ihm auf. Seine Frau, die ihren vier Jahre alten Sohn auf dem Arm trug, nickte ermutigend.

Doug McCombie rückte einen Heuballen zur Seite und gab den Blick auf eine darunterliegende Falltür frei.

»Fünf Jahre habe ich an diesem Tunnel gegraben«, sagte er mit sichtlicher Befriedigung. »Hab ich's doch gewusst, dass wir ihn eines Tages brauchen würden.«

Er zog die hölzerne Klappe hoch. Kleine Stückchen Erde und Stroh tanzten in der Luft, als die Luke sich öffnete.

»Mr Singh geht als Erster.«

»Nur gut, dass wir auf Fallen so viele Karotten essen«, murmelte sein Gefährte und verschwand in dem Loch, wie das Kaninchen eines Zauberers, das einmal den umgekehrten Weg gehen wollte.

»Ihr anderen folgt ihm. Es wird vielleicht etwas eng, aber es ist vollkommen ungefährlich. Ihr kommt dann hinter einem der Heuschober heraus. Wartet, bis Mr Singh euch sagt, ob die Luft rein ist, dann folgt ihr ihm, und wir laufen schnurstracks nach Jackson Head.« Er klatschte in die Hände wie ein übereifriger Pfadfinderführer. »Das wird so was von spannend! Da ist noch keiner von euch jemals gewesen.«

Bob McCombie, sein zwölfjähriger Sohn, hob die Hand.

»Ja, Bobby?«

»Was ist mit all den neuen Soldaten?«

»Na gut, ich dürfte es euch eigentlich ja nicht sagen, aber was soll's.« Doug strahlte den Jungen an. »Das sind keine Soldaten, das sind Schauspieler. Sie drehen auf Kirkfallen einen Film. Ist denn das zu glauben?«

Bobbys Gesichtsausdruck nach zu schließen, glaubte er ihm mit Sicherheit *nicht*. Aber die vorgetäuschte Begeisterung seines Vaters hatte die meisten der Kinder überzeugt und außerdem hielt er ein riesengroßes Sturmgewehr in der Hand.

»Die Handlung ist, dass die Bösen eine Gruppe von ganz besonderen Kindern an der Flucht hindern wollen – das seid natürlich ihr. Also werden sie hinter uns her sein, aber eure Eltern werden gegen sie kämpfen. Wir sind alle als Statisten bei dem Film dabei.«

»Kriegen wir auch Geld dafür?« Dieses Mal hob Bob nicht die Hand.

»Geld gibt es nur, wenn man in der Schauspielergewerkschaft ist. Aber für euch springt ein Flug in einem riesengroßen Hubschrauber heraus und ihr werdet das Festland sehen.«

Das fanden alle spannend. Die älteren Kinder fingen an, aufgeregt zu tuscheln.

»Also werden gleich viele Leute mit Gewehren herumballern und über die Wiese purzeln, aber darum kümmert ihr euch gar nicht.« Doug winkte sie zur Falltür. »Alles, was ihr zu tun habt, ist, so schnell zu laufen, wie ihr könnt, und auf gar keinen Fall stehen zu bleiben.« Sein Lächeln verblasste. »Einige von euren Eltern werden vielleicht umfallen, als hätte sie jemand erschossen, aber das gehört alles zu der Szene, die wir drehen, also habt keine Angst. Ihr müsst einfach immer weiterrennen. Das Ganze muss in einer einzigen Einstellung hinhauen.«

»Ich kann nicht glauben, dass Poppy sich das entgehen lässt«, bemerkte Marcie Gold trocken. »Sie würde wahrscheinlich in Zeitlupe rennen, damit man sie nur ja entdeckt.«

Die Kinder kletterten nacheinander in das Loch hinab. Einige bebten vor Vorfreude. Ein oder zwei zitterten vor Furcht.

Bob McCombie war in der Mitte der Schlange. Auf halbem Weg nach unten hielt er inne und tippte seinem Vater ans Bein.

»Kannst du Mam mit deinem Funkgerät anrufen und ihr sagen, dass ich sie lieb habe?«

»Das mache ich, mein Junge.« Doug unterdrückte einen übermächtigen Drang, den Jungen in seine Arme zu reißen. »Und wenn Deep und ich umfallen, musst du die anderen in Bewegung halten. Verstehst du das?«

»Wenn das nur ein Film wäre«, sagte Bob leise, »dann wüsstest du doch schon, ob du durchkommst oder nicht.«

»Ich brauche dich, damit du die anderen in Bewegung hältst, Bobby«, wiederholte Doug. »*Verstehst* du das?«

»Ich verstehe, Sir«, antwortete sein Sohn unter Tränen.

»Guter Junge.« Doug streckte die Hand aus, um ihn zum Abschied noch einmal zu berühren, doch der Erdboden hatte Bobby schon verschluckt. »Ich hab dich lieb.«

Er hoffte, Bobby hatte ihn gehört. Die anderen gingen stumm an ihm vorbei und ließen sich in das Loch hinab. Doug klappte die Falltür zu und stützte sich mit seinem ganzen Gewicht auf seinen Karabiner. Er nahm ein Scharren hinter sich wahr und wirbelte herum.

Millar stand mit dem Rücken an einem Heuballen. Seine Fingerknöchel traten weiß hervor, so fest klammerte er sich an die Schnur, mit der der Ballen zusammengebunden war.

»Was machst du denn? Los, ab durch die Mitte mit dir!«

»Ich kann nicht«, wisperte Millar. »Ich habe Klaustrophobie.«

»Was? Das sind doch nur dreißig Meter!«

»Ich kann nicht in dieses Loch steigen.« Der Teenager fing an zu schluchzen. »Ich kann einfach nicht!«

»Dieser Schuppen hier ist gleich von jeder Menge Soldaten umzingelt, Junge. Und ich muss ihn so lange halten wie möglich. Damit sie glauben, die Kinder sind noch hier drinnen.«

»Ich bleibe bei Ihnen«, flehte Millar. »Ich kann schießen. Ich bin ein richtig guter Schütze.«

»Du verstehst nicht. Der Tunnel ist der einzige Ausweg für uns.«

»Ich kann nicht in dieses Loch! Bitte! Sie können die Scheune zweimal so lange halten, wenn ich Ihnen helfe.«

Doug schlug frustriert gegen eine Holzkiste und Millar stieß ein ängstliches Fiepen aus. Dann zog der Mann seine Pistole aus dem Halfter und reichte sie ihm.

»Ich habe früher Football gespielt, als ich ein Kind war.« Seine Stimme wurde weich. »Weißt du, was man im Football sagt?«

»Nein«, antwortete der Teenager weinend. »Auf der Insel gibt es doch nicht genug ältere Kinder für eine Mannschaft.«

»Man sagt, die beste Verteidigung ist ein guter Angriff, das sagt man.« Doug seufzte. »Also … neuer Plan. Wir gehen durch die Vordertür. Wenn ich dir ein Zeichen gebe, rennst du den Hügel hoch, bis zu der Vogelscheuche ganz oben. Lass dich durch nichts aufhalten.«

»Nein, Mr McCombie.«

»Für dich heiße ich Doug. Du bist jetzt ein Mann. Gehen wir.«

Millar schniefte und bewegte sich langsam zur Tür.

Doug blickte sehnsüchtig nach der Falltür. Seine einzige Fluchtmöglichkeit.

»Mein Gott. Wer hätte gedacht, dass es so *schwer* werden würde, einer von den Guten zu sein.«

Er rammte ein Magazin in den Schacht und ging auf die Tür zu.

Kirkfallen Island

Im Quarantäneraum spürte Apathy, wie ihr allmählich schlecht wurde. Sie ließ sich vorsichtig auf das Bett nieder. Ihre Beine zitterten.

Die Tür flog auf und Poppy Ainsworth kam hereingeplatzt.

»Ich will, dass du …« Das Mädchen brach mitten im Satz ab. »Geht es dir nicht gut?«

»Nicht besonders. Vielleicht liegt es an der Spritze, die der Doktor mir gegeben hat.«

»Der hat dir nur Blut abgenommen.« Poppy trat zu ihr und legte ihr ihre schwielige Hand auf die Stirn. »Aber hallo … du glühst ja richtig.«

Von der Ebene unter ihnen erklang ein überraschter Ausruf, dann ein Schmerzensschrei.

»Was ist da los?«

Poppy rannte zur Tür und blickte auf den Korridor hinaus. Apathy sah mit Schrecken, dass sie hinten im Gürtel ein langes Messer stecken hatte.

»Unsere Eltern nehmen die Basis ein!«, sagte sie mit angehaltenem Atem. »Und dann hauen wir alle in einem dieser großen Hubschrauber von hier ab!«

Sie kam zurück und kniete vor Apathy nieder.

»Versuch, wach zu bleiben. Ich hole dich, wenn wir abmarschbereit sind. Du kannst im Hubschrauber neben mir sitzen.« Sie schlug sich auf ihren mächtigen Schenkel. »Wir fliegen zum Festland! Da kann ich Hotdogs essen, was immer das ist, und mir endlich eine Broadway-Show ansehen!«

»Das ist nett.« Apathy gab sich alle Mühe, sich darauf zu konzentrieren, was das Mädchen sagte.

»Es ist wunderbar! Sobald ich da hinkomme, fange ich als Schauspielerin an.«

»Ich kann nicht mit.« Apathy ließ den Kopf sinken. Sie fühlte sich völlig erschöpft. »Ich habe dieselbe Pheromonsache wie du. Nur bei mir sind es die schlechten und sie brechen jeden Moment aus. Ich kann nicht einmal in die Nähe des Festlands.«

»Aber du darfst keine bösen Pheromone freisetzen!« Poppy wich zurück. »Die ganzen anderen Kinder sind auf dem Weg hierher. Wenn sie hier sind, funktioniert das mit der Quarantäne doch nicht mehr.«

»Das ist schon in Ordnung.« Apathy winkte mit einer schwachen Handbewegung ab. »Keinem von euch wird etwas geschehen. Ihr seid alle …« Sie rang nach Worten. »Ihr seid genauso wie eure Eltern.«

»Wie meinst du das?«

»Ihr habt eine soziopathische Persönlichkeit.« Apathy konnte nicht mehr taktvoll sein. »Tut mir leid, wenn du das nicht gewusst hast.«

»Aber *natürlich* weiß ich das.« Poppy holte tief Luft. »Meine Eltern haben mir schon vor langer Zeit alles erzählt. Ich wusste über diese Basis lange vor Millar und Gene Bescheid.« Sie erhob sich und nahm eine theatralische Pose ein. »Aber meine Mam und mein Dad haben mir verboten, dieses Geheimnis preiszugeben, und außerdem bin ich Schauspielerin, also weiß ich, wie man sich dumm stellt. Die Jungs haben nie Verdacht geschöpft.«

Apathy stemmte sich mit einer übermenschlichen Anstrengung am Bett hoch und hob den Kopf.

»Und das stört dich gar nicht?«

»Die Erwachsenen auf dieser Insel sind immer gut zu uns gewesen.« Poppy warf erneut einen prüfenden Blick auf den Flur. »Ich weiß nicht, ob sie sich so verhalten, wie richtige Eltern es sollten, aber von uns Kindern kennt es sowieso niemand anders.«

Sie zog leise die Tür ins Schloss.

»Sicher, sie *tun* nur so, als wären sie gewöhnliche Leute. Aber sie sind die Wächter-Staffel. Sie sind *gut* darin. Und sie haben alles nur für ihre Kinder getan.«

»Dann ist ja alles okay.« Apathy erschauerte. »Wenn ich meine Pheromone ausstoße, werden alle Soldaten wahnsinnig, und ihr gewinnt. Und das ganze Blut klebt an meinen Händen.«

»Aber wir *sind* nicht so wie unsere Eltern! Ich, Gene und Millar, wir haben uns gern.«

»Colin hat mir gesagt, Soziopathie ist erblich.« Apathy schüttelte den Kopf, um ihn etwas klarer zu bekommen. »Woher wisst ihr denn, was ihr wirklich fühlt? Ihr habt ja keine Vergleichsmöglichkeiten außer den anderen auf dieser Insel.«

Poppy schluckte hart.

»Das Risiko kann ich nicht eingehen.«

Sie zog das Messer aus dem Gürtel.

Apathy rutschte auf dem Bett zurück und kreuzte schützend die Arme vor dem Gesicht. Poppy schritt mit gezücktem Messer auf sie zu.

Nichts geschah. Apathy riskierte einen vorsichtigen Blick.

Poppy stand über ihr und hatte die Waffe noch in der Hand.

»Ich kann's nicht«, sagte sie bekümmert. »Wenn es etwas gibt, das ich hier gelernt habe, dann, dass nicht das zählt, was wir *sind*. Sondern was wir *tun*.«

Sie schob das Messer wieder in den Gürtel.

»Bitte halte durch. Nur bis die Kinder im Hubschrauber sind. Bitte!«

»Ich versuch's.«

Über ihren Köpfen hörten sie Gewehrfeuer.

»Und erzähle allen, dass ich dich nicht töten konnte.« Poppy wandte sich zur Tür. »Lass alle wissen, dass ich ein guter Mensch bin.«

»Ich sage es allen.« Apathy kippte zur Seite. »Versprochen.«

»Aber ich muss tun, was immer nötig ist, um meine Familie zu beschützen.« Poppy blickte hasserfüllt auf das Messer an ihrer Hüfte. »Das würdest du doch auch, oder?«

»Ja, das würde ich.« Apathy dachte an Emily und D. B. Salty. »Genau wie mein Vater und meine Mutter.«

»Ich *wusste*, du und ich würden Freundinnen werden. Wenn wir beide überleben, lasse ich dich zu mir holen. Ich brauche wahrscheinlich eine persönliche Assistentin.«

»Es wäre mir eine Ehre.«

»Ich hab dir ja gesagt, ich bin eine große Schauspielerin. Wenn du mein Geheimnis bewahrst, wird niemand wissen, wie ich wirklich bin.«

Poppy schaute traurig zurück auf ihre neue Freundin.

»Niemand hat das je gewusst.«

Und sie verschwand auf den Korridor hinaus.

In der Informationshütte ging Colonel Potter an den Regalen entlang, nahm aufs Geratewohl Bücher heraus und blätterte gelangweilt darin.

»In diesem Dorf liegt ja wirklich der Hund begraben, meinen Sie nicht auch?«, beschwerte er sich. »Gibt es auf dieser Insel überhaupt etwas Interessantes, mit dem wir uns die Zeit bis zu diesem verfluchten Appell vertreiben können?«

»Das hängt davon ab, wie interessant Sie Gras finden.« Naish warf einen Blick aus dem Fenster. Zwei der Inselbewohner huschten im Zickzack und mit gesenkten Köpfen zwischen den Häusern hindurch. Sie drehte sich rasch wieder um. Das andere Fenster des Raums wurde von der kaum als grazil zu bezeichnenden Figur von Alison Ainsworth verdeckt, die immer noch strammstand.

»Was ist mit der MacLellan-Basis?« Der Colonel schien entschlossen, heute noch etwas zu besichtigen, wenn er schon da war.

»Da gibt es auch nicht viel zu sehen.« Naish schielte wieder aus dem Fenster, aber die beiden Gestalten waren verschwunden. »Das Walton-Mädchen befindet sich auf einer der unteren Ebenen in Quarantäne – obwohl wir sie jetzt eigentlich herauslassen könnten, da sie nicht Colins Tochter ist.«

»Das wollte ich Sie ohnehin noch fragen.« Der Colonel legte sein Buch zur Seite. »Wie wissen die Inselbewohner eigentlich, wann genau sie ein Kind unter Quarantäne stellen müssen? Woher wissen sie, dass ein Pheromonausbruch bevorsteht?«

»Hauptsächlich natürlich durch das Alter.« Naish zeigte mit dem Finger in einen Winkel des Raumes. »Und dann durch die da.«

Auf einer frei stehenden Kommode ragte ein mächtiger Plexiglaskasten auf. Er war mit Erde gefüllt und an den Innenseiten der Scheiben krabbelten Insekten.

»Das ist ja eine Ameisenfarm. Wie lustig«, frohlockte der Colonel. Er ging mit schnellen Schritten darauf zu und klopfte gegen das Glas. »So eine hatte ich auch, als ich klein war.«

»Ameisen wirken sowohl als Verstärker als auch als Frühwarnsystem.« Naish stellte sich neben ihren Vorgesetzten. »Unsere Theorie war immer, dass sie vollkommen aus dem Häuschen geraten würden, wenn jemand auf der Insel mit seiner Pheromonausschüttung so weit war.« Sie runzelte die Stirn. »Nur hat das bei Gene Stapleton nicht so recht funktioniert. Er hat uns alle überrascht.«

Der Colonel zog eine Augenbraue hoch. Der Erdhügel in dem durchsichtigen Behälter wimmelte von Insekten. Sie rasten in Schwärmen vor und zurück, bissen wütend aufeinander ein und warfen sich gegen die polierte Scheibe.

»Nun, dafür spielen sie jetzt auf einmal ganz schön verrückt.«

»Grundgütiger«, stammelte Naish. »Irgendeines von den Kindern auf der Insel ist heiß!«

Potter warf einen strengen Blick auf Alison Ainsworth.

»Das ist mir vollkommen neu.« Ihre Verwunderung war offensichtlich nicht gespielt. Sie löste ihr Walkie-Talkie vom Gürtel. »Ich informiere besser Commander Stapleton.«

»Ja, das sollten Sie. Es gefällt mir gar nicht, dass …«

Seine Stimme verstummte, als das Bellen von Gewehrfeuer in die Hütte drang, gefolgt von einer Explosion in größerer Entfernung. Die Regale an den Wänden klapperten.

Alison Ainsworth reagierte als Erste. Sie ließ das Funkgerät fallen und zog ihre Waffe. Die Jahre auf Kirkfallen hatten ihre antrainierten Instinkte keineswegs abgestumpft. Ihre ersten drei Schüsse erledigten die Soldaten an der Wand, bevor die überhaupt ihre Gewehre heben konnten. Alison ging in die Hocke und warf den Tisch vor ihr um, während der Mann an der Tür sie unter Feuer nahm. Kugeln rissen Späne aus der Platte und zogen Furchen durch das Holz und das Fenster zerbarst in einem Kaleidoskop aus Glassplittern.

Der Colonel duckte sich hinter die Ameisenfarm und Naish warf sich auf den Boden. Alison rollte sich auf die Seite und gab einen Schuss ab. Der Soldat an der Tür schrie auf und stürzte um, als eine Kugel sich mit einem schmatzenden Geräusch in sein Schienbein bohrte. Alison zielte, zog den Abzug durch und der Mann wurde still. Der Gestank von Kordit hing in der Luft. Blauer Dampf waberte durch die Hütte.

»Also, das kommt jetzt wirklich sehr ungelegen.«

»Werfen Sie die Waffe weg, Sergeant Ainsworth«, rief Naish.

»Wissen Sie, was das für Ameisen in diesem Tank sind?«, erwiderte Alison. »Feuerameisen. Vor denen sollten Sie sich in Acht nehmen.«

Und sie gab einen weiteren gezielten Schuss ab.

Das Glas der Ameisenfarm explodierte und zuckende Klumpen von Insekten fielen heraus. Naish versuchte, ihre Gegnerin ins Visier zu bekommen, doch der umgekippte Eichenholztisch bot Ainsworth perfekten Schutz.

Sekunden später wälzte sich Colonel Potter brüllend von dem Behälter weg. Ameisen krochen in Schwärmen über seinen ganzen Körper und bissen sich in jedem Zentimeter ungeschütztem Fleisch fest. Alison bog den Arm um den Tisch und feuerte wieder. Die Kugel schlug in die Erde der Ameisenfarm ein. Weitere Insekten wuselten aus den zerschmetterten Seitenscheiben hervor und fielen von der Kommode auf den Boden.

Die Tür sprang auf, und die zwei Soldaten, die draußen Posten gestanden hatten, hasteten in den Raum.

Alison war im Häuserkampf ausgebildet und wusste, dass ihre beste Chance zu überleben darin bestand, zu bleiben, wo sie war. Doch nun hatte sie den Überraschungsvorteil verloren und fand sich wieder einer Überzahl von Gegnern gegenüber.

Sie stand auf und schickte den Wachen einen Kugelhagel entgegen. Er erwischte sie mitten im Lauf und schleuderte sie durch die geöffnete Tür zurück.

Naish gab nur einen Schuss ab. Alison Ainsworth griff sich an die Brust und blickte verwundert auf ihre blutüberströmten Finger.

Sie atmete langsam aus und sank zu Boden.

Der Colonel rappelte sich auf die Beine und klopfte sich wütend die Ameisen ab. Naish kroch zu Alison und fühlte ihr den Puls. Er war nicht mehr zu spüren.

»Setzen Sie sich unverzüglich ans Funkgerät und trommeln Sie unsere Männer zusammen.« Colonel Potter war vor Zorn lila angelaufen. »Das ist Hochverrat! Ich will, dass jeder Erwachsene auf dieser Insel gejagt und zur Strecke gebracht wird!«

»Sie haben es mit der Wächter-Staffel zu tun«, zischte Naish. »Das wird keine Jagd. Das wird ein gottverdammter Krieg.«

Kirkfallen Island

»Die Kinder sind so weit.« Deep Singh kauerte hinter einem Heuballen am Ausgang des Tunnels, das Walkie-Talkie in der Hand. »Ich schlage vor, wir gehen zu den Östlichen Hügeln und wenden uns dann in einem Halbkreis nach Norden. Das gibt uns am meisten Deckung.«

»Negativ«, kam Edwards Stimme knisternd zurück. »Der Marsch wird schon hart, wenn ihr nur der Luftlinie folgt. Den kleineren Kindern wird es schwer genug fallen, vier Meilen über ebenes Gelände zu rennen. Nehmt die kürzeste Strecke.«

»In Ordnung«, antwortete Singh widerstrebend. »Aber dann sind wir vollkommen ungeschützt.«

»Hilfe ist unterwegs.«

Wie auf ein Stichwort kamen die Golds herangehetzt. Ein paar Hundert Meter hinter ihnen hatten sich Teile von Potters Truppe vom Dorf abgesetzt und rückten auf sie vor. Singh zog hastig weiter Kinder aus dem Loch und gab ihnen einen Stups in Richtung Norden.

»Folgt den Golds!«, rief er. »Und bleibt auf keinen Fall stehen!«

Die Kinder rannten los, eines nach dem anderen in einer lang gezogenen Reihe.

»Wir brauchen Feuerschutz, und zwar *jetzt*!«, kreischte Deep in das Walkie-Talkie. »Potters Leute sind direkt hinter uns!«

»Hier kommt die Kavallerie!«, platzte Fred Wolper in die Verbindung. »Haltet die Köpfe unten!«

Ein riesiger Helikopter kaum von Norden herangefegt. Feuerstöße brachen links und rechts aus dem stumpfen grünen Bug und die Verfolger warfen sich panisch in Deckung. Singh stieß einen Siegesschrei aus und die Kinder nahmen die Köpfe auf die Brust und verdoppelten ihre Anstrengungen.

In seinem Wohnzimmer gab Edward Stapleton seine letzten Befehle.

»Alle Mitglieder der Wächter-Staffel, die sich noch im Dorf aufhalten – wir brechen jetzt aus. Durchquert das Dorf und macht einen Ausfall an der Westseite, dann schlagt euch nach Jackson Head durch. Bei Kontakt wird der Feind unverzüglich liquidiert und ihr übernehmt seine Waffen. Fred? Bist du da?«

»Auf Empfang.« Im Hintergrund konnten die Insassen der Hütte die Maschinengewehre des Helikopters hören.

»Gib uns noch fünf Minuten, dann zerstörst du Fallen.«

»Das ist unser Zuhause, Eddie.« Annie Stapleton legte ihrem Mann die Hand auf den Arm.

»Ich fürchte, wir haben keine Verwendung mehr dafür.« Edward ging wieder auf Sendung.

»Schwarzer Mann? Wie ist die Lage bei Reardon Flats?«

Auf dem Hügel über dem Dorf hing eine einsame Vogelscheuche an zwei gekreuzten Stangen. Sie führte vorsichtig einen Arm vors Gesicht – die weiß behandschuhte Hand hielt ein Funkgerät umklammert.

»Die Wachen hier haben sich wieder gesammelt.« Walter de Guglielmo flüsterte durch dreckverkrustete Lippen ins Mikrofon. »Sie haben offensichtlich neue Befehle erhalten und bewegen sich jetzt nördlich in die Östlichen Hügel hinein. Wenn sie oberhalb von Singh und den Kindern herauskommen, schießen sie sie in Fetzen.«

»Verstanden.« Edward zog die Truppenbewegungen auf der Karte nach. »Sag den Maulwürfen, sie sollen sie aufhalten.«

»Die Soldaten sind durch Kräfte verstärkt worden, die von der Ostseite des Dorfes anmarschiert sind«, warnte Walter. »Es sind mindestens sechzig Mann.«

»Sag den Maulwürfen, sie müssen sie um jeden Preis zum Stehen bringen. Das Leben der Kinder hängt davon ab.«

»Wird ausgeführt.« Walter löste sich behutsam von den Stangen und zog das Klebeband ab, mit dem sein Gewehr an ihnen befestigt war. Es war eine Jagdwaffe, und Walter hatte Wochen damit zugebracht, sie für seine Zwecke umzubauen. In den alten Tagen war er der beste Scharfschütze der Wächter-Staffel gewesen.

Er legte sich am Rand des Hügelkamms auf den Bauch, kniff die Augen zusammen und zielte am Lauf entlang. Dann machte er sich an die Arbeit.

»Viel Glück euch allen.« Edward nahm seine Waffe auf. »Ich seh euch auf der anderen Seite.«

»Was ist mit Dan und Emily?«, protestierte Colin. »Sie haben keine Ahnung, was hier abläuft.«

»Geoff Ainsworth ist bei ihnen.« Edward zerknüllte die Karte und warf sie ins Feuer. »Wenn dieses alte Schlachtross sie da nicht herausbringt, dann schafft es niemand.«

»Du musst mir vertrauen.« Colin stellte sich zwischen Edward und die Tür. »Dan und Emily *müssen* nach Jackson Head.«

»Also gut! Ich hole sie selbst.«

Annie Stapleton packte ihren Mann am Ärmel.

»Verdammt noch mal«, fluchte Edward. »Das ist die einzige Uniform, die ich habe.«

»Halt die Klappe.« Annie schwang ihn herum und küsste ihn. »Und *wage* es nicht, da draußen zu sterben.«

»Damit du mir dann die Hölle heißmachst? Niemals.«

Dann brachen sie durch die Tür.

Doug McCombie und Millar hielten ihre Augen an Astlöcher im Scheunentor gepresst. In der Ferne konnten sie das Krachen und Hämmern eines Feuergefechts hören.

»Es hat angefangen.« Doug legte dem Jungen die Hand auf die Schulter. »Sieh mal, die Hälfte von denen macht sich im Laufschritt davon. Das ist die beste Gelegenheit für uns.«

Er drückte die Tür auf und Millar zwängte sich durch den breiter werdenden Spalt.

»Und jetzt lauf!«

Der Teenager sprintete nach Norden auf den Hügel zu. Die Vogelscheuche war verschwunden, aber das Kreuz, an dem sie gehangen hatte, stand noch – sein Zufluchtsort, wenn er es bis dahin schaffte. Millars Beine bewegten sich so schnell, dass ihre Umrisse verschwammen. Mit keuchenden Schluchzern sog er die Luft ein, preschte über die Ebene und den Hang hinauf.

Hinter ihm war Doug McCombie hinter einen verlassenen Anhänger unmittelbar vor der Scheune gehechtet und nahm nun den Feind unter Feuer. Ein Dutzend Männer löste sich von der Hauptabteilung und setzte Millar nach. Einer davon hob sein Sturmgewehr, aber sein Kamerad schlug den Lauf wieder nach unten.

»Nicht die Kinder! Wir töten die Kinder nur, wenn wir müssen!«

Es war der letzte Satz, den er in seinem Leben sprechen sollte. Doug McCombie zielte sorgfältig, feuerte und der Mann brach zusammen.

Um die Ecke der Scheune kam eine weitere Gruppe Soldaten gerannt. McCombie hatte keine Chance, sich gegen einen Angriff von zwei Seiten zu verteidigen, doch er versuchte es trotzdem. Er wirbelte herum und sandte den Neuankömmlingen einen Sturm von Kugeln entgegen.

Millar warf genau in dem Moment einen Blick zurück, in dem das Gegenfeuer den Körper seines Beschützers hin und her schüttelte. Doug blieb noch eine Sekunde aufrecht stehen und hob ein letztes Mal das Gewehr. Ein Arm hing schlaff herunter. Dann fiel der Karabiner aus seinen leblosen Fingern und er kippte vornüber zu Boden.

Mit einem Aufheulen rannte Millar schneller und ruderte mit den Armen, um das Gleichgewicht zu halten. Die Soldaten holten auf, aber er konnte Rauchwölkchen erkennen, die vom Hügelkamm über ihm aufstiegen. Er riskierte einen letzten Blick zurück. Mindestens vier seiner Verfolger waren ausgeschaltet.

Er rannte weiter.

Walter De Guglielmos Jagdbüchse war ein Sharps-Hinterlader, der auf Einzelfeuer ausgerichtet war. Obwohl sie nicht die Feuerkraft einer automatischen Waffe aufbrachte, besaß sie bis auf zweihundert Meter eine tödliche Treffsicherheit. Walter lag im Gras, lud durch, zielte und feuerte. Durchladen, zielen, feuern. Der Lauf war so heiß, dass er aufpassen musste, ihn nicht zu berühren, aber er wusste, dass sich sein Gewehr nicht durch die Hitzeentwicklung verziehen würde.

Millar raste auf ihn zu. Zuerst waren noch zwölf Mann hinter ihm her gewesen. Sechs davon hatte Walter getötet, aber die anderen schlossen rasch auf.

Walter De Guglielmo war eine Tötungsmaschine. Er und sein Gewehr waren eins. Er lud durch, zielte und feuerte. Durchladen, zielen und feuern.

Dann scherte Millar aus, um einem Felsblock auszuweichen. Walter riss den Kopf hoch.

»Nein!«

Der verängstigte Teenager befand sich nun zwischen ihm und dem Feind. Direkt in seiner Schusslinie. Walter zielte sorgfältig und gab einen Schuss ab.

Millar fühlte die Kugel an sich vorbeipfeifen und hörte einen Schrei hinter seinem Rücken. Er hätte nicht geglaubt, dass seine Beine die Kraft hätten, noch schneller zu laufen, aber *das* spornte ihn an.

Er war fast da.

»Runter mit dir, du kleiner Idiot!«, schrie Walter. »Ich kann sie alle erwischen, wenn du nur aus dem Weg gehst!«

Aber der Junge rannte immer noch genau auf ihn zu, den Kopf gesenkt und viel zu sehr auf sein Ziel fixiert, um irgendetwas anderes wahrzunehmen.

Die Männer, die ihn verfolgten, waren nicht dumm. Sie änderten ihre Laufrichtung und achteten darauf, den fliehenden Jungen zwischen sich und dem Schützen auf dem Hügelkamm zu halten.

Walter rappelte sich auf die Beine.

»Runter!«, kreischte er und gab Millar Zeichen mit der freien Hand. »Lass dich fa–«

Er flog zurück, als eine Kugel in seine Brust einschlug. Die Wucht des Treffers riss ihm das Gewehr aus der Hand. Viel zu spät warf Millar sich zu Boden. Er sah noch, wie Walter de Guglielmo sich als Silhouette gegen den grauen Horizont abhob, die Arme von sich gestreckt, den Mund zu einem stummen Schrei aufgerissen.

Millar zog die Pistole aus dem Gürtel. Als die noch verbliebenen Soldaten sich auf ihn zubewegten, drehte er sich auf den Bauch und hob die Waffe. Er hielt sie mit beiden Händen und stützte die Ellenbogen auf, wie sein Vater es ihn gelehrt hatte.

Er zielte und feuerte. Zielen und feuern. Zielen und feuern.

Als er endlich die Waffe fallen ließ, war er das einzige lebende Wesen auf dem Hügel.

Der größte Teil von Potters Truppen hatte immer noch einen Ring um das Dorf gebildet. Wolpers Helikopter schwebte über ihren Köpfen, ging in Tiefflug ein und nahm sie gnadenlos unter Beschuss. Der Feuerüberfall trieb die Männer zurück zwischen die Häuser.

Kirkfallen war ein Hexenkessel. Die Einwohner strömten am westlichen Rand aus dem Dorf und hatten den Vorteil der kompletten Überraschung auf ihrer Seite.

Sie kamen über Potters Männer wie ein Rudel wilder Tiere, bewaffnet mit Äxten, Beilen und Schwertern, die sie aus Pflugscharen geschmiedet hatten. Sie hackten und stachen auf ihre Gegner ein und rissen den Toten die Gewehre aus den Händen. Wolper feuerte zwei Raketen in den äußeren Bereich von Kirkfallen und löschte die Soldaten aus, die sich der Sturmflut entgegenstemmen wollten. Die Wächter-Staffel ergoss sich wie ein reißender Sturzbach aus dem Dorf und bahnte sich einen Weg zu ihren Kindern.

»Weiter!«, schrie Edward. »Ich hole die Waltons.« Bevor die anderen etwas sagen konnten, schlug er sich zur Seite und hetzte zum Haus von Geoffrey Ainsworth.

Geoff stand im Eingang seiner Tür und feuerte auf die Soldaten, die sein Zuhause belagerten. Edward bremste nicht einmal ab. Aus der Hüfte schießend rannte er direkt in den Feind hinein.

»Eddie!« Geoff rückte auf seinen Gartenweg vor und verdoppelte sein Feuer. »Gutes Timing!«

Plötzlich griff er sich an den Bauch und krümmte sich vornüber. Er sank auf die Knie, biss die Zähne zusammen und gab dabei ohne Unterlass Schüsse ab. Ein Blutfaden lief ihm aus dem Mund.

D.B. Salty sprang aus der Tür und sprintete auf einen Soldaten zu, der sein Magazin ausgeworfen hatte und verzweifelt versuchte, ein neues in den Schacht einzuführen. D.B. erreichte ihn, fegte das Gewehr mit dem Arm zur Seite und verpasste dem Mann einen Kopfstoß ins Gesicht. Er entwand dem Soldaten die Waffe und schwenkte sie in einem tödlichen Feuerbogen herum. Als der Letzte der Angreifer fiel, stürzte Emily Walton aus dem Haus und ging neben Geoff Ainsworth in die Hocke. Er legte den Arm um sie und sie taumelten auf den Hauseingang zu.

»Gehen Sie«, stöhnte der Mann unter Schmerzen, als er gegen seinen Türrahmen sackte. »Es kommen noch mehr Soldaten. Ich halte sie auf, solange ich kann.«

Emily küsste ihn auf die Wange und hob seine heruntergefallene Waffe auf. Edward ging auf seinen Freund zu.

»Nein, Eddie!«, wehrte Ainsworth seinen Kommandeur ab. »Geh und beschütze die Kinder!«

»Ich passe auf, dass deiner Tochter nichts passiert.« Edward winkte die Waltons zu sich und wandte sich nach Westen. Einmal noch blickte er zurück auf seinen Freund, der sich am Türstock hochzog, das Gewehr immer noch fest in der blutüberströmten Hand.

»Edward Stapleton, nehme ich an?« Dan, der Emily hinter sich herzog, schloss im Laufen zu ihm auf.

»Und Sie müssen der berüchtigte D.B. Salty sein.«

»Ich sollte mir bald ein paar Visitenkarten drucken lassen.«

Emily erschauerte, als ihr klar wurde, wie schnell die beiden Männer ihren gefallenen Kameraden vergessen hatten. Zum Teil verstand sie, dass der Überlebenskampf der Inselbewohner ihnen keine Zeit zum Trauern ließ – und doch fragte sie sich, wie viel dieser Empfindungslosigkeit ihrer Unfähigkeit entsprang, die Gefühle anderer zu verstehen.

Fast die gesamte Wächter-Staffel hatte die westlichen Außenbereiche des Dorfes überwunden und schwenkte nun nach Norden, wo sie ihre Kinder wussten. Wolper deckte Potters Truppen immer wieder mit tödlichem Sperrfeuer ein, und die Soldaten zogen sich ins Dorf zurück, ohne zu bemerken, dass sie sich in die Ecke drängen ließen, die Fred ausgewählt hatte, um sie durch Raketen engültig zu vernichten.

»Wir gewinnen!« Edward stieß die Faust in die Luft, während er weiterrannte. »Das ist *mein* Sohn da in dem Hubschrauber!«

Eine weiße Rauchfahne schoss in hohem Bogen aus dem Dorf und verfehlte den Helikopter nur knapp. Edward grub aus vollem Lauf die Absätze in den Boden.

»Hau ab, Fred!«, kreischte er in sein Funkgerät. »Die haben einen Raketenwerfer!«

Der Hubschrauber stellte das Feuer ein und gewann an Höhe. Wieder stieg ein weißer Strahl über dem Dorf auf. Der Helikopter versuchte, abzudrehen und dem todbringenden Flugkörper auszuweichen, aber er konnte dem Verderben nicht mehr entkommen. Die Rakete traf die Maschine genau unterhalb des Cockpits und sie explodierte in der Luft.

»DAS IST MEIN SOHN DA IN DEM HUBSCHRAUBER!«, brüllte Edward Stapleton. Die Adern an seinem Hals standen in Strängen hervor. Er fletschte die Zähne wie ein tollwütiger Hund und machte fahrig ein paar Schritte nach vorne, dann ein paar zurück. Sein Gesicht zuckte unkontrolliert. Mit einem gequälten Aufschluchzen gewann er dann wieder etwas die Gewalt über sich und schritt auf das Dorf zu. Dan lief zurück und stellte sich ihm in den Weg.

»Was zur Hölle haben Sie vor?«

»Ich hole mir Colonel Potter.« Edwards Stimme hatte jeden Ausdruck verloren. »Er gehört mir.«

»Seien Sie nicht dumm, Mann. Sie kämen nicht einmal in seine Nähe.«

»Treten Sie beiseite, bevor ich Sie über den Haufen schieße.«

»Nein. Sie sind der Kommandeur der Wächter-Staffel. Sie werden Colonel Potter *besiegen.*« D. B. rührte sich nicht vom Fleck. »Das können Sie nur, wenn Sie bei Ihren Leuten bleiben. Wenn Sie *am Leben* bleiben.«

»Gehen Sie mir verdammt noch mal aus dem Weg!«

Emily hob zögernd ihr Gewehr. Sie wurde gerade Zeuge, wie die sprichwörtliche unaufhaltsame Kraft auf das ebenso sprichwörtliche unüberwindliche Hindernis traf. Sie würde nicht tatenlos zusehen, wie die Situation ihren blutigen Ausgang fand.

»Um Gottes willen!«, rief sie beschwörend. »Hier auf der Insel gibt es auch noch andere Kinder, und die brauchen euch beide, damit sie gerettet werden.«

»Was gehen mich die anderen Kinder an!«, heulte Edward auf. »Ich habe nur mein eigenes geliebt!«

»Dann wird es Zeit, dass Sie sich ÄNDERN!« Edward zitterte am ganzen Körper. Seine Kiefer mahlten stumm, seine Augen waren winzige schwarze Punkte, aus denen stechend der Hass blickte. Seine Faust zuckte vor und traf D. B. Salty am Mund.

Dan taumelte zurück, hielt sich aber auf den Beinen.

»Wenn Sie unbedingt Selbstmord begehen wollen, nur zu, aber meine Tochter ist auch auf dieser Insel.« Er wischte sich das Blut von der Unterlippe. »Wo ist sie?«

Edward schaute auf seine Faust herab. Sie war so fest geballt, dass das Blut aus der Handfläche tropfte.

»Bitte helfen Sie mir, *mein* Kind zu retten, Mr Stapleton«, flehte Emily.

»Ich bringe Sie zu ihr«, sagte Edward schließlich. »Aber es wird nichts nützen.«

»Warum nicht?«

»Weil der Helikopter der einzige Vorteil war, den wir hatten. Und unsere einzige Möglichkeit, diese Insel zu verlassen.«

Er wischte sich die Hände an der Uniformjacke ab und beschmierte dabei den khakifarbenen Stoff mit Blut.

»Ohne ihn hat keiner von uns eine Chance.«

Kirkfallen Island

Deep Singh rannte immer weiter und trieb die Kinder vor sich her. Die Vierjährigen waren am besten dran – noch nicht alt genug, um zu verstehen, was geschah, und leicht genug, dass man sie tragen konnte. Beflügelt von dem Wunsch, die Kleinen auf ihren Armen außer Gefahr zu bringen, hatten die Mütter von Anfang an ein erbarmungsloses Tempo angeschlagen und die anderen hinter sich zurückgelassen. Jetzt hatten die ersten Kämpfer aus Kirkfallen die Gruppe eingeholt, und die Männer hoben sich die Sechsjährigen auf die Schultern, um die Kolonne zu beschleunigen. Der Rest der Kinder rannte immer noch in einer lang gezogenen Reihe hintereinander her. Die Zwölfjährigen schubsten und zogen die Jüngeren und hielten sie mit einer Mischung aus Versprechungen und Drohungen in Bewegung. Mittlerweile wussten alle, dass dies kein Film war.

Deep suchte immer wieder die Hügel zu ihrer Rechten ab. Die Soldaten, die die Helikopter bewacht hatten, waren weiter nördlich als seine Schützlinge aufgebrochen und würden viel schneller vorankommen. Wenn sie höher gelegenes Gelände erreichten, konnten sie die Schar schluchzender Kinder der Reihe nach abknallen wie an einer Schießbude auf einem Jahrmarkt. Dieser Kampf wurde zu gnadenlos geführt, als dass er noch glaubte, dass man sie verschonen würde.

Die Wächter-Staffel war nun mit Sturmgewehren ausgerüstet, die sie gefallenen Soldaten abgenommen hatte, aber sie war immer noch haushoch im Nachteil, was Anzahl und Feuerkraft anbelangte. Und am Zaun waren noch mehr von Potters Männern stationiert. Deep wusste, dass sie sich genau in diesem Augenblick darauf vorbereiteten, seine zusammengewürfelte Streitmacht zurückzuschlagen, und der einzige Weg nach Jackson Head führte nun einmal durch ihre Verteidigungslinie. Er verfluchte seinen Kommandeur, weil er sie in diese ausweglose Situation gebracht hatte – aber sie konnten nirgendwo anders mehr hin.

Edward Stapleton erreichte das westliche Ende des Dorfes, D. B. und Emily dicht hinter ihm. Sonja Watt und Annie Stapleton lagen reglos mit dem Gesicht nach unten zwischen zwei Heuschobern auf der Erde. Edward kam abrupt zum Stehen.

»Das sind meine Frau und meine Stellvertreterin.«

Emily biss sich auf die Lippe.

»Oh, mein Gott. Es tut mir so leid.«

»Das braucht es nicht.« Edward streckte sich selbst auf dem Boden aus. »Sie stellen sich nur tot. Legen Sie sich hin und tun Sie so, als hätte man Sie erschossen.«

»Was?«

»Tun Sie's einfach oder sie sind gleich wirklich tot. Potter wird sich darauf konzentrieren, den Kindern den Weg abzuschneiden. Da kann er nicht noch die Gegend durchkämmen und Leichen untersuchen.«

D. B. zog seine Frau zu sich hinunter. Hand in Hand lagen sie bewegungslos da, nur ein paar Meter entfernt von Annie Stapleton, die den Kopf den rauchenden Trümmern des Helikopters zugedreht hielt.

Nahe genug, um zu sehen, dass Tränen in ihren Augen standen.

Potters Armee hatte sich in zwei Abteilungen aufgeteilt. Trupp Rot folgte den Kindern in einer geraden Linie nach Norden. Ohne den Helikopter, der sie in Schach gehalten hatte, kamen sie rasch voran. Der weiter nördlich eingesetzte Trupp Schwarz hatte den Fuß der Östlichen Hügel erreicht und den Anstieg begonnen. Noch eine Meile und sie wären gleichauf mit den Kindern, allerdings in einer deutlich höheren Position.

Dann schlugen die Maulwürfe zu.

An der Flanke der Östlichen Hügel schoben sich neun Platten Schilfgras zur Seite und gaben in den Hang gegrabene Löcher frei. Jede der Mulden war geräumig genug, einem Mann oder einer Frau Platz zu bieten, und in ihnen lauerten die besten Scharfschützen der Staffel, bewaffnet mit den zuverlässigsten und weittragendsten Gewehren, die ihre kümmerlich ausgestattete Insel zu bieten hatte.

Die Maulwürfe eröffneten das Feuer. Die erste Welle von Potters Truppen wurde niedergemäht und ihre Kameraden warfen sich in Deckung und erwiderten das Feuer bäuchlings im Gras liegend.

Colonel Potter und Naish kamen in Wolpers Geländebuggy herangebraust.

»Stürmen Sie den Hügel und schalten Sie diese Schützennester aus! Jetzt sofort!«, schrie Potter in sein Funkgerät.

Die Soldaten erhoben sich und machten sich wieder an den Aufstieg. Von oben schnitt ein vernichtender Kugelhagel durch ihre Reihen und sie fielen wieder zurück.

»Der Feind hat sich ziemlich gut eingegraben«, stellte Naish fest. »Können wir sie nicht einfach umgehen?«

»Den Hügel zu umkreisen dauert zu lange. Wenn die Wächter es bis zu dieser Bruchbude schaffen, die Sie MacLellan-Basis nennen, müssen wir eine ganze Menge mehr Verluste einstecken. Und ich lege keinen Wert darauf, dass diese Leute da oben uns hinterrücks abknallen, während wir versuchen, einen Angriff aufzubauen.«

»Die Kinder kommen doch niemals an den Soldaten vorbei, die den Zaun sichern.«

»Glauben Sie?« Potter rupfte sich die Brille aus dem Gesicht und wischte wütend die Schlammspritzer von den Gläsern. Seine Haut war gefleckt von brennend roten Wundmalen – die Ameisen hatten ihm zugesetzt. »Ich habe meinen Gegner *ein Mal* unterschätzt. Ein zweites Mal wird es nicht geben.«

Seine Soldaten stürmten derweil in kurzen Zickzackläufen den Hügel empor und versuchten dabei, jedes bisschen Deckung auszunutzen. Allerdings fanden sie nicht viel. Die Dorfbewohner hatten schon vor Monaten alle Felsblöcke entfernt, hinter denen sie sich hätten verstecken können, unter dem Vorwand, sie rodeten den Hang, um neues Ackerland urbar zu machen.

Doch die schiere Überzahl der Army-Truppen machte sich langsam bemerkbar. Obwohl sie hohe Verluste erlitten, gewannen Potters Männer allmählich an Boden, bis sie schon fast auf gleicher Höhe mit der Verteidigungslinie der Wächter waren. Auf Befehl des Colonels zogen die Soldaten an der Spitze Handgranaten von ihrem Gürtel ab und schleuderten sie gegen den Feind.

Große Erdbrocken flogen in die Luft und dichter grauer Rauch wogte den Hang hinab. Als er sich verzogen hatte, war oben auf dem Hügel alles still. Die Soldaten rückten vor.

Doch der Kampf war noch nicht vorbei. Jede Schützenmulde der Wächter bohrte sich mehrere Meter in das Erdreich des Hügels. Als die Granaten auf sie herabgeflogen kamen, hatten sich die Verteidiger in diese Spalten zurückgeschoben. Nun krochen sie wieder hervor und nahmen die Angreifer erneut unter Beschuss.

»Allmächtiger!«, stöhnte Naish auf. »Die sind nicht totzukriegen.«

»Wir hätten sie niemals hierher abschieben sollen.« Colonel Potter konnte nicht verhindern, dass in seiner Stimme Bewunderung mitschwang.

»Man sollte Edward Stapleton zu einem gottverdammten General machen.« Er hob das Funkgerät an den Mund. »Ein letzter Vorstoß noch, Jungs! Die pfeifen schon aus dem letzten Loch.«

Aber es dauerte noch einmal zwanzig Minuten, bis sie die Stellungen überrannt hatten. Als das Gefecht vorbei war, war diese Seite des Hügels nur noch eine aufgewühlte Wüste aus Schlamm und Blut, und mindestens vierzig von Potters Männern hatten den Tod gefunden.

»Jetzt holen wir die Hauptabteilung der Wächter nicht mehr ein.«

»Ich weiß.« Potter drückte den Knopf an seinem Funkgerät. »Trupp Rot, wie ist Ihre Lage?«

»Wir sind direkt hinter den Kindern und treffen auf entschlossenen Widerstand«, krächzte es zurück. »Sie bewegen sich nördlich entlang einer Schlucht, und jedes Mal, wenn wir aufschließen, lassen sich zwei oder drei Erwachsene hinter die Gruppe zurückfallen und verwickeln uns in ein Nachhutgefecht. Bis wir sie erledigt haben, hat sich die Hauptkolonne wieder ein paar Hundert Meter vorgeschoben.«

»Können Sie sie stoppen, bevor sie Jackson Head erreichen?«

»Bis die da ankommen, wird von den Erwachsenen niemand mehr übrig sein.« Die körperlose Stimme klang gehetzt und bedauernd. »Aber bei dem Kampf, den die uns liefern, besteht durchaus die Möglichkeit, dass die Kinder es schaffen.«

»Setzen Sie sie weiter unter Druck. Wir kommen, so schnell wir können.« Er wechselte den Kanal und rief die Abteilung, die am Zaun stationiert war. »Trupp Gelb. Die Wächter-Staffel kommt auf Sie zu. Bericht.«

»Wir sind in Stellung und erwarten sie, Sir.« Eine neue Stimme, selbstbewusster dieses Mal. »An uns kommen die nicht vorbei.«

»Was ist mit der MacLellan-Basis?«

»Die hat der Feind in Besitz, aber es gibt nur einen Eingang, und den kontrollieren meine Leute. Wir können zwar nicht hinein, aber die können auch nicht hinaus. Von dieser Seite ist der Feind also kaltgestellt und kann uns nicht weiter gefährlich werden.«

»Das glaube ich erst, wenn ich es sehe.« Der Colonel schaltete das Funkgerät ab und rutschte wieder auf den Fahrersitz des Buggys. »Machen wir, dass wir nach Jackson Head kommen.«

Edward Stapleton hielt seine weinende Frau in den Armen.

»Ich habe dir gesagt, du sollst Gene nicht gehen lassen«, schluchzte sie. »Das kann ich dir niemals verzeihen.«

Emily, Sonja Watt und D. B. standen ein Stück beiseite und bemühten sich, in eine andere Richtung zu schauen.

»Annie.« Edward Stapleton schob seine Frau ein Stück von sich weg und versuchte, ihr die Tränen abzuwischen. »Da draußen rennen vierundzwanzig Kinder um ihr Leben. Und sie werden es nicht schaffen ohne deine Hilfe.«

Annie Stapleton rieb sich die Nase mit dem Ärmel ihres Kleids. Ihre Augen waren rot gerändert und das langsam grau werdende Haar fiel ihr in wirren Locken in die Stirn. Dann waren mit einem Mal ihre Tränen versiegt.

»Ich bringe Potter um«, sagte sie. »Ihn und alle seine Männer.«

»Holt die Buggys«, sagte Edward zu Sonja Watt. »Jetzt sind *wir* die Kavallerie.« Ein mörderischer Ausdruck trat auf sein Gesicht. »Und wo ist Colin Walton?«

»Wir wurden getrennt.« Sonja ging auf einen der Heuschober zu.

»Vielleicht hat er ja auch gedacht, wir wären wirklich tot. Ich habe ihn nach Norden gehen sehen, parallel zu den Kindern.«

Anstatt stehen zu bleiben, drängte sie sich durch die Wand aus Stroh. Dann sprang ein Motor an und einer der drei Geländebuggys rollte aus dem Inneren des Heuschobers.

»Sie und Emily steigen hier ein.« Edward schaute D. B. an. »Ich gehe davon aus, dass Sie fahren können, falls meine Stellvertreterin durch einen Treffer ausfällt?«

Sonja Watt räusperte sich unmutig.

»Ich habe nicht einmal Punkte in der Verkehrssünderkartei.« D. B. musterte den Buggy. »Liegt vielleicht daran, dass ich keinen Führerschein habe.«

»Ich fahre den anderen.« Annie lief zum nächsten Heuschober. »Ich habe eine Menge aufgestauter Wut, die ich an jemandem auslassen muss.«

Sekunden später kam das zweite Fahrzeug zum Vorschein. Mit all dem Stroh, das es von den Felgen bis zu den Überrollbügeln bedeckte, sah es aus wie ein überdimensionales Stachelschwein. Edward stieg auf der Beifahrerseite ein.

»Fahrt die Westküste entlang. Das Land dort ist flach und es gibt keine feindlichen Stellungen. Wir müssten noch vor den Kindern am Zaun sein.«

»Und was dann?«

»Dann bekommen Potters Leute den Schreck ihres Lebens.«

Kirkfallen Island

Die Buggys rasten die Küstenlinie entlang und näherten sich Pittenhall Ridge. Der Himmel war kobaltblau, und der Atlantische Ozean tobte seine Kraft brausend und schäumend an den Felsen unter ihnen aus, wie er es schon seit Anbeginn der Zeiten tat. Edward hob den Feldstecher an die Augen.

Im Osten bewegten sich die Kinder auf den Zaun zu. Es waren jetzt kaum noch Erwachsene bei ihnen und die Älteren hatten sich in Erwartung eines letzten Kampfes mit Waffen versorgt. Hinter der Kolonne blitzten immer wieder Mündungsfeuer im Gras auf, da, wo das dahinschwindende Häuflein der Wächter-Staffel die nachsetzenden Truppen aufhielt.

Potters Trupp Gelb war auf der Seite von Jackson Head am Zaun in Stellung gegangen. Es mussten mindestens dreißig sein. Deep Singh hob die Hand und die Kinder machten dankbar halt, ließen sich auf die moosige Wiese fallen, hielten sich die Seiten und rangen nach Atem.

Um die MacLellan-Basis zu erreichen, würden sie diese Barrikade und die Männer dahinter überwinden müssen.

Und der einzige Weg hindurch war ein enges Tor. Singh holte sein Walkie-Talkie aus der Tasche.

»Wir sitzen in der Falle, Commander Stapleton. Wir können weder vor noch zurück. Erbitte Erlaubnis, mich zu ergeben.«

»Haltet eure Verfolger noch fünf Minuten hin. Das ist alles, worum ich euch bitte.« Edward reichte seiner Frau das Fernglas.

»Du hattest recht.« Annie stand in ihrem Sitz auf und beobachtete Trupp Gelb. »Sie sind *hinter* dem Zaun in Position gegangen.«

»Niemals das Offensichtliche tun, Colonel Potter«, grinste Edward höhnisch. »Egal, wie taktisch klug die Maßnahme im ersten Moment auch scheinen mag. Pflüger eins und zwei?«

»Hier, Sir.« Die Stimme klang hoch und verängstigt und er erkannte sie sofort.

»Poppy?« Edward hätte beinahe das Walkie-Talkie fallen gelassen. »Was zur Hölle machst du in unserem Funkverkehr?«

»Pflüger eins ist tot, Sir.« Das Mädchen gab sich Mühe, sich seine Furcht nicht anmerken zu lassen. »Er wurde bei der Einnahme der Basis getötet. Ich bin sein Ersatz.«

Annie legte die Hand auf den Arm ihres Mannes und schüttelte den Kopf.

»Um Gottes willen, Poppy?« Sie beugte sich vor und sprach ins Mikrofon. »Ist da sonst keiner mehr?«

»Ich bin schon vor Ort, Mrs Stapleton. Ich weiß, was zu tun ist.«

»Verflucht, Eddie!« Annie schlug mit der Faust gegen das Lenkrad. »Sie ist doch noch ein Kind!«

Edward Stapleton zögerte. Aber nur für eine Sekunde.

»Poppy? Mach uns den Weg frei.«

»Schon dabei.«

Poppy und Kyoko Hayashida – die Letzte der Maulwürfe – wanden sich durch den Tunnel, der von der MacLellan-Basis zu einer kleinen Höhle direkt unterhalb des Gipfels der nördlichen Klippen führte, zogen sich über die Kante hoch und befanden sich nun auf der Spitze des vorspringenden Felsgrats. Ihre Gesichter und Hände hatten sie mit Ruß geschwärzt und sich Seegras in die Haare geflochten. An jedem Ende von Jackson Head stand ein verrosteter Traktor, den die Gemeinde scheinbar aufgegeben hatte. In Wirklichkeit jedoch waren sie mit militärischer Präzision genau hier platziert und auf die Basis ausgerichtet worden. Poppy und Kyoko glitten auf dem Bauch durch das niedrige Buschwerk, bis jede von ihnen unter einem der Fahrzeuge verschwunden war.

Deep Singh und die älteren Kinder hatten sich im Gras verteilt, lagen auf dem Bauch und gaben vereinzelte Schüsse auf Trupp Gelb ab. Die Soldaten erwiderten das Feuer.

Während der Feind abgelenkt war, robbten die Pflüger zum hinteren Ende der Traktoren und klinkten Stahlseile an den Anhängerkupplungen ein. Die dicken Kabel liefen zu den beiden Enden des Zauns zurück und waren dort dicht über dem Boden an den Stützpfeilern befestigt. Man hatte sie mit Harz bestrichen und dann im Gras gerollt, bis sie perfekt getarnt waren. Wie sie sich durch die Grasbüschel des offenen Geländes schlängelten, waren sie unsichtbar.

Edward ging wieder auf Sendung.

»Wentworth. Die Pflüger sind auf dem Feld.«

»Wurde auch verdammt noch mal Zeit.« In den Tiefen der MacLellan-Basis klang Wentworth Watts Stimme mehr nach Angst als nach Ärger. »Ist meine Frau …?«

»Sie lebt und sie ist hier bei mir. Mach dich bereit.« Edward griff zu Annie hinüber und drückte ihre Hand. »Pflüger, los!«

Poppy und Kyoko schwangen sich auf die Traktoren, zogen Schlüssel aus den Taschen und steckten sie in die Zündung. Die Fahrzeuge sprangen knatternd an und bliesen schmutzigen, schwarzen Rauch aus ihren Auspuffrohren in den Himmel.

Die Pflüger zerrten schwere Säcke mit Saatgut unter den Sitzen hervor und wuchteten sie auf die Gaspedale. Am Zaun hatte Trupp Gelb die Kinder vergessen und konzentrierte seine Feuerkraft jetzt auf die Traktoren. Poppy und Kyoko duckten sich und erwiderten das Feuer mit Handwaffen.

Die Traktoren schossen ruckartig vor und die Kabel strafften sich mit einem metallischen Surren. Der Zaun wackelte, als würde er von einer heftigen Sturmbö geschüttelt. Soldaten rannten an die beiden Enden der Barriere und versuchten, die Stahlseile abzumontieren – aber die dicken Metallstränge waren zu stramm gespannt und ließen sich nicht bewegen.

Die Hinterräder der Traktoren warfen Erdklumpen auf, als sie sich gegen den Widerstand der Kabel stemmten. Mit einem Ruck hoben sich die Pfeiler ein Stück aus der Erde. Der gesamte Trupp Gelb beschoss jetzt die landwirtschaftlichen Nutzfahrzeuge. Auch die Männer, die den Eingang zur Basis bewachten, verließen ihren Posten und rannten den Traktoren entgegen. Sobald sie sich von der Tür entfernt hatten, sprangen zwei Mann der Wächter-Staffel heraus und streckten sie nieder, bevor sie wieder ins Innere verschwanden. Der Zaun machte wieder einen Ruck und einer der Pfeiler schoss aus der Erde.

»Pflüger, in Deckung!«, bellte Edward. »Wentworth. Einschalten!«

Poppy und Kyoko warfen sich im Hechtsprung von den Traktoren. Poppy landete mit den Händen zuerst, nahm die Arme über den Kopf und rollte sich ab. Kyoko Hayashida wurde von einem Sturm von Kugeln im Flug getroffen, bevor sie auf dem Boden aufschlug. Die Traktoren dröhnten über den schmalen Streifen vor dem Rand der Klippe und der gesamte Zaun löste sich aus seiner Verankerung.

Unten in der MacLellan-Basis drückte Wentworth Watt einen Hebel an der Wand hoch.

Zehntausend Volt an elektrischem Strom erweckten die Barriere zum ersten Mal seit vielen Jahren zum Leben. Funkenregen und Feuerräder sprühten aus dem Maschendraht. Die Traktoren gingen in Flammen auf und rasten über den Rand der Klippe.

Trupp Gelb sprang wie ein Mann auf die Beine, aber es gab kein Entkommen mehr. Der Zaun rasselte den Boden entlang auf die Basis zu und umfing die Soldaten in einem knisternden Netz, in dem sie augenblicklich verschmorten.

»Abschalten!«, kommandierte Edward.

Wentworth Watt zog den Hebel herunter und die Stromzufuhr wurde wieder unterbrochen. Der Zaun knallte gegen die MacLellan-Basis und wickelte sich um das Gebäude. Einen kurzen Moment wurden die Traktoren bei ihrem Sturz ins Meer aufgehalten. Dann rissen die Kabel mit einem singenden Knall, die schweren Fahrzeuge trafen auf der Wasseroberfläche auf, und der Zaun sank zur Erde, jetzt wieder ein harmloser Wirrwarr aus Stahl und verkohlten Leichen.

Deep Singh sprang auf und trieb die Kinder wieder an. Sie überquerten in wilder Jagd die letzten wenigen Hundert Meter und feuerten im Laufen ihre Waffen ab. Die Handvoll Überlebender von Trupp Gelb hatte keine Chance. Die Kinder erreichten die Tür der Basis und drängten sich hindurch. Die Nachzügler wurden von den Verteidigern ins Innere bugsiert.

»Vorwärts.« Edward hatte keine Freude an dem Sieg. Die anderen Kinder mochten in Sicherheit sein, aber sein eigener Sohn war tot. Zum ersten Mal in seinem Leben war er froh, dass er nicht so viel empfand wie andere Menschen.

Die Geländebuggys rollten über Pittenhall Ridge und hielten auf die MacLellan-Basis zu. Trupp Schwarz war zu weit weg, um sie aufzuhalten. Dann erschien auf dem Hügelkamm im Osten ein weiterer Buggy und kam genau auf sie zu. Edward richtete das Fernglas auf das Fahrzeug.

Colonel Potter saß am Steuer. Sosehr Edward den Mann auch hasste, seine Hartnäckigkeit war bewundernswert.

Hinten im Buggy waren vier mit Maschinenpistolen bewaffnete Soldaten mit Stricken an die Überrollbügel angeschirrt. Sie wurden auf und nieder geschleudert wie Puppen, während Potter mit Höchstgeschwindigkeit querfeldein über Senken und Hügelkuppen raste.

»Verdammt, der Mann gibt wohl niemals auf!« Annie trat das Gaspedal durch und ihr Buggy schoss vorwärts.

Hinter ihnen hatte auch Sonja Watt die Gefahr erkannt.

»Geht nach hinten und duckt euch!« Sie donnerte mit Vollgas den Hang hinab, sodass ihr die Zähne aufeinanderschlugen.

D.B. kroch zwischen den Sitzen nach hinten. Er zog Emily aus ihrem Sitz und warf sich über sie.

Und plötzlich wurde Dan gewahr, dass er wieder da war, wo alles angefangen hatte, auf der Ladefläche eines auf und ab hüpfenden Fahrzeugs. Wieder mitten in einer Katastrophe, und wieder fuhr eine Frau, die er nicht kannte, wie der Teufel, um ihn in Sicherheit zu bringen.

Hinter ihnen holte Potter auf. Die Soldaten hatten auf Dauerfeuer gestellt und schossen stakkatoartige Salven ab, während sie krampfhaft versuchten, in dem hin und her schlingernden Buggy das Gleichgewicht zu halten. Sonja jagte in Schlangenlinien die Schlucht entlang. Leuchtspurgeschosse zischten an ihrem Kopf vorbei. Die Windschutzscheibe zerplatzte und Emily wimmerte verzweifelt.

Das Gelände raste vorbei. Sie waren noch fünfhundert Meter von der Basis entfernt. Dann vierhundert. Dann dreihundert.

»Wir schaffen es!«, schrie Sonja. Sekunden später stieß sie ein ersticktes Keuchen aus. Der Buggy geriet ins Schleudern, drehte sich um die eigene Achse und kam zum Stehen.

D. B. hob den Kopf. Sonja Watt hing über dem Lenkrad. Auf ihrem Rücken begann sich ein blutiger Fleck auszubreiten. Potters Fahrzeug schoss an ihnen vorbei und hielt mit quietschenden Reifen vor ihnen an. Die Soldaten fingen an, die Stricke aufzuknoten, die sie auf der Ladefläche gesichert hatten.

D. B. hob sanft Sonjas Pistole aus ihrem Halfter.

»Bleib unten«, sagte er zu Emily. »Ich will nicht, dass du das siehst.«

Er stieg aus dem Buggy. Emily versuchte, ihn am Arm festzuhalten, und griff daneben.

»Tu es nicht, Dan!«, rief sie. Aber D. B. schritt schon auf den Feind zu.

Die Soldaten auf Potters Buggy hatten ihre Waffen abgelegt, um sich loszubinden. Emily sah hilflos zu, wie D. B. auf sie zumarschierte wie ein Revolverheld aus längst vergangenen Zeiten. Als sie ihn näher kommen sahen, gaben die Soldaten ihre Befreiungsversuche auf und griffen hastig nach ihren Maschinenpistolen. Wieder einmal war D. B. Salty bereit, sein Leben zu opfern, um Emily zu retten.

Nur dieses Mal hatte er keinerlei Aussicht auf Erfolg.

D. B. drehte sich zur Seite, um möglichst wenig Zielfläche zu bieten. Emily hielt sich die Augen zu.

Als sie das Rattern von Gewehrfeuer hörte, spähte sie mit Tränen in den Augen durch die Finger.

D. B. stand immer noch auf den Beinen.

Die Schüsse kamen aus einem Dickicht von Ginsterbüschen auf der anderen Seite von Potters Buggy. Ein Junge, der einen zerbeulten Filzhut und viel zu weite Camouflagehosen trug, brach aus dem Unterholz hervor.

Seine Augen flackerten verstört und er bediente ein Sturmgewehr, das viel zu groß für ihn schien. In Panik rissen die Soldaten ihre Waffen zu ihm herum.

D.B. feuerte vier Mal rasch hintereinander, so schnell, dass Emily seinem Arm kaum folgen konnte. Die Männer zuckten hoch und fielen dann nach hinten. Sie hingen in ihren behelfsmäßigen Sicherheitsgurten wie Marionetten, denen man die Fäden gekappt hatte. D.B. warf einen Blick zu ihr zurück.

»Ich hatte viel Zeit zum Üben.«

Im Buggy vor ihnen legte Colonel Potter den Lauf seiner Pistole auf die Schulter von Naish und zielte auf seinen Rücken.

»Dan!«, schrie Emily auf. »Pass auf!«

Dan wirbelte herum. Viel zu spät, denn Potter drückte schon auf den Abzug.

Naish rammte ihren Ellenbogen in das Gesicht des Colonels. Er flog zurück auf den Fahrersitz und der Schuss pfiff harmlos durch die Luft.

»Ich bin ein gottverdammter Lieutenant-Colonel der US-Army.« Die Frau landete einen mächtigen Schwinger auf Potters Unterkiefer. »*Niemand* benutzt mich als Schutzschild.«

Potters Kopf sank auf die Brust. Naish stieg aus dem Buggy und klopfte sich ab. Emily sprang von ihrem Sitz und ging zu dem Jungen.

»Und wer bist *du*?«

»Millar Watt. Anerkannter Modeexperte und amtierendes Genie

dieser Gemeinde.« Der Teenager zog höflich den Hut und brach dann in Tränen aus.

D. B. starrte auf Naish.

»Ich kenne Sie«, sagte er schließlich. »Sie haben denen geholfen, Tests an mir durchzuführen.«

»Ja, das habe ich.«

»Arbeiten Sie immer noch für die?«

Naish blickte über die Schulter auf Colonel Potter, der bewusstlos in dem Buggy hinter ihr lag.

»Ich denke, ich habe gerade gekündigt.«

Das letzte Gefecht

Konzerne und Wirtschaftsfirmen dominieren jeden Bereich der westlichen Gesellschaft. Doch ihr juristisch definierter Auftrag ist es, ihre eigenen Interessen zu verfolgen, ohne Rücksicht darauf, wer darunter leidet. Nach Joel Bakan, Juraprofessor an der University of British Columbia, bedeutet dies, dass alle profitorientierten Firmen als soziopathisch definiert werden können.

Schon im Jahre 1935 beklagte Major General Smedley Butler, dass er nie mehr gewesen sei als eine *bessere Art von Muskelmann* für die US-Konzerne – und fügte hinzu: »Wie alle Militärangehörigen hatte ich niemals einen eigenständigen Gedanken, bis ich aus dem Dienst ausschied.« Zum Zeitpunkt seines Todes war er der am höchsten dekorierte Marinesoldat in der Geschichte der USA.

MacLellan-Basis

Edward Stapleton fuhr am Jackson Head bis zur MacLellan-Basis entlang. Auf dem letzten Stück der Strecke rollte der Buggy über die rauchenden Überreste von Trupp Gelb.

»Schnappt euch so viele Waffen, wie ihr könnt«, rief er den Wächtern zu, die aus dem Eingang traten. »Wir müssen diese Stellung halten.«

»Wozu?« Deep Singh kam aus dem Schatten hervor, schweißnass und verdreckt. »Es kommt ja doch niemand, um uns zu helfen.«

»Er hat recht.« Annie wischte sich Schweiß und Schlamm aus dem Gesicht. »Edward, wir müssen uns ergeben. Potter muss immer noch mindestens einhundert Soldaten haben und er hat uns umstellt. Und wir haben – wie viel? Noch ein Dutzend Erwachsene?«

»Wir könnten uns noch ein, zwei Tage halten«, meinte Singh. »Aber was würde das bringen? Jetzt, wo der Hubschrauber weg ist, kommen wir nicht von der Insel runter.«

»Haltet sie einfach«, blaffte Edward. »Ist Colin Walton hier?«

»Er ist unten. Was soll der uns nützen?«

»Uns gar nichts. Aber ich habe eine mörderische Wut auf ihn und ich wünsche mir *sehnlichst* etwas Zeit alleine mit ihm.« Aus Edwards Augen schossen Blitze.

Er knöpfte das Gürtelhalfter auf und zog seinen Revolver. »Hast du ein Problem damit?«

Deep Singh schüttelte resigniert den Kopf. Das Knallen von Stiefeln dröhnte den Korridor entlang und Wentworth Watt kam ins Licht hinausgerannt.

»Wo ist meine Frau?«

»Es tut mir leid, Wentworth. Sie hat es nicht geschafft.«

Watts Mund zuckte. Er nickte. Dann noch einmal. Dann beugte er sich vor und flüsterte Edward ins Ohr.

»Es gibt da etwas, das du dir anschauen musst.«

Colin wartete vor dem Nachrichtenraum. Ohne auch nur im Geringsten langsamer zu werden, knallte Edward den kleinen Mann gegen die Wand und stieß ihm den Lauf des Revolvers unters Kinn.

»Du hast mich zum Narren gehalten, Col.« Edward drückte dem Mann die Waffe fester in das nachgiebige Fleisch der Kehle. »Du bist hergekommen, um unsere Kinder umzubringen, weil du dachtest, sie wären genauso wie Keltys Tochter.« Er spannte den Hahn. »Du hast darauf gesetzt, dass die Army sie auslöschen würde.«

»Die Kinder zu töten war nur der letzte Ausweg.« Colin blinzelte nicht einmal. »Ich hatte einen ganz anderen Plan.«

»Edward.« Wentworth zog seinen Kommandeur zur Tür von Quarantäneraum eins. »Schau da mal hinein.«

Edward spähte durch den Beobachtungsschlitz.

Apathy Walton kauerte auf dem Bett, die Knie ans Kinn gezogen. Das Haar klebte ihr am Kopf und Schweiß tropfte ihr von der Nasenspitze. Sie wiegte sich vor und zurück und stöhnte dabei leise vor sich hin.

»Was zur …?«

»Ihre Mutter war beim Diamondback-Massaker dabei, als sie schwanger war«, sagte Colin ruhig. »Apathy ist heiß.«

»Sie kann jeden Moment ihre Pheromone freisetzen.« Wentworth sprach das Offensichtliche aus. »Und jetzt, wo MacLellan voller Kinder steckt, ist die Quarantäne sinnlos.«

Edward schloss den Schieber vor der Luke.

»Dann geh da rein und erschieß sie.«

»Was?« Colin schob Edwards Revolver zur Seite und warf sich vor die Tür. »Tu nichts Unüberlegtes! In ein paar Minuten lässt Apathy ihre Pheromone los und Potters Leute laufen Amok und bringen sich gegenseitig um! Aber ihre Alarmpheromone haben auf dich und die Kinder doch keinerlei Wirkung!«

»Die *Kinder* sind doch nicht immun!«, schrie Edward ihm ins Gesicht.

»Aber natürlich sind sie das«, stammelte Colin, »sie haben doch alle soziopathische Eltern. Sie *müssen* immun sein!«

»Du Idiot!«, brüllte Edward. »Die Kinder sind nicht *unsere*!«

Im Korridor herrschte Schweigen. Wentworth Watt wich Colins Blick aus.

»Was sagst du da?«, flüsterte Colin.

»Nicht einmal der Militärgeheimdienst würde von uns erwarten, dass wir unser eigenes Fleisch und Blut opfern, du Schwachkopf! Wir haben sie nur aufgezogen!« Er zog Colin von der Tür weg und schleuderte ihn den Flur entlang. Der kleine Mann stolperte und fiel auf die Knie. Edward drehte sich zu Wentworth.

»Geh jetzt da rein und erschieß das Mädchen.«

»Hieße das nicht, dass wir Gene auch töten müssen?«

»Zur Hölle mit dir, Wentworth!«, brüllte Edward. »Mein Sohn ist tot!«

»Was? Nein, Gene ist hier drin.« Wentworth zog den Beobachtungsschlitz an der Tür nebenan auf. »Fred Wolper hat ihn im Tal abgesetzt, als der Junge im Hubschrauber die ersten Anzeichen zeigte. Das war, bevor Fred zum Dorf zurückgeflogen ist.«

Edward drückte seine Augen an den Schlitz. Sein Herz schlug wie wild.

Sein Sohn lag zu einer Kugel zusammengerollt auf dem Boden und weinte. Wie Apathy war er vollkommen durchgeschwitzt.

»Und das hast du mir nicht *gesagt*?« Wut und Erleichterung vermischten sich zu einem Gefühlsausbruch, von dem Edward nicht gewusst hatte, dass er dazu fähig war.

»Wir haben vielleicht gerade eine offene Feldschlacht geschlagen, falls du es nicht bemerkt hast!«

»Wie ist er hierhergekommen?«

»Colin hat ihn am Hang aufgegabelt. Hat sich der Kolonne angeschlossen und ihn den ganzen Weg getragen.«

Edward riss am Griff der Tür.

»Geh da nicht rein!« Colin sprang auf die Beine. »Das wird alles ruinieren. Bitte! Ich weiß einen Ausweg!«

Wentworth und Edward sahen sich an.

»Ich hab's dir doch gesagt! Ich wollte die Kinder nur im äußersten Notfall töten!« Colin hob die Hände. »Ich hatte einen Plan, sie zu *retten*!«

»Von dem du weißt, dass er sich erledigt hat«, blaffte Edward. »Wir haben den Hubschrauber verloren.«

»Vergiss den Scheißhubschrauber! Das habe ich mir nur in der Eile aus den Fingern gesaugt. Das war nicht meine ursprüngliche Idee!«

»Wenn das so ein fadenscheiniger Versuch ist, deine Nichte zu retten …«

»Genau!« Colin griff nach dem Rettungsring, den man ihm zugeworfen hatte. »Glaubst du, ich locke meine ganze Familie hierher, nur damit man sie umbringt?«

»Also, was war dein ursprünglicher Plan?« Edward hob die Waffe wieder gegen den kleineren Mann. »Und du hast keine Zeit mehr, dir noch weiter irgendeinen Mist auszudenken.«

»Du musst deine Frau hier runterholen. Und Dan und Emily Walton.« Colin ließ die Hände sinken. »Du musst sie jetzt sofort hierher bringen!«

»Erklär's mir.«

»Dafür ist keine Zeit! Was hast du eigentlich zu verlieren?«

Edward schob den Revolver ins Halfter und packte Colin am Kragen.

»Komm mit.«

Er zerrte den Mann den Korridor entlang.

»Legt Apathy und Gene ins selbe Zimmer!«, schrie Colin, als er abgeführt wurde. »Bitte!«

»Tut, was er sagt«, befahl Edward und zog Colin hinter sich her zum Eingang der MacLellan-Basis.

Kinder standen an den Wänden des Korridors aufgereiht, mit großen Augen, aus denen die Furcht leuchtete. Sie sahen schweigend zu, wie Edward Colin an ihnen vorbeistieß. Ein oder zwei streckten vorsichtig die Hand aus, zogen sie aber schnell wieder zurück.

»Wo ist mein Dad?«, fragte Bob McCombie leise.

Colin fing an zu zittern.

»Also, wessen Kinder *sind* sie denn nun?«

»Colin.« Edward beschrieb mit der Hand einen Bogen. »Kommen sie dir nicht irgendwie bekannt vor?«

Colin blickte den Flur auf und ab. Es war das erste Mal, dass er fast alle Kinder beisammen sah.

Die meisten von ihnen hatten glattes schwarzes Haar und strahlende blaue Augen.

»Denk an all die Wächter-Experimente, die in der Vergangenheit fehlgeschlagen sind«, zischte Edward. »Es gab nur einen Menschen, den die Army jemals in die Finger gekriegt hat, von dem sie sicher *wussten*, dass seine DNA in der Lage war, eine massive Dosis Pheromone aufzunehmen.« Er zog Colin herum und zwang ihn, die Reihe der erschöpften, ängstlichen Gesichter anzusehen. »Dich!«

»Das kann nicht sein!« Colin wich zurück und schlug die Hände vor sein Gesicht.

»Du armer Irrer«, flüsterte Edward. »Sieh sie dir an! Sie sind alle *deine* Kinder!«

Colin fiel gegen die Wand und seine Fingernägel krallten sich tief in seine Wangen.

»Oh nein. Oh Gott, nein.«

»Doch. Und du hast sie nicht verdient.« Edward zerrte seinen alten Freund grob mit sich und stieß ihn den Korridor entlang. Die Kinder sahen ihnen mit flackernden, verständnislosen Augen nach.

Als Colin und Edward den Eingang erreichten, erkannten sie, dass die Kampfhandlungen an der Oberfläche mit unverminderter Härte weitergeführt wurden. Die wenigen verbleibenden Mitglieder der Wächter-Staffel bemühten sich, Feuerschutz zu leisten, während D.B., Emily, Millar und Naish auf die MacLellan-Basis zurannten. Fünfzig Meter weiter draußen rückten die Überbleibsel von Trupp Schwarz und Trupp Rot vor. Naish griff sich an den Arm und stürzte. D.B. packte sie, zog sie auf die Beine und taumelte mit der Frau, die sich auf ihn stützte, weiter. Sie erreichten einen mächtigen Felsblock und verkrochen sich dahinter. Kugeln pfiffen heran und sprengten einen Hagel von Splittern aus dem Stein.

»Das schaffen sie nicht«, knurrte Deep Singh frustriert. »Wir haben denen nichts mehr entgegenzusetzen.«

»Haben wir denn gar keine schweren Waffen mehr?«

»Nur noch die Molotowcocktails hier, aber wir kommen nicht nahe genug heran, um sie einzusetzten.«

»Doch, das geht.« Colin ging zu der Ecke mit den benzingefüllten Flaschen und begann, sie zum Buggy zu tragen und auf dem Fahrersitz aufzuschichten.

»Was soll denn das werden?«

»Zündet die Dinger an«, sagte Colin. »Alle.«

»Du kannst die nicht alle werfen und gleichzeitig diese Kiste fahren«, protestierte Deep Singh. »Das schaffst du nie.«

»Du und deine Frau«, Colin wandte sich an Edward, »ihr nehmt die Waltons, geht nach unten und bleibt bei euren Kindern.« Er holte ein Feuerzeug aus der Hosentasche und fing an, die Lappen in den Flaschenhälsen in Brand zu stecken.

Deep Singh machte Anstalten, ihn davon abzuhalten.

»Nein. Lass ihn gehen.« Edward trat vor. Er zog seinen Revolver und hielt ihn Colin hin.

»Ich glaube, du weißt, was du zu tun hast.« Colin nahm die Waffe an. »Nicht wahr?«

»Ich schätze, ich hab's kapiert.«

»Es tut mir so leid, Eddie.« Der kleinere Mann steckte sich den Revolver in den Gürtel. »Ich habe nur getan, was ich für das Richtige hielt.«

»Das ist mir jetzt klar.« Edward legte Colin die Hand auf die Schulter. »Und danke, dass du Gene in Sicherheit gebracht hast.«

Colin kletterte auf den Fahrersitz und drehte den Schlüssel im Zündschloss.

»Zeig's ihnen, Kleiner«, sagte Edward leise.

Colin trat das Gaspedal durch. Die Hinterräder des Buggys drehten durch und das Fahrzeug schoss auf die heranrückenden Soldaten zu.

»Das ist mein Bruder!«, schrie Emily auf. Trotz der vielen Jahre, die seit dem letzten Treffen vergangen waren, erkannte sie den Fahrer des Fahrzeugs, das mit röhrendem Motor auf sie zukam, sofort.

Colin warf ihnen nur einen kurzen Blick zu, als er an ihrem Zufluchtsort vorbeiraste. Seine Miene war undurchdringlich.

»Colin! NEIN!« Emily versuchte, sich loszureißen, aber Dan hielt sie fest. Er selbst brach aus der Deckung hervor und feuerte auf den Feind, in einem vergeblichen Versuch, seinen besten Freund zu retten.

Colin lenkte mit einer Hand. Mit der anderen griff er nach den Flaschen auf dem Beifahrersitz und warf sie, so weit er konnte, von sich.

Explosionen detonierten zu beiden Seiten des Fahrzeugs. Die Soldaten von Trupp Schwarz warfen sich vor dem heranrasenden Fahrzeug zur Seite und schickten ihm Feuerstöße hinterher. Colin steuerte auf die größte Menschengruppe zu. Auf der Motorhaube bildete sich ein Muster von Einschusslöchern, als die Geschosse ihr Ziel fanden. Eines erwischte ihn an der Schulter und ein purpurner Bogen spritzte über seine Wange. Auf dem Sitz neben ihm lag noch fast ein Dutzend Molotowcocktails.

Colin hob eine Flasche über den Kopf und zerschmetterte sie auf dem Boden vor seinen Füßen.

Der Buggy explodierte.

Eine Wand aus Feuer breitete sich über das Gras aus, eine einzige Welle der Zerstörung. Bevor der ölige Rauch weggeweht war, hatte sich die Gruppe hinter dem Felsen auf der Basis in Sicherheit gebracht und brach keuchend hinter der Tür zusammen.

Edward Stapleton verschränkte die Arme vor der Brust. Dann ließ er sie wieder sinken.

Schließlich führte er langsam die flache Hand an die Schläfe und salutierte.

Hinter ihm erhoben sich die Überlebenden der Wächter-Staffel und folgten seinem Beispiel.

Asche trieb über Jackson Head und bedeckte die schweigenden Männer und Frauen, die im schwindenden Licht einem Kameraden die letzte Ehre erwiesen.

MacLellan-Basis

»Schließt alle Türen, die ihr könnt. Der Gefechtslärm darf nicht zu hören sein.« Edward schritt mit Dan und Emily im Schlepptau den Korridor entlang. »Besorgt uns Seife und Handtücher. Und einen Kamm. Und normale Klamotten für mich.«

»Ich glaube nicht, dass es einen großen Unterschied macht, ob du gewaschen und gekämmt bist, wenn wir unserem Schöpfer gegenübertreten«, kommentierte Deep Singh trocken.

»Den will ich auch gar nicht beeindrucken.« Edward riss sich die Uniformjacke vom Leib. »Ich glaube, ich weiß, was Colin gemeint hat. Aber mit Blut überall geht das nicht.«

Apathy und Gene saßen nebeneinander auf dem Boden von Quarantäneraum eins. Ihre Köpfe berührten sich.

»Entschuldige, dass ich nicht ... gesprächiger bin«, keuchte Gene. »Ich muss zugeben, ich habe mich schon besser gefühlt.«

»Das geht schon ... in Ordnung.« Apathy biss sich auf die Lippe, bis sie Blut schmeckte. »Ich mag ... starke ... schweigsame Männer.«

Die Tür des Quarantäneraums schwang auf.

Die Teenager hoben die Köpfe. Sogar das bedeutete schon eine riesige Anstrengung für sie.

Edward Stapleton trat ein. Seine Frau stand an seiner Seite.

»Dad! Mam!« Gene versuchte, sich aufzurichten. »Ihr lebt!«

»Unkraut vergeht nicht.«

Genes Eltern liefen rasch zu ihrem Sohn, knieten neben ihm nieder und nahmen ihn fest in ihre Arme. Apathy blinzelte an ihnen vorbei. Sie sah alles nur unscharf und verschwommen. Doch im Türrahmen stand noch ein anderes Paar.

Dann wurde ihr Blick mit einem Mal kristallklar.

»Oh, mein Gott.«

Das Haar ihres Vaters war kurz geschnitten und braun gefärbt, und er sah Jahre jünger aus, fast wieder wie der Mann auf dem alten Foto. Emily, die sich am Arm ihres Mannes festhielt, strahlte vor Freude und Liebe.

Auch sie eilten zu den Kindern und einen Augenblick später lag Apathy in den Armen ihrer Eltern.

»Wir sind hier, Baby.« Tränen strömten ihrer Mutter über das Gesicht. »Wir sind hier.«

»Wir haben gewonnen, Gene«, log Edward und küsste seinen Sohn auf die Stirn. Den Rest des Gesichts des Jungen hatte Annie gegen ihre Brust gepresst. »Alles wird gut!«

»Wir sind jetzt hier und wir gehen niemals wieder weg.« Emily streichelte die Wange ihrer Tochter und strich ihr das Haar zurück.

»Ich lasse dich und deine Mutter nie wieder allein«, sagte Dan. »Nie wieder.«

»Versprichst du das?«

»Ich verspreche es von ganzem Herzen.« Die Augen ihres Vaters funkelten. »Wenn ihr beide mich noch wollt.«

Emily ließ ihre Tochter los und packte ihn fest am Hinterkopf. Sie zog ihn energisch zu sich und küsste ihn voll auf den Mund.

»Beantwortet das deine Frage?«

»Wenn das die Antwort ist, höre ich nie mehr auf zu fragen.«

Apathy fing an zu weinen. Aber es waren Tränen des Glücks. Sie sah hinüber zu Gene. Der Junge verschwand immer noch fast in der Umarmung seiner Eltern. Er zwängte einen Arm zwischen ihnen hindurch. Das Mädchen ergriff seine Hand.

Beide Teenager begannen zu zittern. Ihre Augen versenkten sich ineinander. Genes verzerrter Gesichtsausdruck verwandelte sich langsam in ein Lächeln. »Das ist wie eine Achterbahnfahrt!«, stöhnte er. »Aber wir stehen das durch. Das verspreche ich!«

Apathy lachte hysterisch auf. Das Gefühl war wirklich wie bei einer Achterbahnfahrt. Erschreckend und erregend, beides gleichzeitig. Aber ihre Eltern waren hier! Sie waren endlich zusammen!

»Dann halt dich fest und versuch, nicht zu kotzen!« Sie verflocht ihre Finger mit denen von Gene und drückte sie, so fest sie konnte.

»Fertig?«

»Fertig.«

Dann ließen sie sich fallen. Gene stieß einen Jubelschrei aus, in dem sich Entzücken und Entsetzen mischten, und Apathy fiel ein.

Emily griff sich an die Brust und fiel beinahe vornüber. Ein Ausdruck maßlosen Erstaunens breitete sich auf ihrem Gesicht aus.

»Dan ... Was ... was geschieht mit mir?«

Sie warf die Arme um ihren Mann und klammerte sich mit aller Kraft an ihm fest.

D.B. blickte zu Edward und Annie, die genauso verdutzt zurückstarrten. Eine Sekunde lang entstand zwischen ihnen ein flüchtiger Moment der Nähe, der genauso schnell wieder verging. Sie konnten die Intensität der Gefühle, die Emily und die Kinder erlebten, nicht teilen, doch sie wussten, dass sie das Spiel mitspielen mussten.

D.B. stieß einen Jauchzer aus und gab Edward und Annie hinter Emilys Rücken Zeichen, dass sie dasselbe tun sollten. Sie zögerten einen Augenblick, dann stimmten sie in die Rufe ein.

Deep Singh stand in der Tür und betrachtete die Erwachsenen und die Kinder, die weinend und lachend und einander umarmend auf dem Boden ineinander verschlungen saßen.

Leise schloss er die Tür und machte sich auf die Suche nach seinem eigenen Sohn.

Rings um die MacLellan-Basis schwiegen mit einem Mal die Waffen. Soldaten rappelten sich zittrig auf die Beine und starrten voller Grauen auf ihre Gewehre. Colonel Potter erhob sich vor ihnen. Er nagte an einem Fingerknöchel, wie ein Kind mit schlechtem Gewissen. Getrocknetes Blut verkrustete seine Oberlippe.

»Was zur Hölle tun wir hier?«, murmelte er vor sich hin. »Warum kämpfen wir wegen einem Haufen *Kinder*?«

Er nahm die Hände über den Kopf und schritt auf den Eingang der MacLellan-Basis zu. Die Letzten der Wächter-Staffel kamen langsam aus der Deckung, hielten aber weiter ihre Waffen misstrauisch auf ihn gerichtet.

»Mein Name ist Colonel Potter von der Armee der Vereinigten Staaten von Amerika.«

Der Offizier streckte ihnen seine Pistole mit dem Griff voraus entgegen.

»Ich wünsche, mich nach allen militärischen Regeln zu ergeben.«

Endlich hatte Millar Poppy gefunden, die an einen Felsen gelehnt dasaß und in die untergehende Sonne starrte.

»Wir haben gesiegt, Poppy.« Er kniete sich neben seine Freundin. »Wir haben sie geschlagen.«

Die Brandung schlug gegen die Felsen am Fuß von Jackson Head wie ein großes, pulsierendes Herz. Um die beiden herum war der Boden von Leichen übersät und dunkelrote Flecken besudelten das geschwärzte Gras.

Millar hätte Kummer und Leid spüren sollen, aber irgendetwas verhinderte, dass das geschah. Er verstand das nicht. Er wusste, er sollte eigentlich weinen, aber die Tränen wollten nicht kommen.

Er nahm an, dass seine Eltern schon immer so gefühlt hatten.

»So etwas wird nie wieder passieren.« Er zupfte den blutgetränkten Pullover des Mädchens zurecht und streichelte ihr über die Wange. Poppys Kopf kippte schlaff zur Seite und ruhte an seiner Schulter. »Wir werden dafür sorgen, dass so etwas nie, *nie wieder* passiert.«

Er küsste Poppy aufs Haar und drückte ihr die glanzlosen Augen zu.

»Das verspreche ich.«

Fetterman-Basis, North Carolina

Der Saal war lang gestreckt, niedrig und dunkel und wurde zum größten Teil von Tischen eingenommen, die man in Hufeisenform aufgestellt hatte. Eine Gruppe von Männern, bestehend aus hochrangigen Offizieren, Managertypen in dreiteiligen Anzügen und Wissenschaftlern in weißen Kitteln saß darum herum, ihre Gesichter halb verborgen durch die Schatten, die der Lichtkegel der Lampe warf, die jeder Einzelne neben sich stehen hatte.

Colonel Potter und Lieutenant-Colonel Naish standen mit Millar Watt in der Mitte des Hufeisens. Naish trug den Arm in einer Schlinge.

Jetzt befinden wir uns also im Allerheiligsten von Projekt Wächter. *Diese Männer hier sind seine Urheber,* dachte sie. Früher einmal hätte sie sie gefürchtet, doch nun hatte sie vor nichts und niemandem mehr Angst. Sie hatte auf Kirkfallen den Pheromonausbruch von Apathy und Gene in sich aufgenommen, ebenso wie Millar, Potter und seine überlebenden Männer. Sie hatten jetzt alle dasselbe Ziel – es war schon fast so, als hätten sie die gleichen Gedanken. Und zusammen mit den anderen Inselbewohnern hatten sie sich eine prächtige Lügengeschichte zurechtgelegt, um an den Männern in diesem Raum Rache zu üben.

»Wir haben den Bericht gelesen.« Ein hagerer Offizier mit einem Wust von Orden an der Brust blätterte raschelnd in einem Stapel Papier, der vor ihm lag. »Wir wollten das Ganze sozusagen nur noch einmal aus erster Hand hören.«

»Es war ein unglückliches Zusammentreffen.« Potters Vortragsweise war knapp und ohne jede Emotion. »Wir kamen genau zu dem Zeitpunkt auf Kirkfallen an, als ein junger Mann mit Namen Millar Watt kurz davor war, seine Pheromone freizusetzen.«

Die Lüge ging Potter ohne Zögern von den Lippen. »Unsere Gegenwart lenkte die Bevölkerung ab und führte dazu, dass der Junge nicht rechtzeitig unter Quarantäne gestellt wurde. Meine Männer liefen Amok und der größte Teil der Wächter-Staffel starb bei den anschließenden Kampfhandlungen.«

Er legte die Hand auf Naishs zerschmetterten Arm. »Obwohl sie sich dank ihrer Immunität gegen Pheromonausstöße wacker geschlagen haben.«

»Und die Kinder?«

»Einem Expiloten aus der Wächter-Staffel, Fred Wolper, gelang es, die Kinder an Bord eines Helikopters zu bringen und eine ausreichende Höhe zu gewinnen. Sie wurden also nicht infiziert.« Potter berührte behutsam seine geschwollene Lippe. »Als die Gefahr vorüber war, setzte er sie ab und wollte Hilfe holen. Der Helikopter war jedoch durch unser Feuer beschädigt worden und explodierte Sekunden nach dem Start in der Luft.«

»Aber das Projekt war erfolgreich?«, unterbrach ihn ein Anzugträger.

»Ich ging mit zweihundertfünfzig Mann rein und kam mit vierzig raus«, erwiderte Potter. »Wenn Sie das erfolgreich nennen, dann ja.«

»Und diese Männer sind *weshalb* noch am Leben?«

»Sie folgten den Kindern in einem zweiten Hubschrauber und überlebten so ebenfalls den Ausbruch. Aber Wolper hielt das für einen feindlichen Angriff, schoss auf sie und beschädigte den Hubschrauber, sodass sie zu einer Notlandung gezwungen waren.«

»Sie bestätigen Ihre Geschichte, genauso wie die noch verbleibenden Wächter.« Der General legte seine Fingerspitzen gegeneinander. »Ziemliches Drunter und Drüber, alles in allem.«

»Ich übernehme die volle Verantwortung.«

»Oh ja, das werden Sie. In der Zwischenzeit schicken wir ein Aufräumkommando auf die Insel, um die Leichen einzusammeln, und dann geben wir der Situation etwas Zeit, um sich zu beruhigen.« Der General stützte beide Hände auf den Tisch. »Wir geben wie immer bekannt, dass der ... Zwischenfall ... eine militärische Übung war.«

»Und das ist der Junge, der das alles ausgelöst hat?« Ein schon etwas kahler Admiral zeigte anklagend mit dem Finger auf Millar. »Derjenige, der seine Pheromone zu früh abgegeben hat?«

Naish legte den Arm um Millar.

»Millar Watt. Das ist er.«

»Und Sie sind sicher, dass er ungefährlich ist?«

»Er hat Ohren, Locke. Und zwar ganz gute.« Millar lüpfte frech seinen Filzhut. »Was er nicht mehr hat, ist eine Mutter, dank Ihrer gütigen Mithilfe.«

»Ich schlage vor, du bedienst dich eines höflicheren Tons«, sagte der General kalt. »Aus Gründen der Sicherheit befinden wir uns hier in der gottverlassensten aller Einöden, und niemand außer uns weiß, dass du hier bist. Dein Weiterleben hängt davon ab, ob wir uns auf dein Stillschweigen verlassen können.«

»Mir machen Sie keine Angst.«

»Ich bewundere deinen Schneid«, lächelte einer der Wissenschaftler.

»Aber für jemanden, der nicht nervös ist, schwitzt du ganz schön. Weißt du, wir sind keine Leute, denen man leicht etwas vormachen kann.«

»Das bezweifle ich nicht.« Millar lächelte zurück und zeigte eine kleine Lücke zwischen den Schneidezähnen. Er wischte sich mit zitternder Hand die Schweißperlen von der Stirn und bemühte sich, den Pheromonanstieg zu ignorieren, der in seinem Inneren brodelte.

»Ich schätze, ich brüte da wohl etwas aus.«

Kirkfallen Island:
Erster Weihnachtsfeiertag

Die Stapletons und Dan Salty trafen sich auf dem Friedhof von Pittenhall. Grob zusammengenagelte Kreuze standen in Reihen am Rand des Höhenkamms, das weiß getünchte Holz noch unberührt von Möwenkot oder den zersetzenden Einflüssen der salzhaltigen Luft. Apathy und Gene standen auf der Spitze der Klippe und blickten auf Millar Watt, der in fünfzig Metern Entfernung den Grat entlang auf sie zukam. Er war mit Emily Walton in ein Gespräch vertieft.

»Millar ist wieder da, wie du siehst.« Edward Stapleton nickte in Richtung des näher kommenden Paares. »Der Junge hat seine Pheromone direkt vor den Leuten rausgelassen, die der Welt das *Projekt Wächter* geschenkt haben.« Sein Gesicht war wie versteinert. »Die Basis liegt in der Mitte von Nirgendwo, deshalb hat die Infektion sich nicht weiter ausgebreitet. Aber jeder der Anwesenden wurde … umgedreht.«

»Und warum schaust du dann wie drei Tage Regenwetter?«, fragte Dan. »Heißt das nicht, wir haben gewonnen?«

»Naish und Colonel Potter wollen immer noch, dass die Kinder über die Länder der Welt verteilt werden.«

»*Was*? Und wer ist gestorben, dass *die* beiden auf einmal das Sagen haben?«

»Na ja … die meisten von *uns.*« Edward beschrieb mit der Hand einen Kreis um das weite Feld von Kreuzen. »Von der Wächter-Staffel sind nur noch elf übrig.«

»Was ist mit Apathy und Gene? Sie haben doch den Pheromonausbruch ausgelöst. Ist es nicht ihre Entscheidung, was als Nächstes passiert?«

»Sie haben ihn vielleicht verursacht«, seufzte Edward, »aber sie haben ihn nicht aufgenommen. Sie sind den anderen so fremd, wie wir es sind. Sie haben hier keinerlei Autorität.«

»Ihr Pheromonausbruch hat alle anderen bis zur Unkenntlichkeit verändert«, meinte Annie. »Naish. Potter und seine Soldaten. Millar und die anderen Kinder. Sogar deine Frau. Sie sind alle nicht mehr sie selbst.«

»Ja, das ist mir aufgefallen«, sagte Dan säuerlich. »Emily hat kaum zwei Worte mit mir oder Apathy gesprochen, seit es passiert ist. Sie verbringt ihre ganze Zeit bei den Kindern.« Er sah zu Boden. »Sie nennen sich *die Kolonie.*«

Als wäre das ihr Stichwort gewesen, drehte sich Emily von Millar weg und kam auf sie zu.

»Die Tatsache, dass sie alle dasselbe denken und fühlen, ist schon unheimlich genug.« Edward zog einen Splitter unbemaltes Holz von dem Kreuz aus Birkenästen, das Colins Grab markierte. »Aber sie wollen auch noch, dass jeder sonst auf der Welt so wird wie sie. Sie sind dazu bereit, den Rest der Menschheit zu infizieren.«

»Und was, wenn die Kinder Angst bekommen?«, protestierte Dan. »Was, wenn sie die ganze Erde anstatt mit Steuerpheromonen mit Alarmpheromonen überziehen?«

»Ich glaube, darum scheren sie sich nicht weiter.« Edward zog eine Zigarette aus der Tasche und steckte sie sich an. Er legte die Hände um das winzige Flämmchen, um es vor dem Verlöschen zu schützen. »Wenn sie den Rest der Erdbevölkerung nicht umdrehen können, dann sind sie auch durchaus damit zufrieden, ihn zu vernichten.«

»Willst du damit sagen, wir sind genauso weit wie zuvor?«

»Ich denke nicht, dass die Kinder Alarmpheromone abgeben werden«, sagte Annie. »Sie scheinen nicht mehr in der Lage zu sein, Furcht zu empfinden. Oder Kummer. Oder Liebe.« Sie erschauerte. »Sie sind schlimmer als wir.«

»Was auch geschieht, uns wird es an den Kragen gehen.« Edward zog an seiner Zigarette. »In der neuen Weltordnung, die diese Kinder erschaffen wollen, in der jeder als Teil des Kollektivs funktioniert, ist es unwahrscheinlich, dass Menschen von unserer Art geduldet werden.« Er lächelte bitter. »Ich schätze, Kelty hat doch noch seine Herrenrasse bekommen.«

»Lasst mich noch einmal mit meiner Frau sprechen.« Dan winkte Emily zu. »Sie hat mich früher einmal geliebt.«

Emily winkte nicht zurück. Ihr Haar hing ihr in fettigen Strähnen auf die Schultern und sie war ungeschminkt.

»Was drückt ihr euch noch hier herum?« Die Kreuze, die links und rechts neben ihr aus der Erde ragten, beachtete sie gar nicht. »In ein paar Minuten kommt der Hubschrauber, um die Kinder auszufliegen.«

»Wir sind nicht der Meinung, dass sie gehen sollten«, sagte Dan. »Und ihre Eltern sind auch nicht dieser Ansicht.«

»Sie sind doch nicht ihre richtigen Eltern, oder?« Emily tätschelte nachlässig das Kreuz auf Colins letzter Ruhestätte. Dan zuckte zusammen und Annie ballte die Fäuste. »Außerdem *wollen* die Kinder hinaus in die Welt.«

»Deine *Tochter* will das nicht.«

»Daran kann ich nichts ändern.« Ein Anflug von Sehnsucht huschte über Emilys Gesicht, war aber in Sekundenschnelle wieder verschwunden. »Wir sind ihr alle dankbar – aber kein Einzelwesen, nicht einmal Apathy, ist wichtiger als unsere Sache.«

»Dann ist diese Diskussion, denke ich, beendet.« Edward holte tief Luft und umfing dann Dan in einer bärenhaften Umarmung.

»Halt die Ohren steif, Nachbar.« Er trat zurück und klopfte sich ans Herz. »Denk dran. Wir haben hier drinnen mehr, als die uns zutrauen.«

Dans Kiefermuskeln zuckten.

»Da hast du verdammt recht, Eddie.«

Emily hakte sich bei ihrem Mann unter und sah den Stapletons zu, wie sie sich auf den Heimweg ins Dorf machten.

»Ich habe Colin versprochen, dass ich auf ihn aufpasse. Genauso wie Apathy. Und dir.« Dan senkte den Blick. »Versprechen, die ich nicht halten konnte. Weißt du, wie weh mir das tut?«

»Du hast auch versprochen, bei uns zu bleiben.« Emily schien den Schmerz ihres Mannes gar nicht wahrzunehmen. »Ich weiß, es ging dir in erster Linie darum, dass Apathy nicht die falsche Art von Pheromonen freisetzt …«

»Da täuschst du dich.«

»Es macht auch weiter keinen Unterschied. Auf alle Fälle wirst du dieses Versprechen halten.« Emily hob sich auf die Zehenspitzen und küsste ihren Mann auf die Wange. Ihre Lippen waren kalt und trocken. »Nach allem, was sie getan hat, verdient Apathy es, eine Mutter und einen Vater zu haben. Wenn du deine Rolle spielst, wird dir nichts geschehen.«

Sie zupfte ihn am Ärmel.

»Gehen wir.«

»Verdammt, gib mir noch eine Minute.« Dan schüttelte sie ab und kniete sich neben Colins Grab. Er faltete die Hände und schloss die Augen.

»Es tut mir leid, dass ich dich nicht retten konnte, Colin«, flüsterte er. »Aber du hast das alles geschickt eingefädelt, alter Freund.« Seine Stimme brach, als er die letzten Worte aussprechen wollte. »Das muss dir der Neid lassen.«

Und plötzlich fing er an zu weinen. Mächtige, herzzerreißende Schluchzer erschütterten seinen ganzen Körper und Tränen sprangen unter seinen Lidern hervor.

Emily stemmte die Hände in die Hüften.

»Der Hubschrauber wird jede Minute hier sein«, mahnte sie. »Und je eher diese Kinder an Bord und weit weg von Kirkfallen sind, desto besser.«

Sie warf einen argwöhnischen Blick auf die Überreste des Dorfes.

»Ich halte nichts davon, die Zukunft der menschlichen Rasse diesen elf Soziopathen anzuvertrauen.«

Sie machte auf dem Absatz kehrt und ging davon, ohne sich noch einmal umzudrehen.

Dan stand auf und legte die Hand an die Augen. In der Ferne flog ein brummender Hubschrauber über die Hügelkuppen wie eine fette Fliege auf das Dorf zu.

»Zwölf Soziopathen, wenn du den berüchtigten D.B. Salty mitzählst«, sagte er leise. »Und ihr habt uns gerade einen neuen Hubschrauber geliefert.«

Er tastete in seiner Jacke nach dem selbst gemachten Messer, das Edward ihm heimlich zugesteckt hatte.

»Die Schlacht von Kirkfallen ist noch nicht vorbei. *Das* verspreche ich dir gern.«

Apathy und Gene sahen zu, wie das Meer gegen die Klippen von Pittenhall Ridge anrannte, so wie es das seit Tausenden von Jahren tat und in Tausenden von Jahren noch tun würde.

»Wie fühlt man sich als neue Version von Adam und Eva?« Der beißende Wind peitschte Apathy das Haar ins Gesicht und verbarg ihren Gesichtsausdruck.

»Wenigstens müssen wir nicht nackt herumlaufen.« Gene klang erschöpft. »Hier draußen ist es eiskalt.«

»Wir können nicht zulassen, dass die Kinder von Fallen weggehen, Gene.« Apathy fröstelte und rieb sich die Arme. »Sie sind menschliche Zeitbomben.«

»Ich weiß. Aber diese Kinder könnten der Menschheit vielleicht auch die Rettung bringen.«

»Indem sie die Demokratie den Ausguss runterspülen? Indem sie den Leuten die Fähigkeit nehmen, eigenständig zu denken?«

»Wenn die Menschen diese Gabe sinnvoll genutzt hätten, würde die Demokratie funktionieren, und wir wären erst gar nicht in diese Situation gekommen.« Genes Stimme war matt und leise. Er schien viel älter als der Junge, den Apathy erst vor ein paar Tagen kennengelernt hatte. »Vielleicht *brauchen* wir ja eine Rasse, in der alle dasselbe denken und fühlen.«

»Vielleicht. Aber *ich* will auf keinen Fall so leben.«

»Das würdest du nicht sagen, wenn du unterdrückt wärst oder bettelarm oder ein Kind, das in einem Kriegsgebiet aufwächst. Den meisten Leuten auf der Erde geht das so.«

»Ich weiß. Aber uns nicht.«

»Das ist der Fluch, der darin liegt, wenn man sich sein Leben aussuchen kann«, gestand Gene ein. »Man merkt erst, was für ein Privileg das ist, wenn einem die Wahlmöglichkeit genommen wird.«

Millar Watt hatte endlich den Gipfel erreicht. Schweißperlen standen auf seiner Stirn. »Seid ihr zwei so weit?«, drängte er. »Wir haben schließlich eine neue Welt aufzubauen.«

»Meinst du nicht, eine neue Welt zu erobern?«, zischte Apathy.

»Ach, das ist die alte Art zu denken«, meinte Millar leichthin. »Wir werden *alle* ein Teil der neuen Weltordnung sein. Die Klugen werden führen. Die Starken werden aufbauen. Die Fruchtbaren werden sich paaren. Die Schwachen werden ausgemerzt.«

»Und die Außenseiter auch.« Apathys Verachtung war grenzenlos. »Außenseiter wie wir.«

»Kapiert ihr denn nicht?« Millar wirkte schockiert. »Ihr müsst doch nur warten, bis Marcie Gold ihre Pheromone freisetzt. Dann seid ihr auch ein Teil der Kolonie.«

»Und wenn wir kein Teil der Kolonie werden *wollen*?«

»Was ist denn auf einmal in euch gefahren?« Millar schlug Gene auf die Schulter. »Such deine Siebensachen zusammen, Kumpel. Ich habe schon alles gepackt.«

»Das wird ein hartes Stück Arbeit, deine ganzen heiß geliebten Bücher in den Hubschrauber zu laden.«

»Bücher?« Millar sah ihn verwundert an. »Wozu brauche ich noch Bücher? Ich kann jagen und fischen und ein Feld bestellen. Und ich kann kämpfen.« Er blickte kurz in Richtung des Dorfes. »Ich werde dafür zuständig sein, jede Bedrohung, die sich gegen die Kolonie richtet, zu eliminieren. Aber ihr seid sicher, macht euch keine Sorgen.« Millar sah sie ehrfürchtig an.

»Ihr habt uns doch *geschaffen*.«

»Gib uns noch fünf Minuten, Millar. Geht das?«

»Aber klar doch.« Er lüpfte den Hut und ging den Weg zurück, den er gekommen war.

Gene sah ihm mit offenem Mund nach.

»Du hattest recht«, sagte er leise. »Er hat nicht einmal hingeschaut.«

»Es tut mir so leid.« Apathy nahm das Kettchen mit dem Silberherz ab und streifte es über das Kreuz, das dem Gipfel am nächsten war. Noch einmal las sie die Inschrift, die sie mit Dans Schweizer Messer in das Mahnmal geschnitzt hatte.

POPPY AINSWORTH
EIN GEFALLENER STERN

»Das ist von deinem Dad.«

Sie blickte über den Friedhof zu ihrem eigenen Vater. Dan schüttelte langsam den Kopf. Sogar aus dieser Entfernung konnte sie an seiner Haltung sehen, wie groß sein Kummer war.

Sie griff entschlossen nach Genes Hand.

»Wenn wir versuchen, die Kinder aufs Festland zu bringen, wird Millar versuchen, uns zu stoppen. Meine Mutter wird versuchen, uns zu stoppen.« Sie fühlte, wie sich ein Kloß in ihrem Hals bildete. »Sogar die *Kinder* werden versuchen, uns zu stoppen.«

Gene kniete an Poppys Grab und wühlte mit den Händen in der frisch aufgeschütteten Erde. Er zog eine Gummibandpistole heraus, wischte sie sauber und stellte sich vor Apathy.

»Wir sind die Letzten der Wächter-Staffel«, sagte er grimmig. »Wir tun das, was niemand sonst kann.«

Apathy holte das Schweizer Messer aus ihrer Tasche, klappte es auf und hielt es hoch, damit sich das schwache Sonnenlicht auf der blanken Klinge spiegeln konnte. Als Waffe taugte es nicht viel, aber es war alles, was sie hatte.

Dan nickte still, als er das Signal bemerkte, salutierte traurig und trabte leise hinter Millar her.

Apathy und Gene wandten ihm den Rücken zu, um nichts mitansehen zu müssen. Hand in Hand standen sie da und betrachteten den Ozean, wie er sich ohne Unterlass krachend gegen die Felsen warf, mit einer Macht, die jenseits ihres Vorstellungsvermögens lag.

In dem letzten Moment, den sie gemeinsam auskosten konnten, bevor sie ihre Unschuld auf immer verlieren würden.

Epilog

Ameisen leben in einem sozialen System, in dem die gesamte Population als vollständige Einheit zusammenarbeitet und individuelle Instinkte unterdrückt werden, um das Überleben der Kolonie zu gewährleisten – ein Prozess, der durch Hormonausscheidungen gesteuert wird, die man Pheromone nennt.

Ameisen existierten schon hundert Millionen Jahre vor dem Menschen auf der Erde. Sie sind immer noch weitaus zahlreicher als wir und haben mehr Städte gebaut und ökologische Nischen besetzt als die Menschheit. Sie können schwerwiegende Klimaveränderungen ebenso überleben wie die weltweite Umweltverschmutzung oder Atomexplosionen.

Was Anzahl, Lebensdauer und Anpassungsfähigkeit anbelangt, ist der Mensch bei Weitem nicht die dominante Spezies auf diesem Planeten.

Das ist die Ameise.

Atemberaubend: ein Endzeitthriller um Wahrheit und Lüge

S. A. Bodeen
Überleben
288 Seiten
ISBN 978-3-7891-4743-2

Kurz bevor die USA einem nuklearen Anschlag zum Opfer fallen, zieht Eli mit seiner Familie in einen Bunker. Sechs Jahre lebt er dort ohne jeglichen Kontakt zur Außenwelt. Als die Lebensmittel knapp werden und er immer häufiger mit seinem Vater aneinander gerät, spitzt die Lage sich zu. Stimmt es wirklich, dass es außer ihnen keine Überlebenden gibt?

Ein kammerspielartiger Albtraum mit Gänsehautgarantie!

Oetinger

Weitere Informationen unter: ***www.oetinger.de***